왕의 딸로 태어났다고 합니다

IV

왕의 딸로 태어났다고 합니다 Ⅳ

비츄 장편 소설

초판 1쇄 찍은 날 | 2016년 7월 1일
초판 7쇄 펴낸 날 | 2020년 6월 12일

지은이 | 비츄
펴낸이 | 예경원

기획 | CL프로덕션
편집책임 | 박우진
편집 | 이즈플러스

펴낸곳 | 예원북스
등록번호 | 제396-2012-000132호
등록일자 | 2012. 7. 25
WFN | 제3-003호

주소 | 경기도 고양시 일산동구 호수로 646-24 위너스21II빌딩 206A호 (우)10401
전화 | 031-819-9431 팩스 | 031-817-9432
E-mail | yewonbooks@naver.com

ISBN 979-11-5845-554-5 04810
979-11-5845-558-3 (set)

※ 이 도서의 국립중앙도서관 출판시도서목록(CIP)은 서지정보유통지원시스템 홈페이지(http://seoji.go.kr)와 국가자료공동목록시스템(http://www.nl.go.kr/kolisnet)에서 이용하실 수 있습니다.

왕의 딸로 태어났다고 합니다

Ⅳ

비츄 장편소설

원치

Contents

제29장
충격적인 제안

침대에 걸터앉은 김훈상이 오른손을 가볍게 들어 올렸다.

"여."

그 폼이 자못 불량해서, 한진수는 순간 저 사람이 왕이 맞나 의심했을 정도였다. 왕이 아니라 약간 깡패 같은 느낌이랄까? 그리고 한쪽 테이블 의자에는 김환석이 무심한 듯 이쪽을 쳐다보고 있었다.

'김환석 왕자는 도대체 왜?'

좋다. 김환석 왕자가 여기 있는 것까진 어떻게든 이해할 수 있다. 하지만 오른손에 든 저건 뭐란 말인가.

'레이저 광자포……?'

인간이 휴대할 수 있는 무기 중에서, 그리고 단일 대상으로 하는 무기 중에서 최강의 파괴력을 자랑하는 무기가 아니던가. 나라에서 엄격하게 관리하고 있는 최첨단 중화기다. 저걸 왜 만지작거리고 있지?

그 옆에 앉은 김환성이 어색하게 말했다.

"어, 한진수. 오랜만이야. 반가워."

한진수는 묻고 싶었다. 반가운데 왜 아지랑이를 피워 올리고 있습니까? 아니, 그리고 우리 몇 시간 전에 봤잖아. 참고로 아지랑이가 피어오르고 있다는 건 마력을 최대치로 끌어올리고 있다는 뜻이다.

그때 김상희의 방 화장실에서 누군가 나왔다.

"어, 왔네?"

세 명의 왕자 중 막내 김환혁이다. 김환혁은 오른손에 무언가를 들고 있었다. 아까 한진수가 선물해 준 삼두 독개구리. 코끼리조차도 죽일 수 있는 맹독을 가진 저 개구리를 도대체 왜 들고 있는 건가 싶다. 심지어 저 개구리는 마력을 주입하게 되면 더더욱 강한 독성을 내뿜는다. 알 만한 사람은 다 아는 비밀이다. 그리고 지금 저 개구리는 마력이 주입된 상태다.

김상희는 한숨을 내쉬었다.

'이 작자들이 진짜……!'

한진수와의 뜨거운 첫날밤을 기대한 건 아니었다. 사실 아주아주 조금, 그러니까 아주아주 아주아주 아주 조금 기대하기는 했다. 어쨌든 그녀가 기대한 건 이런 첫날밤이 아니었다.

김훈상이 여전히 껄렁껄렁한 자세로 말했다.

"편하게 해, 편하게."

김상희는 묻고 싶었다. 아니, 아빠! 당신 같으면 편할 수 있겠냐! 지금 여기 왕과 왕자들이 눈을 시퍼렇게 뜨고 지켜보고 있는데 뭘 어떻게 편하게 하란 말이야? 와, 진짜 어이가 없네.

"우린 신경 쓰지 말도록."

그러면서 김환석은 손에 든 레이저 광자포를 만지작거렸다. 한진수는 어이가 없어서 허허 웃고 말았다.

그때, 기적 아닌 기적이 일어났다.

"모두 나가욧!"

김훈상과 세 왕자는 김상희에 의해 쫓겨났다. 왕과 왕자가 공주에 의해 쫓겨난다? 당연히 불가능한 일이다. 하지만 김상희에겐 얼마든지 가능한 일이었다.

김환성이 이를 바드득 갈았다.

"엄벌에 처해야 해요."

만약 다른 공주였으면 사형시키고도 남았다. 감히 왕과 왕자를 쫓아내다니! 하지만 김환성이 이내 말했다.

"그, 근데 엄벌까진 좀 그렇고……."

아버지가 진짜로 엄벌을 내리면 어쩌나 싶어서 변호했다. 어차피 김훈상도 김상희를 벌할 생각은 없었다. 지금 김훈상의 귀에는 아무 말도 들리지 않았다. 청력을 끌어올려 김상희의 방에 집중하고 있었으니까.

'이상한 짓 하면 죽여 버리겠다.'

김상희의 아빠는 김상희가 초야를 치르는 것에 대한 마음의 준비가 아직도 안 됐으니까.

한편, 한진수는 김상희의 침대에 앉았다. 아무 짓도 안 하려고 했는데, 몸이 저절로 움직이며 김상희를 안았다.

"상희야……."

한진수의 커다란 손바닥이 김상희의 머리에 닿았다. 이윽고 떨리는 손으로 김상희의 머리를 가만히 쓸어내렸다.

"보고 싶었어."

"……나도."

그녀도 한진수가 정말 보고 싶었다. 한진수가 말했다.

"보고 있어도 보고 싶어."

"보고 있는데 어떻게 보고 싶어?"

말은 그렇게 했지만, 김상희도 이 느낌이 무슨 느낌인지 안다. 지금 바로, 지금 이 순간 김상희가 느끼고 있는 감정이 바로 그와 같았으니까.

"모르겠어. 보고 있는데도 보고 싶고, 만지고 있는데도 만지고 싶어. 그리고…… 미안해."

김상희는 저게 무슨 말인지 이해했다. 지금 상황에서 결혼식을 진행시킨 건, 명백히 한진수의 욕심이었다. 그는 반역자니까. 김상희가 고개를 젓고 한진수의 뺨을 어루만졌다.

"그런 말 하지 마."

"……."

"너는 나를 위해 세상의 모든 것을 포기했어."

김상희는 잠시 숨을 돌렸다. 심장이 쿵쾅거렸다. 이전 생에서는 진수에게 사랑한다는 말 한 마디를 해주지 않았었다. 마음을 숨길 때도 많았다. 진수 마음고생 정말 많이 시켰지만, 이제는 그러지 않기로 했다.

'나도…… 솔직해질 거야.'

진수는 이미 자신의 모든 것을 다 보여줬다. 말뿐만 아니라 행동으로. 김상희를 위해 살아가고 있다는 것을 다 보여줬다.

'나도 말할 거야.'

푸르스름한 달빛이 창문을 통해 새어 들어왔다. 김상희의 침대에 푸른색 격자무늬 달빛 그림자가 새겨졌다.

"그 마음……."

너는 나를 위해 세상의 모든 것을 포기했어.

"나도 그 마음이야."

진심이었다.

"나도…… 너 없는 세상은 싫어."

한진수는 순간, 가슴속에서 무언가가 터져 오르는 것 같은 벅찬 감동을 느꼈다. 김상희의 입에서 이런 고백이 나올 줄은 몰랐다. 김상희를 꽉 껴안았다. 그렇지 않고서는 못 배기겠다는 듯이.

"내가 너 더 많이 좋아할게."

"……."

김상희를 조금 더 세게 껴안았다.

"내가 너 더 많이 사랑할게."

김상희도 가만히 한진수의 어깨 위에 팔을 둘렀다. 한진수가 계속 말했다.

"네가 나를 얼마큼 좋아하는지, 나를 얼마큼 사랑하는지, 그건 하나도 중요하지 않아."

한진수가 말했다.

"내가 그것보다 훨씬 더 많이 널 사랑할 거니까."

김상희가 먼저 한진수의 입술에 가볍게 키스를 했다. 한진수의 고백은 그렇게 멋지진 않았다. 멋스러운 표현도 없었고, 화려한 단어도 없었다. 조금 담담했지만 한진수의 진심만큼은 이 세상 그 무엇보다도 찬란했다.

김상희의 입술이 한진수의 입술에 닿았을 때, 한진수의 시간은 잠시 멈췄다. 열심히 달려가던 초침이 멈춰 버렸다. 마치 감전이라도 되어버린 것처럼.

김상희도 고백했다. 전생에서는 한 번도 해주지 못했던 그 말을 해줬다. 이젠 아끼지 않을 거니까.

"……사랑해."

한진수의 심장이 쿵쿵쿵! 뛰었다. 김상희가 이토록 사랑스러워 보일 수 없었다. 김상희의 턱을 살짝 들어 올리고 키스를 했다. 처음엔 가벼운 키스, 그리고 조금씩 조금씩 더 깊이 김상희를 원하고 탐했다. 한진수의 몸이 뜨겁게 달아오르고, 김상희의 몸 역시 붉어졌다. 목마른 자가 물을 발견한 듯, 사막에서 오아시스를 찾아낸 듯 김상희도 한진수의 입술을 빨았다.

김상희가 움찔 놀랐다. 미끈하고 부드러운 느낌이 드는 무언가가 자신의 입속으로 파고들어왔기 때문이다. 아주 잠깐, 입을 다물었다. 하지만 그건 정말 아주 잠깐이었다. 그녀는 입을 살짝 벌리고 한진수를 받아들였다.

입이 맞닿은 상태로 한진수가 다시 한 번 말했다.

"사랑해."

김상희는 대답하지 않았다. 대신 한진수의 목덜미를 꽉 껴안는 것으로 대신했다. 둘의 시간이 점점 더 뜨겁고, 점점 더 치열하게 달려갔다. 한진수가 김상희를 침대에 눕혔다. 김상희는 침대에 누운 상태로, 자신을 내려다보고 있는 한진수의 얼굴을 올려다봤다. 한진수의 호흡은 굉장히 거칠었다.

한진수가 말했다.

"오늘은…… 여기까지만 할게."

김상희는 조금 황당해졌다. 뭐야? 갑자기 왜? 아, 아니, 그, 그렇다고 절대 아, 아쉽거나 한 건 아니지만, 절대 아니지만.

"밖에 폐하와 왕자님들이 벼르고 있거든. 잘못하면 나 죽어."

한진수의 말은 반은 사실이고 반은 거짓이었다. 아직 그는 김상희를 완전히 책임질 자신이 없었다. 그의 마음은 이미 준비되어 있지만 상황이 그렇지 않았다.

'고려와 힘을 합쳐 제국을 없애야 해.'

고려의 왕은 딸의 행복을 위해 세계 최강국과의 전쟁을 결심했다. 그리고 한진수는 사랑하는 여자를 위해 세계 최강국과의 전쟁을 결심했다.

'그때까지는…….'

참아야 했다. 한진수는 김상희가 불행해지는 것을 원하지 않았다. 차라리 자신이 죽을지언정 김상희를 괴롭게 하기는 싫었다.

'늦어도 2년이야.'

2년 후면 어떤 식으로든 결판이 날 거다. 제국이 없어지든, 자신이 죽든. 김상희의 눈을 바라보며 한진수는 다짐했다.

"반드시…… 널 행복하게 만들어 줄게."

황제가 말했다.

"한진수가 고려 왕기를 찾았군."

정보부 국장 김국현은 긴장했다.

'내가 모르는 사실을 황제 폐하께서 알고 계신다.'

정말 이상한 일이었다. 어떻게 황궁 내에 가만히 있는 황제가 그 사실을 알 수 있단 말인가?

'우리 정보부 외에 따로 운용하시는 게 있는 건가?'

아니, 그럴 가능성은 거의 없었다. 적어도 단체는 아니었다. 단체라면 어떤 식으로든 티가 날 수밖에 없다. 단체가 아니라면, 개인이 될 수도 있다.

'개인 첩자를 고려에 침투시킨 건가?'

그럴 가능성이 높았다.

'누구지? 내가 파악하지 못한 첩자가 누구란 말인가.'

김국현은 좀 혼란스러웠다.

황제가 말했다.

"준비는 어떻게 되어가고 있지?"

"늦어도 2년 안에는 전력 회복이 끝날 것 같습니다."

"김상희가 완전히 각성할 시기와 얼추 맞물리겠군."

정확한 건 아니다. 하지만 그럴 가능성이 높았다. 황제가 피식 웃었다.

"그 건방진 고려 국왕과……."

또 이번에 포름 지방에서 제국에 반기를 들고 일어난 신라. 그리고 신라 국왕 한진수를 떠올리며 차갑게 말했다.

"그 모두를 쓸어버리겠다."

시간이 얼마 남지 않았지만 그나마 다행이었다. 이쪽엔 '여왕'이 있었으니까. 2년 후엔 그 꼴 보기 싫은 놈들을 쓸어버릴 수 있을 거다.

"그리고…… 성녀를 얻겠다."

성녀와 여왕, 그 둘을 모두 얻는다면 그땐 제국이 하늘로 비상하게 될 거다. 황제는 그렇게 생각했다.

3개월이 흘렀다. 김상희는 방에 들어왔다가 기겁해야만 했다.

"수진…… 도대체 이게 뭐야……?"

송수진도 당황하긴 매한가지였다. 아까 나이트들이 들어오는 것을 봤었다. 감히 시녀 주제에 나이트에게 '여긴 왜 오셨나요?'라고 물을 수는 없어서 그냥 몸을 사리고 있었다. 그들이 나가고 나니까 이렇게 되어 있었다.

김상희는 황당해했다.

'이건 도대체…….'

생각지도 못한 일이 벌어져 있었다.

나는 나이트의 얼굴을 안다. 하지만 이름까지는 잘 모른다. 이름 모를 한 나이트가 내게 말했다.

"오, 성녀님 오셨습니까?"

"나이트님, 안녕하시어요?"

아니, 그나저나 이게 다 뭐야?

"저희가 분류 작업을 거쳤습니다. 덕분에 시간이 좀 걸렸어요."

아니, 그러니까 이게 뭐냐고. 내 눈앞에 쌓인 산, 더 정확히 말하자면 종이로 이루어진 산. 내가 짐작하기로는 아마도 이것들은 편지봉투인 것 같은데, 아니, 그냥 빈 봉투로 이렇게 쌓으라고 해도 못 쌓겠다.

송수진 씨도 당황하긴 매한가지.

"세, 세상에…… 공주님, 저기 보셔요."

송수진 씨가 가리킨 창문 밖을 보았다. 오, 마이, 갓. 저게 다 뭐야? 기록의 관 앞 정원에는 지금 여기에 있는 편지들은 시작에 불과하다는 듯, 엄청난 편지가 산처럼 쌓여 있었다. 아무리 적게 잡아도 수천만, 아니, 어쩌면 수억이 넘을 수도 있을 것 같았다. 아니, 애초에 수를 헤아리는 게 불가능해 보였다.

"나이트님, 이것이 도대체 무엇인가요?"

나이트 중 한 명이 말했다.

"성녀님을 향한 사랑의 메시지지요."

그러니까 누가 나를 향한 사랑의 메시지를 보냈냐고. 설마 나이트, 당신들은 아닐 거 아냐. 아무리 마력이 있다고 해도 이 많은 편지를 쓸 수는 없을 테고.

나이트 중 한 명이 말했다.

"전 세계에서 성녀님께 편지를 보내 왔어요."

나이트인 최경식은 흐뭇해졌다. 눈을 동그랗게 뜨고 묻는 김상희의 모습을 보고 있노라면, 저 볼을 한번 깨물어주고 싶다는 생각이 들 정도였다. 이 감정, 이 마음이 도대체 뭔지 모르겠다. 하지만 상당히 기분 좋은 느낌이었다. 태어나서 처음 느끼는 감정이다. 뭐로부터인지는 모르겠는데, 하여튼 지켜주고 싶은 그런 마음이랄까? 마음 같아선 '오구, 오구구. 우리 공주님, 놀라쪄여?'라고 말을 하고 싶은데, 나이트 체통에 그럴 수는 없는 노릇이라 그냥 대답해 줬다.

"성녀님을 향한 사랑의 메시지지요."

나이트의 말은 진실이었다. 김상희의 표현을 빌리자면 이 '산'은 모두 편지가 맞았다. 덕분에 나이트들이 요즘 과한 업무에 시달렸다. 이 편지 안에 혹여 독이라도 있으면 큰일 나니까. 고려 왕궁 내에 엄청난 변화가 생긴 셈이다.

'이거 검수하느라 진짜 죽는 줄 알았지.'

무려 나이트 30명이 매달려서 검수했다. 최경식은 생각했다.

'정말 신기한 현상이지.'

공주 하나 때문에 나이트 30명이 자원해서 편지를 검수했다. 그것만으로도 이미 충분히 이상한 일인데, 그걸 무려 왕이 승인해 줬다. 나이트는 안 그래도 바쁘다. 개인 수련만 하기에도 시간이 모자라다. 누구에게나 그렇지만 나이트들에게는 시간이 곧 금인 셈이다. 그런데 왕이 이런 쓰잘데기 없는 일을 하는 것을 두둔하다니, 아니, 오히려 칭찬해 주다니 놀라운 일이 아닐 수 없었다. 여담이지만 이 많은 편지, 김훈상이 다시 한 번 점검했다. 물론 나이트들은 모르는 일이다.

김상희는 잘 모르고 있지만 주변 사람들이 조금씩 변화하고 있었다. 언젠가, 아주 오래전 김상희는 이 세계를 변화시키고 말겠다고 다짐한 적이 있었다. 그러나 시간이 지나면 지날수록 자신이 없어졌다. 그냥 살아남는 게 우선이 되어버렸다. 하지만 최소한 김상희 주변에서는 아주 조금씩 변화가 일어나고 있었다.

"그러니까…… 전 세계의 여자들로부터 온 편지라는 소리인가요……?”

이른바 러브 레터라는 것. 정확한 상황을 알기 위해 김상희는 김환석의 방으로 향했다.

책상에 앉아 무언가를 골똘히 연구하던 김환석은 자리에서 일어섰다. 예전 같았으면 뒤도 안 돌아보고 마력으로 몸을 강제시킨 뒤 밖으로 내던져 버리거나 했을 거다. 하지만 김환석도 변했다. 김상희가 ‘여자를 괴롭히지 마요’라고 말한 적은 없지만 괜히 김상희의 눈치가 보였다. 그래서 요즘은 말로 하는 중이다. ‘내가 집중하고 있을 땐 방해하지 말라고 했을 텐데’라고 말하려고 했다. 하지만 그러지 못했다.

시녀들이 듣기엔 지나치게 자상한 목소리로, 그러나 김상희가 듣기엔 시크한 목소리로 김환석이 말했다.

“무슨 일이냐?”

하지만 김환석은 김상희가 찾아온 이유를 알기에 한쪽 입가가 씰룩거렸다. 그걸 필사적으로 참고 최대한 포커페이스를 유지했다. 그래 봤자 눈치채기의 달인 김상희에게는 그게 너무나 훤히 보였지만.

“소녀에게 편지가 많이 왔어요.”

그건 당연히 안다. 솔직히 말해서 저 편지들, 김환석이 몰래 검수했다. 결론만 말하자면 나이트가 1차로 검사하고, 아무도 모르게 김환석이 한 번 더 검사하고, 그다음 김훈상이 또 몰래 검사했다.

“오빠가 이 발명품이 제 거라고 하셨다면서요?”

김환석은 아주 많은 발명을 했다. 그러나 대부분은 쓸모가 없었다. 왜냐하면 ‘마력이 없는 사람’을 위한 발명품이었으니까. 무엇보다도 그건 돈이 안 된다. 마력이 없다 함은 보통 여자를 뜻하는데, 여자들은 그렇게 부유하지 않다. 다시 말해 투자비 대비 성과가 안 나온다는 거다. 누가 1,000원 투자해서 100원 벌고 싶을까.

하지만 김환석은 애초에 투자금을 신경 쓰지 않았다. 그는 안 그래도 아주 많이 부유하다. 그러다 보니 쓸데없는 발명, 더 정확히 말하자면 오로지 김상희만을 위한 발명을 많이 해왔다. 하지만 아이러니하게도 개중에서 대히트를 친 것이 있었으니 바로 '진통제'다. 동생이 생리통 때문에 아파하는 것을 본 김환석이 절치부심하여 만들어낸 진통제. 이게 부작용(?)으로 마력의 순도를 높여주기도 했다. 덕분에 김환석은 지금 돈방석에 앉았다. 하루 벌어들이는 순수익이 무려 900억에 달했으며, 이는 전 세계를 통틀어서 가장 빠른 속도로 부를 축적하고 있다고 해도 과언이 아니었다.

그런데 김환석은 여기에 꼼수를 하나 부려 놨다. 이 발명을 김상희가 했다고 공표했다. 제국의 마력 학원에서 공부를 했을 정도의 엘리트. 그녀가 노력하여 이 발명품을 만들었고, 새로이 증축한 공장에서 생산되는 진통제의 경우는 오로지 여자들에게만 아주 싼값에 판매가 되었다. 김환석이 그런 거다, 동생한테 잘 보이려고. 아무래도 동생은 계집들에게 잘해 주면 좋아하는 모양이니까.

"새로 증축한 공장에서 생산되는 진통제는 여자들에게만 판매한다고 들었어요."

"그건 마력 순도를 높이는 효과가 없는 싸구려 진통제니까."

물론 아니다. 오히려 그 효과를 없애기 위해서 더 많은 시설 투자를 해야만 했다. 똑같은 진통제를 내보내면 여자들은 아마 남자들에게 빼앗기고 말 거다. 그러면 동생이 슬퍼하겠지. 순수한 의미의(?)

진통제를 만들려면 당연히 돈이 더 들어간다. 여자들 전용으로 판매되는 진통제는 오히려 팔면 팔수록 손해가 난다. 그 손해 규모가 하루 약 200억 원에 이른다. 하지만 겨우 200억 원, 그 정도는 감수할 수 있다. 200억 원 버리고 동생이 기뻐하면 그거면 충분했다. 물론, 김환석 스스로는 그런 마음을 인지하지 못하고 있지만.

김상희는 솔직히 감탄했다.

'탑 오브 망나니가 그런 것까지 계산했을 줄이야.'

물론 저 진통제가 팔면 팔수록 손해라는 것까지는 모른다. 아무리 김상희가 귀신이어도 그것까지 파악하기는 어려웠다.

"그래서 여자들이 제게 감사하다고 편지를 보내왔어요."

그것도 전 세계에서. 지금 전 세계 여자들에게 김상희는 하나의 희망이 된 셈이다. 여자의 몸으로도 이만큼을 보여줄 수 있다, 할 수 있다는 그런 희망 말이다. 희망이 없을 때와 희망이 있을 때의 사람의 마음가짐은 완전히 달라지게 마련이다.

김환석은 마치 아무것도 아니라는 듯 고개를 획 돌렸다.

"볼일 끝났으면 꺼져, 거치적거리니까."

말은 그렇게 했지만 김환석은 뒤돌아선 상태로 싱글벙글 웃었다. 이거, 기분이 좀…… 좋은 것 같다. 김환석의 광대가 승천했다. 하늘 높은 줄 모르고 말이다.

"오빠는 많이 변하셨군요."

김상희가 서비스 차원에서 김환석의 허리를 뒤에서 껴안아줬다. 이름하여 백 허그다. 김환석의 경우, 여자에게 백 허그를 받아본 적이 없다. 애초에 그럴 수가 없다. 여자들은 김환석이 무서워 접근하는 것 자체를 못하니까. 김환석은 하늘을 날아갈 것 같은 착각에 빠져들었지만 애써 웃음을 참으며 최대한 시크하게 말했다.

"꺼져, 거치적거리니까."

잠시 후, 김상희가 자신의 방으로 돌아간 뒤 알렉스가 찾아왔다.

"왕자님, 그게 정말입니까?"

"뭐가?"

"수페르가의 이익 말입니다."

수페르가, 이번에 발명한 진통제의 이름이다. 알렉스는 침을 꼴깍 삼켰다. 아무리 동생 등신, 동생 등신이라지만…… 이건 스케일이 너무 크지 않은가.

"수페르가 순익의 절반이 김상희 공주님에게 흘러가고 있는 것 같은데요……?"

"그런가?"

아니, 이 양반아. 그런가가 아니잖아. 한 달 수익이면 왕국의 일 년 예산과 맞먹는 돈이라고.

'서, 설마?'

어쩌면…… 김환석은 지금 먼 훗날(?) 김상희가 결혼을 할 때를 대비하고 있는 걸 수도 있었다. 김상희가 결혼할 때 지참금으로 번듯한 나라 하나를 차려주려는 그런 속셈일 수도.

"왜 그렇게 한 겁니까?"

"하찮은 계집이니, 그거라도 있어야 덜 하찮을 수 있겠지."

하루 수백억의 순이익이 생기는데, 그게 덜 하찮아요? 잠 몇 번 자면 나라도 세우겠네요, 이 동생 등신아. 알렉스는 그렇게 말하고 싶었다. 절반? 절반이 아니라 1퍼센트만 줘도 평생 떵떵거리면서 하고 싶은 거 다하면서 살 수 있을 거다. 그런데 그걸 저렇게 아무것도 아니라는 듯 말하다니. 심지어 핑계까지 저렇게 등신스럽다니. 누가 동생 등신 아니랄까 봐. 알렉스는 자신이 상희학을 공부하고 있다는 것에 자긍심을 느껴야만 했다. 상희학이 없었다면, 그에 기반한 해석이 없었다면 김환석을 완전히 정신병자라고 생각했었을 테니까.

"그럼…… 김상희 공주는 압니까? 자기가 그렇게 부자가 됐다는걸?"

"……."

김환석은 순간 아무런 말도 못 했다. 그 침묵의 의미를 알렉스는 해석할 수 있었다.

'생색내는 게 싫어서 지금 말 안 한 겁니까? 이 오빠가 이렇게 대단한 오빠다, 그거 자기 입으로 말하기 창피해서?'

아무리 상희학을 공부하고 있다지만 알렉스는 황당함을 감출 수 없었다. 참다못한 알렉스가 한마디 했다.

"그냥 이 오빠가 이렇게 대단한 오빠다, 한번 하시죠? 누가 봐도 대단한 거 맞는데. 1억, 2억으로 살인도 일어나는 세상인데, 하루 수백억이잖아요? 너무 숫자가 커서 감도 안 잡힙니다."

김환석이 진지한 표정으로 물었다.

"겨우 이걸로?"

알렉스는 순간 식은땀을 흘려야 했다.

'저 동생 등신, 진심이다!'

진심이라서 무서웠다. 하루 수백억씩 안겨다 주고, 수조 원이 넘는, 아예 가치가 환산이 안 되는 장미관을 김상희의 명의로 해줬는데 그게 '겨우'란다. 도대체 이 동생 등신의 스케일은 얼마큼 거대하단 말인가. 알렉스는 탄식했다.

'내가 아직도 갈 길이 멀구나.'

수조 원에 하루 수백억이 '겨우'라니! 알렉스가 탄식하고 있을 무렵, 김상희는 자신의 방에 들어섰다. 실내가 어두워 불을 켰다. 그런데 침대에 누군가 앉아 있었다. 그가 입을 열었다.

"김상희."

"다, 당신은……."

김상희는 깜짝 놀랐다. 어째서 크리스가 이곳에 있는지 모르겠다. 현재 크리스는 수배 중인 상태다. 자신의 임무를 소홀히 하고 갑자기 어디론가 사라져 버렸으니까. 중범죄자 취급까지는 아니지만 어쨌거나 자유로운 상태는 아니라는 뜻이다.

크리스가 말했다.

"내가 이런 방법까지는 쓰고 싶지 않았었는데."

김상희는 그게 무슨 말인지 몰랐다. 그런데 문득 이상한 점을 발견할 수 있었다.

'옷이…… 이상해.'

더 정확하게 말하자면 왼팔이 있어야 할 그 부분이 펄럭거리고 있었다.

"크, 크리스?"

크리스가 활짝 웃었다.

"별거 아냐. 재생시키면 돼. 그 정도는 가능해. 시간은 오래 걸리겠지만."

"어째서……."

"너를 보러 오려면 이 정도는 감수해야지."

"저는……."

크리스가 김상희의 말을 잘랐다.

"저는 아니고 나는."

그동안 크리스에게 무슨 일이 있었던 게 틀림없었다. 팔이 없어지다니.

"나는……."

"그래, 나는. 내게 거리를 두지 말아줘. 내게 그거보다 더한 형벌은 없거든."

"나는 잘 모르겠어. 네가 갑자기 왜 사라진 건지, 또 어떻게 이렇게 갑자기 나타난 건지."

고려 왕궁의 경비가 그렇게 허술할 리는 없다. 어떻게 이렇게 들어온 건지 모르겠다.

"팔은 왜 없어……?"

"말했잖아, 네가 너무 보고 싶어서 왔다고. 그 마음을 참을 수가 없어서, 그래서 팔을 줬어."

도대체 누구한테 팔을 줬다는 말이야. 김상희는 머릿속이 복잡했다. 나를 보러 오기 위하여 팔을 줬단다. 무슨 말인지 모르겠다.

"그런 게 있어. 어차피 나는 말 못 해. 그렇게 되어 있거든, 나는."

"그렇게 되어 있다는 게 도대체 무슨 뜻이야?"

"여기까지만 할게. 내가 예전에 알려줬던 말, 기억하고 있어?"

김상희는 고개를 끄덕였다. 김상희는 하루에 한 번 정도는 크리스의 생각을 한다. 갑자기 사라져 버린 이유도 궁금했고, 왜 이상한 말을 알려줬는지도 궁금했다. 어쨌든 그녀는 크리스가 알려준 이상한 말을 정확하게 기억하고 있었다.

"*Lapuntel Essantia Kerannis Frential.*"

"잘 기억하고 있네."

"크리스, 궁금한 것이 있어."

"내가 대답할 수 있는 거라면 무엇이든."

"백제는 어떻게 된 거야?"

"아쉽게도 내가 대답할 수 없는 거네."

크리스가 활짝 웃었다. 저런 표정을 지을 때면, 김상희는 헷갈렸다. 크리스가 어떤 속마음을 갖고 있는지 제대로 알 수가 없었다.

"어째서 대답할 수 없다는 거야?"

"나는 그렇게 태어났거든."

그게 도대체 무슨 말이야? 말을 하고 싶으면 하는 거고, 말고 싶으면 마는 거지. 그렇게 태어났다는 건 또 뭔데?

"정말로 그렇게 궁금해?"

이쯤 되자 김상희는 오기가 생겼다.

"응, 나는 알고 싶어."

"그걸 말해주려면, 나는 오른팔도 잃어야 해."

김상희는 또 헷갈렸다. 저 말이 진짜인가 아닌가. 아니, 애초에 말을 하는 게 뭐가 그리 어렵다고 오른팔을 걸어. 아무래도 농담인 것 같았다. 그게 사실일 수도 있어 함부로 그러라고는 못하고 대신 이렇게 말했다.

"내게 그렇게 비밀이 많을 줄은 몰랐어. 비밀 많은 남자는……."

별로야. 라고 직설적으로 얘기하지는 않았다. 그냥 말을 흐렸다. 판단은 크리스의 몫. 언제나 활짝 웃던 크리스의 얼굴에서 웃음기가 좀 가셨다.

"말해줄게."

그와 동시에 크리스가 검을 꺼내 김상희에게 넘겨줬다.

"잘 들고 있기만 해. 내가 알아서 자를 테니까. 팔이 없어서 혼자서 하기는 힘들거든."

크리스는 겨드랑이 사이에 검을 껴 체중을 실어 오른팔을 자르려 했다. 크리스의 살갗이 검에 닿는 느낌이 들었다. 김상희는 황급히 검을 땅에 버려 버렸다.

"무, 무슨 짓이야!"

검이 어찌나 예리한지, 크리스의 겨드랑이에선 피가 조금 새어 나오고 있었다.

"말했잖아, 나는 너 사랑한다고."

크리스는 한숨을 내쉬었다.

"내가 미친놈처럼 보일 거야. 제정신처럼 보이지 않을 거라는 것도 알아. 하지만…… 내게는 이런 방법밖에 없어. 말했잖아, 나는 그렇게 태어났다고. 네가 이해하지 못할 것도 알아. 그런데 이거 하나만큼은 알아줬으면 좋겠어."

크리스가 오른팔로 김상희를 꽉 끌어안았다.

"내가 너 많이 좋아한다는 거."

"……."

김상희는 마음이 뭉클해졌다. 크리스에게 비밀이 많은 건 알겠다. 뭔가 말 못 할 사정이 있는 것도 알겠다. 그리고 아마도 그의 말은 사실일 거다.

'나를 보러 오기 위해 왼팔을 잘랐다는 거…….'

김상희는 그만 말문이 막혔다. 단지 자신을 보기 위해서 왼팔을 대가로 바쳤단다.

"……고마워."

고맙다는 말은 진심이었다. 누군가가 자신을 그토록 좋아해 준다는 거, 사랑해 준다는 건 싫은 느낌은 절대로 아니었다. 더군다나 그것이 진심이라 느껴지면 더더욱 그렇다. 하지만 이제는 확실하게 말을 해야 할 때였다. 비공식적이긴 하지만 진수와 결혼도 마친 상태다. 황당하기는 해도, 어쨌든 초야도-무려 키스까지-치렀다.

"하지만 크리스."

크리스가 김상희를 더욱 꽉 끌어안았다.

"아무 말도 하지 마."

마력을 최대한으로 컨트롤해서 평정을 유지하는 것처럼 느껴지게 만들기는 했지만 김상희가 보지 못하고 있는 크리스의 얼굴은 평소와는 많이 달랐다. 항상 웃던 그가 오늘은 울었다.

크리스가 평정을 가장한 채 말했다.

"네 마음…… 네가 말을 하지 않아도 나는 잘 알고 있어."

"크리스……."

미안해. 그 마음, 정말 고맙고 또 고마운데, 받아줄 수가 없어. 정말 미안한데, 나한테는 한진수밖에 없으니까.

"오늘도 내 욕심 때문에, 그 욕심 버리지 못하고 너를 보러 온 거야. 명령어도 잘 외우고 있는지 확인도 할 겸. 나 욕심 부리지 않을게. 내 옆에 있어 달라고도 하지 않을게. 그러니까 쫓아내지만 마. 딱 오늘만이야. 오늘 하루만 너 이렇게 안고 있을게. 더 이상 욕심도 안 부려. 너한테 생색내는 거 아닌데…… 나 너 보고 싶어서 왼팔을 잘랐어. 그러니까 심술 좀 부릴게. 조금만…… 조금만 나랑 이러고 있자."

김상희는 문득 크리스가 지독히도 외로워 보였다. 김상희는 저도 모르게 팔을 들어 올려 크리스의 등을 쓰다듬을 뻔했다. 남자로 느낀 건 절대 아니었다. 하지만 너무나 애처로워 보였다. 그가 숨기고 있는 그 비밀들이 크리스를 옭아매고 괴롭히고 있는 그런 느낌이랄까? 그 때문에 김상희는 잠시 흔들렸다.

'아니, 이러면 안 돼.'

김상희는 한진수 외에 다른 남자를 남자로 받아들일 생각이 전혀 없었다. 애처로워 보이고, 외로워 보이기는 하지만 그래도 여지를 줄 수 없었다. 그게 크리스를 위한 일이기도 했고. 크리스의 등을 쓰다듬으려던 팔을 다시 조심스레 내렸다. 그리고 얼마 뒤, 정신을 차렸을 때 크리스는 자리에 없었다.

스페셜 나이트가 나타났다.

"이상하네? 공주님, 여기 누구 왔었습니까?"

김상희는 문득 이상함을 느꼈다.

'그러고 보니…….'

스페셜 나이트가 자신을 밀착 보호하고 있다는 사실을 안다. 아마도 교대로 돌아가면서 24시간 붙어 있을 거다. 그런데 스페셜 나이트는 크리스가 왔다는 사실을 모르고 있는 것 같았다. 스페셜 필드 같은 이상한 필드를 펼친 것도 아니었던 것 같은데 말이다.

'내가 꿈을 꾼 건가?'

정말 꿈일지도 모르겠다는 생각이 들었다.

그때 스페셜 나이트가 물었다.

"성녀님, 그런데 여긴 왜 이렇게 젖었습니까? 물 흘리셨나?"

그는 김상희의 어깨 부근을 쳐다보고 있었다. 크리스가 턱을 올려놓았던 그 자리였다.

3개월이 지났다. 언제나 그렇듯, 김환혁이 김상희의 방을 찾았다.

"누나!"

그간의 교육이 효과가 있었는지, 이제 이상한 동물을 선물이라고 잡아오는 일은 없었다. 대신 요즘에는 이런 부탁을 해오곤 했다.

"내 명치를 아주아주 세게 때려줘!"

"왕자님, 그러면 주위에서 손가락질한답니다."

게다가 내 옆엔 스페셜 나이트가 항상 붙어 있다고요. 그런데 제가 어떻게 왕자님을 치겠어요? 하는 그 말을 아주 조심스레 돌려서 표현했다.

"저는 왕자님께 그런 결례를 범할 수가 없어요."

그런데 이게 웬걸.

"성녀님, 저희 명치도 좀 쳐주면 안 됩니까?"

아이고, 두야. 김상희는 머리가 지끈지끈 아파왔다. 요즘 들어 이런 요구를 하는 남자가 많아졌다. 그리고 이제 김상희는 남자들이 왜 이런 부탁을 하는 건지 알고 있다. 마력의 순도가 높아지고 절대량이 증가한단다.

'고대 기록이 사실이었어.'

한진수와의 비공식적인 결혼을 한 지도 벌써 6개월이 흘렀다. 그 사이, 김상희는 김훈상의 묵인 아래 특별 서고에 있는 고대 기록들을 계속해서 탐독해 왔다. 특히 그녀가 관심 있게 살펴본 것은 바로 '성녀'에 관한 내용이었다. '특별한 행위'를 하게 되면 마력이 커지거나 순도가 높아지는 현상이 일어난다고 했는데, 김상희의 경우는 바로 '명치를 때리는 행위'가 그것이었다.

마력이란 이 세계를 지탱하는 근본이다. 그런 의미에서 김상희는 이제 단순한 계집이 아니었다. 물론 나이트들과 왕자들이 입단속을 하고 있어서 김상희의 능력이 바깥으로 알려진 건 아니었지만 그래도, 나이트들은 대부분 알고 있는 사실이었다.

"아니, 이봐, 오늘은 내 차례였다고."

"무슨 소리? 나는 한 달 전부터 예약을 잡았어."

김상희는 한숨을 내쉬었다. 처음에는 해달라는 대로, 그냥 뭣 모르고 해줬다. 남자가 시키는데 별수 있어. 그냥 해줘야지…… 라는 마음가짐보다는, 이 세계의 남자들을 향한 분노를 가득 담아 아주 힘껏 쳐줬다. 특히나 김환성의 경우 마력 보호 없이 명치를 세게 맞고서 한참을 고통 속에 신음했었는데, 김상희는 그때 굉장히 통쾌했었다.

어쨌든 처음에는 그렇게 해줬는데 신청자가 워낙에 많다 보니, 이젠 송수진을 통해 예약을 받았다. 그런데 예약을 받다 보니 또 꼼수를 부리는 나이트들이 생겨났다. 송수진에게 로비를 벌이는 거다.

"피부에 엄청 좋은…… 이것이 바로 오미자라는 특산물인데……."

"이것은 남쪽 지방에서만 재배되고 있는 특수 블루베리인데……."

처음에는 송수진에게 하다가 이제는 아예 대놓고 김상희에게 로비를 벌였다. 능력을 가진 사람은 김상희 한 명뿐인데, 혜택을 보고 싶은 사람은 많았다. 상대적으로 김상희의 능력은 희소가치가 굉장히 높을 수밖에 없었다. 그 콧대 높다는 나이트들이 김상희 공주에게 굽실거렸다.

"공주님, 제 명치부터 좀 부탁드립니다."

"아뇨, 저부터 부탁드립니다. 제가 기똥차게 맛이 좋은 산수유 열

매를 가져왔는데 일단 한번 드셔 보시고……."

송수진은 이제 놀랍지도 않다. 이런 광경, 너무 많이 봤다. 밖에서 만나면 도도하다 못해 무섭기까지 한 나이트들인데 상희 공주의 방에만 오면 어찌도 이렇게 순둥이들로 변하는 건지. 다른 시녀들은 송수진의 말을 믿지 못했다. 어떻게 나이트들이 그럴 수가 있냐고, 절대 그럴 리 없다고, 허세 부리지 말라고, 송수진을 거짓말쟁이로 매도했다. 다른 시녀들은 나이트의 이런 모습을 본 적도 없고 상상도 못 했으니까. 하지만 이것은 사실이었다. 나이트들이 김상희에게 굽실거렸다.

"성녀님, 이 블루 사파이어는 어때요? 제가 아주 힘들게 구한 것인데, 보자마자 딱 공주님 생각이 나더라구요? 정말 잘 어울릴 것 같은데."

결국 김환혁이 폭발했다.

"너희 다 나가!"

하지만 나이트들도 만만치는 않았다.

"왕자님, 이런 걸로 권력 남용하면 안 됩니다. 순서가 있고 법칙이 있는데."

김환혁이 씩씩대며 마력을 끌어올렸다.

"너네도 도둑놈들이냐!"

나이트들은 황당해졌다. 아니, 선물을 가져다 바쳐도 우리가 가져다 바치지, 도대체 뭘 도둑질한단 말입니까?

김상희의 머리가 또 아파왔다. 이놈의 가족들은 좀 뭔가 이상하다. 아니, 개차반의 피를 물려받아서 그런 건지 모르겠는데, 하여튼 정상인 것 같지는 않았다.

"그리고 권력 남용 아니거든?"

김상희보다도 키가 많이 커진 김환혁이 김상희의 어깨를 감싸 안았다. 누구에게 빼앗길세라 철통같이 보호하는 모양새였다.

"우리 누나거든!"

"……."

그리고 말이 교묘하게 바뀌었다.

"내 누나는 내 거야."

아니, 왕자님. 나는 물건이 아닙니다만. 김상희는 말해주고 싶었다. 사람한테, 그것도 누나한테 소유욕 부리지 말란 말이야. 엉엉.

"모두 나갓!"

나이트들은 이해할 수 없었다. 우리 누나인 거랑 내 누나인 거랑 모두 나가는 거랑 도대체 무슨 상관이 있단 말인가.

나이트 중 한 명이 말했다.

"못 나갑니다. 오늘은 제 차례란 말입니다."

명치를 얻어맞기 위한, 고려 왕자와 고려 나이트들 간의 눈치 싸움이 시작됐다.

김상희는 한숨을 내쉬었다.

'이래서는 내 시간이 하나도 없겠어.'

이대로는 안 되겠다 싶었다. 능력을 가지게 된 것은 좋았지만, 부작용이 좀 있다. 자신의 시간을 가질 수가 없었다. 그래서 대책을 세우기로 했다.

김상희가 김훈상을 방을 찾았다. 김훈상의 방을 직접, 그것도 다이렉트로 찾을 수 있는 사람은 몇 되지 않는다. 김상희는 그 몇 안 되는 사람 중 한 명이다. 그중에서도, 김훈상이 제일 반기는 사람은 두

말할 것도 없이 바로 김상희다.

집행부 부장 에반스는 이마의 땀을 닦았다.

“아니, 폐하. 굉장히 중요한 사안입니다만…….”

“에반스, 그거 지금 당장 안 하면 고려가 망하나? 그 정도의 사안인가?”

“……그 정도는 아닙니다.”

도대체 뭘 하면 하루아침에 고려가 망할 수 있습니까? 그런 사안이 도대체 뭡니까? 그게 오히려 궁금할 지경인 에반스는 한숨만 푹푹 내쉬었다. 결재 받을 일이 엄청나게 많은데, 바빠 죽겠는데 폐하가 왜 이러나 싶다.

‘오늘도 야근하겠네.’

에반스의 속도 모르고 김훈상이 말했다.

“돌아가 봐.”

김훈상은 싱글벙글 웃었다. 딸과의 행복한 시간을 보내야겠으니. 그 말은 삼켰다. 그 말까지 하면 에반스는 아마 고혈압으로 쓰러질지도 모를 일이다.

김상희가 인사했다.

“아빠, 드릴 말씀이 있어요.”

아직 미비하기는 하지만 김상희를 중심으로 세계의 변화가 시작됐다. 에반스에게는 야근의 첫 단추가 될지도 모르겠지만 하여튼 세계의 변화도 시작됐다.

김훈상이 물었다.

“그래, 어쩐 일이냐?”

김상희의 조련은 언제나 현재진행형이다.

"소녀는 섭섭해요."

김상희의 그 단순한 한마디에 딸 등신이 당황하기 시작했다. 딸 앞에서 논리나 이성 같은 건 실종된 지 오래였다.

"뭐, 뭐가 그렇게 섭섭하지?"

순간 기분이 땅으로 곤두박질쳤다.

"소녀는 무슨 일이 있어야만 아빠를 볼 수 있는 건가요? 아빠에게 있어서 소녀는 용무가 없으면 볼 수 없는 먼 분이신가요?"

그 말에 기분이 또 금방 하늘까지 솟구쳤다. 자신이 '들었다 놨다'를 당하는 건 줄도 모르는 김훈상은 싱글벙글 웃고 말았다. 김상희의 말은 곧, '소녀는 아빠가 보고 싶어서 용무가 없음에도 불구하고 찾아왔답니다'라는 뜻이 되지 않는가. 김훈상은 행복해졌다. 그런데 솔직히 말하자면 김상희는 용무가 있어서 찾아왔다. 아무래도 뭔가 공적인 뭔가가 있어야 할 것 같아서 말이다.

김상희가 말했다.

"소녀의 생각을 들어주시겠어요?"

"그래."

뭘 못해주겠는가. 돈으로 사랑을 가늠할 수는 없지만 그래도 수조 원에 달하는 건물을 김상희의 명의로 해줬고 김상희한테 첫 뽀뽀를 받았다고 퓨리어스를 뿌렸다. 상식적으로 생각하면 미친 왕이다. 들어주는 거 얼마든지 할 수 있다.

"장미관을 보다 적극적으로 활용하고 싶어요."

"장미관을?"

장미관은 김훈상의 선물이다. 왕의 거처인 사자관보다도 더 안전한 곳이다. 물론 사자관도 곧 보수를 통해 훨씬 더 안전한 곳으로 탈

바꿈시킬 거긴 하지만 어쨌든 지금 최신식 설비를 갖춘 곳은 바로 장미관이다. 그런데 그 장미관을 어떻게 활용하겠다는 거지?

"집행부 관리들이 언제나 바쁘고 격무에 시달린다고 들었어요."

그 격무에 시달리는 자의 끝판왕 에반스가 지금, 김상희 때문에 결재를 못 받고 쫓겨났다. 그 사실을 알 리 없는 김상희가 말을 이었다.

"그래서 공주들로 하여금 어떠한 직책을 맡겨볼까 해요."

"흠, 무슨 직책을 맡기고 싶지?"

공주들은 어차피 별로 효용 가치가 없다. 적어도 김훈상의 기준에서는 그렇다.

"제 능력은 아빠도 잘 아실 것이어요."

"그렇지."

그래서 도둑놈 같은 놈들이 눈 시퍼렇게 뜨고 너를 찾아다니고 있지. 이리 같은 놈들. 그 말은 속으로 삼켰다. 사실 그들은 도둑이나 이리가 아니라 자랑스러운 고려 왕국의 나이트들 아닌가. 아무리 딸 등신이어도 할 말이 있고 못할 말이 있는 법이다. 분명 이성은 그렇게 말하고 있지만 그의 마음은 또 달랐다.

"승냥이 같은 놈들."

김훈상은 저도 모르게 중얼거리고 말았다. 하지만 그 소리는 굉장히 작아 김상희는 듣지 못했다.

"네?"

"아무것도 아니다."

김상희가 논리 정연하게 자신의 주장을 펼치기 시작했다.

"그래서 제 생각은요……."

김상희의 능력 중 한 가지는 바로 '마력 부여'다. 지난 소녀식 때, 최소연 공주가 그 혜택을 받았었다. 그런데 세상에 제대로 발표하지 않은 사실이 있었다.

제9대대 소속 나이트가 말했다.

"모두 섭취하도록 합니다."

장미관 내에 따로 마련된 연무장에서 공주들이 알약을 삼켰다. 공주들은 신이 났다. 제2공주인 김예원 공주가 감탄한 듯 중얼거렸다.

"이 느낌이…… 마력……!"

김상희의 능력은 김상희 본인과의 접촉을 통해서만 이루어지는 것이 아니었다. 이것은 김환석마저도 감탄한 획기적인 발견이었다. 바로 마력석 '알론'을 통한 마력 부여. 마력이 없는 남자 중 한 명인 김형석은 마력석 알론을 항시 소지하고 다닌다. 알론에 타인의 마력을 저장해 놨다가, 그것을 섭취하여 사용하고 있다. 김환석은 거기에서 영감을 얻어 김상희를 데리고 실험을 해봤는데, 실험은 대성공이었다.

김상희의 손에서 새어 나오는 하얀빛을 머금은 마력석 알론을 정제하여 알약을 형태로 만들면 여자들에게도 마력을 줄 수 있는 비약이 되었다. 물론 김상희에게 직접 마력 부여를 받는 것보다는 효과가 떨어졌다. 지속이 30시간 정도밖에는 안 되었으니까. 하지만 이것이 의미하는 바는 가히 엄청났다.

"다시 한 번 말하지만 미라클에 관해서는 절대 함구를 해야 합니다. 이는 지극히 높으신 왕명이며, 이를 어길 시 목숨을 장담하기 어렵습니다."

여자들에게 마력을 부여하는 이 알약의 이름은 '미라클'. 미라클은 아직 대량생산에 들어가지는 않았다. 아직 그 정도로 많이 필요한 것도 아니다. 하지만 김환석의 이론에 따르면 대량 생산은 충분히 가능했다. 여자들을 마력으로 무장시킬 수 있는 미라클을 대량 생산한다? 그 말인즉, 남자에 비해 압도적인 수를 자랑하는 여자들을 모두 '전력화'시킬 수 있다는 얘기다. 재미있는 건, 공주들이 절대 함구하고 있기 때문에 김상희는 그 사실을 제대로 모르고 있다는 것이다. 공주들이 훈련받고 있다는 사실은 알고 있지만, 미라클의 존재 여부에 대해서는 잘 몰랐다.

김예원 공주의 눈에서 눈물이 흘러나왔다.

"아……."

김예원 공주뿐만이 아니었다. 이전에 이 느낌을 받아본 최소연 공주 역시 마찬가지였다. 이들에게 있어서 미라클은 기적이었다. 여자도 마력을 가질 수 있다. 김상희 공주의 도움만 있으면 말이다. 이 세계에서 여자가 제대로 목소리를 내지 못하는 이유가 바로 마력이 없기 때문 아닌가.

'이것만 있으면…….'

남자와 동등한 위치는 아니라도, 적어도 지금보다는 훨씬 더 큰 목소리를 낼 수 있을 거다. 여자들의 입지가 높아질 것이 틀림없었다.

그런데 김상희 공주가 찾아왔다. 나이트가 차렷 자세를 하고서 경례했다. 20여 명의 공주가 손을 배꼽에 모으고 공손하게 인사했다. 근엄하기 그지없던 나이트의 얼굴이 확 풀렸다.

"성녀님, 여긴 어쩐 일로……?"

누가 보면 이중인격자라고 오해할 법했다. 또한 아무도 김상희 공주만 훈련에서 열외 하는 것에 대해서 이상하게 생각하지 않았다. 불만을 품지도 않았다. 아니, 애초에 나이트들이 나서서 반대했다. 우리 성녀님은 훈련 같은 거 받으면 안 된다고 말이다.

김상희가 말했다.

“공주들과 얘기할 시간이 필요해요. 여기 왕명을 담은 문서를 가져왔어요.”

공주들의 커뮤니티를 제안했던 것은 바로 김상희였다. 덕분에 공주들 간의 교류가 양성적으로 이루어지게 되었고, 김상희 역시 공주들과의 만남을 종종 갖고 있다. 그런데 커뮤니티가 있기는 있으되, 공식적인 행사나 일을 한 건 아니었다. 다시 말하자면 이름과 집단은 있는데 아무런 일도 하지 않는 그런 유령집단 같은 느낌이랄까? 하지만 이제 때가 됐다고 생각했다.

‘잘만 하면…….’

앞으로 공주들의 권리가 많이 높아질 거다.

“김예원 공주가 관리를 총괄하도록 하세요.”

장미관은 독립적인 세력으로 인정받았다. 김상희는 어깨를 으쓱했다. 뭐, 반발할 사람도 있겠지만 어쩌겠어. 왕명인데. 개차반이 이럴 땐 참 쿨하고 좋다. 자기 생각에 맞다 싶으면 그냥 막 밀어붙이고 보니까. 또 워낙에 이미지가 좋아 신하들도 딱히 반대하지 않지만.

“그리고 나이트들과의 직접적인 창구 역할은…….”

장미관의 주된 업무는 바로 김상희 공주의 스케줄을 관리하고, 김상희 공주와의 만남 시간을 체계화시키고 공적으로 관리하는 것이었다. 그러한 사실이 나이트들 사이에 알려졌다.

나이트 제6대대와 9대대는 생활관을 함께 쓴다. 바로 웅비관이다. 웅비관 내에서 한바탕 소란이 일었다.

"이봐, 다음 차례는 너라고."

"아냐, 나는 분명히 처음부터 안 한다고 그랬어."

"보너스 많이 준다고 좋다고 할 땐 언제고?"

제9대대는 공주들의 훈련을 맡은 대대다. 공주들을 훈련시키는 건 사실 굉장히 쉬운 일이다. 일단 그녀들은 기초 체력부터가 약하니 스펙터클하고 혹독한 훈련은 못 시킨다. 그럼에도 불구하고 보너스는 많이 주는 임무라 처음에는 지원자가 몰렸다. 그래서 김훈상이 직접 심사를 했을 정도로 경쟁이 치열했다. 그런데 이젠 아니다.

'아씨, 저번에 김예원 공주 얼차려를 줬었는데.'

상황이 바뀌었다.

'그거 아직 기억하고 있으면 어떡하지?'

성녀와 왕이 장미관에 권한을 부여했다. 김예원 공주의 최종 승인이 있어야 김상희 공주로부터 명치를 얻어맞을 수 있게 된 것이다. 지금 당장 '나부터 해줘'라고 땡깡을 부릴 수도 없다. 만약 다른 나이트들이 없었다면 그럴 수 있겠지만 지금은 모두가 공평하게 기회를 기다리고 있는 중이니까.

"그거…… 효과가 반복으로 중첩도 된다며?"

다시 말해, 얻어맞으면 얻어맞을수록 더욱더 마력의 순도가 높아지고 절대량이 커진다는 소리다. 나이트들이 그 지경이다 보니, 결국 어쩔 수 없이 김상희의 능력에 관한 소문은 왕궁 전체에 퍼지게 됐다. 이젠 나이트들에게만 국한되는 문제가 아니었다.

그것을 알게 된 알렉스가 섭섭함을 표했다.

"김상희 공주님, 그런 능력이 있으시면 제게 먼저 해주시지 않고……!"

"하지만 많이 아플 것이어요. 알렉스 학자님은 연세가 있으셔서…… 그래서 말씀을 드리지 못했어요. 소녀는 학자님을 많이 걱정하고 있답니다."

그 말에 알렉스의 마음이 봄에 눈 녹듯 풀어졌다. 학자 마음 풀어주기 참 쉬웠다. 알렉스가 기대에 부푼 마음으로 말했다.

"자, 어서 절 때려줘요."

"알렉스 학자님, 그건 장미관을 통하여 접수하셔야 해요."

"……."

알렉스는 순간 배신당한 것 같은 느낌이 들었다. 좀 서운해졌다. 자신은 상희학의 유일한 연구자 아닌가! 게다가 김상희와는 한배를 탄 사이 아닌가. 특별 서고에 관한 일은 알렉스 역시 상당한 위험부담을 떠안았던 문제였다.

김상희가 방긋 웃었다.

"농담이어요."

알렉스는 깨달았다. 이 공주님, 사람을 들었다 놨다가 아주 자유자재다. 상희학을 공부하고 있는 자신도 이런데, 아무것도 모르는 왕과 왕자들은 얼마나 치명적인 영향을 받을지.

"알렉스 학자님은 제겐 아주 특별한 분이셔요."

배신감 직후에 찾아온 달콤한 말은 알렉스의 마음을 어르고 달래주며 행복하게 해줬다. 특별한 사람이라니! 안 그래도 사랑스러워 보였던 김상희 공주가 더더욱 사랑스러워져 보였다. 손녀딸 삼고 싶은 그런 기분이었는데 그러자면 또, 폐하를 아들로 삼아야 하는 난제가 있으니 그건 포기하기로 했다.

"그렇다면 절 때려주는 겁니까?"

"네, 하지만 비밀로 하셔야 해요. 공식적으로는 장미관을 통해서만 하게 되어 있거든요."

"알겠습니다. 어서 절 패주세요."

황제의 밀실.

황제가 말했다.

"미라클에 대해서 알고 있나?"

정보부 국장 김국현은 긴장했다. 갑자기 황제가 무슨 말을 하는 건지 모르겠다.

"잘…… 모르겠습니다."

모르겠다는 말은 일반 사람도 아니고, 정보부 국장의 입에서 나올 말은 아니다. 황제는 피식 웃었다.

"긴장하지 마라. 어차피 알 거라고 생각하지 않았다. 현재 고려 왕궁 내에서도 극비에 해당하는 거니까."

황제가 미라클에 대해 설명했다.

"어, 어찌 그런 일이……! 고대 기록에도 그러한 일은 없었습니다."

"그러한 능력이 있었지만 발견하지 못했다는 것이 더 맞는 말이겠지."

"그, 그런……!"

듣고 보니 그랬다. 만약 김환석이라는 걸출한 인물이 없었다면 김상희의 능력은 제대로 발굴되지 못했을 거다. 여자에게 마력을 부여하는 알약이라니, 심지어 그것을 대량생산할 수 있다니.

'그런데 폐하께선 어떻게 고려 왕궁 내의 일을 저렇게 잘 알고 계신 거지? 고려 왕궁 내에서 극비인데…….'

실제로 자신도 모르는 일 아닌가.

"시기를 조금 더 앞당겨야 할지도 모르겠다."

"시기라 하시면……."

김국현은 침을 꿀꺽 삼켰다. 아무리 여왕이 있다지만 아직 전력을 제대로 갖추려면 1년이 넘는 시간이 필요했다.

"고려에는 수천만의 남자가 있다."

그 말이 뜻하는 것은 분명했다.

"수억이 넘는 여자가 있겠군요."

그것은 그들이 모두 마력을 가질 수도 있다는 걸 의미한다.

"엄청난 전력 향상이 이뤄지는 거지. 인해전술도 가능해진다. 그것이 대량 생산되려면 아직 시간이 필요할 거다. 그 전에 고려를 쳐야 한다. 준비 기간을 단축해라."

"그러면 여왕이 상할 수 있습니다."

황제가 짧게 말했다.

"여왕을 버리고 성녀를 얻는다."

한진수는 고려 국왕의 암묵적 동의 아래, 한 달에 한 번 김상희를 보기 위해 고려 왕궁을 찾는다. 이번도 마찬가지였다. 그때마다 한진수는 김상희를 달래주기 위해 30분 정도는 시간을 써야 했다.

한진수가 진심으로 말했다.

"내가 매일 미안해, 상희야."

김상희는 대답하지 않았다. 한진수의 사정은 충분히 이해하고 있다. 적어도 머리로는 충분히 이해한다. 그러나 머리로 이해하는 것과는 별개로 그녀는 토라졌다. 그도 그럴 것이 김상희는 언제나 24시간 내내 대기를 해야 했다. 한진수가 대략 한 달 주기로 찾아오는데, 정확하게 언제 오는지는 알 수 없었다. 규칙도 없었다. 그러다 보니 김상희는 한 달 내내, 기약 없는 기다림을 해야만 했다. 당연한 말이지만 그녀는 여자다. 한진수에게 예쁘게 보이고 싶다. 그러니까 한 달 내내 예쁘게 있다.

한진수가 김상희를 토닥여 줬다.

"매일 기다리게 하는 거 알아."

"……."

"기다리게 해서 정말 미안해."

"……."

약간의 시간이 흘렀다. 김상희는 팔을 들어 올려 한진수를 안았다. 한진수를 볼 수 있는 건 한 달에 한 번뿐이다. 이 시간을 토라져서 보내기엔 너무나 아까웠다.

한진수는 김상희의 체온을 느꼈다. 잠깐 눈을 감으니 안도감이 들었다. 김상희를 안고 있을 때 그는 세상에서 가장 안전한 사람이 된 것처럼 느꼈다. 언제나 그렇듯 한진수가 먼저 말했다.

"……보고 싶었어."

한진수가 찾아오는 날이면, 왕가의 경계가 한층 더 심해진다. 왕이 말했다. 합방은 2년 뒤라고. 황당한 건, 6개월 전에도 2년 뒤라고 말했는데, 6개월이 지난 지금도 2년 뒤라고 한다. 그런 논리라면 2

년이 지나도 또 2년 뒤라고 말할 것 같은 불길한 기분이 들었다. 어쨌거나 한진수는 김상희를 육체적으로 어떻게 하겠다는 생각은 없다. 그에게 허락된 최대한의 진도(?)는 그래 봐야 키스다. 황당하다면 황당한 일이지만, 아무것도 안 하고 오로지 키스만 하면서 3시간을 보낸 적도 있다.

한진수의 입술과 김상희의 입술이 포개졌다. 한진수는 그것만으로도 행복했다. 김상희를 품에 안고 있고, 그보다 더 나아가 키스까지 하고 있으니까. 그는 속으로 고백했다.

'사랑해.'

그러나 김상희의 생각은 조금 달랐다.

아, 얘 또 이런다. 물론 나도 안다. 밖에는 아마 스페셜 나이트가 귀를 기울이고 있을 거다. 우리 개차반 씨와 망나니들이 미친 듯이 경계를 펼치고 있다는 것도 안다. 개차반과 망나니들은 과보호에 중독되어 있는 상태고, 만약 진수가 내 몸을 어떻게 하려고 한다면 아마 난리, 아니 생난리를 칠 거다. 하지만 그렇다고는 해도, 그럼에도 불구하고, 그렇지만, 그래도, 그래도 말이야.

'무슨 남자가 이렇게 패기가 없어?'

세기의 대천재? 제국 황제를 속 썩이는 변방 나라 신라의 국왕? 타국 출신으로 제국의 프리온 나이트가 되었던 천재? 그게 다 무슨 소용이야.

'오늘도 키스만 한 시간은 하겠네.'

키스가 싫다는 건 아니다. 키스, 물론 좋다. 나도 진수랑 키스하는 거 좋아한다. 그래도 저번에는 3시간 내내 키스만 하느라 입술 다 불어터

지는 줄 알았다. 내가 알기로 남자들은 손잡으면 키스하고 싶고, 키스하면 또 그 이상의 무언가가 하고 싶다며? 그렇다며? 너…… 몸에 문제가 있는 건 아니지? 그렇다고 또 내가 덮치기는 좀 그렇잖아. 지금 내 나이는 10대 중후반이다. 내가 덮칠 수는 없지. 아니, 이건 내 마지막 자존심이라고. 젠장. 자존심이 뭐라고. 엉엉. 내 속마음을 알 리 없는 진수는 또다시 사랑스러워 죽겠다는 눈길로 날 쳐다보고 있다.

'좋기는 좋은데…….'

진수의 저 눈빛은 볼 때마다 설레고 좋다. 분명 그건 맞다. 그런데 좀…… 2프로 부족하다. 오해하면 안 된다. 나는 변태 아니다. 그냥 진수가 너무 좋을 뿐. 그리고 진수랑…… 그랬었던 기억들이 아직도 생생하니까 그냥. 흠흠. 더 이상의 자세한 설명은 생략하겠다.

그런데 문득 이상한 생각이 들었다. 최근 나는 내 능력에 눈을 떴다. 정확히 말하자면 최소연 공주의 소녀식 이후로 확실하게 알게 됐다. 나는 내 의지로 이 빛을 내뿜을 수 있다. 정확한 방법은 모르겠다. 숨을 쉬는 것처럼 자연스럽게, 그냥 그렇게 됐다. 처음에는 손바닥으로만 가능했는데, 이제는 내가 생각한 모든 곳으로 가능하게 됐다. 내가 아무도 없을 때, 거울을 보면서 한번 해봤는데 심지어 콧구멍으로도 이 빛을 내보낼 수 있다. 아참, 나이트들이 이 빛의 이름을 정해 줬다. 성녀의 빛이라나 뭐라나. 하여튼 내가 내 입으로 '성녀의 빛'이라고 말하기 민망하니까 그냥 '빛'이라고 하겠다.

'그럼 이 빛을…… 한번.'

콧구멍으로도 내보내는 게 가능하다면, 그렇다면 입으로도 내보내는 게 가능하지 않을까? 라는 생각에서 한번 시도를 해봤다. 진수가 화들짝 놀랐다.

"상희야, 너……."

한진수는 깜짝 놀랐다. 사실 그는 격무에 시달리고 있다. 상희가 걱정할까 봐 티는 안 내고 있지만 그는 매우 바쁘다. 하루에 잠을 3시간 정도밖에 못 잔다. 아무리 마력이 있는 신체라고는 해도, 그는 그 스스로를 한계까지 몰아붙이고 있는 중이다.

그가 그러는 이유는 단 하나였다. 하루 빨리 제국을 없애버리고 김상희를 안전하게 만들어주기 위해서다. 만약 한진수가 얼마만큼 힘들고 바쁜지 알았다면, 김상희는 한진수에게 투정을 부릴 수도 없을 거다. 감히 투정하기 힘들 만큼 한진수는 너무나 바빴으니까. 특히나 이렇게 김상희를 찾아오고 나면 그는 더더욱 바빠진다. 평소에 3시간을 잔다면, 김상희를 찾아오는 날 전후로 1주일 정도는 1시간밖에 못 잔다. 김상희를 만나는 것 자체가 한진수에게는 고행이다. 그러나 한진수는 그러한 것을 모두 감당하고서라도 김상희가 너무나 보고 싶었다. 당연하다. 그에게 있어서 김상희는 삶의 이유이자 삶을 지탱하는 원동력이었으니까.

결론만 말하자면, 김상희는 전혀 모르고 있지만 한진수는 만성적인 피로에 시달리고 있는 상태다.

'괜찮아…… 졌다?'

단순히 괜찮아진 정도가 아니었다. 과거 제국과의 국지전이 벌어졌을 때의 그 강렬한 기운을 느꼈다.

"상희야, 너…… 어떻게 한 거야?"

"응? 뭐가?"

그 순간 김상희는 머리를 얻어맞은 것 같은 충격에 빠져들었다. 고대의 기록이 떠올랐다.

'특수한 행위를 통해 마력의 순도를 높이고 절대량을 늘려 준다고 그랬지.'

여태까지는 그 특수한 행위가 바로 '명존세'인 줄로만 알았다. 그러나 그게 아니었다. 한진수가 몸을 부르르 떨며 홀로 중얼거렸다.

"이 정도는……."

그때의 그 기분이다. 온몸에 활력이 치솟으며 한진수의 몸이 저절로 붕 떴다.

"지, 진수야?"

한진수의 몸이 번쩍 빛났다. 김상희가 깜짝 놀랐을 때, 한진수가 다시 땅에 내려섰다. 한진수가 뭔가에 홀리기라도 한 듯 중얼거렸다.

"상희야……."

"어떻게 된 거야?"

"내가 묻고 싶어. 이거…… 도대체 어떻게 한 거야?"

한진수는 방금 경험했다.

'이것은…… 어쩌면 3차 각성에 근접한 힘일지도 모른다.'

보통 남자들은 2차 각성까지는 한다. 그러나 3차 각성은 아무도 밟아보지 못한 경지다. 전 세기의 대천재 김훈상도 아직 3차 각성을 하지 않았다. 그러나 한진수는 느꼈다. 3차 각성이라고 하기에는 어려웠지만, 그에 근접한 어떠한 기분을 느꼈다.

'이 느낌은 마치…….'

마력이 스스로 힘을 가지고 움직이는 것 같았다. 생명을 가진 생명체가 몸속에서 꿈틀거리고 있는 듯한 느낌.

'이 모든 것을 제국은 알고 있었을까?'

그래서 제국이 그토록 김상희를 얻고 싶어 했겠지. 그러나 놀라운 일은 거기서 그치지 않았다.

신라로 돌아온 한진수는 프리온 나이트들을 소환했다. 프리온 나이트에게서 변화가 일어났다.

전직 붉은 늑대 레지스탕스의 대장 칼리번이 말했다.

"폐하, 프리온 나이트가……."

프리온 나이트가 금색으로 빛나고 있었다. 이전에 김상희가 흰빛을 뿌렸을 때, 그때와 마찬가지로 변해 있었다. 패널이 알려줬었다. 이것이 프리온 나이트의 최종 형태라고. 그리고 최종 형태의 프리온 나이트 1기는 일반 프리온 나이트 10기를 능히 상대할 수 있는 능력을 가지고 있었다.

"어떻게 이런 일이…… 고려에 다녀오신 거 아닙니까?"

"……."

한진수도 놀랐다. 프리온 나이트가 변했다!

"김상희 성녀와 무슨 일 있었습니까?"

무슨 일 있었다. 키스했다. 키스하는 와중에 김상희의 입을 통해 하얀빛이 흘러 들어왔다.

칼리번이 고개를 갸웃했다.

"대장, 아니, 폐하. 얼굴은 왜 빨개져요?"

김환석은 한진수로부터 새로운 정보를 얻을 수 있었다. 김상희의 입을 통해 성력이 방출되면 그 효과가 훨씬 크다고 했다.

"어이."

"네, 오빠. 말씀하시어요."

"너 한진수랑……."

"네?"

김환석이 인상을 찡그렸다.

"아니다."

아니지, 이걸 말하러 온 게 아니지. 그렇게 스스로를 다잡았다. 그래, 결혼까지 한 마당에 키스까지는 봐줘야겠지. 그래, 딱 키스까지다. 더 이상 한다면 한진수 네놈의 그것을 잘라 버리겠다. 그 다짐을 하는 한편, 김환석이 본론을 꺼냈다.

"이것에 성력을 불어넣어 봐라."

김환석이 가져온 것은 마력석 알론. 거기에 조건을 하나 붙였다.

"입으로."

김환석이 그것을 가지고 실험했다. 결과는 대성공. 훨씬 효능이 뛰어난 미라클이 개발됐다. 김훈상마저도 감탄했다.

"여자들에게 마력을 선사함과 동시에 남자들에게도 탁월한 효과를 가지고 있다고?"

이 '미라클'이 있다면 고려의 전력을 한순간에 수십 배 이상 강하게 만들 수 있을 터. 그 정도면 제국과 한판 붙어도 지지 않을 것 같다는 생각이 들었다.

"환석아, 미라클을 대량으로 생산할 수 있겠지?"

"예, 가능합니다. 다만…… 김상희가 조금 힘들 수도 있습니다."

아니, 그러면 그건 좀 곤란한데. 김훈상은 깊은 시름에 빠졌다. 김환석이 말했다.
“하지만 그리하여 제국을 없앤다면 오히려 김상희가 더 빨리 안전해질 수 있습니다. 용단을 내리셔야 합니다.”
김상희를 혹사시키는 거, 그거 별거 아니다. 마력석 알론에 뽀뽀 몇 번 하는 거다. 제국과 전쟁을 준비하는데, 그 정도는 진짜 아무것도 아닌 일이다. 그럼에도 불구하고 동생 등신과 딸 등신은 그 행위를 결정하는 데 무려 용단까지 필요했다. 그 용단을 내리기까지 많은 시간이 걸렸다.
“아, 그래도 내 딸 힘든 거 싫은데.”
그런데 김훈상이 못된(?) 생각을 하나 떠올렸다.
“김상희가 입을 통해서 성력을 내뿜으면 그만큼 효과가 탁월해진다고 했겠지?”
“예, 그렇습니다.”
“그렇다면…….”
김훈상은 대뜸 김상희를 찾아갔다. 그리고 명령했다.
“뽀뽀해라.”
김상희는 고개를 갸웃했다. 아니, 이 개차반이 왜 이래? 아침부터 뭘 잘못 먹으셨나. 이봐요, 난 이제 6살이 아니라 16살이라고.
김훈상이 아주 진지한 표정으로 말했다.
“이것은 아주 중요한 일이다. 국가 전력에 엄청난 보탬이 될 수 있는 중대한 일이며 국익과도 직접적으로 연관이 있는 일이다.”
……뽀뽀가요? 김상희는 묻고 싶었다. 그냥 그런 거 핑계로 뽀뽀를 강탈하려는 거 아닙니까? 라는 생각이 듦과 동시에 아쉬운 마음이 들기도 했다.

'한진수가 저 박력의 30프로만 닮아도 참 좋겠는데.'

김훈상이 조금 무리한 요구를 했다.

"여기다가 뽀뽀다."

"소, 소녀는 이미 성년이 되었는데……."

아니, 여기가 미국이야? 왜 입술에 뽀뽀를 하래? 이 개차반이 정말 제정신이 아닌 것 같은데, 하고 생각한 김상희는 인상을 살짝 찡그렸다.

김훈상의 몹쓸 버릇 또 나왔다.

"뽀뽀 안 하면 사형시켜 버리겠다."

이 황당한 명령이 얼마나 엄청난 결과를 초래할지 모르고 말이다. 김상희의 조련은 끝나지 않았다.

"소녀의 목숨이 그렇게 가벼운 것이었군요. 소녀에게 있어서 아빠는 태양과도 같이 크고 바다같이 넓으신 분이신데…… 소녀의 착각이었어요."

딸의 서글픈 모습을 본 딸 등신 김훈상이 박력이 많이 줄어든 목소리로 애원했다.

"뽀뽀…… 좀 해줘."

"소녀를 사형시킨다고 하셨잖아요. 소녀를 죽여 주시어요."

김훈상은 완전 백기를 들었다.

"뽀뽀 좀 해주면 안 될까? 응?"

"……."

김상희는 삐진 척을 했다. 결국 김훈상은 힘을 썼다. 마력을 써서 강제로 뽀뽀(?)를 했다. 더 정확히 말하자면 뽀뽀를 한 건 아니었다. 김상희의 입을, 마력을 써서 살짝 벌린 다음 성력을 불라고 시켰다.

입술이 닿지는 않았다.

김훈상이 명령을 내렸다.

"빛을 불어 넣어 봐라."

그리고 기적이 일어났다.

김훈상은 온몸에 마력이 충만해짐을 느꼈다. 눈앞이 하얘지는 기분이 들었다.

'이 기분, 뭔가 이상하다.'

마치 2차 각성을 할 때와 비슷한 느낌이었다.

"조금 더, 조금 더 불어 넣어 봐라."

김상희도 뭔가 이상함을 눈치채고 있는 힘껏 불어 넣었다. 그러자 김훈상이 쓰러져 거친 숨을 들이마셨다.

"아, 아빠!"

김상희는 깜짝 놀랐다. 그녀의 입장에서 김훈상이 이렇게 약한 모습을 보이는 거 처음 본다. 마력이라는 완전무결한 능력이 있는 개차반이라고 생각하고 있으니까. 그 엄청난 개차반이 자기 때문에 워프를 많이 써서 며칠 앓아누웠다는 건 여전히 모르고 있지만, 하여튼 김훈상이 이렇게 쓰러져서 식은땀을 뻘뻘 흘리고 있는 모습은 가히 충격이었다.

"괜찮아. 괜찮으니까…… 소란 피우지 마라."

김훈상은 숨을 헐떡거리면서 말했다.

"걱정도 하지 마라."

김상희는 문득 깨달았다. 김훈상이 쓰러져서 놀라긴 했는데, 그런 자신의 감정이 너무도 생소했다.

'내가…… 개차반을 걱정하고 있었어?'

이제 많이 달라졌다. 개차반이 자신을 많이 아끼고 사랑한다는 것도 안다.

'나쁜 쪽으로도 극단적이었다가 좋은 쪽으로도 극단적이라는 게 문제지만.'

재미있는 건 김상희는 지금 자신에게 무슨 일이 벌어지고 있는지 모른다. 장미관이 자기 것인지도 모르고, 수페르가 순수익의 절반이 자신의 명의로 된 통장에 차곡차곡 쌓이고 있는 것도 모른다. 하여튼 김훈상 부자가 극단의 끝을 달리고 있다는 건 부인할 수 없는 사실이다.

'나도 많이 변했구나.'

김훈상이 자리에서 일어섰다.

"어떠냐? 후광이 좀 나는 거 같지 않냐?"

……아, 예. 김상희는 할 말을 잃었다.

나는 황당했다. 개차반의 자백 때문에도 황당했지만 그것 말고도 더 황당한 게 있었다. 어, 그게 그러니까. 어, 음. 저기, 그러니까요. 나는 겨우 입을 열었다.

"아빠, 옷 좀 입어주세요."

개차반은 자신의 몸을 쳐다보더니 껄껄 웃었다.

"옷이 전부 사라졌구나."

김훈상은 옷이 없어져 버린 건 전혀 상관없다는 듯 크하핫! 크게 웃었다. 김상희는 고개를 살짝 돌렸다. 아니, 그러니까 그렇게 호탕하게 웃지만 말고 옷 좀 입으라고. 아무리 당신이 내 아빠님이라지만, 맨몸을 보는 건 아무래도 좀 그래, 너는 부끄러움도 없어요?

개차반이 크게 말했다.

"시녀는 옷을 가져와라."

아마도 송수진 씨라 짐작되는 여자의 목소리가 들려왔다.

"예, 폐하."

듣자 하니 우리 개차반 씨에게 3차 각성이라는 것이 이루어졌다고 했다. 3차 각성이 도대체 뭘까? 내가 책을 찾아보니까 아직까지 3차 각성을 이룬 공식적인 사례는 없다고 했다. 그래도 책을 통해서 알아내는 것에는 한계가 있게 마련이다. 알렉스 씨에게 물었다.

"알렉스 학자님, 3차 각성이라는 게 도대체 뭐예요?"

알렉스는 신세계를 맛보고 있는 중이다. 상희학, 이것은 역시 진리의 학문이었다. 이것을 이제는 세상에 공표해도 될 것 같은 그런 기분이 들었다.

'이럴 수가! 3차 각성이라니.'

알렉스가 김상희에게 설명해 줬다.

"남자는 일반적으로 두 번의 각성을 거칩니다. 각성을 할 때마다 마력의 흐름이 원활해지고 순도가 높아지며 절대량이 커집니다. 그것을 스텝 업이라고 합니다."

"무슨 말인지 잘 모르겠어요."

"음, 쉽게 말해서 마력 10을 가진 남자가 1차 각성을 하게 되면 그게 100이 됩니다. 그리고 100을 가진 남자가 2차 각성을 하게 되면 3,000이 됩니다. 그렇게 이해하시면 편할 것 같네요."

알렉스가 큼큼 헛기침을 하고서 김상희에게 말을 이었다.

"스텝 업이라는 건 남자에게 엄청나게 중요하죠. 갑자기 능력이 증폭되는 구간이니까. 그런데…… 공주님 덕분에 딸 등…… 아니, 폐하께서 3차 각성을 하시게 되었습니다."

김상희는 귀를 의심해야만 했다. 지금 딸 등…… 까지 말한 것 같은데. 분명 뒤에 뭐라고 더 말하려고 했던 것 같은데?

"일반적으로 1차 각성 때보다 2차 각성 때의 스텝 업이 훨씬 큽니다. 그런 의미에서 비추어 보자면 폐하의 3차 각성은…… 기적이라고 볼 수 있죠. 공주님은 지금 기적을 만드신 겁니다."

김훈상의 3차 각성 소식은 왕궁을 강타했다. 덕분에 장미관은 더더욱 바빠졌다. 김상희에게 빛을 받으면 3차 각성을 할 수도 있다는 사실이 알려지면서 나이트들은 물론이고 고위 관리들이 장미관을 수시로 드나들었다. 김훈상은 어떤 방식으로 성녀의 빛을 받았는지는 밝히지 않았다. 밝혔다가는 도둑놈들이 너도나도 뽀뽀해 달라고 덤빌까 두려웠으니까.

김예원 공주가 말했다.

"죄송해요. 순서가 밀려서…… 바로 해드릴 수가 없겠네요."

"내가 누군지 알고 감히 날 미뤄!"

"죄송해요. 스티브 공자님의 위명은 익히 알고 있지만……."

"그걸 아는 년이 감히 내 순서를 뒤로 미루느냐! 이 건방진 계집년이 하늘 높은 줄 모르고 까부는구나!"

그때, 뒤에서 누군가가 말했다.

"당신이 누구든 상관없으니까 순서는 좀 지키지?"

나이트였다. 나이트는 독립된 단체라 신분의 고하가 없다. 또 다른 나이트가 검을 만지작거렸다.

"감히 공주님들한테 그따위 고압적인 태도를 보여?"

그들이 이렇게 행동하는 이유는 간단했다.

'공주들한테 잘 보여야 한다!'

그래야 조금이라도 순서가 빨라질 수 있다. 그는 김예원 공주를 힐끗 쳐다봤다.

'이번에 점수 좀 따놓자.'

아무래도 그래야 할 것 같다.

"공주님에게 무례를 범하지 말란 말이다, 이 배불뚝이 자식아!"

"형님, 말로 할 거 있습니까? 그냥 좀 패죠."

나이트 중 한 명이 또 말했다.

"김예원 공주님, 걱정 마세요. 이딴 배불뚝이 신경 안 써도 됩니다. 한 번만 더 까불면 저 코에 주먹을 꽂아 넣어주면 되니까요."

김예원 공주는 요즘 신세계를 경험하고 있다. 남자들이 여자들에게 굽실거리는 상황이 된 거다.

'이건…… 꿈일 거야.'

아직도 실감이 안 났다. 배가 볼록 나온 남자는 씩씩댔다. 마침 김상희가 장미관 안쪽, 이곳 김예원 공주가 실무를 보고 있는 홀에 들어왔다. 남자가 김상희를 발견했다.

"김상희 공주!"

그의 목소리가 홀 내에 쩌렁쩌렁 울렸다. 김상희도 마침 이쪽으로 걸어오던 중이었다. 김상희가 먼저 입을 열었다.

"장미관 제1수칙, 모르고 계셨나요?"

스티브 공자는 당황했다. 김상희 공주의 태도가 너무 당당하다. 그는 왕궁에 들어와 본 적이 그리 많지 않다. 어디 감히 계집 따위가 이런 태도를 보이다니, 당황하다 못해 이제 황당해서 말도 안 나왔다.

"그깟 거 알게 뭐냐……."

그때, 김환성 왕자가 들이닥쳤다. 장미관에서 소란이 일면, 그리고 그 소란에 김상희가 있으면 언제나 출동하는 망나니가 하나 있다. 그 망나니의 이름은 김환성이며 최근 김상희의 도움을 받아 2차 각성을 끝마쳤다.

"어떤 새끼가 내 똥개한테 소리를 질러?"

김환성이 씩씩대며 다가와서 자랑스럽게 말했다.

"장미관 제1수칙, 계집이라고 무시하지 말 것."

뭐, 뭐 그딴 황당한 수칙이 다 있습니까! 스티브는 따지고 싶었다. 그런 수칙 들어본 적도 없고, 설사 있다고 해도 지키고 싶지도 않다. 말 그대로 쓰레기 같은 수칙이다.

"장미관 제2수칙, 계집에게 소리 지르지 말 것."

김환성은 인상을 찡그렸다.

"설명하기 귀찮다. 너 그냥 꺼져."

김환성은 귀찮다는 듯 걸어가 스티브 공자를 대충 발로 걷어찼다. 대충 맞았음에도 불구하고 그는 정확하게 창문 쪽으로 날아가 창문을 뚫고 밖으로 떨어져 내렸다.

김환성이 태평스레 말했다.

"뭐, 죽지는 않았겠지."

"오빠, 그래도 너무 심했던 것 같아요."

"그래?"

김예원 공주는 이제 이런 상황이 놀랍지 않았다. 왕자에게 태연스레 오빠라고 부르는 것도, 왕자의 행동이 잘못되었다 지적하는 것도, 이제는 놀랍지 않다. 이제는 그러려니 한다. 자신의 세대에 이런 변화가 일어날 줄이야. 놀랍다기보다는 이제 매일매일이 감사하다.

그날 밤, 김예원 공주가 김상희를 찾았다.

"언니는 정말 대단하셔요."

지난 6개월간 제법 친해져 말도 놨다.

"예원 공주는 또 그 소리야?"

"언니 덕분에 세상이 조금씩 변화하고 있는 듯한 기분이 들어요. 어떻게 그럴 수가 있죠?"

아직 멀었다. 겨우 왕궁 내에 국한된 변화다. 그것만 해도 김예원의 입장에서는 충분히 기적 같겠지만, 그래도 아직 갈 길이 멀었다.

"언니는…… 제 은인이셔요. 제가 이러한 세상을 볼 수 있도록 해주셔서 감사해요. 저는…… 언니를 사모하고 있어요."

김상희는 그저 멋쩍게 웃었다.

'사실 내가 한 건…… 사람들 명치 때리기랑 진수한테 키스한 거랑 개차반한테 뽀뽀 비슷한 걸 해줬을 뿐인데…….'

나머지는 한진수를 비롯한 개차반 및 망나니 형제가 알아서 다했다. 김상희의 능력이 꽃피울 수 있도록 계기를 마련한 사람이 한진수고, 그걸 토대로 미라클을 개발한 것이 김환석이며, 그걸 또 대량 생산할 수 있는 기반을 마련해 준 게 김훈상이다. 그리고 김환성과 김환혁이 김상희를 싸고돌면서 눈에 불을 켜고 지켰다.

'그러고 보니 내가 직접 뭔가를 한 건 진짜 없는 것 같은데.'

하여튼 과정은 둘째 치고, 결론만 놓고 보면 김상희는 계속 기적을 일으키고 있는 중이었다. 김예원은 감동해서 눈물을 훔치며 진심을 다해 고백(?)했다.

"언니는 기적을 만드는 분이셔요."

……아, 응. 너 뭔가 속고 있는 것 같긴 한데, 하여튼 뭐 그런 걸로 하자. 김상희는 멋쩍게 웃었다.

김상희는 모르고 있다. 자신의 성력을 담은 '미라클'이 대량생산되고 있다는 사실을 김환석이 말해주지 않았던 것이다. 그것은 극도의 기밀을 유지하며 진행되고 있었다.

"이제 3개월만 있으면 전쟁에 사용하고도 남을 만큼의 미라클이 생길 겁니다."

"생각보다 느리군."

"마력석 알론의 수요가 갑자기 급증하면 제국에서 의심할 수 있습니다. 그래서 물량을 조절할 수밖에 없었습니다."

"그래, 잘했다."

김훈상은 피식 웃었다. 김상희, 자신이 낳은 딸이지만 대단하지 않은가. 그 딸 덕택에 3차 각성까지 이루었다.

그런데 김환석의 표정이 영 이상했다.

"왜 그러냐?"

"제가…… 어떠한 생각을 떠올렸는데 말을 해야 할지 말아야 할지 도무지 갈피를 잡을 수가 없습니다."

"네가 그런 모습을 보이다니, 정말 의외구나."

김환석은 한참을 주저했다. 과연 말을 해도 될지, 솔직히 아버지에게도 말을 하고 싶지 않았다. 하지만 말을 할 수밖에 없었다. 그것이 궁극적으로는 김상희를 위하는 일이 될 테니까.

김환석의 말을 듣고 김훈상이 자리에서 벌떡 일어섰다.

"아니, 아무리 그래도 그것은…… 너무하지 않느냐!"

"그러나…… 멀리 본다면, 그리고 만약 성공한다면 김상희에게 좋은 선택이 될 수 있습니다."

"하지만……."

김훈상이 입술을 잘근잘근 깨물었다. 아직 마음의 준비가 안 됐다.

그로부터 3일 후, 김훈상이 김상희를 불렀다. 이제 김상희는 많이 여유로워졌다. 왜 나를 불렀을까, 나를 죽이려들면 어쩌지? 그런 생각은 이제 안 한다. 대신 예쁘게 웃었다.

"네, 아빠. 소녀를 부르셨어요?"

그 예쁜 미소를 보며 김훈상은 말을 해야 할지 말아야 할지 또 고민해야만 했다.

"아니다, 가봐라."

김상희의 미소를 본 김훈상은 또 고뇌에 빠졌다. 다시 하루가 지났다.

"아니다. 가봐라."

또 김상희의 미소를 본 김훈상은 다시 한 번 고민에 빠져들었다. 다시 하루가 지났다.

"아니다, 가봐라."

김상희는 이제 슬슬 짜증이 나기 시작했다. 그래도 예쁘게 웃어줬다.

"아니다, 가봐라."

다시 하루가 지났다. 이번에는 김상희가 먼저 선수를 쳤다.

"아빠, 소녀에게 꼭 말씀해 주셔요. 아빠가 이렇게 뜸을 들이시니 소녀는 너무나 궁금하여 밤잠을 설치고 있어요. 피부가 상하고 속이 안 좋아지는 것 같아요. 소녀의 건강을 나쁘게 하실 생각이신가요?"

"……."

깊은 번뇌와 고민에 빠져들었던 그는 결국 입을 열었다. 딸의 건강이 나빠진다는데, 그런 일은 있으면 안 되니까.

"내가 너를 부른 까닭은……."

그 말에, 김상희는 충격 아닌 충격을 받아야만 했다.

"……진심…… 이셔요?"

지금 개차반이 뭐라고 한 거야? 설마, 지금 내 귀가 잘못된 건 아니겠지? 나는 고심하고 또 고심해야 했다. 아니, 이건 함정인가? 분명 함정일 거야. 내가 좋다고 하는 순간, 저 딸바보는 분노하겠지. 분명히 그럴 거야. 낚이면 안 돼. 정신 차리자! 호랑이 굴, 아니, 딸 등신 굴에 들어가도 정신만 똑바로 차리면 살 수 있어.

"소녀는 아직 너무나 어려요."

그때 나는 봤다. 개차반의 표정이 풀어진 것을. 아까까진 마치 목각 인형 같은 굳은 표정이었다면 이제는 좀 좋아졌다. 그래, 역시 날 시험한 게 맞았어. 요즘 너무 채찍만 준 것 같으니 이번에는 당근을 좀 줄 차례지.

"소녀는 아직 아빠 품에서 벗어나고 싶지 않아요. 소녀에게 있어서 아빠보다 더 크신 분은 없답니다."

여기까지 말했을 때, 개차반은 날 와락 끌어안았다. 거봐, 역시 시험한 게 맞다니까. 그리고 겨우 이 정도로 감동하면 어떡해? 내겐 아직 아빠 당신을 위한 멘트가 12개는 넘게 남았는데.

개차반이 말했다.

"……그렇지. 너는 아직 어리다."

아니, 그건 아빠 당신 눈에만 그렇게 보이는 거고. 이 세계에서 성년은 15살이다. 그런데 나는 16살이니 전혀 어리지 않다. 시집가고도 남을 나이다. 하지만 아마도 개차반 눈에는 내가 아직 갓난아이처럼 보일 거다. 아무래도 그런 것 같다. 그 말은 곧 사실로 증명됐다.

"아직 내 품을 벗어날 수 없는 가녀리고 어린 갓난아기란 말이다."

……이봐요, 나 성인이라니까?

"그러나 장기적으로 본다면 네게 도움이 될 수도 있다."

……어라? 이거 진심인가?

"아빠, 하지만 소녀는 아직 마음의 준비가 되지 않았는걸요."

아니, 마음의 준비라면 이미 예전에 다했다. 한진수가 너무 답답해서 내가 먼저 덮칠까도 고민했었으니 말 다했다. 개차반의 제안은 별거 아니었다. 이미 결혼한 몸이니 한진수와 합방을 하는 것이 어떻겠냐는 거였다. 이거 말하는데 거의 1주일 걸렸다. 더 정확하게 말하면 1주일 동안 나를 매번 돌려보내다가 오늘 나를 앞에 앉혀 놓고 얘기하는데 3시간이 넘게 걸렸다. 이 양반 뭐가 이렇게 한가해? 나를 앞에 두고 3시간이나 입술을 잘근잘근 깨물 정도로 한가한 당신이 아닐 텐데. 왕은 바쁘다는 거 다 뻥인가?

하여튼 개차반이 말했다.

"하루의 시간을 더 주겠다. 잘 생각해 봐라."

……그렇게 괴롭다는 표정으로 말하면 나는 어떡하라고? 아빠 당

신 답정너(*'답은 정해져 있어. 너는 대답만 하면 돼'의 준말)야?

일단 나는 대답했다.

"알겠어요. 방으로 돌아가 아빠의 말을 곰곰이 생각해 볼게요."

언제나 그렇듯 집행부 부장 에반스는 만성피로에 시달리는 중이다. 과한 업무량 때문에 요즘 죽겠다. 특히나 장미관과 미라클에 관한 작업 때문에 그는 삶의 회의까지 느낄 지경이었다.

'내 다시는 집행부 부장 따위를 맡지 않으리.'

그는 그렇게 다짐하고 또 다짐했다.

'그래도 이 건만 끝내면 한숨 잘 수 있겠다.'

벌써 이틀 밤을 꼬박 새웠다. 이제 이것만 끝내면 한 3시간 정도는 푹 잘 수 있을 거다.

'뭐, 뭐야……? 왜 안 나와?'

김상희 공주가 김훈상의 집무실에 들어가는 것까지는 확인했다.

'이, 이거 사인만 받으면 끝인데.'

세부 내용은 이미 김훈상도 다 알고 있다. 그냥 사인만 하면 끝이다. 그리고 3시간 뒤 3개국에 보내면 그만이다.

'뭐야! 왜 안 나오시는 거냐고!'

1시간이 흘렀다. 초조해졌다. 스페셜 나이트도 미안한 듯 말했다.

"오늘은 좀 오래 걸리시네요. 나중에 다시 오시든지……."

지난 1주일간 김상희가 이 방에 드나들 때마다 거의 10분 만에 방을 빠져나왔다. 그래서 나이트도 잠깐 기다리라고 했던 건데 오늘은 좀 이상했다.

"아니…… 이게 좀 급한 거라…… 앞으로 2시간 내로 결제를 받아야 하는 거라……."

만약 2시간 후에도 김상희 공주가 나오지 않는다면, 긴급 요청을 넣어서라도 들어가야 했다. 결제받기 어려운 문서는 아니지만, 그래도 결제를 못 받으면 수십억의 손해가 난다. 게다가 마력석 알론 무역과 관련된 내용이라 반드시 사인을 받아야만 한다.

'앞으로 1시간…….'

도대체 얼마나 엄청난 얘기를 하고 있으면 2시간 동안 꼼짝도 않고 안에 있단 말인가. 에반스는 이제 안다. 성녀가 얼마나 엄청난 능력을 가졌는지. 그러다 보니 왕과 성녀가 굉장히 중요하고 예민한 문제를 논의하는 줄 알았다. 김훈상이 김상희에게 '너, 한진수와 합방해라'라고 말하지 못해 망설이느라 시간을 다 보낸 걸 안다면, 에반스는 뒷목을 잡고 쓰러졌을지도 모를 일이다.

다시 1시간이 흘렀다. 이제 무조건 들어가야 했다. 이거, 결제 못 받으면 안 된다. 에반스가 말했다.

"긴급입니다. 이제 시간이 정말 없습니다. 안에 연락 좀 넣어주세요."

그때, 문이 열렸다. 김상희 공주가 보였다. 에반스는 황급히 안으로 들어가려다가 문득 이상함을 느꼈다.

'얼굴이 왜 빨개지셨지?'

김상희 공주의 얼굴이 빨개졌는데 이상하게 좋아 보였다. 실실 웃는 것 같은 그런 착각이 들었다. 그에 반해 김훈상의 표정은 굉장히 어두웠다.

"폐하."

하지만 그런 것에 일일이 신경 쓸 수 없었다. 일단은 사인이 먼저다.

"이 서류에 사인이 필요합니다."

"사인 따위……."

김훈상은 세상을 다 잃은 것 같은 표정으로 펜을 들어 대충 사인했다. 에반스는 어떻게 된 영문인지 도무지 알 수 없었다.

나는 침대에 누웠다.

'진수와의 합방……?'

이 얘기를 처음 꺼낸 사람은 다름 아닌 우리 첫째 망나니란다. 그래, 바로 그거야! 아주 잘했…… 크흠! 아, 아니. 그게 아니고. 내가 진수를 아주 많이 좋아하니까, 이렇고 저렇고, 이런저런 일을 하고 싶은 것뿐이다. 이렇고 저런 거. 그 왜 다들 아는 19금, 아니, 이 세계 기준으로는 15금인가? 아니, 나 지금 뭐라는 거야? 나 지금 엄청 횡설수설하고 있는 거 같은데. 기분 탓이겠지?

'이유도 참 그럴싸해.'

첫째 망나니가 나와 진수의 합방을 주장한 것에는 나름 타당한(?) 이유가 있었다. 이 세계는 남자들끼리 연애도 많이 한다. 연애하면 내 입으로 말할 수 없는 이런저런 것도 한다. 그러면 그 남자의 마력이 다른 남자의 몸에 흘러가기도 한단다. 이걸 '마력 전이'라고도 표현한다고 하는데.

'그걸로 도대체 무슨 실험을 한 거지?'

뭔지는 모르겠지만 그에 기반하여 우리 첫째 망나니가 어떤 실험을 진행해 봤단다. 그래서 어떤 결론을 얻었단다.

'나와 합방을 하면…….'

그러면 한진수에게 큰 변화가 있을 수도 있다는 것이다. 가능성은 반반이다. 시도해 본 적이 없으니 정확할 수 없었다. 입으로 내 힘, 그러니까 성력을 전달하는 행위는 다른 부위로 전달하는 것보다 훨씬 그 효과가 크다. 그런데, 아, 이걸 자세하게 설명해야 해? 자세하게 하기에는 아주 많이 민망하다. 하여튼 합방을 하게 되면 그 효과가 굉장히 클 것이란 예측을, 우리 기특한(?) 첫째 망나니가 했단다. 개차반의 입장에서 나와 합방을 할 수 있는 사람은 오직 단 한 명뿐, 바로 한진수다. 개차반은 이렇게 말했다.

"한진수가 3차 각성을 하게 된다면…… 제국과 싸울 때에 커다란 힘이 되겠지."

그 말을 듣고 난 오예를 외칠 뻔했다. 절대로 합방을 허락하지 않을 것 같던 저 딸 등시…… 가 아니라 딸바보가 어쨌든 합방을 허락했으니까.

그렇게 한 달의 시간이 흘렀다. 이제 슬슬 진수가 찾아올 때가 됐다. 이맘때가 되면 난 항상 긴장을 하게 된다. 언제 진수가 찾아올지 모르니까. 아침부터 일어나 꽃단장을 하고서 기약 없는 기다림을 해야만 한다. 그리고 이럴 때면 우리의 둘째 망나니는 언제나 그렇듯 망나니가 되어버린다.

"똥개, 물어왓!"

재 심술부리는 거다. 나는 제자리에 가만히 멀뚱멀뚱 서 있었다.

그리고 이럴 때마다 우리 송수진 씨는 긴장한다. 아마도 '공주님, 제발 그러지 마세요. 제 심장이 땅으로 떨어질 것 같아요. 어찌 감히 왕자님의 말을 듣지 않으시는 거예요?'라는 말이 들려오는 것 같다. 괜찮아요, 송수진 씨. 이 정도는 괜찮아.

"오빠, 물어왓은 이제 안 시킨다고 약속하셨잖아요."

무엇보다 너, 장가는 안 가니? 갈 때 됐잖아.

망나니는 마력을 써서 헝거비를 회수했다.

"몰라, 짜증 나."

나는 슬픈 표정을 지으며 고개를 푹 숙였다.

"오빠…… 소녀한테 짜증을 내고 있는 것이어요?"

"아, 아니, 그런 게 아니라."

"분명 오빠는 소녀에게 짜증을 내셨어요. 소녀는…… 오빠를 언제나 즐겁게 해드리고 싶은데……."

물론 아니다. 그랬다면 내가 저 헝거비를 옛날처럼 물어왔겠지. '오라버니! 여기 이쪄여! 저 잘했죠!' 하는 표정을 짓고서 말이다.

망나니는 당황해했다.

"아냐, 그런 거 아냐. 그런 거 진짜 아냐."

망나니는 반성하는 얼굴로 그만 속내를 털어놨다.

"이맘때만 되면 네가 그 도둑놈 새끼 열심히 기다리는 게 보여서 짜증이 막 치밀어 오른단 말이야."

"……."

"제깟 놈이 뭔데, 감히 내 똥개를 이렇게 기다리게 해? 그냥 콱 죽여 버릴까?"

"오, 오빠. 말씀이 너무 무서우셔요."

아, 아마 저놈은 진짜로 진수를 죽일 거야. 죽이진 않아도 반쯤 죽여 놓을 거야. 아무래도 진짜 그럴 거 같다.

그때, 목소리가 들려왔다.

"형님, 그 부분은…… 제가 입이 열 개라도 할 말이 없습니다. 사죄하겠습니다."

망나니가 고개를 번쩍 들었다.

"너 이 개자식!"

진수였다. 진수가 찾아왔다. 나도 고개를 번쩍 들었다. 진수의 얼굴이 보였다. 아악, 망나니. 안 돼! 기다렷! 멈춰! 우리 진수 때리는 거 아니야. 때리지 말라고. 주먹 내려! 라고 말하기도 전에 진수가 품에서 뭔가를 꺼냈다.

"형님, 민트 초콜릿입니다. 이번에는 특별히 한 수레를 가져왔습니다."

망나니가 멈췄다. 진수를 때리지 않았다. 주먹이 바들바들 떨리고 있는데, 민트 초콜릿의 유혹에 넘어가지 않겠다는 마음과 넘어가고 싶다는 마음이 처절하게 싸우고 있는 게 훤히 보였다. 이럴 때엔 서비스 멘트 날려 줘야지. 저 두 가지 마음 중 한쪽에 무게 추를 살짝만 올려놔 주면 된다.

"오빠, 저는 오빠가 초콜릿을 먹을 때 행복해한다는 것을 아주 잘 알고 있어요."

그래, 네 조련의 시작은 초코바였지.

"소녀는 오빠가 행복한 모습을 보면 소녀도 덩달아 행복하답니다."

망나니는 결국 민트 초콜릿의 유혹에 넘어갔다. 그러면서 한마디 덧붙였다.

"초콜릿 때문에 봐주는 거 아니니까 앞으로 잘해. 알겠냐?"

또 강조했다.

"절대, 절대, 절대로 초콜릿 때문에 이러는 거 아니다."

다시 한 번 더 강조했다.

"진짜야."

한진수는 김상희의 방에 찾아오기 전에 김훈상을 찾았다. 김훈상은 지금 김훈상 나름대로 리스크를 짊어지고 한진수를 받아들이고 있다. 만약 이 사실이 제국에 알려진다면 김훈상은 제국과 당장 척을 져도 할 말이 없다. 반역자를 숨겨주고 있는 셈이 되니까. 그런데 오늘은 좀 이상했다. 태도부터가 좀 정상이 아니었다. 그 이유를 얼마 지나지 않아 알 수 있었다.

"합방을…… 허락한다."

김훈상의 표정은 마치 세상을 다 잃은 것 같은 표정이었다. 때문에 한진수는 고민해야 했다.

'저거 진짠가……?'

아니면 시험하는 건가? 여기서 네, 감사합니다라고 대답하면 주먹이 먼저 날아오는 건 아닐까? 그런 생각이 들었다. 그래서 고민하고 또 고민했다.

"물론 내 딸을 너 같은 도둑놈 새끼한테 주고 싶지는 않지만, 나는 아직 마음의 준비가 안 됐지만."

그 마음의 준비를 하는데 벌써 7개월이 넘게 흘렀다. 아무래도 정상적인 방법으로는 마음의 준비가 영영 안 될 듯했다.

"하지만…… 결국 내 딸의 행복을 위해서…… 허락해야겠지."

"……진심이십니까?"

결혼한 사이에 합방이 뭐가 그리 대수이겠냐마는 김훈상의 표정은 비장하기 그지없었다. 누가 보면 당장 내일이라도 제국과 전쟁을 치를 것 같은 그런 표정이었다. 한진수의 표정 역시 비장했다. 객관적으로 보면 비장할 구석이 전혀 없는데도 두 남자는 지나치게 비장해졌다.

"……진심…… 이다. 하지만…… 내 딸을 아프게 하지 마라. 아껴라. 아껴주고 또 아껴줘라. 사랑으로 보살펴라. 그게 네가 할 일이다. 절대 아프게 하지 마라."

한진수가 말했다.

"……그렇다면 참겠습니다."

김훈상이 소리를 버럭 질렀다.

"그게 아니다!"

아니, 나보고 뭐 어쩌라고요? 한진수는 묻고 싶었다. 그렇게 비장한 시간이 지나갔다. 결과적으로 한진수는 합방을 허락받았다.

한진수의 심장이 두근거렸다. 김상희의 방문 앞. 여기까지만 왔는데도 심장이 터질 것 같았다. 김상희가 그리웠고 김상희의 냄새가 그리웠다. 지금 당장에라도 그 모습이 아른거렸다. 이 문만 열면, 여기만 지나가면 내가 사랑하는 여자가 있다. 그렇게 생각하니 너무나 설레고 기뻐서 눈물이 나올 것만 같았다.

"제깟 놈이 뭔데, 감히 내 똥개를 이렇게 기다리게 해? 그냥 콱 죽여 버릴까?"

한진수는 회심의 미소를 지었다. 전 세계에서도 아주 희귀한 민트 초콜릿을 대량으로 구해 왔다. 이건 돈 있어도 못 구하는 아주 희귀한 초콜릿이다. 오늘 거대한 산을 쉽게 넘을 수 있을 것 같았다.

아니나 다를까, 김환성이라는 산은 아주 쉽게 넘을 수 있었다. 그리고 밤이 됐다.

“상희야.”

김상희는 고개를 살짝 숙이며 부끄러운 척했다.

“……응?”

실제로 김상희의 목덜미가 조금 붉어졌다. 한진수가 조심스레 물었다.

“얘기…… 들었어?”

그럼! 들었고말고! 다 아니까, 이제 네 용기가 필요할 때야. 누나는 이미 준비가 되었단다. 김상희는 속으로만 생각했다. 겉으로는 계속 부끄러운 척하며 아주 작게 말했다.

“들었어…….”

고개를 옆으로 살짝 돌렸다. 한진수가 또 답답한 소리를 했다.

“네가 아직 준비가 안 되었으면, 무서우면…… 하지 않을게. 나는 그냥 널 보고 있는 것만으로도 행복해.”

아니, 배려도 너무 지나치면 안 하느니만 못한 거야, 이 답답아. 어휴, 진짜. 김상희는 직접적으로는 표현하지 못하고, 돌려서 얘기했다.

“불…… 꺼줘.”

“응?”

“부끄럽단 말이야. 불 꺼줘.”

자, 이 정도 멍석을 깔아줬으면 이제 됐겠지. 김상희는 스스로 태연한 척했지만 그녀의 심장 역시 미친 듯이 뛰기 시작했다. 단순히 합방 자체가 좋은 게 아니었다. 한진수와 함께하는 그 뜨거운 시간이 좋았다. 그 열기로 이 방이 녹아버려도 좋았다. 그런데 그 열기가 방을 녹이기 전에 몸이 먼저 녹아버릴 것 같았다. 심장이 쿵쿵거리고 피가 뜨거워졌다.

불이 꺼졌다. 한진수의 목소리가 들려왔다.

"상희야."

한진수가 조심스레 김상희를 침대에 눕혔다. 아주 천천히, 급하지 않게 말이다. 한진수가 김상희의 머리카락을 쓸어내렸다. 얼굴은 제대로 보이지 않았지만 체온이 느껴질 만큼 아주 가까운 거리에서 한진수가 김상희를 내려다보며 가만히 속삭였다.

"눈 감아."

감은 그 두 눈에 한진수가 가볍게 키스를 했다. 그리고 코끝을 지나 입술에 키스를 했다. 가볍게 쪽 소리가 났다. 한진수는 오른손으로 김상희의 왼쪽 귓볼을 살살 어루만졌다. 김상희는 간지러운 듯 야릇한 기분이 들었다. 한진수의 손길이 좋았다. 다시 한 번 쪽 소리가 났다. 그리고 가벼웠던 그 키스가 점점 더 뜨거워지기 시작했다.

제30장
첫날밤

김상희도 그렇지만 한진수도 이러한 경험이 처음이다. 단순히 키스를 할 때와는 느낌이 완전히 달랐다. 몸이 뜨겁게 달아오르고 피가 몸의 특정 부위에 마구 쏠리는 것이 느껴졌다. 심장이 쿵! 쿵! 뛸 때마다 잔뜩 성이 난 그것 역시 쿵! 쿵! 뛰는 것 같은 기분이 들었다.

사랑하는 여자, 김상희가 눈을 질끈 감고 있는 게 보였다. 입술을 살짝 깨물고 고개를 옆으로 돌린 그 모습이 너무나 사랑스러워 한진수는 김상희의 이마에 다시 한 번 가볍게 키스를 했다. 사실상 불을 끄든 말든, 그건 한진수에게 중요한 건 아니었다. 불 꺼도 보일 건 다 보인다. 그의 시력은 김상희보다 월등히 좋으니까. 김상희의 머리카락을 쓸어내렸다. 그의 손끝이 김상희의 귓가를 훑고 목덜미를 간지럽히자 김상희는 몸을 움찔 떨었다.

"간지러워."

한진수가 피식 웃었다. 간지럽다는 그 말에 이번에는 손이 아닌 입술로 김상희의 목을 탐했다. 입술이 목에 닿았고, 곧이어 그의 혀가 목에 닿았다. 한진수의 혀가 살살 움직이며 김상희의 목을 간지럽혔다. 김상희가 몸을 뒤척이는 것처럼 몇 번 움직였다.

한진수는 문득 김상희가 너무나 사랑스러웠다. 이 마음은 언제나 느끼는 거다. 그런데도 불구하고 오늘 또 느꼈다. 지금 이 순간, 김상희는 이 세계의 그 누구보다도 아름다웠고 사랑스러웠으며, 또 귀여웠다.

김상희의 머리를 쓰다듬던 한진수의 왼손이 조금씩 아래로 내려왔다. 그리고 블라우스의 첫 번째 단추에 닿았다.

"상희야."

이 사랑스러운 마음을 표현하지 않으면 미쳐 버릴 것 같았다.

"사랑해."

"……."

김상희는 아무런 말도 하지 못했다. 굳이 '사랑한다'고 표현하지 않아도 한진수의 절절한 마음이 느껴졌다.

"……나도."

김상희의 얼굴이 조금 붉어졌다. 사랑한다는 저 고백, 예전에는 정말 많이 들었다. 많이 들어본 말인데, 침대 위에서 듣는 이 사랑한다는 말은 조금 더 특별했고 조금 더 설렜다. 한진수가 다시 한 번 물었다.

"정말…… 괜찮아?"

김상희는 말하고 싶었다. 괜찮아, 다른 사람도 아니고 너니까. 그러니까 나를 그만 배려해도 된다고. 예나 지금이나 답답한 건 매한

가지라니까. 김상희는 투정 아닌 투정을 부려봤다.

"안 괜찮다고 하면…… 그만할 거야?"

"……."

한진수는 아주 잠깐 고민했다. 그의 본능과 감성은 절대로 그만할 수 없다고 외치고 있다. 김상희를 배려하느라 일부러 아주 천천히 조심스레 움직이고 있다. 혹여라도 이 사랑스러운 아이를 다치게 할까 봐.

"나는……."

하지만 김상희가 정말로 준비가 되지 않았다면 그만둘 수 있었다. 아니, 그만둬야만 했다. 그는 김상희가 다치는 걸 원하지 않았다. 그녀의 마음이 완전히 열릴 때까지 기다릴 자신이 충분히 있었다.

김상희는 생각했다.

'괜찮아! 괜찮다고! 엄청 괜찮아!'

이 마음을 좀 알아주면 좋겠다고 생각했다. 결국 김상희는 고개를 끄덕였다.

"괜찮아……."

다른 사람이 아니고, 너니까. 한진수의 손이 천천히 계속 움직였다. 한진수는 침을 꼴깍 삼켰다. 단추가 모두 풀렸다. 김상희의 속살은 처음 본다. 그의 눈으로 본 김상희의 속살은 굉장히 하얀, 아무도 밟지 않은 눈 같았다. 그에 눈에 비친 김상희의 속살은 순결한 백색과도 같았다.

김상희가 말했다.

"너무 빤히 보지 마."

"……."

한진수는 한동안 멍하니 김상희를 쳐다보기만 했다. 너무나 아름다웠다.

"미, 미안."

눈을 뗄 수가 없었다. 김상희가 허리를 살짝 들어줬다. 브래지어를 잘 풀라는 의미로 그렇게 해줬는데 경험이 없는 한진수는 당황했다.

'이, 이건 도대체 어떻게 생겨먹은 물건이냐!'

브래지어를 풀어야 하는데, 후크가 어떻게 생긴 건지 전혀 몰랐다.

'어떻게 하는 거지?'

결국 답답해진 김상희는 스스로 후크를 풀었다. 한진수가 조심스레 그것을 벗겨냈다. 의도한 건 아닌데, 자꾸만 침이 꼴깍꼴깍 넘어갔다. 심장이 거세게 뛰고 숨이 거칠어지며 뜨거운 입김이 새어 나왔다. 그리고 봉긋 솟은, 갓 성년이 지난 김상희의 가슴 위에 그 큰 손을 올렸다. 뭉클하고 기분 좋은 감촉이 느껴졌다.

그때, 충격적인 소식이 전해졌다. 시간은 새벽 2시. 제국이 신라를 침공했다.

대륙 극서 포름 지방.

"새로운 프리온 나이트들의 성능을 시험해 볼 수 있는 좋은 기회다."

"예, 알겠습니다."

"놈들은 대형 프리온 나이트 5기를 소유하고 있다. 지형은 우리에게 매우 불리해."

제국의 프리온 나이트 3개 대대가 신라를 침공했다.

"프리온 나이트가 보이지 않습니다."

이번 작전을 지휘하게 된 제2대대 대대장 루셔는 회심의 미소를 지었다.

'신라 왕이 자리에 없다는 것이 사실인 듯하다.'

황제로부터 지령이 떨어졌다. 프리온 나이트를 소유하고 있는 한진수가 부재중일 것이라고. 그러나 부재가 아니라는 가정하에 작전을 짜고 움직이라는 명령이었다.

'폐하께선 어떻게 가만히 앉아서 모든 것을 살피고 계시는 거지?'

그러한 감탄과 더불어 프리온 나이트의 진격을 명했다. 지형이 이쪽에 매우 불리하기는 하지만 프리온 나이트가 있다면 못 뚫을 것도 없다. 게다가 신라의 경우, 생긴 지 몇 달 되지도 않은 신생국이지 않은가. 이참에 본보기도 보일 겸 신라를 완전히 무너뜨려 버려야 했다.

그런데 그때, 황금색으로 빛나는 인간 형태의 무언가가 가까이 다가왔다.

'서, 설마!'

칼리번이 안도의 한숨을 내쉬었다.

"대장, 아니, 폐하. 일찍 오셔서 다행입니다."

한진수는 눈을 가늘게 떴다.

'내가 없는 틈을 타서 쳐들어왔다는 건, 고려 왕궁 내에 첩자가 있을 가능성이 높다는 뜻이다.'

그리고 또 한 가지를 알 수 있었다.

'하지만 내가 워프를 익히고 있다는 사실까지는 파악하지 못한 것 같군.'

그렇다면 스페셜 나이트는 용의선상에서 제외된다. 현재, 안정화된 워프를 전수받은 나이트는 스페셜 나이트가 유일하다. 스페셜 나이트들이 먼저 익히고, 일반 나이트들이 익히는 수순을 밟고 있던 중이었다.

'아마도 나이트들 중 누군가가 제국에 매수되었을 확률이 높아.'

한진수는 주변을 둘러봤다. 이쪽은 지대가 높지만 저쪽은 지대가 낮다. 제국에서는 대함포를 발사하려는 것 같았다. 패널을 꺼내 들었다.

—프리온 나이트. 가동합니다.

—프리온 나이트. 최종형 기동 승인 완료.

한진수의 프리온 나이트는 이제 더 이상 '대형' 프리온 나이트가 아니었다. 기껏해야 사람보다 조금 더 큰 수준. 황금색으로 빛나는 프리온 나이트는 엄청난 능력을 보여줬다.

칼리번은 입을 쩍 벌렸다.

"세, 세상에……."

프리온 나이트 최종형은 움직임을 거의 보지도 못했다.

—초정밀 함포를 발사합니다.

이어지는 폭발음. 한진수의 프리온 나이트 5기는 상상도 못할 괴력을 냈다. 칼리번은 멍하니 앞을 쳐다봤다.

"숲이…… 반으로 갈라졌다."

초정밀 함포가 지나간 자리에는 아무것도 남지 않았다. 뜨거운 잔열 때문에 아지랑이가 피어올랐다.

한진수가 말했다.

"내가 직접 움직인다."

"폐하, 아무리 그래도 사람이 어떻게 프리온 나이트와 싸웁니까!"

저번의 경우와는 달랐다. 저번에는 세기의 대천재 김훈상과 고려 나이트들, 거기에 김환석의 도움까지 있었다. 하지만 이번에는 한진수 혼자다.

'폐하가 진짜 미쳤나!'

하지만 칼리번은 더더욱 놀랄 수밖에 없었다.

콰과광!

거대한 폭발음이 터져 나왔다.

"이럴 수가……."

놀란 사람은 칼리번뿐만이 아니었다. 늑대들은 물론이고, 프리온 나이트 제2대대 대대장 루셔 역시 한동안 말을 잇지 못했다.

'인간이 어떻게…… 저런 힘을 낼 수 있단 말인가?'

그 대단하다는 김훈상도 저런 힘을 내지는 못할 것이다. 방금 그는 봤다. 프리온 나이트가 발사하는 함포와 비슷한 강대한 힘이 제국의 프리온 나이트를 몰아쳤다. 마치 폭풍처럼 말이다. 인간의 힘으로 저런 능력을 낼 수 있다는 거, 아직 본 적도, 들어본 적도 없었다.

'한진수에 대한 정보가 너무나 잘못되어 있다.'

한진수, 그의 능력은 실로 경이적이었다.

'어떻게 저런 힘을 낼 수 있는 거냐!'

한편, 비밀리에 지원을 나온 스페셜 나이트들 역시 눈을 휘둥그레 떴다.

"대장, 이 정도면 저희가 지원하지 않아도 충분히 막겠는데요?"

"……."

김유신은 묵묵부답이었다. 그 대단하다는 김유신마저도 아무런 말을 못 했다.

'한진수에게…… 무슨 일이 일어난 거지?'

아무래도 3차 각성이 일어난 것 같았다. 그렇지 않고서는 저 비약적인 능력 향상을 설명할 수 없었다.

'김상희 공주님…… 덕분인가?'

그렇게밖에는 설명할 수가 없었다.

'김상희 공주님 덕분에 3차 각성을 이룬 것 같다.'

김유신만 놀란 게 아니었다. 김유신조차도 모르고 있지만 이 자리에는 김훈상도 와 있었다. 그가 온 이유는 별거 없었다.

'한진수 저놈이 다치거나 죽으면 내 딸이 슬퍼하겠지.'

사실 한진수가 죽든 말든 상관없다. 그러나 그것 때문에 김상희가 힘들어지면 곤란했다. 그래서 부득불 여기까지 몰래 왔다. 혹시라도 위험한 순간이 오면 최소한 저놈이라도 구해 주기 위해서. 참고로 더스 나이트들까지 왔다. 한진수는 모르고 있지만 말이다.

'그런데…… 저놈은 이미 나를 넘어선 것 같다.'

김훈상은 인정하지 않을 수 없었다.

'3차 각성이라…….'

김상희의 능력은 가히 기적이었다. 그러다 보니 괜히 심술이 났다.

'저 도둑놈 새끼! 감히 내 딸 덕분에 3차 각성이라니……!'

한진수가 대단해 보이긴 했지만 자꾸 도둑놈처럼만 느껴졌다. 딸을 가진 아버지, 그것도 딸바보, 아니, 딸 등신의 입장에서는 그럴 수밖에 없었다.

김훈상은 주위를 둘러봤다.

'엄청나긴 하군.'

신라와 제국의 격돌은 얼추 결과가 나왔다. 제국의 프리온 나이트 숫자는 약 40여 기쯤 되는 것 같았다. 한진수의 프리온 나이트 5기가 제국의 프리온 나이트 7기를 파괴했고, 한진수 혼자서 3기를 파괴했다. 나머지 프리온 나이트는 후퇴했다.

칼리번을 비롯한 신라의 군사들은 만세를 불렀다. 그들은 봤다. 그들을 이끄는 한진수의 엄청난 능력을. 인간을 아득히 벗어난 그 초인적인 힘을 말이다. 제국 최강의 병기를 단신으로 물리쳤다.

"국왕 폐하! 만세!"

한진수는 하나도 기쁘지 않았다.

'중요한 순간이었는데.'

칼리번이 가까이 다가왔다.

"폐하, 하나도 안 기뻐 보이는데요."

그랬다. 하나도 안 기뻤다. 제국에 대한 분노가 더 활활 타올랐다. 아주 중요한 순간이었는데, 정말로 아주아주 중요한 순간이었는데. 이놈의 제국 때문에 타이밍을 놓쳤다. 제국을 없애 버려야 할 커다란 이유가 하나 더 생겼다.

한진수는 주먹을 꽉 움켜쥐며 이를 바드득 갈았다.

'첫날밤의 원수!'

나는 짜증이 치밀어 올랐다.

'제국 진짜! 하필이면 이 타이밍에!'

나는 매우 서글프게도 혼자서 옷을 추슬렀다. 이놈의 브래지어는 오늘따라 왜 이렇게 입기 싫고 귀찮은지. 송수진 씨가 내게 다가왔다.

"공주님, 옷매무새 가다듬어 드릴게요."

"……응."

왜 하필이면 오늘이야? 쳐들어갈 거면 내일 가도 됐잖아? 아니면 모레 가든지. 아니, 쳐들어가면 안 되는 거긴 한데, 하여튼 짜증이 막 난다. 하지만 그건 잠시였다.

'괜찮…… 겠지?'

괜찮을 거다. 진수가 아무 걱정하지 말라고 했다. 지금의 자신은 그 누구에게도 지지 않는다고 호언장담했다.

'다치면 절대 가만 안 둘 거야.'

제국이 마음먹고 3개 대대를 보냈다고 했다. 처음에는 짜증이 막 났는데, 지금은 아니다. 진수가 무사히 돌아왔으면 좋겠다. 문득 서글퍼졌다. 나는 진수랑 그저 알콩달콩 잘 살고 싶은 욕심밖에 없는데. 그게 너무 큰 욕심인 걸까. 어떻게 괴롭힘의 스케일이 이렇게 큰지 모르겠다. 하필이면 제국이라니. 세계 최강국 제국이 나서서 왜 우리 첫날밤을…… 아니, 우리 사랑을 방해하는 거냐고. 다행히도 소식이 전해졌다. 소식을 전해 준 사람은 다름 아닌 우리 첫째 망나니, 탑 오브 망나니 김환석이었다.

시간은 새벽 4시. 원래대로라면 자고 있어야 할 시간이다. 하지만 자지 못했다. 오늘은 한진수가 김상희와 합방하는 날. 도저히 잠이 오질 않았다. 내가 어떻게 키운 계집인데 감히 그런 도둑놈 새끼가 훔쳐 간단 말인가. 줄 수 없었다. 아니, 주기 싫었다. 불행인지 다행인지 제국이 신라를 쳤다. 불행 중 다행이라고 생각했다. 그런데 한편으론 신경이 쓰이기도 했다.

'그 계집은 분명 엄청나게 걱정을 하고 있을 거다.'

그 생각을 하니 마음이 불편해졌다. 그래서 소식을 전해 줬다. 일국의 왕자가 일개 계집에게, 그것도 새벽 4시에 말이다.

"멀쩡하다."

그 말만 남기고 그냥 나와 버렸다.

김상희는 고개를 갸웃했다. 저 망나니가 도대체 뭐라는 거야? 멀쩡하긴 뭐가 멀쩡해? 그래서 뒤따라 나와 김환석에게 물었다.

"소녀는 오빠의 말이 뭔지 이해하지 못했어요."

"한진수, 멀쩡하다."

그러니까 걱정하지 말고 쉬어라. 그 말은 하지 않았다. 겉으로는 끝까지 시크한 척했다. 그런데 괜히 열불이 났다.

'그 도둑놈이 뭔데 저렇게까지 안도하는 거지?'

짜증 났다. 김환석에게 있어서 한진수는 그저 희대의 도둑놈일 뿐이었다. 그리고 그때, 비상 사이렌이 울리기 시작했다. 김상희가 살아온 16년 동안 단 한 번도 울리지 않았던 비상 사이렌, 국가 경계령이 떨어졌다.

제31장
바, 바지는 좀 입어!

비상 사이렌이 울리기 시작했다. 나이트들 몇이 황급히 기록의 관내 김상희의 방으로 올라왔다.

"공주님, 어서 대피하세요."

"무, 무슨 일이죠?"

"침공입니다."

어디에서 침공이라고는 말하지 않았다. 아직 확실하지 않기 때문이다. 그러나 대충은 알고 있다. 아마도 제국이리라. 지금 이 시국엔 일분일초가 매우 중요하다. 초동 대응을 어떻게 하느냐에 따라 전투의 결과가 완전히 달라질 수도 있다. 그런데 문제는 지금 이 자리에 김훈상이 없다는 것이다. 김훈상은 현재 부재중이며 스페셜 나이트와 더스 나이트들마저도 어디로 갔는지 보이지 않았다. 머리가 없는 상황. 전쟁에서 장수가 없는 병졸은 의미가 없다. 위에서 명령이 있어야 병졸도 움직이는 법이니까.

프리온 나이트 제1대대 대대장 신을용은 회심의 미소를 지었다.

'현재 스페셜 나이트와 고려 국왕은 신라에 있다.'

그래서 일부러 신라 쪽으로 병력을 보냈다. 누군지는 모르지만, 황제는 지금 고려 내부 깊숙한 곳에 첩자를 넣어 놨다. 그 첩자가 정보를 전해 줬다. 현재 신라와 고려가 내통하고 있다고, 언젠가 분명히 제국에 반기를 들 거라고. 그래서 일부러 신라를 친 거다. 정보에 의하면 분명히 고려 국왕이 움직일 테니까.

'그건 미끼였다!'

국왕이 없는 국가, 그것만큼 상대하기 쉬운 게 어디 있겠는가.

'게다가 이쪽이야말로 진정한 프리온 나이트다!'

신라 쪽으로 보냈던 프리온 나이트는 사실 신식 프리온 나이트가 아니었다. 프리온 나이트 제2대대 대대장인 루셔가 속고 있는 것이다. 상대를 속이려고 아군부터 속였다. 덕분에 루셔는 현재 프리온 나이트 10여 기를 잃고 도주 중이지만, 이쪽의 작전은 분명히 성공할 수 있을 터. 고려의 수도까지 이렇게 쉽게 잠입할 수 있었다. 고려 왕궁은 고려의 심장이다. 심장을 접수하면, 그 이후는 훨씬 쉽다. 100의 힘이 들 거, 10의 힘으로도 충분히 가능해진다.

'이때가 기회다!'

프리온 나이트가 고려 왕궁을 향해 진격했다.

김훈상은 회심의 미소를 지었다.

"역시, 우리의 예상이 맞았군."

제국의 황제가 프리온 나이트들을 속였다. 고려의 국왕도 아군을 속였다. 김유신을 비롯한 스페셜 나이트들에게도 제대로 말해주지 않았다.

김훈상은 피식 웃었다.

"스페셜 나이트에는 첩자가 없어."

더스 나이트를 이끄는 더스 나이트 대대장 화랑이 고개를 끄덕였다.

"그렇죠. 누구 새끼들인데 고려를 배신합니까?"

"아마 일반 나이트들 중 한 명일 거다."

"한 명이 아닐 수도 있겠지요."

"제국이 선전포고도 없이 고려의 왕궁을 기습 침입했다."

"더스 나이트도 움직여야 할 때라는 소리죠."

하지만 문제는 분명히 남아 있었다.

"만약 내가 그곳에 있다는 사실이 알려진다면…… 고려의 곳곳을 칠 거다. 내 신경을 분산시키기 위해서."

대규모 화력전, 물량전에 있어서 감히 제국을 이길 수는 없다. 하지만 제국이 고려를 함부로 대하지 못하는 것은 고려가 그런 물량전에 강하기 때문이 아니다. 개개인의 무력. 그게 고려의 최대 강점이다. 김훈상은 그 무력의 정점에 올라서 있는 자. 그렇기 때문에 현재 김훈상의 위치는 적에게 있어서 커다란 정보이자 변수였다. 김훈상이 말을 이었다.

"하지만 내가 그곳에 없다면 놈들은 분명 고려 왕궁에 전 병력을 집중할 거다. 우리의 본거지를 일시에 점거하려 하겠지."

"놈들은 저희가 신라에 있을 거라 생각하고 있을 겁니다."

신라에서 이곳까지는 아무리 빨리 와도 3일 이상 걸린다. 워프가 없다면 말이다.

"전파 방해는 확실히 했겠지."

"예, 신라를 침공한 프리온 나이트의 소식이 제국에 전해지려면 최소한 3시간 이상은 걸릴 겁니다."

김훈상이 고려 왕궁 쪽으로 고개를 돌렸다. 한 명의 얼굴이 떠올랐다.

'다치지 마라.'

생각해 보면 참 이상한 일이다. 지금 이 순간 아들들이 아니라 딸의 모습이 가장 먼저 떠오르다니. 물론 아들들이 걱정되지 않는 건 아니다. 하지만 아들들보다도 오히려 딸이 더 걱정됐다. 눈에 넣어도 아프지 않을 그 사랑스런 딸아이 말이다.

'다치면 내가 절대 용서하지 않겠다.'

물론, 제국을 용서하지 않겠다는 소리다.

"우리도 움직인다."

고려 왕궁.

사이렌 소리가 울리고 공주를 비롯한 관리들이 지하 대피소로 대피하기 시작했다.

"이쪽, 이쪽입니다!"

김상희는 대피를 하다가 문득 이상한 기분이 들었다.

'나는…….'

원래 아무것도 못 하는 여자는 대피하는 게 맞다. 드라마 속 혹은 영화 속 민폐 여주인공처럼 논리보다 감성이 앞서서 함부로 행동하다가 주변 사람들을 힘겹게 하는, 그런 짓 하고 싶지 않다. 능력이 없으면 그냥 가만히 있는 거, 주변 사람들이 시키는 대로 하는 게 도움을 주는 일이다. 그러나 지금은 아니다.

"나는 대피하지 않겠어요."

"성녀님!"

"그래요. 저는 성녀예요. 저는 여러분에게 충분히 도움을 줄 수 있어요."

나이트들도 안다. 그때, 그 국지전 때 보여줬던 성녀의 기적을.

"하지만 성녀께서 만에 하나 다치시기라도 한다면…… 저희는 국왕 폐하를 볼 낯이 없어집니다. 저희가 죽어도 성녀님은 다치면 안 됩니다."

"일단, 제국을 물리치는 것부터 생각하도록 해요. 저 안 다쳐요. 여기 이렇게 든든한 나이트분들이 계시는걸요."

나이트들은 감동했다. 어찌 여자의 몸으로 이리도 용감할 수 있단 말인가.

'성녀께서 우리와 함께하신다.'

저번의 그러한 능력이 또 나온다면 여벌의 목숨을 하나 더 가지고 다니고 있는 것과 같지 않은가!

프리온 나이트 1대대 대대장 신을용이 명령을 내렸다.

“함포 발사 준비.”

이게 바로 프리온 나이트의 무서운 점이다. 보통 마력과 과학 문물의 산물, 그러니까 미사일과 같은 대규모 폭격 용도의 무기들은 준비하는 데 시간이 걸린다. 그리고 그 준비 기간 동안 타국은 충분히 대비를 할 수 있다. 하지만 프리온 나이트는 다르다. 사람이 움직여서 소환하면 그 즉시 전략무기가 된다. 그 장소에서 즉각적으로 함포를 사용할 수 있다.

–대구경 레이저 광자포 발사 준비합니다.

–대구경 레이저 광자포 발사 승인 대기 중.

신을용이 승인했다. 고려 왕궁을 잿더미로 만들어버릴 수 있을 터. 분명 배리어가 있을 거다. 배리어부터 없애 버리기로 했다.

“배리어를 깰 때까지 최고 출력으로 공격한다.”

–대구경 레이저 광자포 발사 10초 전.

카운트가 시작됐다.

–9, 8, 7……

곧 레이저 광자포가 발사될 거다.

–……1.

노란빛으로 번쩍이는 레이저 광자포가 절연파괴를 일으키며 공기를 태웠다. 코로나 방전이 일며 주변이 번쩍거렸다. 대기 중의 모든 것을 불태워 버릴 듯, 엄청난 기세로 레이저 광자포가 발사됐다.

그때 깜짝 놀랄 만한 일이 벌어졌다.

–초정밀 레이저 광자포 발사합니다.

저쪽에서 또 다른 레이저 광자포가 발사됐다. 40여 줄기의 레이저 광자포가 단 5줄기의 레이저 광자포에 의해 무력화됐다. 더 큰 힘으로, 더 압도적인 출력으로 레이저 광자포를 먹어버렸다. 오히려 제국 프리온 나이트들이 그 출력을 견뎌내지 못하고 3기나 이상 반응을 일으켰다.

신을용은 순간 당황했다.

'도, 도대체 무슨 일이 일어난 거냐!'

김상희마저도 깜짝 놀랐다. 어떻게 이 자리에 한진수가 있을 수 있는 걸까?

"진수……?"

한진수는 김상희 옆을 스쳐 지나가면서 '사랑해' 하고 아주 짧게 속삭였다. 김상희가 어떻게 반응할 사이도 없이, 한진수는 빠르게 그녀의 볼에 가볍게 키스하고서 제국의 프리온 나이트를 향해 달려갔다. 김상희는 한진수가 자신의 볼에 키스하는 거, 보지도 못 했다. 한진수의 속도가 워낙 빨라서 그랬다. 다만 느껴졌다. 보드라운 그 감촉이 말이다.

'진수가 어떻게…….'

분명히 신라로 간다고 했는데 어떻게 올 수 있었을까? 그녀는 몰랐다. 안정화된 워프의 진실을. 이것이야말로 도둑놈 새끼(?) 한진수가 김상희를 얻을 수 있었던 비책이었다는 것을 말이다.

신을용은 침을 꿀꺽 삼켰다.

'우리가 속았다.'

한진수와 김훈상이 지금 부재중이라 판단했다. 김훈상이 있을 수 있다는 가정하에 움직이기는 했지만, 이런 상황이라면 한진수는 물론이고 김훈상 역시 이 자리에 있을 수 있다는 것을 염두에 둬야만 한다.

'하지만 그게 무슨 그렇게 큰 대수냐!'

한진수와 김훈상이 연합한다? 그것은 단순히 사람 둘이 모인 문제가 아니다. 1+1=2가 아닌 1+1=3, 아니, 1+1=10 이상의 엄청난 시너지 효과가 난다. 김훈상의 대인전 특화 능력과 한진수의 능력. 거기에 한진수가 가진 프리온 나이트의 힘까지 합쳐지게 될 테니까. 게다가 저번에 파악하게 된 김훈상의 특수 병력, 황제가 이름 짓기를 '더스 나이트'라는 놈들도 함께하게 될 테니까.

'그래도 우리는 프리온 나이트다!'

아무리 그렇다고는 해도 이쪽이 절대적으로 유리하다. 그냥 프리온 나이트가 아니다. 여왕에 의해 생산된 우월한 능력을 가진 프리온 나이트다. 이 프리온 나이트의 존재는 프리온 나이트 내에서도 극도의 보완이 요구되는 기밀 사항이며, 이 프리온 나이트는 일반 프리온 나이트보다 훨씬 더 강력한 힘을 자랑한다.

'우리가 질 수 없는 싸움이야.'

콰과광!

그때 거대한 폭발음이 터져 나왔다. 한진수의 이상한 프리온 나이트, 그러니까 황금색 프리온 나이트가 여왕이 생산한 프리온 나이트 1기의 머리를 통째로 부숴 버렸다.

'마, 말도 안 된다!'

한진수가 제국으로부터 탈취했던 나이트는 구형 나이트다. 그런데 신식 프리온 나이트, 그것도 여왕이 생산한 프리온 나이트를 어떻게 이렇게 쉽게 파괴시킬 수 있단 말인가.

고려의 나이트들도 입을 쩍 벌렸다.

"저, 저것이 한진수의 프리온 나이트……."

모두가 안다. 저 프리온 나이트는 김상희의 '기적'에 의해 변화된 프리온 나이트다. 김상희의 몸이 하얗게 빛났을 때, 프리온 나이트가 저렇게 변했다.

나이트 중 한 명이 중얼거렸다.

"김상희 공주님은…… 역시 성녀시다."

그랬다. 한진수가 저런 프리온 나이트를 가질 수 있게 된 건 역시 성녀인 김상희 공주가 있었기 때문이다. 놀라움은 거기서 그치지 않았다. 한진수는 맨몸으로 프리온 나이트를 향해 질주했다. 그것을 본 고려 나이트들도 당황했다. 지금 한진수는 맨몸이다. 그 어떤 무기도 가지고 있지 않았다. 맨몸으로 프리온 나이트를 어떻게 상대한단 말인가. 적어도 단도라도 가지고 있어야 무슨 일이라도 할 수 있지 않을까?

'한진수가 갑자기 왜 저러는 거지?'

이상했다. 저대로 두면 위험했다. 어째서 한진수가 저런 무리한 행동을 하는 건지 이해할 수 없었다.

제1대대 대대장 신을용이 버럭 소리를 질렀다.

"까불지 마라!"

소형 프리온 나이트, 대인전에 특화된 빠른 속도 위주의 프리온 나이트들이 한진수의 앞을 가로막았다.

−타깃을 설정합…….

갑자기 알림음이 끊어졌다.

콰과광!

폭발음과 함께 프리온 나이트가 파괴됐기 때문이다. 신을용은 순간, 아무런 말도 하지 못했다. 방금 그는 봤다. 한진수의 오른손이 노란빛으로 잠깐 빛나는가 싶더니 스파크가 일었고, 그 손으로 프리온 나이트의 머리를 단 일격에 파괴해 버렸다.

'이, 이, 이 무슨 말도 안 되는!'

이건 있을 수 없는 일이었다.

'도대체 어떻게 저럴 수 있단 말인가!'

현실을 믿을 수 없었다.

'설마 3차 각성이라거나…… 그런 말도 안 되는 일이 일어난 건 아니겠지? 아닐 거다. 분명히 아닐 거다.'

그런데 일은 이미 벌어졌다. 한진수의 능력에 대한 여태까지의 정보가 너무나 잘못됐다. 그리고 고려 나이트들은 알았다.

'성녀님 덕분에 한진수가 3차 각성을 일으킨 것이 틀림없다.'

기적에 이은 미라클 제조, 거기에 3차 각성, 거기에 경이로운 회복 능력까지. 고려 나이트들의 사기가 급격히 올라갔다. 고려에는 성녀가 있다. 전투와 전쟁에 있어서 사기는 굉장히 중요한 요소다. 갑자기 가슴속에서 무언가가 끓어오르는 것 같은 기분이 들었다. 성녀는 엄청난 능력을 가지고는 있지만 마력은 없다. 전쟁터는 당연히 위험할 수밖에 없다. 그 위험한 곳에 성녀는 몸을 사리지 않고 왔다. 나이트들, 자신들에게 기적을 일으켜 주기 위해서.

나이트들 중 한 명이 외쳤다.

"성녀님께서 우리와 함께하신다!"

그 한 마디가 지휘관이 없는, 왕이 부재중인 고려 나이트들의 가슴에 불을 지폈다. 어쩌면 왕보다도 더 대단할 수 있는, 엄청난 능력을 가진 성녀가 저기 있지 않은가.

'우리들과 함께하고 있다!'

고려 나이트들이 빠르게 움직이기 시작했다. 그로부터 얼마 지나지 않아, 세상이 발칵 뒤집어질 엄청난 소식이 고려와 세계를 강타했다.

황제는 주위를 둘러봤다. 자신을 호위하던 나이트들은 이미 시체가 됐다. 이러한 상황은 예상하지 못했다. 고려 왕은 분명 신라에 지원을 갔었을 텐데, 그 정보가 틀리지는 않았을 텐데, 어째서 지금 이 자리에 김훈상과 더스 나이트들이 있는 건지 모르겠다.

황제가 말했다.

"김훈상, 고려의 국왕이여. 반갑구나."

"그간 안녕하셨습니까. 황제 폐.하. 개새끼야."

김훈상이 뚜벅뚜벅 앞으로 걸어갔다. 황제는 황금 용상 위에 앉아 껄껄대고 웃었다.

"역시 고려의 국왕답다. 이래야 김훈상이지."

일부러 신라를 쳤다. 김훈상을 움직이게 만든 뒤, 그다음 고려를 쳤다. 고려의 왕궁을 충분히 접수할 수 있을 거라고 생각했다. 여왕의 손상을 감수하면서까지 일부러 일을 서두르지 않았던가.

"시간이 많지 않으니 본론만 간략하게 말하겠다."

"……."

"무조건적인 항복, 내가 요구하는 것은 그것 하나다."

"제국의 황궁 내에서 황제에게 말하는 태도가 매우 불경하구나."

"아직 내 덕분에 살아 있는 시체겠지."

황제는 또 껄껄대고 웃었다. 고려 국왕 김훈상은 정말로 오만했다. 누가 감히 황제를 일컬어 '아직 살아 있는 시체'라고 말할 수 있을까. 그런데 그것은 근거 없는 오만함이 아니었다.

"김훈상, 무엇이 너를 이렇게 강하게 만들었지? 너는 이렇게까지 강하지 않았었다."

황제는 김훈상의 능력을 이미 파악하고 있었다. 김훈상의 무력, 세력, 고려의 능력은 언제나 관심 대상이었으니까. 그리고 김훈상은 언제나 오만하기는 했으되 제국을 거스르는 행동은 하지 않았었다. 오만함과 별개로 김훈상의 현실 파악 능력은 뛰어났었다. 김훈상은 제국에게 굽힌 적은 없지만, 제국에게 대든 적도 없었다. 지금 김훈상의 이런 행동은 예측 불가능한 행위였다.

김훈상이 피식 웃었고, 후에 역사가들이 열띤 토론을 벌이게 만든 한 마디를 내뱉었다.

"들어는 봤냐, 딸 등신이라고?"

"……."

황제는 이해할 수 없었다. 딸 등신인 거랑 이 엄청난 능력을 가지게 된 거랑 무슨 상관이란 말인가. 신라에 있어야 할 김훈상이 어떻게 제국의 황궁까지 갑자기 나타날 수 있었는지. 그리고 불과 수십에 불과한 나이트들을 데리고 제국의 나이트 수천 명을 도륙할 수 있었는지.

"내 눈으로 직접 봤지만 믿을 수가 없구나."

아무래도 김훈상은 3차 각성의 벽을 깨뜨린 것 같았다. 그렇지 않고서야 아까의 그 능력을 설명할 길이 없었다.

'그 능력을 가지려면 딸 등신이 되어야 한다는 뜻인가?'

딸 등신, 저게 무슨 말인지 전혀 모르겠다. 아주 오래전, 고려의 사전에 '딸바보'라는 말이 등재되었다는 유언비어를 들었던 적이 있다. 고려랑 관련된 보고라서 일단 받았는데, 하도 황당한 보고라 머릿속에서 지웠었다. 딸바보와 딸 등신, 연결 고리가 있는 것인가?

'그렇다면 그때부터 김훈상은 이것을 계획했단 말인가?'

물론 그런 건 아니다. 황제 혼자 확대해석하고 있을 뿐.

"김훈상, 너는 정말 경이로운 능력을 가졌구나."

"대답해라. 대답 여부에 따라 생사 여부가 달라질 것이다."

더스 나이트들이 황제의 어깨를 잡더니 억지로 무릎 꿇리려 했다. 김훈상은 말리려다가 잠깐 다른 생각이 떠올랐다. 저놈 때문에 사랑하는 딸이 위험할 뻔했다. 납치당할 뻔했다. 납치당했으면 어떻게 되었을지 그걸 생각하면 분노가 마구 끓어올랐다. 그래서 무릎 꿇리는 걸 가만히 두고만 봤다. 문득, 궁금증이 일었다.

"프리지아는 어떻게 됐지?"

황제는 순순히 무릎을 꿇었다. 제국 나이트, 황궁을 수호하는 나이트 3,200명이 단 수십 명에 의해 죽었다. 물론 고려의 피해도 있었다. 중상 7명, 경상 3명, 그리고 사망 2명. 어쨌거나 고려는 압도적인 능력으로 제국을 눌렀다. 아마 수도 외의 다른 곳에서 병력이 오려면 한참 걸릴 것이다. 아무리 서두른다고 해도 3시간은 걸릴 거다.

"프리지아라……."

"여왕이라는 얘기를 들었다. 그 계집 역시 특별한 능력을 가지고 있나?"

"그것이 내 항복과 무슨 연관이 있지?"

김훈상이 피식 웃었다. 그랬다. 상관없었다. 지금 필요한 건 황제의 항복 문서였다.

김훈상이 물었다.

"항복할 건가?"

"설마 진심으로 묻는 건 아니겠지?"

김훈상이 어깨를 으쓱했다. 황제가 항복할 거라고는 생각하지 않았다. 그게 가장 간편한 일이지만 기대하지는 않았다.

"압송해."

황제를 인질로 잡기로 했다.

"2시간 주겠다. 마음대로 분탕질을 쳐라."

황궁 내에는 수많은 보물이 있을 거다. 그 보물의 소유권을 모조리 나이트들에게 주기로 했다. 또한 이곳에는 아리따운 여자도 많다. 잔인한 말이지만, 전쟁에 있어서 계집은 하나의 전리품이다.

"2시간 뒤, 고려 왕궁으로 이동한다."

세계의 패권을 쥐고 있던 제국이 하루아침에 무너졌다. 물론 제국 전부가 무너진 건 아니다. 제국의 수도인 '에비덤'의 병력만 제거했다. 분명 지방에서도 들고 일어날 거다. 그러나 중요한 건, 황궁의 보안이 뚫렸으며 고려가 황제를 인질로 삼았다는 것이다.

"그 얘기 들었어? 제국의 황궁이 뚫렸대."

"에이, 설마. 말도 안 되는 소리 하지 마."

사람들은 믿지 못했다. 그도 그럴 것이, 계집이 왕위를 이어받았다는 것만큼이나 황당한 이야기였으니까. 태양 제국 잉카가 어떤 나라인가. 대규모 화력전에 있어서 최강의 전략 병기, 프리온 나이트를 보유하고 있는 국가가 아니던가.

"제국이 먼저 고려를 쳤는데, 그사이 고려가 제국 황궁을 쳤대."

"엥? 프리온 나이트들은?"

"수도에 있는 프리온 나이트들을……."

말도 안 되는 소식이 알려졌다. 고려 국왕 김훈상이 이끄는 부대가 황궁을 수호하는 프리온 나이트와 싸워 압도적인 승리를 거뒀다는 것이었다.

"변방의 프리온 나이트가 황궁에 도달하기 전에…… 고려 나이트들은 또 어디론가 사라져 버렸대."

"무슨 말도 안 되는 얘기야? 소설을 써라, 소설을. 무슨 순간 이동 같은 거라도 하냐?"

고려 국왕 순간 이동설이라는, 상식적으로 말도 안 되는 유언비어가 퍼져 나갔다. 그러나 얼마 지나지 않아 '순간 이동'은 '워프'라는 이름으로 세상에 알려지게 됐다.

"마, 말도 안 돼. 사람이 순간 이동을 한다고?"

"진짜야. 그래서 고려 국왕이 아예 작정하고 본진을 털어버린 거야. 그런 게 있는 줄 몰랐던 제국은 강한 힘을 갖고 있으면서도 못 써먹은 거고."

세상의 판도가 변했다. 압도적인 전력의 세계 최강인 제국이 고려에게 패배했다. 그러나 제국의 저력은 역시 막강했다. 제국에 충성하는 몇몇 귀족과 나이트들이 들고 일어선 것이다. 그들은 그들끼리의 세력을 연합하여 고려에 진격했다.

그러나 놀라운 일은 거기서 그치지 않았다.

"고려의 나이트들이 프리온 나이트랑 일대일로 붙어도 안 진다는데……?”

그게 끝이 아니었다.

“압도적인 무력으로 밀어붙이고 있다나 봐.”

“마, 말도 안 돼. 프리온 나이트보다 고려의 나이트가 더 강하다고? 그랬으면 진작에 고려가 제국을 쳤겠지.”

말 된다. 다만 이렇게 된 것이 최근의 일일 뿐이다.

“하지만 고려는 세계를 압도할 수 있는 화력은 없어. 제국과는 성격이 다른 힘을 갖고 있으니까. 앞으로 어떻게 될까?”

“글쎄, 두고 봐야겠지.”

세상 사람들은 예측했다. 강국들 여럿이서 패권을 놓고 다투게 될 거라고. 20여 년 전 전쟁기에 버금가는 많은 피가 흐르게 될 거라고 말이다. 하지만 상황은 예상대로 흘러가지 않았다.

김유신이 스페셜 나이트의 어깨를 두드려 줬다.

“수고했다.”

“아닙니다.”

스페셜 나이트와 프리온 나이트는 이미 여러 차례 격돌했다. 그동안 스페셜 나이트는 프리온 나이트 수백 기를 파괴했다. 고무적인 것은 아군은 사망자가 단 한 명도 나오지 않았다는 것이다.

한 나이트가 뭔가에 홀리기라도 한 듯 중얼거렸다.

“정말…… 성녀의 기적은 엄청나군요.”

스페셜 나이트가 프리온 나이트를 상대로 우위를 점할 수 있었던 것은 김상희 덕분이었다. 김상희의 능력을 빌어 김환석이 개발한 '미라클'이 스페셜 나이트의 마력을 활성화시켜 줬다. 게다가 아무리 심각한 부상을 입었어도, 목숨만 붙어 있으면 살아날 수 있었다. 덕분에 스페셜 나이트는 과감한 움직임을 보일 수 있었고, 그것은 곧 사기 진작과 더불어 위험한 작전마저도 수행할 수 있도록 만들어 주었다.

"어, 저기 성녀님 오시네요."

제국의 황제를 붙잡았지만 전쟁은 끝나지 않았다. 다만 황제가 없기에 훨씬 쉬운 전쟁을 치르고 있는 중이다.

"성녀님!"

김유신이 고개를 숙였다. 성녀는 고려에 없어서는 안 될 보물이었다. 옛날, 김상희의 소녀식 때 그녀에게 보배의 칭호를 수여했었다. 그 당시 수많은 사람이 그 행태를 이해하지 못했었다. 그러나 이제는 나이트들이 발 벗고 나서서 보배님 혹은 성녀님이라 부른다. 고려에 성녀가 없었다면, 제국을 이기지 못했을 거다. 그런데 중요한 건, 고려에 김상희가 없었다면 제국과 고려가 전쟁을 벌일 일도 없었다는 거다.

나이트 중 하나가 말했다.

"야, 인마. 성녀님 지나가시는 길에 큰 돌이 있잖아. 얼른 얼른 치워 드려라."

고참 나이트의 명령에 나이트 하나가 황급히 마력을 운용했다. 김상희는 허허 웃고 말았다. 이 사람들이 단체로 개차반을 닮아가는 것 같다. 개차반은 과보호에 중독되어 있는 상태. 저기, 괜찮은데요. 저거 그냥 큰 돌 아니고 조약돌인데요. 막말로 가다가 실수로 차도 하나도 안 아플 거 같은 작은 돌인데요. 저걸 굳이 마력까지 써서 옮겨야 할 필요가 있을까요……? 김상희는 묻고 싶었지만 그저 빙그레 웃는 것으로 대신했다.

김유신은 언제나 그렇듯 진지한 표정으로 말했다.

"성녀님은 언제나 자애롭게 웃으시는군요. 저희 나이트들에게 큰 도움이 됩니다."

"제가 뭘요. 언제나 최전방에서 힘쓰시는 나이트 여러분께 힘이 된다니 정말 다행한 일이어요."

나이트들은 모두 입을 벌렸다. 그들은 새로운 단어를 만들어 냈다. 김상희 홀릭 혹은 성녀 홀릭이란 말이었다.

나이트들 모두가 생각했다.

'저러니까 총애를 받을 수밖에 없지.'

이 세계의 다른 여자들과는 달라도 뭔가 확실히 달랐다. 같은 말을 해도 저렇게 사랑스럽고 저렇게 예쁠 수가 없다. 어디 다른 세상에서 온 건 아닐까 하는 기분마저 들 정도였다.

며칠이 흘렀다. 김상희는 문득 과거 골렘 피라미드에서 봤었던 글귀가 생각났다.

골렘을 가지면 세상을 얻을 것이다.
성녀의 은총이 내릴 때에 골렘이 깨어나리니.

골렘은 고대 병기라고 기록되어 있지만 혹시 골렘이라는 것이 바로 프리온 나이트가 아닐까 싶었다.

'내 몸에서 빛이 번쩍했을 때랑…….'

그 이후, 자신의 힘을 빌려 한진수가 3차 각성을 끝마쳤을 때, 프리온 나이트가 최종 형태로 변했다고 했다.

'그게 바로 골렘 아닐까……?'

그렇다면 얼추 설명이 되지 않는가. 불과 얼마 전까지 제국이 세계 최강국으로 군림할 수 있었던 건 프리온 나이트가 있었기 때문이다.

김훈상이 말했다.

"그렇다면 대충 설명이 되는 것 같구나."

솔직히 김훈상에게 그런 건 아무래도 상관없었다.

"가까이 와라."

김훈상은 기다리기도 귀찮다는 듯 손을 내저었다. 3차 각성을 이룬 이후라 마력 컨트롤이 훨씬 부드러워졌다. 덕분에 김상희는 최고의 승차감(?)을 느끼며 김훈상에게 가까이 다가갈 수 있었다. 물론 반항도 못했다. 눈에 보이지도 않는 마력에 무슨 수로 반항한단 말인가. 김훈상이 김상희의 머리를 쓰다듬었다.

"네 덕분이다."

"그렇게 말씀하여 주시니 소녀는 몸 둘 바를 모르겠어요. 부끄러우니 소녀를 그만 내려주시어요."

이봐, 개차반 아빠 씨. 난 아가가 아니라고. 당신 요즘 증세가 유독 심해지고 있다고. 정신 차려. 김상희는 그렇게 말해주고 싶었다. 시집 아닌 시집을 간 이후로 김훈상은 점점 더 이런 모습을 보이게 됐는데, 그때마다 김상희는 흠칫흠칫 놀라야만 했다. 이대로라면 한 진수를 괴롭힐 것 같다. 시집살이 아닌 처가살이를 시킬 것 같은 불길한 예감이 든다고나 할까.

김훈상이 갑자기 진지한 표정을 지었다.

"한 가지 확실히 알아야 할 것이 있다."

"네, 아빠. 말씀하셔요."

"나는 네 능력과는 상관없이, 너를 내 딸로……."

김훈상은 잠시 숨을 골랐다. 순간 김상희는 봤다.

'어라? 지금 개차반 얼굴 조금 빨개진 거 같은데?'

정확하게 말하면 귀 끝이 조금 붉어졌다.

'지금 부끄러워하고 있는 거? 그런 거야?'

아무래도 그런 것 같았다. 잠시 시간이 흐른 뒤, 김훈상이 입을 열었다.

"너를 내 딸로서 사랑한다."

그리고 말을 이었다.

"너를 노리는 황제는 지하 감옥에 가둬 놓았으니 이제는……."

김훈상은 조금 슬퍼졌다. 하지만 마음의 결정을 내렸다. 제국과 전쟁을 결심하는 것보다 이게 더 어려웠다.

"네 결혼식을……."

가슴이 쓰라렸다. 한진수, 그 도둑놈 새끼를 떠올리니 부아가 치밀었다. 하지만 약속은 약속이다. 고려가 황제를 잡을 수 있었던 건 전적으로 워프 덕분이었다. 안정된 워프가 없었다면, 고려는 제국을 상대로 도박을 감행하지 못했다. 김훈상은 입술을 깨물었다가 말했다.

"진짜 결혼식을 성대하게 치러주마."

"아, 아니어요. 성대하지 않아도 괜찮아요. 소녀는 그런 것에 욕심부리지 않아요."

"아니, 절대 그럴 수는 없지. 너는 내 딸이다. 자랑스러운 내 딸이다."

내 자랑스러운 딸. 동네방네, 아니, 세계 만방에 자랑할 거다. 그렇게 주장하는 듯한 결연한 모양새에 김상희는 저도 모르게 한숨을 쉬고 말았다.

"네 결혼식은 한 달 뒤다."

그때, 놀라운 소식이 전해졌다.

"폐하! 전 황제가…… 사라졌습니다."

황제는 절대 자력으로는 빠져나갈 수 없는 지하 감옥에서 탈출했다.

"어떻게 그게 가능했지?"

"모르겠습니다. 외부 도움의 흔적도 없습니다. 저희도 지금 파악 중입니다."

김훈상 역시 황당해했다. 3차 각성을 이룬 자신이라고 해도 지하 감옥에서 자력으로 빠져나오는 것은 불가능했다. 아니, 힘으로 한다면 어떻게든 가능할지도 몰라도 그러면 당연히 소란이 인다. 그런데 지금 황제는 갑자기 사라져 버렸다. 연기처럼 말이다.

'워프를 쓰려면…… 진작에 썼겠지.'

나이트가 보고를 이었다.

"그런데 그곳에 조금 이상한 것이……."

황제가 감금당해 있던 그 장소에는 피로 짐작되는 액체로 글씨가 써져 있었다. 나이트가 김상희의 눈치를 살폈다. 그리고 김상희가 없는 곳에서 김훈상에게 얘기했다.

"성녀를 데려가겠다는 글귀가 적혀 있었습니다."

사람들은 하나같이 입을 모아 말했다. 고려는 제국과 같은 엄청난 화력이 없으니 주변국을 제대로 통제하지 못할 것이고 그에 따라 수

많은 강국이 들고 일어서 전란의 시대를 맞이하게 될 거라고. 그러나 그 예상은 완전히 빗나갔다.

"프리온 나이트 1개 대대가 완전히 쓸려 버렸다네."

"어떻게 그럴 수가 있지?"

"고려와 혈맹을 맺은 신라라는 나라, 들어봤어?"

"신라?"

별로 들어본 적 없던 이름인 '신라'가 사람들 입에서 오르내리기 시작했다.

"그 신라의 국왕인 다름 아닌 한진수라네."

"한진수? 고려 출신 대천재?"

'제국의 반역자'라고 말하려던 남자는 황급히 입을 다물었다. 지금 제국은 없어졌다. 아직 고려와 치열한 전쟁 중이라고는 하지만 곳곳에서 들려오는 소식은 오로지 고려의 승전보뿐이다. 이러한 상황에서 입을 잘못 놀렸다가는 괜히 피 보는 수가 있다.

"그 신라에 프리온 나이트 5기가 있다나 봐."

베일에 가려져 있던 프리온 나이트의 실체도 알려졌다. 그것은 사람이 아니었다. 기계에 가까웠다. 그러나 단순히 기계라고 보기만도 어려운 것이 움직임이 너무나 자연스러웠다. 제아무리 현대 문명이 발달했다고 해도, 인간처럼 자연스럽게 움직이는 로봇은 만들기 어렵다. 그런데 인간처럼 자연스럽게, 또 인간보다도 빠르게 움직이는 기계라니, 역시 제국다웠다.

"그런데 그 5기가…… 혼자서 50기를 상대할 수 있는 엄청난 힘을 가졌대."

"어떻게 그럴 수가 있지?"

"글쎄, 성녀의 은총을 받으면 프리온 나이트가 그렇게 변화한다고 하는데……."

놀람과 충격은 거기서 그치지 않았다.

김유신이 보고를 올렸다.

"프리온 나이트 5기를 탈취했습니다."

김훈상이 고개를 끄덕였다.

"잘했다."

당연한 말이지만 파괴보다 탈취가 훨씬 어렵다. 하지만 프리온 나이트들과의 전투를 치르면서 스페셜 나이트들은 조금씩 프리온 나이트의 전투 방식에 익숙해져 갔다.

"제국에서 프리온 나이트의 존재를 극비에 부친 이유는…… 아마 그들의 움직임이 상당히 정형화되어 있고 단순하기 때문이 아닌가 싶습니다."

"그렇겠지."

프리온 나이트의 행동방식은 단순했다. 솔직히 처음에는 인간과 똑같이 움직이는 만능 로봇인 줄 알았다. 그러나 역시 기계는 기계였다. 돌발 상황에 대한 대처 능력은 인간에 비해서-여기서의 인간은 적어도 미라클을 섭취한 스페셜 나이트쯤 되는 인간, 그러니까 인간 중에서도 0.1퍼센트에 속하는 인간을 뜻한다-확실히 떨어졌다. 그에 반해 스페셜 나이트들은 프리온 나이트의 전투 스타일에 점점 더 익숙해졌고, 급기야는 프리온 나이트를 탈취하는 것에 이르렀다.

김유신이 말했다.

"하지만 폐하, 정말로 탈취한 프리온 나이트를 한진수에게 넘기실 겁니까?"

지금은 혈맹을 맺었지만 이후에 한진수가 다른 생각을 품는다면? 프리온 나이트 군단을 이끌고 고려에 쳐들어올 수도 있다. 국제 관계란 그런 거다. 어제의 적이 오늘의 아군이 되고, 오늘의 아군이 내일의 적이 될 수도 있는 법이다.

"내 생각은 변함이 없다. 어차피 한진수 외의 다른 사람은 프리온 나이트를 사용할 수 없을 테니."

한진수는 과거 프리온 나이트 소속이었기에 프리온 나이트의 사용 권한을 부여받았다. 몸속에 칩 같은 것이 이식되어 있다고 하는데, 한진수 본인도 그것에 관한 자세한 정보는 잘 몰랐다. 하여튼 프리온 나이트를 조종하는 패널을 조작할 수 있는 사람은 한진수뿐이었고 스페셜 나이트가 포획한 프리온 나이트는 착실히 한진수의 병력이 되어갔다.

아주 잠깐, 휴식 시간을 갖게 된 한진수가 김상희를 찾았다.

"상희야."

김상희는 성큼성큼 걸어가 한진수에게 안겼다. 한진수의 듬직한 팔이 김상희를 안아줬다. 요즘은 통 못 본다. 그럴 만도 했다. 신라는 지금 여기저기서 전쟁을 치르고 있는 중이다. 신라군과 고려군은 지금 세계에서 '도깨비'라는 별명으로 불리고 있다. 하도 신출귀몰해서 그렇다. 동쪽에서 싸우고 있었는데 어느새 보면 서쪽에 나타나 있고, 서쪽에 있었는데 어느 순간 보면 남쪽에 있었다. 그래서 그들은 '도깨비'라는 이명을 얻었다. 그리고 신라군과 고려군은 단 한 번의 패배도 하지 않았다. 제국만큼 강력한 화력이 있는 건 아니지만, 기적과도 같은 기동력을 바탕으로 지배력을 점차 넓혀가고 있었다.

한진수가 김상희의 이마에 가볍게 키스를 했다.

"이게 다 네 덕분이야."

"어쩌다 보니…… 그렇게 된 것 같아."

김상희 덕택에 만들어진 '미라클'이 엄청나게 중요한 역할을 했다. 미라클은 나이트들의 체력 회복에도 탁월한 효과를 보여줬다. 말 그대로 '성녀의 능력'은 전천후 폭격기와도 같았다. 1의 능력을 가진 사람이 10의 능력을 꺼내 쓸 수 있도록 해줬다.

한진수는 문득 이 여자가 너무나 사랑스럽다는 생각을 하게 됐다. 그리고 또 제국 때문에 첫날밤을 제대로 치르지 못한 것이 떠올랐다. 김상희를 안고 싶었다. 지금도 안고 싶지만 더욱 꽉 안고 싶었고, 김상희와 그 이상의 것도 나누고 싶었다. 육체적인 쾌락 때문이 아니었다. 그의 본능이 외쳤다. 김상희를 가지고 싶다고.

'지금은 그럴 때가 아니야.'

하지만 참았다. 좀 더 안전해지고 좀 더 안정이 되면, 그때 안락하고 평안한 환경에서 정성을 다해 김상희와 함께하고 싶었다.

한진수가 걱정스런 표정을 지었다.

"고려 내에서 기밀을 유지하려 했지만…… 이미 타국에까지 다 알려진 것 같아."

한진수는 마음이 복잡해졌다. 이 여자가 내 여자다. 내 여자가 이렇게 대단하다. 내 여자가 이렇게 사랑스럽고 예쁘다. 라고 언제나 자랑을 하고 싶은 마음은 있다. 그에게 있어서 김상희는 이 세상의 그 무엇보다도 아름답고, 이 세상 그 무엇보다도 사랑스러웠고, 이 세상 무엇보다도 빛나는 보물이었으니까. 보물을 자랑하고 싶은 게 이상한 마음은 아니었다. 그런데 그 마음과 다른 마음이 싸웠다.

'다들 성녀님 성녀님 하면서 눈독을 들인단 말이야.'

요즘 나이트들도 심상치 않다. 김상희만 지나가면 반쯤 얼이 빠진 표정으로 '우리 성녀님'이라고 외쳐 대는가 하면 '김상희 홀릭' 혹은 ' 성녀 홀릭'이라는 이상한 신조어까지 만들어 김상희를 추종하고 있다. 기분이 좋기는 한데 뭔가 불쾌한 요상한 기분이다.

"너를 추켜세우고 너를 칭찬하는 거, 물론 좋아. 물론 좋긴 좋은데……."

한진수는 복잡한 얼굴로 말을 흐렸다.

"솔직히 나는 네게 모든 관심이 쏟아지는 거 싫어."

"응?"

"지금은 제국과의 전쟁이다 뭐다 거창하게 일을 벌이고 있지만……."

한진수가 바라는 건 오로지 단 하나뿐이었다.

"나는 너랑 행복하게 살 수 있으면…… 그거면 충분하거든."

한진수는 진심이었다. 김상희만 있었으면 이 세상 그 무엇도 필요 없었다.

"내 옆자리에 너만 있으면 돼."

김상희는 헛웃음을 짓고 말았다. 이 세계의 남자가, 그 어떤 남자가 이런 태도를 보인단 말인가. 이쯤 되면 과거의 한진수와 완전히 똑같다고 해도 믿을 판이었다.

김상희는 기분 좋은 한숨을 내쉬었다.

"정말 진수 너도 중증이다."

"미친 거 같지?"

"응."

"미친 거 맞아. 너한테 완전히 미쳤어."

김상희도 솔직히 고백했다.

"평생 미쳐 있으면 좋겠다."

"평생 미쳐 있을 거야."

"나중에 좀 덜 미치면 서운할 것 같아."

한진수가 김상희를 와락 끌어안았다.

"그럴 일 없어. 어제보다 오늘 더, 오늘보다 내일 더 너한테 미쳐 있을 거야."

어쨌든 한진수는 김상희가 지나친 관심을 받는 거 원하지 않았다. 지금 세계를 뜨겁게 달구고 있는 한진수지만, 그는 둘이서 알콩달콩 조용하게 살고 싶었다.

'전쟁만 완전히 끝내면…….'

한진수도 안다. 지금 황제가 탈출했다. 어떻게 탈출한 건지는 아직도 밝혀지지 않았다.

'상희가 안전해지면…… 그땐 모든 것을 내려놓자.'

한진수는 봐왔다. 김훈상이 아버지로서의 역할을 다할 때와 왕으로서의 역할을 다할 때. 그리고 그 두 가지 역할이 충돌하고 싸울 때 김훈상이 번뇌하고 고민해야만 했다는 것을.

'나는 그렇게 살지 않을 거다.'

그에게 있어서 가장 중요한 건 김상희뿐이다. 그래서 붉은 늑대 칼리번에게 왕위를 양보하기로 약조하지 않았던가.

'내게 왕위 같은 건 필요 없어.'

왕위가 아니라 어쩌면 황제의 자리일 수도 있다. 지금 한진수는 그럴 가능성이 굉장히 높은 세계를 변화시키는 젊은 천재니까.

'그때가 될 때까지만…….'

김상희의 머리를 쓸어내렸다. 그때까지만 힘을 내기로 했다. 둘이 꽉 끌어안고 있는데, 김환혁이 방에 들어왔다.

"이 도둑놈! 그 손 놓지 못해! 우리 누나한테서 떨어져!"

나는 한숨을 내쉬어야만 했다. 우리 환혁이가 나를 아끼는 건 좋은데 요즘 그 정도가 지나치다. 그렇다고 왕자를 혼낼 수도 없는 노릇이다. 나는 지금 진수가 어떤 처지인지 안다. 진수는 지금 세계를 뜨겁게 달구고 있다. 우리 개차반 씨가 진수한테 프리온 나이트를 계속 주고 있다고 한다. 3차 각성을 끝낸 진수가 프리온 나이트를 운용하면 굉장히 강한 프리온 나이트가 된다는 것도 알고 있다.

'차기 황제의 자리를 놓고 싸우고 있는 사람인데…….'

기실 한진수는 황제의 자리에 욕심이 없다. 그러나 사람들은 그러한 속사정까지는 모른다. 다만 김훈상과 한진수, 둘 중에 누가 황제가 되느냐로 얘기를 많이 할 뿐.

'그런데 환혁이한테 쩔쩔매는 꼴이라니.'

내가 알기로 3차 각성을 이룬 사람은 한진수랑 개차반뿐이다. 다시 말해, 전 세계에서 제일 강한 사람이라는 뜻이다. 그런데 진수는 유독 우리 가족에게 약했다. 그리고 나는 그 이유를 안다.

'고마워.'

내 가족이라서, 내 동생이고 내 아빠고 내 오빠라서 진수가 저렇게 쩔쩔매는 거다.

'그런데 저렇게 버릇없게 굴 때는 좀 강하게 나가도 괜찮은데.'

한편으로는 좀 세게 나와도 좋을 것 같다고 생각하지만 진수의 성격을 생각했을 때, 그건 어림도 없을 것 같았다.

'금이야 옥이야 나를 아껴주는 건 좋은데…… 환혁이 혼 좀 내주지.'

뭐 많은 기대를 하는 건 아니다. 그래, 환혁이는 그렇다 치자. 그런데 문제는 따로 있다. 요즘 진짜 문제는 저 김환성, 우리 둘째 망나니다.

"자, 오늘도 시간이 왔어."

"오빠, 양치 제대로 하고 오신 거 맞아요?"

개차반 씨가 나 덕분에 3차 각성을 했다. 그와 비슷한 메커니즘이라면 우리 망나니도 3차 각성을 할 수 있을 거다. 입에서 입으로. 내 입으로 말하기는 좀 그런데, 하여튼 사람들이 '성력'이라고 부르는 그걸 전해 주면 말이다. 그래, 뭐 사실 입술끼리 닿는 것도 아니고. 요즘 내 눈에 김환성마저도 귀엽게 보이니까 이 정도는 할 수 있다. 아니, 해야만 한다. 그런데 저번에는 하다가 김환성을 때릴 뻔했다. 양치라도 깨끗하게 하고 오던가.

"그럼!"

망나니가 입을 쩍 벌렸다. 우와, 저렇게 크게도 벌어지는…… 아니, 이게 아니지. 확실히 양치는 깨끗하게 한 것 같았다.

'3차 각성을 꼭 시켜야 해.'

김환성은 역시, 우리 진수나 개차반 정도의 천재는 아닌 것 같았다. 싸움은 잘할지 몰라도 머리가 좀 딸린다고 해야 되나? 하여튼 나는 이 아이를 반드시 각성시켜야 했다. 개차반의 엄명이기도 했다. 황제가 탈출했고 그 황제가 나를 노릴 수 있다나 뭐라나. 그걸 방지하기 위해서 3차 각성을 이룬 김환성이 필요하단다. 솔직한 말로 나한테도 좋은 제안이기도 했다.

몇 번의 시도 끝에 망나니가 3차 각성에 성공했다.

"응? 나 몸이 조금 이상한데?"

저 망나니, 신났다.

"이야! 이거 엄청 신기해! 야! 똥개, 이거 봐. 잘 봐봐."

아니, 지금 신날 상황이 아닌데 왜 신이 나는 건데? 이봐, 그러니까 옷은 좀 입지……?

난 바닥 한편에 버려진 망나니의 상의를 봤다. 망나니는 몸이 참 좋다. 그걸 부인할 수는 없다. 망나니는 몸짱이니까. 하여튼 지금 몸 좋다는 얘기를 하려는 건 아니다.

"봐봐. 보라고. 이봐!"

나는 고개를 살짝 돌렸다. 해괴망측한 장면이 눈에 포착됐기 때문이다.

"이거 봐! 가슴이 생겼어!"

그래, 나도 봤어. 이건 도대체 무슨 부작용이니?

"이거 보라니까?"

아니, 그러니까 그만 주물럭대라고. 그걸 왜 자꾸 주물럭거리는 건데.

"뭐지, 이건?"

김환성은 바지춤 안에 손을 넣었다.

"음, 고추도 조금 작아진 것 같은 느낌인데?"

야! 너는 여동생 앞에서 진짜! 망나니 인증하냐? 아니, 그러니까 옷은 벗지 말라고. 왜 벗냐고! 바, 바지는 좀 입어!

내 가슴속 절규와는 상관없이 망나니는 기어코 바지도 벗어버렸다. 바지만 벗었으면 내가 아무 말도 안 해. 심지어 팬티까지 벗었다. 완전히 알몸…… 은 아니었다. 알몸은 아니고 양말만 신은 상태다. 그러니까 더 변태 같다.

망나니는 혼자서 이상한 기합성을 냈다.

"으읍!"

뭐랄까, 나는 잘 모르지만 마력을 끌어올리는 것 같았다. 목과 이마에 핏줄이 솟아올랐다. 용쓴다, 용써.

"야, 똥개. 가까이 와봐."

그러고 보니 목소리도 조금 여성스러워졌는데? 이게 도대체 어떻게 된 일이지? 김환성이 갑자기 왜 약간…… 뭐라고 해야 돼? 여성화(?)가 된 것 같다.

"빨리, 빨리 와. 나 이거 느낌 좋단 말이야. 느낌이 와. 입 벌려."

망나니는 기다리는 시간조차 아깝다는 건지, 아니면 엄청 급한 건지 나를 마력으로 강하게 끌었다. 마치 자석처럼 나는 망나니에게 날아가듯 안겼다.

"으, 으악!"

비명을 지른 건 내가 아닌 망나니였다. 이건 확실했다. 얘 지금 자기 힘을 주체하지 못한 거다. 자기의 정확한 힘을 모르고 나를 끌어당겼고 나와 부딪친 망나니가 나를 안은 상태로 침대 위에 넘어졌다.

"아씨, 깜짝이야. 너 왜 이렇게 빠르게 날아와? 날 그렇게 패고 싶었어?"

"그, 그런 게 아니어요."

이건 네 잘못이잖아! 책임 전가하지 말라고! 너는 지금 '이 대단한 오빠가 이런 실수를 할 리는 없지!'라고 주장하는 것 같다고, 이 허세킹아.

"하여튼 빨리 입 벌려."

"오, 오빠!"

"빨리 입 벌리라니까?"

망나니는 뭐가 그렇게 급한지 날 또 마력으로 끌어당겼다. 감히 반항할 새도 없이 내 입술이 망나니의 입술에 닿았다. 아씨, 얘 진짜 왜 이래? 아니, 좀 살살할 수 없어? 무슨 진공청소기냐? 앙? 이러다 혀 뽑히겠어!

망나니는 지금 그런 게 중요한 게 아닌 것 같았다.

"빠이 허혀 조(빨리 성력 줘)!"

얘 지금 엄청 급해 보인다. 나는 일단 시키는 대로 성력을 불어 넣었다.

"헤호 헤호(계속 계속)!"

아, 지금도 힘들어 죽겠다고. 지금 귀 밑에가 터질 것 같아. 풍선 엄청 열심히 불었을 때 그런 기분이랄까? 머리도 띵했다. 그리고 망나니가 완전히 변했다.

"이야, 이거 완전 신기한데?"

한진수는 문을 열려다가 말고 멈칫할 수밖에 없었다. 김상희의 방에서 못 듣던 목소리가 들려왔기 때문이다.

"빨리, 빨리 와. 나 이거 느낌 좋단 말이야. 느낌이 와. 입 벌려."

뭐지? 도대체 무슨 일이지? 문을 열어봤다.

한진수는 제자리에 멈춰 섰다.

'저, 저건…….'

김상희가 누군가를 덮치고 있는 모양새다. 그 누군가는 현재 알몸인 상태. 한진수의 머릿속이 새하얗게 변해 버렸다. 제국의 반역자라 낙인찍혔을 때도 이런 상태는 아니었다. 거의 코마 상태에 근접했을 정도로 한진수는 충격을 받았다.

'이, 이게 무슨…….'

게다가 아무래도 묘한 상황이다.

'저건 여자 같은데.'

순간 정말 화가 났다. 하지만 그 화를 김상희에게는 낼 수 없었다. 김상희는 한진수가 살아가는 이유다.

'무슨 이유가 있을 거야!'

일단 한번 참고 숨을 골랐다. 상희라면 그래, 내 상희라면 이상한 짓을 할 리 없어. 저건 어떻게 하다 보니 저렇게 되었을 거야. 넘어진 걸 거야. 현실을 부정했다.

"하여튼 빨리 입 벌려."

그와 동시에 비명과 같은 소리가 터져 나왔다.

"오, 오빠!"

저건 또 무슨 소리란 말인가!

"빨리 입 벌리라니까?"

뒤에서 보기에는 격렬한 키스를 하는 것처럼 보였다. 결국 한진수는 폭발했다.

쾅!

거대한 폭발음이 일었다. 기록의 관 전체가 진동했다. 사자관에 머물고 있던 김훈상이 고개를 번쩍 들었다.

'이 마력 파동은…….'

김훈상이 일어섰다.

"내가 직접 간다."

스페셜 나이트 대대장 김유신이 함께했다. 고려 왕궁 내에서 저런 힘을 낼 수 있는 사람? 아니, 전 세계에서 이런 힘을 낼 수 있는 사람? 아무리 잘 쳐줘도 열 손가락 안에 꼽을 수 있을 거다. 대표적으로 한진수, 그리고 김환성.

곧 김상희의 방에서 김훈상은 어이없는 광경을 보고 말았다.

"무슨…… 일이냐?"

"아부지, 이 자식이 감히 날 쳤어요."

지금 김환성의 눈은 시퍼렇게 멍이 들어 있었다. 김훈상은 고개를 돌려봤다. 옆을 보니 한진수의 꼴도 영 별로였다. 입가에 피가 흐르고 있었는데 입술이 퉁퉁 부어 있었다. 하지만 김훈상이 놀란 건 그 때문이 아니었다.

"도대체…… 무슨 일이 일어난 거냐?"

아들을 쳐다봤다. 아니, 이제 딸인가 싶다.

"얘한테 성력을 엄청 받았거든요. 그러더니 이상한 느낌이 들더니 이렇게 됐어요. 마력을 최대치로 끌어올리면 계집이 되어버려요. 신기하죠?"

김환성은 마력을 내렸다가 올렸다가를 반복했다. 그러자 가슴이 없어졌다가 생겼다가를 반복하며 신체가 계속 변했다.

"뭐랄까, 계집의 몸이 되었을 때 마력 운용이 더 편해지는 느낌이에요. 고추가 없어져 느낌이 이상하지만."

매일 있던 것이 없어지니 좀 이상한 느낌이 들기는 했다.

"어쨌거나 지금 중요한 건, 저 자식이 날 쳤다는 거죠! 죽여 버릴 테다. 내 똥개를 훔쳐 간 것도 모자라 감히 날 쳐?"

"혀, 형님. 저, 저는 그것이 아니라……."

한진수의 입장에서는 억울했다. 아니, 누가 그런 상황이라고 생각을 하겠는가? 김환성이 자기 힘을 제대로 제어하지 못해 김상희와 침대에서 뒹굴뒹굴(?)할 줄은. 심지어 모습이 변해 있을 줄은. 자세히 보면 못 알아볼 것도 아니지만 아까 한진수는 너무나 충격을 받았고 또 당황하여 김환성을 제대로 알아보지 못했다.

"너 뒤졌어. 이참에 좀 맞자."

김훈상이 말했다.

"김환성, 경거망동 마라. 무슨 상황인지는 알겠으니 네 몸의 변화와 네 힘에 더 익숙해지도록 해라."

김훈상은 순간 무슨 일이 일어난 건지 확실히 파악했다.

'환성이는 컨트롤 능력에 비하여 가진 그릇이 절대적으로 크다.'

마력의 절대량만 놓고 보자면 자신보다도 훨씬 뛰어난 인재였다. 물론 한진수보다도 말이다. 다만 그 힘을 제대로 끌어다 쓰지 못했다. 만약 한진수 정도의 컨트롤 능력이 있었다면 김환성은 능히 세상을 바꾸고도 남았을 거다.

'환성이가 3차 각성을 한 거라면 마력 절대량이 엄청나게 커졌을 거다.'

그리고 그 마력 절대량을 감당하기 위한 신체로 몸이 바뀌는 것일 수도 있다.

'계집의 몸이 마력을 운용하기에 훨씬 편안한 몸이라는 건가?'

예전 김상희에게 들었던 적이 있다. 과거, 그러니까 고대에 마력은 원래 여자의 전유물이었다고. 마력이 원래 여자로부터 유래된 힘이라면 여자의 몸으로 다루는 것이 더 쉬울지도 몰랐다.

'환성이 정도의 절대량을 가지게 되면 몸이 계집으로 변하는 것일 수도 있다.'

김훈상은 그렇게 결론을 내렸다.

아이고, 두야. 나는 머리가 아파왔다.
"응. 그래, 그게 내 제안이야."
얘 제안이 뭐냐 하면, 자기가 이 힘을 컨트롤할 수 있는 능력을 기르기 위하여 한진수와 결투를 해야겠다는 것이다.
진수는 울상이다.
"왕자님……."
뭐, 틀린 말은 아니다. 단순히 마력의 양만 놓고 보자면 우리 망나니는 개차반 씨나 진수를 뛰어넘는 엄청난 양을 가지고 있다고 한다. 그걸 잘만 끌어다 쓰면 나를 지키는 데 아주 유용하게 쓸 수 있단다. 뭐, 그것까지는 이해가 된다. 그런데 솔직히 내 생각에는 얘가 다른 목적을 가지고 저러는 거 같다.
'그냥 우리 진수를 때리고 싶을 뿐이잖아!'
그런 거 같다. 이거 엄청 불공정한 결투다. 진수는 아마 망나니 때리지 못할 거다. 오죽하면 환혁이한테도 맞아줄 정도니 이건 엄청 완전 무지무지 불공정 결투다.
그래서 나는 진수와 따로 얘기했다.
"진수야, 부탁이 있어."
"들어줄게."
……아니, 인간적으로 뭔지는 들어보고 얘기해야 하는 거 아냐? 내가 나라 하나 사달라고 하면 어쩌려고…… 아마도 사줄 것 같다. 사주는 게 안 되면 강탈해서 줄 것 같으니 이런 부탁은 하면 안 될 것 같다. 남자 친구, 아니, 남편의 능력과 스케일이 너무 커도 문제는 문

제구나.

"네가 내 가족이라고 많이 봐주는 거 알고 있어."

내 오빠고. 내 아빠라서 네가 항상 저자세인 거 알아. 하지만.

"그러기 전에 너는……."

나는 진심을 담아 힘주어 말했다.

"너는 내 남자야. 네가 그렇게 기죽어 있고, 풀 죽어 있을 필요 없다고 생각해."

이참에 버르장머리 좀 고쳐줘. 솔직히 탑 망나니 환석이는 그냥 그런데 환성이랑 환혁이는 혼이 좀 나야 할 필요가 있다고 본다.

"나는 내 남자가 언제 어디서나 당당하고 강했으면 좋겠어."

물론 어딜 가나 주먹을 휘두르고 다니란 소리는 아니지만. 진수가 그럴 것 같지는 않으니 뭐.

"그러니까…… 사정 봐주지 않았으면 좋겠어요. 응?"

그리고 이 정도면 결정타가 되려나?

"만약 네가 이긴다면……."

일부러 뜸을 들였다.

"뽀뽀 해줄게."

진수의 표정에서 비장함이 묻어 나왔다. 아니, 내가 말하려던 건 뽀뽀가 아니었는데. 내 레퍼토리대로라면 '음? 겨우 뽀뽀?' 정도의 반응을 이끌어낸 다음, '아니, 그 이상의 것도 할 거야'라고 제대로 불을 지피려고 했는데 얘 이미 벌써 불타오르고 있다. 이걸 내가 좋아해야 하는 건지, 싫어해야 하는 건지 도무지 분간이 안 된다. 어쨌든 레퍼토리대로 말은 했다.

"아니, 그거보다 더한 것도 해줄게."

진수의 눈이 커졌다. 더한 게 뭔지…… 상상은 네 자유겠지만. 흠, 뭐 어때? 우린 부부라고. 부부니까 뭐, 이렇고 저런 거, 그런 거 있잖아?

진수가 불타올랐다.

"네가 그렇게까지 말한다면……."

좋아. 바로 그거야. 너 지금 엄청 비장해졌어.

"꼭 이길게!"

"응."

그래야 내 남자지. 내 남자 어깨 좀 펴고 다녀. 처가라고 해서 그렇게 무조건 기지 않아도 괜찮아. 화이팅, 내 남자.

김환성과 한진수가 결투를 하게 됐다. 더 정확하게 말하자면 김환성이 자신의 힘을 제대로 쓰기 위한 수련의 일종이긴 한데, 편의상 그냥 결투라고 하겠다. 나는 이때까지만 해도 이 결투 아닌 결투가, 왕궁에 무슨 바람을 일으킬지 전혀 예상하지 못했다.

제32장
납치된 김상희

김환성과 한진수의 비공식적 결투가 시작됐다. 한진수는 앞을 쳐다봤다. 여전히 적응이 안 된다.

'묘하게 닮았네.'

상희와 묘하게 닮은 김환성 왕자. 누가 보면 자매라고 해도 믿을 법했다.

'마력을 최대치로 끌어올렸다는 소리지.'

원래 마력을 최대치로 끌어올리면 몸에서 아지랑이가 피어오른다. 그런데 김환성의 경우는 조금 달랐다. 아지랑이가 피어오르는 게 아니라, 여성화가 진행됐다. 마력을 최대치로 끌어올리고 시간이 지나면 저렇게 완전히 여자의 모습이 되어버린다.

'왕자님이라 불러야 되나?'

하여튼 왕자님이라고 부르기로 했다.

"왕자님, 안 봐드릴 겁니다."

일부러 비공식으로 했다. 누가 됐든 일단 패배자는 나오게 마련이고, 나이트를 비롯한 일반 사람들에게 공개가 될 필요는 없었으니까.

김환성이 평소와는 다른 하이톤으로 말했다.

"너 죽어도 난 몰라."

"……."

"내겐 무적의 쌍갑바가 있으니까!"

그러면서 어깨를 활짝 펴고 대략 D컵은 되어 보이는 가슴에 보란 듯이 힘을 줬다. 그의 말을 빌리면 이 '무적의 쌍갑바'가 상당히 마음에 든 듯했다.

김상희는 그 말을 듣고 다리에 힘이 풀려 쓰러질 뻔했다.

'망나니의 멘탈은 도대체 어떻게 생겨먹은 걸까?'

아니, 상식적으로 생각해서 몸이 변해서 여자가 되면 충격이라도, 아니, 충격 비슷한 거라도 받아야 하는 게 정상이 아니야? 애초에 김환성은 충격이란 거 자체를 안 받은 것 같다. 오히려 신기하다고 자신의 가슴을 마구 주물럭대는데, 그 꼴이 너무나 해괴망측하여 김상희는 고개를 돌리고 말았다. 더 황당한 건, '야, 똥개. 계집들은 쉬야할 때 어떻게 해? 서서 싸니까 흐르던데?' 하고 어처구니없는 질문까지 해댔다는 것.

'진수야, 저 멘탈 갑각류 좀 패줘!'

곧 결투가 시작됐다.

김훈상은 감탄했다.

'3차 각성을 한 아이들이라…….'

김훈상 역시 3차 각성을 이루었다. 그러나 그것과 별개로 타인이 3차 각성을 이룬 모습을 보고 있노라면 굉장히 신기했다.

'굳이 비유하자면 초거대 덤프트럭과 최신 장갑차의 싸움인가?'

초거대 덤프트럭은 김환성. 김훈상마저도 기겁할 정도의 방대한 마력량을 바탕으로 한진수를 향해 거대한 한 방을 날렸다. 그에 반해 한진수는 절대량은 그에 미치지 못하지만 빠르고 효율적으로 결투를 진행해 나갔다.

'승자는 정해져 있겠어.'

만에 하나 운이 작용해서 김환성이 한진수에게 제대로 한 방만 먹인다면 그러면 또 모른다. 하지만 그럴 일은 없을 것 같았다. 한진수는 강하지는 않지만 차근차근 김환성의 몸에 데미지를 가했다.

'승자는 한진수겠군.'

하지만 상황은 그렇게 간단하게 흘러가지 않았다. 김환성이 입가를 슥 문질렀다. 입술이 터져 피가 흘렀다. 솔직히 열 받았다.

"이 쥐새끼 같은 놈이!"

하이톤의 목소리가 카랑카랑 울려 퍼졌다. 김환성은 저만치 멀리 떨어져 있는 김상희를 힐끗 쳐다봤다. 아씨, 안 되는데. 내가 제일 세야만 하는데. 하는 다급한 마음이 밀려들었다. 이 도둑놈 새끼를 때려눕히고 '그치? 오빠가 제일 세지?' 하고 당당하게 말해야 하는데 아무래도 힘들 것 같다는 조급한 마음이 들었다. 그리고 김환성은 깨달았다.

'저놈을 더 걱정하고 있어?'

지금 김상희는 오빠인 자신이 아니라 남편인 한진수를 응원하고 있었다. 그래서 더 열 받았다. 금이야 옥이야 키워 놨더니-물론 김상희가 들으면 엄청 억울해하겠지만—이젠 남편 편을 들고 있지 않은가!

"이 도둑놈 새끼! 반드시 죽여 버릴 테다!"

그렇게 사단이 일어났다.

아, 이게 도대체 무슨 일이야?

"괜찮으냐?"

목소리가 들려왔다. 나 지금 누군가한테 안겨 있다. 익숙한 냄새가 난다. 이 냄새, 개차반 씨 냄새다.

"아빠?"

그리고 앞을 봤다. 모양새를 보아하니 진수가 일단 1차로 막고, 그 뒤에 개차반 씨가 나를 안고 2차로 보호한 것 같은 그런 느낌이었다.

나는 입을 쩍 벌릴 수밖에 없었다.

"세상에……."

주위를 둘러봤다. 지금 무슨 일이 일어난 거야? 크레이터랄까? 마치 거대한 운석에 부딪치기라도 한듯, 나이트 전용 거대 연무장이 파여 버렸다. 엄청나게 거대한 폭탄이 터져 버린 것 같았다.

한진수는 어이없다는 듯 김환성을 쳐다봤다.

"왕자님, 김상희를 죽일 셈입니까?"

"아, 아니, 이게……."

김환성은 당황했다. 한진수가 화를 냈다.

"아무리 제가 밉다지만 전력으로 마력을 방출하면 어떡합니까! 너무한 거 아닙니까!"

이건 전력으로 방출한 게 틀림없었다. 한진수가 보니 최소 반경

500미터가 넘는 거대 크레이터가 생겼다. 더 황당한 건 연무장 근처의 건물 3동이 그대로 날아가 버렸다는 거다. 물론 결투의 여파가 퍼질 것을 대비하여 사람은 모두 대피를 시켜 인명 피해는 없었다.

한진수가 완전히 흥분했다.

"배리어가 완전히 박살 나고 거기에 왕궁 내 건물 3채가 사라졌습니다! 상희에게 치명적인 위협이 될 수 있었습니다!"

그냥 건물도 아니다. 왕궁 내 건물은 특수 배리어를 통해 보호받는다. 게다가 연무장에도 배리어가 설치되어 있다. 그 모든 것을 깨뜨리고 이런 사단을 만들어 냈다.

김환성이 중얼거리며 아무도 예상하지 못한 말을 해버렸다.

"……살살…… 한 건데……."

그 말을 듣고 김훈상마저도 침을 꿀꺽 삼켰다.

'걸어 다니는 전략 병기가 되는 건가?'

살살한 게 이 정도다. 진짜 마음먹고 힘을 내면 그 위력이 얼마나 엄청날 것인가.

'중소 도시 하나를 한 방에 날려 버릴 수도 있겠군.'

프리온 나이트보다도 훨씬 강한 화력이다. 걸어다니는 인간 폭탄이랄까? 한진수마저도 침음성을 흘렸다.

'엄청나다.'

그 엄청난 김환성이 김상희에게 가까이 걸어왔다.

"똥개야."

"……."

"아니, 상희야."

처음으로 김상희의 이름을 제대로 불러줬다. 김환성은 많이 미안해했다.

"괘, 괜찮지? 어디 안 다쳤지?"

김상희는 장난을 한번 쳐봤다.

"아파요."

그랬더니 회복의 관 관장 미첼 앞에 도착해 있었다. 김훈상과 한진수가 무려 워프를 사용해서 순식간에 회복의 관에 왔으며, 그것도 무려 관장에게 쳐들어왔다.

김훈상이 다급하게 외쳤다.

"어서 치료해라!"

한진수도 급하게 말했다.

"부탁드립니다."

한참의 시간이 지난 뒤, 미첼이 고개를 갸웃했다.

"도대체 어딜 다치신 겁니까?"

그때 회복의 관 한쪽 벽면이 폭파되듯 완전히 날아갔다.

"아씨, 실수했네."

김환성이었다. 아직 힘 조절을 제대로 못했다. 그는 워프를 사용할 수 없다. 그래서 뛰어오느라 좀 늦었다. 누구도 회복의 관으로 온다고 말 안 해줬는데 당연하게도 여기로 왔다.

왕궁에 이상한 소문이 나돌았다. 거대한 공룡 같은 것이 왕궁을 휩쓸고 지나갔단다. 물론 그런 거 아니다. 김환성이 하도 급하게 달려오느라 마력 컨트롤을 못해서 발자국을 지나치게 크게 남겼을 뿐. 정확한 사정을 잘 모르는 시녀들은 바닥에 금이 가 있는 것을 보고 벌벌 떨었다.

"혹시…… 지진이 일어났던 것 아닐까?"

고려와 신라 연합은 상당히 강했다. 아니, 압도적으로 강했다. 주변의 그 누구도 감히 고려와 신라에게 대항하지 못했다. 그들에게는 상상할 수도 없는 기동력과 더불어 강한 화력까지도 있었다. 고려와 신라는 굉장히 빠르게 세계를 안정시켜 나갔다.

한진수는 저도 모르게 슬며시 웃고 말았다. 그걸 보며 칼리번이 말했다.

"폐하, 엄청 기뻐 보입니다만?"

"이제 곧 네게 왕위를 물려줄 때가 올 것 같다."

"아뇨, 됐습니다. 왕은 그냥 폐하 하시죠."

2인자가 되어 보니 알겠다. 2인자가 최고다. 1인자와 달리 책임과 의무로부터 자유로운데다가 1인자 못지않은 권세와 권력을 누린다.

"게다가 폐하 아니면 솔직히 이 시국을 누가 어떻게 다스립니까?"

폐하 당신 정도 되는 능력을 가져야만 이 세계를 안정화시킬 수 있는 거라고요. 그렇게 말해주고 싶었다. 한진수의 능력은 단연 독보적이었다. 프리온 나이트를 무려 32기나 소유하고 있었으며, 그 32기가 전부 최종 형태로서 제국의 프리온 나이트보다도 훨씬 더 강력했다. 거기에 더해 워프까지 자유자재로 사용한다. 그 누구도 감히 신라 국왕 한진수에게 대들지 못했다.

"나는 왕위에는 관심이 없다. 지금은 때가 이래서 어쩔 수 없이 맡고 있는 것뿐. 내가 원하는 건 오로지 단 하나다."

"아, 몰라요. 나 왕 안 해요. 대장이 폐하 하세요. 난 과로사 하고 싶지 않아요."

한진수쯤 되니까 일을 저렇게 빠르고 신속하게 처리하지 자신은 그럴 자신이 없었다. 한진수는 뭔가 불길해졌다. 이게 아닌데, 나는 상희랑 알콩달콩 둘이서 잘만 살면 되는데, 왕 같은 거 다 때려치우고 상희랑 여행 다니면서 행복하게 살려고 했는데, 뭔가 좀 불안해졌다. 그래도 그나마 다행이었다. 생각보다 제국은 쉽게 무너졌고 그로 인해 상희를 위협하는 세력은 없어졌다고 해도 과언이 아니었으니까.

'하지만 방심하기는 일러.'

제국 황제가 지하 감옥에서 탈출했다. 혼자서는 불가능하니 분명 외부의 도움이 있었을 거다. 단순히 도움이 있었던 게 중요한 게 아니라, 흔적이 남지 않았다는 게 중요했다. 흔적을 남기지 않고 고려 왕궁에서 황제를 빼내올 수 있는 능력을 가진 개인 혹은 집단, 그런 게 있을 리 없지 않은가. 적어도 상식선에서는 말이다.

'내가 모르는 뭔가가 있을 수 있어.'

그렇기 때문에 아직 방심하지 않았다. 그나마 다행인 건 3차 각성을 끝마친 김환성이 거의 24시간 내내 김상희와 붙어 있다는 것이다.

김환성이 호기심 가득한 얼굴로 물었다.

"아, 그러니까 계집들은 쪼그려 앉아서 쉬를 해야 해?"

"오빠, 그러니까……."

김상희는 답답해졌다. 어째서 자신이 오줌 싸는 법까지 알려줘야 한단 말인가. 아니, 정 불편하면 마력을 풀고 그냥 남자로 돌아와서 볼일을 보든가. 얘 왜 이러나 싶다.

'설마…….'

이내 김환성이 계속 여자 상태로 있는 이유를 알 수 있었다.

'나를 보호하려고?'

그래서 24시간 내내 여자의 모습으로 있는 걸지도 모른다.

'아니, 아마 그럴 거야.'

고맙긴 한데, 그리 달갑지 않은 이상한 느낌이 들었다. 김환성이 자꾸만 황당한 소리를 해댔다.

"이렇게 누르면 젖이 나와?"

자꾸 네 가슴 주물럭거리지 말라고! 그것도 내 앞에서! 왜 굳이 내 앞에서 이러는 거야! 앙? 진짜 명치 한번 맞아 볼래?

사실 김환성은 일부러 이러는 거다. 김상희가 당황해하는 모습이 재미있어서. 이럴 때마다 김상희는 부끄러워하고 황당해했는데, 그 모습을 보는 게 재미있고 즐거웠다. 동생이 귀엽기도 했고. 그래서 일부러 이러는 거다. 물론, 이 가슴이 진짜 신기하기도 했고.

그때, 김상희에게 목소리가 들려왔다.

"나는 너를 납치하러 왔어."

김상희는 분명 목소리를 들었다. 하지만 김환성은 눈치채지 못한 것 같았다. 순간 김상희의 온몸에 소름이 돋았다.

"오빠……?"

김환성이 계속 말했다.

"젖이 왜 안 나와? 소들은 막 누르면 나오던데?"

김상희가 말했다.

"오빠……."

조금 마음이 다급해져 소리쳐 불렀다.

"오빠!"

하지만 김환성은 듣지 못했다.

"오빠!!!"

김환성은 여전히 듣지 못하고 자기 가슴을 만지작거리며 황당한 소리를 자꾸만 해댔다.

"에이, 안 나오네. 젖이 안 나오는 갑바는 필요 없는데."

김환성이 눈치채지 못하는 사이, 또 목소리가 들려왔다.

"너를 데려갈게."

나는 이내 아무런 말도 할 수가 없었다. 말을 하고 싶었는데 말이 안 나왔다. 아마도 마력으로 강제를 당하고 있는 것 같았다. 제발 망나니야. 여길 봐. 나 지금 뭔가 이상하다고.

그제서야 망나니가 뭔가 이상함을 알아차린 것 같았다.

"음, 똥개야. 너 뭔가 이상한 것 같은데, 어디 아프냐?"

하지만 이상했다. 망나니가 손을 뻗어 내 이마에 손바닥을 댔다. 열이 나는 것을 알아보기라도 하겠다는 듯.

'아무…… 느낌이 안 나.'

무서워졌다. 분명 망나니가 보이고, 망나니도 내가 보이는데, 망나니가 분명 내 이마에 손을 댔는데 나는 아무런 느낌이 나지 않았다.

'이거…… 뭐야?'

망나니가 고개를 갸웃했다.

"하나도 안 아픈 것 같은데, 너 뭔가 표정이 이상해. 화났어?"

망나니는 가까이 걸어와 내 얼굴을 샅샅이 뜯어 봤다.

"이상하네? 왜 표정이 이렇게 딱딱하지?"

이게 무슨 상황인지…… 모르겠어. 혼란스러웠다. 그때 목소리가 또 들려왔다.

"미안해, 나는 이렇게밖에 할 수가 없어."

내 눈에 누군가가 보였다. 언제나 나를 보며 활짝 웃던 크리스, 그가 나타났다.

"궁금할 것이 많다는 거 알아. 하지만 나는 아무런 대답도 해줄 수 없어."

무서웠다. 평소에 항상 웃는 아이였는데 오늘은 굉장히 슬퍼 보였다. 마치 싫은 일을 억지로 하는 아이처럼 말이다. 그리고 그 싫은 일은 아마도 납치가 되겠지.

'진수야……!'

진수의 얼굴이 떠올랐다. 얼마 뒤면 진수와의 정식 결혼식이 있다. 이제는 정말로 제국의 눈치를 안 봐도 될 줄 알았다. 이제는 안전해지는가 싶었는데 갑자기 이게 무슨 난리란 말인가.

'제발…… 진수야…….'

진수를 애타게 불렀다. 이제야 겨우겨우 이렇게 멀리 돌아와서 진수와 함께할 수 있을 줄 알았는데, 전 세계 최강국을 상대로 싸워서 겨우 이제 자리를 잡았는데, 이제야 겨우 진수랑 알콩달콩 행복하게 살 수 있을 줄 알았는데.

"음, 너 일단 아파 보이니까 눕혀줄게."

망나니가 나를 안았다.

'아무 느낌이 안 나.'

하지만 놀라웠다.

'이, 이건 도대체 무슨…….'

망나니가 안아 들고 있는 것은 분명 나였다. 아니, 나와 똑같이 생겼다. 다만 표정이 없이 좀 무뚝뚝해 보였다.

"푹 쉬어."

망나니가 말했다.

"네, 오빠."

그것은 나와 똑같은 목소리로 대답했다. 이 묘한 위화감은 어디서 느껴본 적이 있다.

'백제!'

백제에서 이 묘한 느낌을 받았었다. 크리스와 함께 백제를 돌아다닐 때, 사람들의 표정과 말투에서 약간 이런 느낌을 받았었다.

'크리스, 너는 도대체 뭐야?'

나는 크리스를 쳐다봤다. 크리스의 입은 웃고 있었다.

"그럼 이제 가자."

그런데 눈에서는 눈물이 흘러나오고 있었다. 크리스가 나를 안아 들었다.

"조금 무서울 수도 있어."

크리스의 눈에서 뭔가가 떨어져 내렸다. 그게 내 볼에 떨어졌다. 조금 뜨거웠다. 손가락으로 그걸 만져 봤다.

'크리스…….'

크리스의 눈물은 완전히 시뻘건 색이었다.

나는 눈을 떴다.

'여긴…… 어디지?'

어두웠다. 이를테면 영화 속에서나 보던 지하 감옥이 이런 느낌이 아닐까 싶었다. 우중충하고 습하고, 여기가 지하인지 지하가 아닌지도 모르겠다. 시간은 몇 시인지, 지금이 낮인지 밤인지도 분간이 안 됐다. 혼란스러웠다.

그런데 목소리가 들려왔다.

"이렇게 얼굴을 보는 건 굉장히 오랜만이구나."

철창 너머로 익숙한 얼굴이 보였다. 믿을 수 없었다.

"화, 황제?"

어스름한 불빛 사이로 텁수염이 더부룩하게 자란 황제의 얼굴이 보였다.

"그렇지, 황제였었지. 이젠 계집마저도 날 황제라 부르는 구나."

나는 아무런 말도 할 수 없었다. '황제 폐하'라고 부르지 않는 지금의 이 현실에 약간은 낙담한 것 같기도 했다. 자조적인 웃음을 띠웠다고나 할까?

"그분이 직접 움직이셨다."

그분이 도대체 누구야?

"너도, 고려도, 신라도 이제는 어쩔 수 없을 테지."

"당신이 그분이라고 칭할 수 있는 사람이 이 세상에 존재했던가요?"

당신은 황제 폐하였잖아. 얼마 전까지만 해도 세계의 최정상에 군림하던 사람이라고. 그런데 황제의 입에서 충격적인 말이 흘러나왔다.

"나는 그분의 꼭두각시였다."

으아아아아!

김환성은 소리를 질러댔다. 사자관은 물론이고 장미관, 기록의 관을 비롯하여 왕궁 내의 모든 건물이 무너질 듯 마구 흔들렸다.

김훈상이 말했다.

"김환성, 진정해라!"

지금 김환성은 이성을 잃었다. 제대로 자제시키지 않으면 왕궁 전체가 날아갈 수도 있다. 김훈상은 다시 한 번 감탄했다.

'정말…… 마력량 하나만 놓고 보면 엄청나군.'

"나 때문에, 나 때문에!!"

김환성이 주저앉아 바닥을 쾅쾅 쳤다.

쿵! 쿵!

거대한 충격음이 건물을 강타했다.

쩌적-!

땅이 갈라졌다. 그 갈라진 폭이 10㎝가 넘었으며 그 길이가 30m가 넘었다. 단순히 일자로 갈라진 게 아니다. 그가 내려친 곳을 중심으로 거미줄처럼 사방팔방으로 금이 늘어났다. 김환성은 머리카락을 쥐어뜯었다.

"내가, 내가 지켰어야 했는데!"

침대 위의 김상희, 그건 김상희가 아니었다. 김상희와 똑같이 생긴 인형이었다. 그 인형 비스무리한 무언가를 바라보면서 김환석이 눈을 감고 생각에 잠기더니 말했다.

"아버님, 저는 이것과 비슷한 것을 본 적이 있습니다."

"말해봐라."

김환석이 말을 이었다.

"그때 당시에도 조금 이상하다고 느끼기는 했습니다. 백제에 갔었을 때 느꼈었습니다. 인간이 인간답지 않았습니다. 정형화된 모듈을 가지고 행동하는 로봇처럼 보였습니다."

"언젠가 김상희도 그런 말을 하더군."

김훈상도 들은 적이 있다. 김상희도 분명 그렇게 말했었다.

"이것을 보니 그때 생각이 납니다."

김환석이 다시 눈을 감았다. 약간의 시간이 흘렀다.

"그때 크리스의 행동이 조금 수상쩍긴 했습니다."

김훈상이 김환석을 쳐다봤다. 김훈상도 지금 내색하고 있지는 않지만 굉장히 초조했다. 아주 작은 거라도 좋으니 단서 하나만이라도 있으면 좋겠다. 지금 그도 미칠 것 같았다. 김환성처럼 소리를 지르며, 뭐가 됐든 좋으니 화풀이라도 하고 싶을 지경이다. 하지만 그럴 수 없었다. 이럴 때일수록 침착해야 한다는 것을 그는 알고 있다. 이성으로 감성을 극도로 억눌렀다.

"어떻게 이상했지?"

"동선이 엉망진창이었습니다."

일국의 왕자를 데리고 간 여행이다. 그것도 자국으로 말이다. 그렇다면 최대한 효율적으로 시간을 소비할 수 있도록 동선을 잘 맞추어야 한다. 그게 예의이며 성의다. 그런데 그렇지 않았다.

"마치 일부러 그러는 것처럼……."

그땐 그냥 조금 이상하다고만 생각했었다.

"어쩌면 우리에게 힌트를 줬던 것일지도 모릅니다."

김환석이 말을 이었다.

"크리스가 일부러 여러 사람에게 말을 걸었습니다. 그때마다 그 사람들의 대답은 거의 일정했습니다. 1을 누르면 2가 튀어나오는 프로그램처럼 그들의 움직임은 정형화되어 있었습니다."

아무래도 그랬던 것 같다.

"그걸 알려주기 위해서 일부러 말을 걸었던 것이 아닐까 생각됩니다. 그리고 이상한 점을 눈치채라고, 일부러 이상한 동선을 만들어 비효율적으로 돌아다녔던 것이 아닐까 생각됩니다."

김훈상이 말했다.

"그렇다면 백제에…… 뭔가가 있다는 뜻이냐?"

백제, 심상치 않았다. 하루아침에 갑자기 사라져 버린 나라. 김훈상은 문득 예전 백제에 파견을 보냈었던 나이트가 떠올랐다. 복수의 칼날을 가슴에 품으라고 말했었던, 죽은 줄 알았는데 살아서 돌아왔던 제6대대 소속 정윤한 나이트.

그때 충격적인 소식이 전해졌다.

"폐하!"

제6대대 대대장 파커슨이었다. 그가 말했다.

"정윤한 나이트가……."

파커슨이 어두운 얼굴로 말했다.

"시체로 발견되었습니다."

하필 이때 시체로 발견됐단다. 그것만 중요한 건 아니었다.

"하나 더욱 충격적인 것은……."

"말해봐라."

"회복의 관 관장의 말에 따르면……."

파커슨이 머뭇거렸다. 이걸 이대로 보고를 올려도 되는 건가 싶었다. 김훈상은 현재 제정신이 아니다. 겨우겨우 평정을 유지하고 있을 뿐이다. 뭐라도 됐든 좋으니까 지푸라기라도 잡고 싶다. 이럴 때에 백제에 관련된 보고 하나하나가 그에게는 굉장히 다급한 소식이었다.

"파커슨, 말해봐라! 어서!"

파커슨이 믿을 수 없는 보고를 올렸다.

"그의 소견에 따르면 죽은 지 이미 수개월이 지난 상태였다고 합니다."

김훈상은 자신의 방으로 들어와 의자에 앉았다.

정윤한 나이트, 그는 분명히 살아 있었다. 얘기도 나눴었다. 그런데 그때 이미 시체였었다고? 그렇다면 내가 본 것은 무엇인가? 그건 도대체……. 김훈상마저도 혼란스러웠다. 그의 상식으로, 아니, 세상의 상식으로 시체가 멀쩡히 말을 하고 돌아다닐 수 있을 리 없지 않은가.

'도대체 뭐냐?'

지금 김상희의 몸에 심어둔 초소형 위치 추적기마저도 작동이 안 된다. 그래서 미칠 것 같았다. 갑자기 하루아침에 사라졌다. 마치 황제처럼 아무런 흔적도 남지 않았다.

'내 딸은…… 어디에 있는 거냐…….'

김훈상은 방의 불을 껐다. 그의 눈에서 눈물이 흘러나왔다. 다른 사람들 앞에서 강한 척하고 아무렇지도 않은 척했지만 결국 그도 아버지다. 그것도 딸을 사랑하는 아버지다. 스페셜 필드까지 펼쳤다. 왕의 눈물을 아무도 보지 못하게 하기 위해서. 김훈상은 스페셜 필드를 펼치고서 흐느끼기 시작했다.

'내가 무능해서 딸을 이토록 위험에 빠지게 만든 거다.'

자신의 책임이었다. 황제가 그렇게 탈출한 것을 알았으면, 과도하게 손을 써서라도 김상희를 보호했어야 했다. 3차 각성을 마친 김환성을 믿었는데, 믿으면 안 됐었다. 판단 착오였다.

'내가…… 내가 무능해서 그런 거다.'

눈물이 자꾸만 흘러나왔다. 전쟁기 때 수많은 부하를 잃고 나서 근 20년 만에 처음으로 흘리는 눈물이었다.

'어디에 있는 거냐.'

제발 살아만 있어라. 무슨 일이 있더라도 내가 널 구해 주겠다. 반드시, 반드시 널 구하겠다. 그렇게 다짐한 김훈상이 입술을 꽉 깨물었다. 그 입술에서 피가 새어 나왔다.

그때, 노크 소리가 들려왔다. 김훈상은 스페셜 필드를 해제하고 아무렇지도 않은 듯 의자에 앉았다. 그리고 무미건조한 표정으로 물었다.

"무슨 일이냐?"

"폐하, 소식 들었습니다."

"정윤한에 관한 소식 말이냐?"

한진수는 신라에 있었다. 때문에 김상희가 납치당한 것도 조금 늦게 알았다. 한진수도 지금 미칠 것 같다. 하지만 난동을 피우지는 않았다. 지금은 그럴 때가 아니다. 서로 머리를 맞대고 아주 작은 단서라도 찾아야 했다. 반드시, 김상희는 반드시 찾아야 했다. 그녀가 없는 이 세상은 한진수에게는 의미 없었으니까.

"저는…… 무슨 일이 벌어진 건지 조금은 알 수 있을 것 같습니다."

그때 한진수의 등 뒤에서 뭔가가 나타났다.

제33장
프리온 나이트의 비밀

한진수의 뒤에 뭔가가 나타났다. 그냥 저절로 나타난 것은 아니었다. 한진수의 의지가 불러들인 거다. 김훈상의 목소리가 가라앉았다.

"이것들을 내 앞에서 꺼내는 이유가 뭐지?"

어떤 식으로 좋게 포장해도 저것은 전략 병기다. 그것도 최종 형태의 전략 병기. 제국을 세계 최강국으로 만들어줄 수 있었던 그 기본 바탕이 되었던 전략 병기 말이다. 그러한 전략 병기를 국왕과의 독대 자리에서 꺼내 든다? 그럴 의도가 있든 없든 이것은 명백한 적대 행위다. 신라의 국왕이지만 국왕으로서의 자각이 거의 없는, 어서 이 왕위 같은 거 때려치우고 김상희와 알콩달콩 살고 싶어 하는 한진수가 굳이 극존칭을 사용하며 김훈상을 불렀다.

"폐하, 진정하시고 살펴보십시오."

"무엇을 말이냐?"

한진수도 그렇고 김훈상도 그렇고 지금 제정신이 아니다. 한진수도 그래서 제대로 된 설명을 못했고 김훈상도 판단력이 많이 흐트러졌다. 세계에서 제일가는 천재 둘이 김상희의 실종 앞에 바보가 되어버렸다.

“이것, 어디서 많이 본 형태 아닙니까?”

그제서야 김훈상도 정신을 차리고 프리온 나이트들을 찬찬히 살펴봤다. 전투 중에 소환하면 저것들은 금색으로 빛나곤 한다.

“이 프리온 나이트들은…….”

“앞으로 나와라, 데르코.”

32기의 프리온 나이트 중 데르코라 호명받은 프리온 나이트 하나가 앞으로 나섰다. 김훈상은 충격을 받았다.

‘인간과 거의 똑같다.’

프리온 나이트라는 것을 알고 보지 않으면 알아차리지 못할 정도였다. 인간 형태의 프리온 나이트. 순간 김훈상의 머릿속에 떠오른 게 있었다.

“그렇다는 말은 정윤한이 프리온 나이트였다는 것이냐?”

“애초에 프리온 나이트라는 명칭은 제국에서 명명한 것이었습니다.”

그랬다. ‘프리온 나이트’라는 이름은 제국에서 정했던 거다.

“상희와 관련되어 여러 자료를 조사하고 발굴해 본 결과.”

한진수가 말을 이었다.

“프리온 나이트는 골렘의 한 종류가 아닐까 생각됩니다.”

“그렇다면…… 백제는 최종 형태의 프리온 나이트를 엄청나게 많이 소유하고 있던 국가라는 뜻이냐?”

“현재로서는 그럴 가능성이 높습니다.”

"그럴 리가."

그랬다면 백제가 진작에 세계의 패권을 잡았겠지.

"다만 그 모든 것이 정말로 프리온 나이트 정도의 가공할 만한 파괴력을 가지고 있는지는 모르겠습니다. 정윤한 나이트 역시 큰 무력은 없지 않았습니까? 그래서 제가 프리온 나이트를 골렘의 한 종류라고 표현했던 것입니다. 전투용과 비전투용, 그렇게 나누어서 말입니다."

그렇게 설명한다면 모든 것의 아귀가 맞아 떨어진다.

"한순간에 백제가 사라졌던 것도 설명이 되는군."

프리온 나이트는 소환 형식을 통해 이 세계에 모습을 드러낸다. 그렇다는 말은, 소환을 취소하면 이 세계에서 사라진다는 소리다. 그 기술력, 제국이 가지고 있는 줄 알았는데 그게 아닌 모양이었다.

"어쩌면 백제에서 그 기술을 제국에 전해 줬던 것일지도 모르겠습니다."

퍼즐이 점점 더 맞춰지기 시작했다.

"제국은 백제의 꼭두각시에 불과했을 수 있다는 거겠지."

"크리스는 일부러 힘을 내보였습니다. 크리스는 우리에게 계속해서 힌트를 주고 있던 겁니다. 상식적으로 생각해서, 시녀 하나를 3억이 넘는 가격에 매입할 수 있는 경제력을 굳이 보여주지 않아도 될 때 보여줬습니다. 엄청난 능력을 가지고서도 제국 마력 학원의 하위 클래스에 입학하고 있었던 점, 그리고…… 성녀와 골렘에 대하여 이미 알고 있었던 듯 얘기를 했던 점들을 비추어 보았을 때, 크리스는 백제가 어떠한 힘을 갖고 있는지를 미리 우리에게 알리려고 했던 것 같습니다."

"백제가 제국에 프리온 나이트를 공급해 줬고, 백제가 제국을 뒤에서 움직였다라."

퍼즐은 맞춰졌다. 말도 안 되지만 세계 최강국이었던 잉카 제국이 사실은 백제의 꼭두각시였다. 아니, 적어도 지금 정황상 그랬다. 몇 개 안 되는 단서였지만 김훈상과 한진수는 그렇게 입을 모았다.

"그러면 황제가 탈출할 수 있었던 것도 설명이 됩니다. 우리는 모르는 미지의 능력을 가지고 있는 단체, 그 단체가 백제라고 생각한다면."

"그렇다면 우리는 백제를 찾아야겠군."

결정은 내려졌다.

"우리는…… 백제를 찾는다."

나이트들 사이에서 난리가 났다.

"어떤 개새끼들이 감히 우리 성녀님을 납치해!"

그와 더불어 정윤한의 죽음은 나이트들을 분노하게 했다.

"백제 그 개새끼들이!"

감히 고려의 나이트를 골렘화시켜서 여태까지 이용해 먹었다는 소리 아닌가. 하나같이 분노했다. 동료를 그런 식으로 이용해 먹다니.

김훈상도 상황을 이제 이해할 수 있었다. 왕궁 내 나이트만 아는 기밀이 자꾸만 제국에 넘어가는가 싶었더니, 정윤한 나이트가 문제였었다. 그래서 대대적으로 검사를 했다. 다행히 정윤한 이외의 다른 나이트들은 모두 정상이었다.

"정윤한의 복수를 하고."

나이트들이 결기에 차 소리쳤다.

"우리의 성녀님을 되찾아 와야 한다."

나이트들이 들고 일어섰다. 뿐만 아니라 세계 각지의 여자들도 들고 일어섰다. 여자들은 이 세계의 약자였다. 남자들에게 감히 대들지 못한다. 그러나 김상희 덕분에 상황이 조금 달라졌다.

"그분 덕택에 우리의 삶이 달라졌어."

아직은 시작일지도 모른다. 그러나 이 세계의 여자들은 김상희에게서 희망을 봤다. 고려 왕궁의 공주들도 장미관에 모였다.

제2공주 김예원이 먼저 입을 열었다.

"우리가 뭔가를 할 수는 없을까?"

"우리도 뭔가를 해야만 해요."

이렇게 좋은 시설에서 안락한 환경을 제공받으며 공주들만의 커뮤니티가 생길 수 있었던 것도 김상희 덕분이었다. 세상에 수페르가를, 그것도 여자들을 위해 특별한 방식으로 따로 제조한 수페르가를 공급해 준 것도 김상희였다. 물론 김환석이 했지만 사람들은 김상희가 했다고 알고 있다.

"언니를…… 반드시 구출해야만 해요."

이 정도만 해도 엄청난 변화였다. 원래 이 세계의 여자들은 수동적이기만 한 존재였다. 이들이 먼저 나서서 뭔가를 해야겠다고 그렇게 움직였던 적은 처음이었다. 김상희는 자신도 모르는 사이에 작지만 큰 발걸음을 옮기고 있었던 셈이다. 세계에서도 최고라 일컬어지는 고려의 나이트들 전원과 최근 신흥 강국이자 제국의 뒤를 이을 가능성이 매우 높다 알려진 신라의 중추, 늑대들 전원이 백제의 흔적을 찾기 위해 온 힘을 쏟았다. 아직도 일부 남자들은 고개를 갸웃했다.

"그깟 계집 하나 찾는데…… 무슨 세상이 이렇게 들썩거려?"

"너 그거 모르냐?"

"뭘?"

"수페르가와 미라클을 실제로 만든 사람이 김상희 공주라고."
"에이, 설마. 계집이 어떻게 그런 대단한 일을 하겠어?"
"이거 진짜 세상물정 모르는 놈이네. 김상희 공주 앞으로 된 자산이 수조 원이 넘을 거란 예측도 있는데 정말 아무것도 몰라? 김상희 공주가 발명한 게 아니라면, 어떻게 그렇게 자산가가 됐어?"
물론 아니다. 자산가가 된 김상희는 자기가 자산가가 된지도 모른다. 심지어 수조 원에 육박하는, 아니, 가치를 환산할 수조차 없는 건물인 장미관이 자기 건지도 모른다. 김상희는 자신도 모르는 사이에 세계 최고의 부자가 됐다.
"계집들에게 마력을 불어넣고…… 그리고 듣자 하니 프리온 나이트를 진화시킬 수 있다더라. 그 왜, 신라 왕국의 프리온 나이트."
"아, 그 엄칭 강하다는 프리온 나이트?"
"그게 김상희 공주가 만들어낸 거래."
"마, 말도 안 돼!"
조금 와전되기는 했다. 하지만 본질적으로 들어가면 맞기는 맞았다. 어쨌거나 김상희 덕택에 한진수의 프리온 나이트가 최종형으로 바뀌었으니까.
"그것뿐인 줄 아냐?"
"최근에 조금 유출된 사실인데, 예전에 제국과 고려가 한 판 붙었다나 봐."
"그런 얘기가 많기는 했었지."
그럴 법했다. 제국과 고려가 하루아침에 원수가 되어서 전쟁을 벌였으니. 그 전에 일반 사람들은 모르는 국지전 혹은 외교 전쟁이 있었을 거라고 예측은 했다. 물론, 그 계기가 김상희 공주 때문이란 건 모르고 있지만, 아니, 안다고 해도 아무도 안 믿겠지만.

"그때 고려 나이트들을 전원 살려준 게 김상희 공주래. 거기서 기적을 선보였다나 봐."

"에이, 무슨 소설 쓰냐?"

"그래서 그 대단하다는 고려 나이트들이 성녀님, 성녀님 하고 김상희 공주를 떠받든다잖아. 그 콧대 높은 고려 나이트들이 괜히 아무런 이유도 없이 그랬겠어?"

그리고 놀라운 소식이 알려졌다. 누가 됐든 김상희 공주의 행방을 알아오는 사람이 있다면 신분의 고하를 막론하고 1조 원을 하사한다고 고려 왕실이 공식적으로 발표한 것이다.

"1조 원…… 그건 도대체 얼마야……?"

일반 사람들에게 1조 원은 가늠조차 안 되는 비현실적인 액수다.

"은행에 넣어 놓으면 이자로만 1년에 100억이 넘게 나와."

상황이 이쯤 되니, 남자들이 전부 움직였다고 해도 과언이 아니었다. 애초에 일은 대부분 여자가 한다. 남자들은 뛰어난 능력을 바탕으로 귀족으로 군림하면서 여자들을 노예처럼 부리고 살아왔다. 그 남자들이 전부 들고 일어섰다.

"1년 이자만 100억!"

거기에 김환석 왕자가 또 다른 발표를 했다.

"내가 사비로 1조 원을 쓰겠다."

합하면 무려 2조원. 그야말로 천문학적인 돈이었다.

"1년 이자만 200억!"

사람들의 입이 쩍 벌어졌다. 거기에 김환성 왕자까지 1조 원을 더 보탰다. 고려 왕가에서 총 3조 원을 내걸었다.

"1년 이자만 300억이래."

그것뿐만이 아니었다. 이제 왕궁으로 돌아오게 된 첫째 왕자 김형석이 퓨리어스 한 병을 통째로 내걸었다.

"퓨리어스 한 병이면 도대체 얼마야?"

"그건 가치 환산이 안 되지. 다 죽어가는 사람도 살리는 천고의 보물인데. 부르기에 따라서는 한 방울에 수백, 수천억씩 할 텐데. 애초에 여벌 목숨으로 가지고 있어도 되는 거고."

1년 이자만 300억, 그것도 이율 1퍼센트 최저 금리로 생각했을 때 그런 거고, 저게 만약 2프로쯤 되면 300억이 아니라 600억이 된다. 거기에 보물 퓨리어스까지. 고려 나이트들과 신라의 중추들이 전부 움직이고, 세상의 남자들과 여자들까지 김상희 찾기에 혈안이 됐다. 일반 사람들만 움직인 게 아니었다. 세계의 왕국들이 자국의 나이트들을 파견 보내면서 김상희의 행방을 찾았다.

"무슨 수를 쓰더라도 김상희 공주를 찾아내서 구출한다!"

제국이 무너지면서 많은 나라가 피해를 봤다. 누가 뭐래도 제국은 가장 커다란 시장이자 가장 큰 교역국이었으니까. 그 덕분에 세계 경제가 휘청거릴 뻔했다. 신라와 고려과 숨 가쁘게 움직여서 그나마 안정을 되찾은 거다. 어쨌든 많은 나라가 상당한 타격을 입었다. 그러한 와중에 3조 원이면 가뭄의 단비가 될 거다.

"우리가 찾는다!"

세계의 남자들, 세계의 여자들, 그리고 세계의 나이트들과 군대가 동원됐다.

시간이 흘렀다.

한진수는 아무도 없는 방에서 멍하니 창문 밖을 쳐다봤다.

“도대체 어디에 있는 거야……?”

아무리 찾아도 보이지 않았다. 문득 무서운 생각이 들었다. 김상희가 옆에 없는 세상, 그 세상이 너무나 무서웠다. 그런 세상에서는 살고 싶지 않았다.

‘살아 있지……?’

살아 있기라도 하면 좋겠다. 너무나 보고 싶었다. 다른 건 필요 없다. 그냥 옆에만 있어주면, 그거면 됐다.

‘보고 싶어.’

어디에 있는 거야? 저도 모르게 눈물이 떨어져 내렸다. 눈물 한 방울이 두 방울이 되고, 두 방울이 세 방울이 됐다. 한진수는 그 자리에서 펑펑 울었다.

“제발…… 나를 두고 사라지지 마.”

다시는 나타나지 않을 것 같은 불안함이 밀려들었다. 너무 불안했다, 죽고 싶을 만큼.

그때 목소리가 들려왔다.

“한진수, 너 김상희를 사랑하는 거 맞아?”

한진수가 황급히 뒤를 돌아봤다.

“누구냐!”

아무리 방심하고 있기로서니, 아무리 비탄에 빠져 있기로서니, 아무 기척도 느끼지 못했다. 만약 상대가 공격 의사가 있었다면 자신은 죽었을지도 모를 일이다. 또 목소리가 들려왔다.

“시간이 별로 없어. 묻잖아, 김상희를 사랑하는 게 맞냐고?”

내가 왜 너한테 그런 걸 일일이 말해야 하지? 한진수는 이렇게 대답하고 싶었다. 하지만 그럴 수 없었다. 그러기엔 크리스의 모습이 너무 다급해 보였다. 일단 백제에 뭔가가 있다는 건 확실해졌다. 그러한 가운데 갑자기 모습을 나타낸 크리스. 여태까지 힌트를 계속해서 전해 줬던 것 같다. 그래서 대답하고 말았다.

"나는……."

목소리에 힘을 줬다.

"김상희를 사랑해."

그것만큼은 확실히 말할 수 있었다.

"이 세상 그 누구보다도."

정말이었다.

"내 자신보다도, 내 목숨보다도."

김상희의 얼굴이 떠올랐다. 김상희와 입을 맞췄던 밤이 떠올랐다. 김상희의 체온이 떠올랐다. 김상희의 미소가 떠올랐다. 보고 싶었다. 사무치도록 보고 싶었다. 김상희만 볼 수 있다면, 김상희만 무사하다면 자신의 목숨 따위 어떻게 되어도 상관없었다.

크리스가 물었다.

"진심이야?"

"……."

한진수는 대답하지 않았지만 크리스는 느꼈다. 한진수가 진심으로 말하고 있음을. 크리스가 어깨를 으쓱했다.

"하긴 김상희 때문에 제국을 등진 사람이니까, 너는."

상식적으로 말이 안 되는 일이지 않은가. 겨우 계집 따위 때문에 세상의 부귀영화를 모두 포기하다니.

"그럼 마지막으로 물을게."

"……."

크리스가 말했다.

"네가 정말 김상희를 네 목숨보다 사랑한다면…… 네 목숨과 상희를 바꿀래?"

"그게 무슨 소리지?"

"대답해. 시간이 많지 않아."

그래서 대답하고 말았다.

"그럴 수 있다면 얼마든지."

크리스가 피식 웃고 말았다.

"그럼 어쩔 수 없네. 그럼 죽어. 너를 죽이고 상희를 고려로 되돌려 보내줄 테니까."

한진수는 크리스의 말이 무슨 뜻인지 이내 알 수 있었다.

"김상희!"

크리스가 크리스만의 고유 영역, 그러니까 스페셜 나이트로 치면 스페셜 필드와 비슷한 필드를 풀자 김상희가 보였다. 기절을 한 건지, 잠을 자고 있는 건지 알 수 없었다.

"너를 죽이고, 김상희를 풀어줄 거야."

"도대체 무슨 꿍꿍이냐?"

"말 그대로야. 네 목숨과 상희를 맞바꾸는 거지."

백제에서 김상희를 납치한 것이 맞았다. 그러니까 크리스가 이렇게 김상희를 데려왔겠지. 그런데 왜 굳이 이런 쇼를 하는 건지 모르겠다.

'마음만 먹었다면 나를 분명히 기습할 수 있었어.'

이런 전면전보다는 기습이 훨씬 유리하다. 아까 기습당했다면 어쩌면 정말 죽었을지도 모른다.

‘크리스, 네 꿍꿍이가 도대체 뭐냐?’

크리스가 말했다.

“반항하지 마. 너를 죽이고 김상희를 놓아줄 테니까.”

“……네 말을 어떻게 믿지? 내가 지금 이 자리에서 너를 죽이고 김상희를 되찾는다면?”

“가능할 거라고 생각해?”

“길고 짧은 건 대봐야 알겠지.”

한진수는 긴장했다. 지금 크리스는 눈앞에 있다. 그러나 그 기척이 느껴지지 않는다. 보통 능력이 높은 사람은 능력이 낮은 사람의 능력을 알아본다. 크리스의 기척은 전혀 느껴지지 않았다. 그리고 크리스만의 고유 영역을 펼쳤던 것도 알아볼 수 없었다. 크리스가 말을 이었다.

“갓 3차 각성을 끝낸 모양이네.”

놀랍게도 크리스는 한진수의 능력을 정확히 파악하고 있었다.

“그 정도로는 어림도 없어. 나는 분명히 말했어. 네가 반항하지 않고 순순히 죽는다면 김상희를 놓아줄 거야.”

한진수는 갈등했다. ‘지금 크리스와 싸워서 김상희를 되찾아올 수 있을까?’ 그걸 생각해 봤다. 그런데 불가능할 것 같다. 아까 그 이상한 필드를 펼치고 도망치면 김상희를 영영 못 찾을 수도 있다. 지금 전 세계가 눈에 불을 켜고 백제와 김상희의 행방을 찾고 있는데 못 찾고 있지 않은가. 크리스, 그리고 백제는 분명 어떤 특별한 능력을 가지고 있을 것이다.

‘이대로 기회를 날리면.’

그러면 어쩌면 김상희는…… 다시는 세상의 빛을 볼 수 없을지도 모르겠단 생각이 들었다.

'속고 있는 거라 해도 좋다.'

김상희를 봤다. 김상희가 어디에 있는지도 모르던 때와는 달랐다. 0퍼센트의 확률에서 단 1퍼센트라도 가능성이 생겼다.

'나는…….'

나는 김상희를 사랑하니까.

'그러니까 나는…….'

검을 바닥에 내던졌다. 프리온 나이트도 소환하지 않았다.

'나는 죽어도 좋다.'

이성적인 판단, 합리적인 선택, 그런 건 아무것도 할 수 없었다. 눈을 감고 있는 김상희를 보니 이성이 마비되어 버렸다.

'나는 상희를 위해 살아가는 사람이니까.'

그래서 반항하지 않았다. 크리스가 피식 웃었다.

"정말 멍청하네. 후회하지 않을 자신 있어? 겨우 계집 때문에 네 목숨을 버릴 수 있다고?"

크리스가 검을 뽑아 들었다. 마력을 끌어올리는 것이 느껴졌다. 그리고 한진수는 직감했다. 크리스는 자신보다 한 수 위의 상대였다.

'김상희는…….'

김상희는 겨우 계집이 아니었다. 그에게는 김상희가 살아가는 단 하나의 이유였으며, 김상희가 곧 그의 생명이었다.

"김상희가 살아야 내가 사는 거다."

그때 크리스가 검을 휘둘렀다. 한진수는 반항하지 않았다. 크리스의 검 끝이 한진수의 목에 닿았다. 한진수의 목에서 핏방울이 새어 나왔다.

그 순간 크, 크하, 크하하핫! 하고 크리스가 웃었다.

"이거 진짜 머저리네! 진짜 진짜 멍청한 놈이야! 진짜 어떻게 이런 머리로 세계의 대천재라고 불렸어? 어떻게, 어떻게 그랬어?"

크리스는 분명 웃고 있었다. 그러나 그의 눈에서는 뭔가가 뚝뚝 흘러내렸다. 예전 김상희가 봤었던 붉은색 눈물이 크리스의 눈에서 새어 나오고 있었다. 크리스의 검 끝이 미세하게 흔들리기 시작했다. 그 검이 어찌나 날카롭고 예리한지, 한진수의 목에서 핏물이 주르륵 흘러 내렸다.

푹!

검이 살을 헤집는 섬뜩한 소리가 들려왔다. 그들이 서 있던 바닥에 피 웅덩이가 생겨났다. 웃음소리가 계속 들려왔다. 크리스는 크하하핫! 하고 기분 좋게 웃었다.

"진짜, 진짜 멍청한 놈이네."

누군가가 풀썩 쓰러졌다. 검이 심장을 찔렀다. 이 정도면 치료가 불가능하다. 성녀의 기적이 있지 않은 한 회생은 불가능해 보였다.

"크리스, 무슨…… 짓이냐?"

"내가 선택할 수 있는 최선이거든. 나는 결국 모험을 할 수밖에 없어."

"무슨 뜻이지?"

"비록 힘들겠지만, 비록 이길 수 없겠지만, 그래도 너와 고려에게 희망을 걸어보는 거야."

크리스는 심장이 관통당했음에도 불구하고 생글생글 웃었다. 가슴에서는 피를 쏟고 있지만 눈에서는 더 이상 피눈물이 새어 나오지는 않았다.

"다행이야. 네가 적어도 나만큼은 김상희를 사랑하고 있다는 걸 알았거든."

크리스는 한진수에게 당부했다.

"그러니까 제발 김상희를 지켜. 이번처럼 어이없이 빼앗기지 말고."

"……."

"너한테 김상희가 생명이라고 했지?"

크리스가 말했다.

"김상희가 곧 내 생명이야. 너만 김상희를 사랑하고 있는 게 아니라고."

한진수는 혼란스러웠다. 크리스가 김상희를 좋아한다는 것은 알고 있었다. 하지만 어딘가 미심쩍은 구석이 많아 약간은 경계를 하던 차였다. 그리고 크리스는 백제의 왕자다. 그것 외에 다른 건 알지 못했다. 아무것도 모르는 상황인데, 난데없이 김상희를 데리고 나타나 김상희를 사랑하냐고 묻더니 칼로 자신의 심장을 찔렀다. 도대체 이게 무슨 상황이란 말인가.

"내 생명, 잘 지켜줘."

"크리스, 무슨 상황인지 난 도무지 이해할 수가 없다. 내겐 퓨리어스가 있다. 치료해 주겠다."

알고 싶은 게 많았다.

"아니, 하지 마. 그때가 되면, 나는 너희 앞에 더없이 무서운 적이 되어 나타날 거니까. 차라리 여기서 죽는 게 나아."

도무지 알 수 없는 말들을 해댔다. 한진수가 혼란스러워하거나 말거나 크리스가 말을 이었다.

"내 도박이 성공했으면 좋겠어. 나는 상희를 지켜줄 수 없어. 내 목숨보다, 내 생명보다 상희를 더 사랑하지만…… 그래도 나는 상희를 지킬 수 없어. 나는 그렇게 태어났거든."

문득 크리스는 웃었다.

"이런, 이런. 네가 너무 강해서 내가 어쩔 수 없이 당하고 말았네. 참 안타까운 일이야. 나는 이제 죽겠네."

안타깝다고 말을 하는데, 기뻐 보였다.

"상희한테 전해 줘, 사랑했다고. 왜? 그 정도는 해줄 수 있잖아. 자신의 목숨보다도 너를 더 사랑하는 남자가 하나 더 있었다고, 그 말 정도는…… 전해 줄 수 있는 거 아냐? 난 은인이라고."

크리스는 숨이 점점 가빠져 옴을 느꼈다. 이제 한계다. 손을 뻗어봤다. 하지만 김상희에게는 닿지 않았다. 시야가 흐려졌다.

"상희야……."

힘겹게나마 상희의 이름을 불러봤다. 하지만 필드를 통해 보이는 김상희는 일어나지 않았다.

"내가 해준 말, 꼭 기억해. 언젠가 반드시 쓰이게 될 거야."

마지막 유언을 남겼다.

"이 세상에 너를 목숨보다 사랑한 한 사람이 있었다는 거, 그거 하나만 기억해 줘. 네 기억 속에 그저 내 이름 세 글자가……."

숨이 차올랐다. 피를 토했다. 말을 이을 수 없었다. 한진수는 잠자코 크리스를 지켜봤다. 크리스의 고개가 그가 만들어낸 피 웅덩이에 처박힌 채 마지막 힘을 짜냈다.

"한진수, 잘 들어."

발음이 정확하지 못했다. 목소리가 너무 작았다. 한진수가 마력을 끌어올렸다.

"내가 죽으면 나를…… 반드시……."

마력을 끌어올렸는데도 듣지 못했다. 뭔가 굉장히 중요한 말을 한 것 같은데, 들리지 않았다.

“크리스.”

한진수는 크리스를 흔들었다. 하지만 크리스는 더 이상 일어나지 못했다. 아무 말도 하지 못했다. 그의 축 처진 오른팔은 김상희를 향해 있었다.

‘내게 무슨 말을 전하려고 했던 거냐, 크리스.’

찜찜해졌다. 이럴 거면 차라리 속 시원하게 말을 해주고 죽었더라면, 차라리 그랬다면 좋았을 거란 생각이 들었다. 들어보니 백제는 아무래도 만만치 않은 것 같다. 제국을 앞장세우고, 뒤에서 세계를 조종했던 나라다. 제국보다 훨씬 더 무서운 적이었다. ‘도움을 주려면 제대로 줬어야지’라는 원망까지 들 정도였다. 하지만 한진수는 크리스를 이해할 수는 있었다.

‘김상희에게…… 고백하고 싶었겠지.’

그 마음, 충분히 이해한다. 하루에도 수백, 수천 번씩 사랑한다고 고백하고 싶다. 사랑하고 있다고, 좋아한다고, 계속 그렇게 말해주고 싶다. 내일부터 그 말을 할 수 없다면? 필사적으로 자신의 마음을 전했을 거다. 크리스도 아마 같은 마음이었을 거다.

‘그래서 내게 할 말을 다하지 못했을 거야.’

김상희에게 마지막으로 고백하는 그 시간, 그 시간이 너무나 아깝고 소중해서 마지막 고백과 당부를 했겠지. 시간이 없어 마지막 조언은 듣지 못했지만, 어쨌든 심정적으로는 이해는 됐다.

“잘…… 묻어줘라.”

김훈상이 말했다. 어쨌거나 김상희가 되돌아왔다. 크리스 덕분이다. 영영 찾을 수 없을 것 같았던 김상희를 크리스가 되돌려 보내줬다. 당연히 예우를 해줘야 했다. 예를 다해 장례를 치러주기로 했다.

"국장으로 치른다."

하지만 그럴 수 없었다. 나이트 하나가 보고를 올렸다.

"폐하."

"어쩐 일이냐?"

"크리스의 시체가……."

김훈상이 인상을 찡그렸다. 크리스의 시체는 국장을 치러주기 위해 깨끗이 닦아 관에 안치된 상태였다.

김훈상이 말했다.

"말해봐라."

"크리스가……."

김상희는 홀로 중얼거렸다. 크리스를 남자로서 좋아한 적은 없었다. 하지만 좋아하는 것과는 별개로 언제나 크리스에게 호감을 가지고 있었다. 처음에는 수상쩍었었지만 크리스는 늘 한결 같았다. 다른 건 몰라도 자신을 사랑하고 있다는 것은 충분히 알 수 있었다. 크리스는 계속 그렇게 행동했었다.

"크리스가 죽었다고……?"

모르겠다, 크리스가 왜 죽었는지. 왜 굳이 한진수를 찾아와 죽었는지.

"나를 고려에 데려다주고…… 그리고 스스로 죽음을 선택했다고……?”

알 수 없었다.

‘내가 도대체 뭔데……?’

그녀는 전생에서도 남자들에게 인기가 많았다. 그 인기의 절정으로 사이코에게 죽지 않았던가. 크리스는 그와 완전히 반대의 경우인 것 같았다.

‘나를 살리기 위해 죽은 거야.’

분명히 그랬다. 그것 말고는 크리스가 죽은 이유를 설명할 수 없었다.

‘나 때문에…….’

왜 자신한테 이렇게까지 하는지 알 수 없었다.

‘저번에는 팔을 잘랐어.’

다른 이유가 아니었다. 오직 자신을 보기 위해서, 얼굴 한번 보기 위해서 팔을 바쳤다고 했다. 크리스는 그렇게까지 진심이었다.

‘내가 도대체 뭔데?’

크리스에게 고마웠었다. 고마운 만큼 또 미안했다. 내가 도대체 뭔데 네가 이렇게까지 하는지 그렇게 묻고 싶었다.

‘내가 잘난 게 뭐가 있다고.’

따지고 보면 잘난 건 아무것도 없었다. 크리스가 자신을 이토록 사랑하는 이유를 이성적으로는 결코 설명할 수 없었다. 아예 설명 불가능한 영역이었다. 재력이면 재력, 외모면 외모, 권력이면 권력. 크리스는 마음만 먹으면 이 세상의 모든 것을 가질 수 있는 남자였다. 그러나 자신은 아니지 않은가. 최근 성녀라는 이름으로 유명해졌고 힘을 가지게 되기는 했지만, 크리스가 자신을 좋아하게 된 것은 그보다 훨씬 더 전이었었다.

'너는 왜 나한테 이렇게까지 하는 거야……?'

눈물이 차올랐다. 크리스의 환한 웃음이 떠올랐다. 그 웃음을 이제는 볼 수 없었다.

'왜 나 때문에…… 네가 죽는 거냐고…….'

내가 뭔데, 내가 잘났으면 얼마나 잘났길래……. 왜 나 때문에 그 소중한 목숨을 버리고 마는 거냐고!

'미안해.'

결국 울고 말았다.

'정말 미안해.'

원래 보물을 지킬 수 없는 자가 보물을 가지면 위험해진다. 보물을 제대로 가지고 싶다면 그 보물을 지킬 수 있는 힘이 있어야 한다. 그래야 빼앗기지 않는다.

'나는 아무런 힘도 없는 계집이야.'

크리스가 죽은 것이 오로지 자기 때문인 것처럼 느껴졌다. 내가 힘이 없어서, 내가 능력이 없어서 그렇게 매일 보호만 받다가 본의 아니게 민폐를 끼쳐 버리고 마는 것 같아서 슬펐다.

'왜 겨우 이런 계집애 때문에…….'

그때 진수의 목소리가 들려왔다.

"상희야."

따뜻한 체온이 느껴졌다. 한진수가 김상희를 꽉 안았다. 혹여라도 부서질까 조심스레 꽉 안았다.

"네 잘못이 아니야."

그 말과 동시에 김상희가 엉엉 울기 시작했다.

"너 때문이 아니야. 그러니까 마음고생하지 마."

따지고 보면 크리스가 죽은 것은 김상희 때문이라고 보기에는 힘들었다. 김상희가 구해달라고 한 적도 없고, 팔을 자르고 나를 보러 와달라고 한 적도 없다. 하지만 그렇다고는 하지만 자신을 그토록 사랑했던 남자의 죽음 앞에 초연할 수 없는 건 당연한 일이기도 했다.

"크리스는 피 눈물을 흘렸어."

표현상의 피 눈물이 아니라 실제로 붉은 눈물이 흘러나왔었다.

"하지만 너를 내게 넘겨줬을 땐, 그땐 웃었어."

가슴에선 피를 뿜었지만 눈의 피는 멈췄다. 오히려 웃고 있었다.

"크리스가…… 많이 기뻐했어, 너를 내게 돌려줘서."

"……."

"그러니까 자책하지 마. 너 때문이 아니야. 그리고…… 네가 슬퍼하면 내가 너무 아파."

한진수의 위로는 김상희에게 큰 힘이 됐다. 그런데 놀라운 소식이 들려왔다. 크리스의 시체가 갑자기 사라졌단다. 나이트들이 분명 지키고 있었는데, 그럼에도 불구하고 사라졌다. 황제가 사라졌을 때와 똑같았다.

김상희가 말했다.

"그곳은 어디인지 알 수 없었어요. 하지만…… 그곳에는 황제가 있었어요."

그때를 생각하면 무섭다. 어디인지도 모르고, 몇 시인지도 모르고, 희미한 빛밖에 없던 어두운 곳, 감옥. 그때를 떠올리면 아직도 손발이 덜덜 떨려온다. 하지만 그래도 용기를 냈다. 뭐라도, 뭐 하나라도 단서를 주기 위해서.

"황제가 말했어요. 그분이라고, 황제 자기는 그분의 꼭두각시일 뿐이라고."

"그랬군."

김훈상은 김상희의 상태가 정상이 아님을 눈치챘다. 아마 그때의 기억을 떠올리는 것만으로도 무섭겠지. 김훈상은 김상희의 머리를 쓰다듬었다.

"너무 억지로 떠올릴 필요 없다."

"……하지만 저도 도움이 되고 싶어요."

"네 존재 자체가 내게 힘이 된다."

김훈상은 이번에 확실히 깨달았다. 김상희가 눈에 보이는 것과 보이지 않는 것, 그것 사이에는 엄청난 차이가 있었다. 김상희는 자신의 옆에 있어야만 했다. 적어도 어디서 뭘 하고 있는지는 알아야 했다. 그는 김상희의 하나뿐인 아버지였고, 김상희는 김훈상의 딸이었으니까.

"……나는 네가 했던 말을 기억하고 있다."

"소녀가 했던 말이요?"

네 행동 하나하나, 네 몸짓 하나하나, 네 표정 하나하나, 나는 그 모든 걸 기억하고 있다 라고 말을 하려다가 아무래도 때가 좋지 않아 한 번 참았다. 대신 본론을 바로 꺼내 들었다.

"특별 서고에 있던 내용, 네가 언젠가 말을 했었지."

"아……."

김상희도 떠올렸다. 아주 오래전, 고대 시대에 세계를 제패했던 나라가 있었다. 그 나라의 이름은 태양 제국 잉카였다.

"그 잉카는 가짜였지."

그 잉카라는 나라가 실제로 존재한다면, 그리고 고대의 기록이 정말이라면.

"진짜 잉카가 존재한다는 뜻이다. 그렇게 생각하면 편하겠지. 그리고 그 잉카는 성녀의 힘을 얻었다고 했었다. 성녀의 힘을 빌려 세계를 제패했지. 성녀의 힘 중 하나가 골렘을 각성시키는 것이기도 했고."

비록 전설이나 다름없는 이야기책에 의존한 추리이기는 했지만 퍼즐은 모두 맞춰졌다.

"그리고 백제에는 최종 형태의 골렘이 많이 있었다."

김상희와 김환석이 만났었던 백제의 모든 인간, 그 인간들이 사실은 골렘일 수도 있다는 가정을 세웠다.

"크리스가 그걸 알려주기 위해 일부러 말을 계속 걸었다는 것 같더군."

"……."

다시 크리스가 떠올랐다. 시체가 사라져 버린 크리스. 워낙에 비밀이 많고 특별한 능력이 있는 아이니까, 어쩌면 살아 있을 수도 있어. 김상희는 애써 그렇게 생각해 봤다. 그럴 가능성이 낮다는 것쯤은 알지만, 그래도 그런 생각을 해봤다. 그리고 다시 떠올려봤다.

'*Lapuntel Essantia Kerannis Frential.*'

크리스의 유언이라고 생각하니 절대 잊을 수가 없었다.

"그렇게 생각한다면 백제가 곧 태양 제국 잉카였다고 볼 수 있겠지."

이제 마지막 퍼즐이 하나 남았다.

"그리고 태양 제국 잉카의 초대 황제는 율다였었지."

"하지만 아빠, 그것은 그저 전설일 수도 있어요. 고대 기록이라는 건……."

뜬구름 잡는 소리가 많으니까.

"골렘 피라미드에 있었던 내용도 사실로 확인이 됐지. 그리고 크리스는 우리가 모르던 사실을 많이 알고 있었다. 네 심장이 멈췄을 때, 그때도 크리스 혼자만 당황하지 않았었다. 나는 그 모든 기록이 사실이라고 생각하고 있다."

그렇지 않으면 현재 벌어지고 있는 이 상황들을 이해할 수 없었으니까. 황제 위의 또 다른 황제? 그런 건 상식적으로 있을 수 없다. 그런 힘을 가지고 있으면서도 드러나지 않으려면 정말로 압도적인 힘을 가지고 있어야 했다. 세상의 정보력을 모두 통제할 수 있는 그런 힘 말이다.

"백제가 곧 잉카다. 그리고 잉카의 황제는……."

김상희의 팔에 소름이 돋았다.

"율다의 후손일 확률이 굉장히 높겠지."

고려 왕가는 특별한 피를 가지고 있다. 마력의 절대량과 순도가 일반인들보다 훨씬 높다. 그렇다는 말은 율다에게도 굉장히 특별한 능력이 있다는 것을 의미한다. 그리고 고대 기록에 따르면 율다에게는 계집을 흡수하여 생명을 연장할 수 있는 힘이 있다고 했었다.

"다시 말해, 고대부터 존재하던 초유의 국가라는 뜻이다."

여지껏 세상 전부를 속여 왔던 그런 초강대국 말이다. 김훈상이 김상희를 끌어안았다.

"하지만 김상희."

"네, 아빠. 소녀가 여기 있어요."

근데 숨 막혀 죽을 것 같아요. 안는 건 좋은데 좀 살살 안으면 안 되겠니, 이 개차반아? 하고 말하고 싶었다. 농담이 아니라 진짜 숨이 막혔다.

"너는 내 딸이다."

알아. 아니까 좀 놔줘. 숨 막혀! 당신 딸 죽는다고! 아빠 품에서 질식사한 딸! 너무 황당하지 않냐고!

"나는 내 딸을 지키겠다."

비록 딸을 노리는 상대가 여태껏 존재하는지도 몰랐던 초강국이라지만 그런 것쯤은 상관없었다.

"그러니까 무서워하지 마라. 두려워하지 마라."

난 당신이 제일 무서워. 나 지금 숨 막혀 죽을 것 같다고!

"수, 숨 막혀요!"

'네 아버지를 믿어라. 내가 반드시 너를 지키겠다'라고 말을 하려던 김훈상은 황급히 김상희를 놔줬다. 그런 멋있는 말은 못 했다. 김훈상은 드물게 당황했다.

"미, 미안. 수, 숨 막혔냐?"

약 1시간이 흘렀다. 한진수는 굉장히 즐거운 소식을 들을 수 있었다. 한진수가 반색했다.

"그게…… 정말입니까, 폐하?"

"그렇다."

한진수가 재차 확인했다.

"정말이십니까?"

"아, 그렇다니까?"

김훈상이 짜증을 냈다.

"감사합니다."

"감사할 것 없다."

"감사합니다!"

"그럴 필요 없다니까."
"감사합니다, 아버님!"
김훈상이 인상을 확 찡그렸다. 저 아버님이란 소리가 왜 이렇게 짜증이 나는지 모르겠다. 그런데 또 따지고 보면 아버님이 맞기는 맞지 않은가. 맞는 말 하는데 하지 말라고 할 수도 없고. 그냥 짜증이 마구 치밀어 올랐다.
"제가 지켜 보이겠습니다."
"못 지키면 네가 죽는 거다."
한진수는 지금 신라의 왕이다. 신라의 왕이지만, 김상희를 24시간 밀착 호위하게 됐다. 사실 이건 왕권 모독이다. 겨우 계집을 지키기 위해 왕이 움직이다니. 하지만 그런 거 따위 한진수는 중요하지 않은 듯했다. 그는 애초에 왕좌 같은 건 필요 없었다. 지금은 상황이 상황이다 보니 울며 겨자 먹기로 왕을 하고 있는 거다. 어쨌든 결론만 말하자면 24시간 김상희와 함께할 수 있게 됐다.

김환석이 김훈상을 찾아왔다.
"아버님."
"아, 글쎄, 아버님 아니라니……."
김훈상은 정신을 차렸다. '아버님'이라는 말을 들으면 너무 짜증이 나다 보니 잠깐 이성이 흐려졌다. 크흠, 헛기침을 했다.
"무슨 일이냐?"
"이번엔…… 제법 성과가 있었습니다."
김훈상이 자리에서 벌떡 일어섰다.
"자세히 말해봐라."

김환석이 말했다.

"그런데 문제가 조금 있습니다."

"무슨 문제지?"

"예상하고 계시겠지만…… 프리온 나이트를 복제하는 것에는 성공했습니다."

김환석은 프리온 나이트와 관련된 연구를 계속해서 진행해 왔다. 여기에는 한진수의 도움이 있었다. 한진수는 예전에 고려 왕궁에 프리온 나이트 2기를 헌납했었다. 김환석은 그때부터 프리온 나이트에 대한 본격적인 연구를 시작했었다. 김환석은 그 프리온 나이트를 토대로 연구를 진행했으며 지금에 이르러서는 프리온 나이트를 복제할 수 있는 수준에까지 이르렀다. 그야말로 획기적인 일이다. 과거 제국이 세계를 지배할 수 있었던 건 프리온 나이트 덕분이었으니까. 그것을 복제한다? 세계의 판도를 바꿀 수 있다.

"사실 복제본은 오래전에 완성했었습니다. 그런데……."

김훈상은 잠자코 말을 기다렸다. 도대체 무슨 말을 하려고 저렇게 오랫동안 뜸을 들이는 건지 모르겠다.

"핵심이 되는 부품이 바로……."

김환석은 머뭇거렸다. 스스로도 왜 이렇게 머뭇거리는지 알 수 없었다. 까짓것, 그냥 말해버리면 그만이지 않은가.

그가 머뭇거리는 이유는 단 하나였다.

'김상희…….'

아마 이 사실을 알게 된다면 김상희가 싫어할 거다. 자신에게 실망을 할 수도 있다. 그게 싫었다. 아니, 싫은 게 아니라 무서웠다. 하나뿐인-실제로 그에게는 많은 여동생이 있지만 그는 여동생이라 생각하지 않으므로—여동생이 자신을 미워하게 될까 봐, 그게 무서웠다. 하지만 말은 해야 했다. 지금 상대가 누구인지도 모른다. 제국을 수족처럼 부리던 실체조차 알려진 바 없는 초강국이다. 그렇다면 이쪽의 전력을 최대한 키워 놓아야 했다. 그게 맞는 거다.

"계집을 부품으로 사용해야 합니다."

"……."

김훈상은 아무런 말도 하지 않았다. 말은 하지 않았지만 김환석과 똑같은 생각을 했다.

'김상희가 알게 되면…….'

딸은 분명 까무러치게 될 거다.

'하지만 포기할 수 없는 전력이다.'

김훈상이 말했다.

"예전에도 제국이 화전민 마을을 쓸어버리곤 했었지."

"예, 그랬습니다."

아무런 이유도 없이 멀리 떨어져 있는 마을 하나를 통째로 없애 버리는 경우가 많았다. 고려가 파악하고 있는 것만 두 군데가 넘었다. 아마도 고려가 파악하지 못한 것까지 포함한다면 그 숫자가 얼마나 될지는 전혀 알 수 없었다.

"계집을 얻기 위해서였나?"

"계집 중에서 아주 미약하지만 마력 반응이 있는 계집들이 있습니다."

있기는 있다. 거의 있으나마나 해서 사실 없다고 해도 과언이 아니지만. 그리고 계집들은 그 미약한 힘마저도 끌어내지 못했다.

"그런데 우리는……."

김환석이 말을 이었다. 김상희에게만은 알게 하고 싶지 않았다.

"우리는 그러한 계집을 인위적으로 만들 수 있습니다."

김상희의 능력을 빌어 만든 수페르가가 있다면 가능했다. 계집들에게 마력을 줄 수 있다. 그리고 그 계집들을 부품으로 사용하면 프리온 나이트를 완성시킬 수 있었다.

"다시 말해……."

"……."

"대량생산이 가능하다는 뜻입니다."

"그만큼 많은 계집이 필요하다는 뜻이냐?"

"프리온 나이트 1기에 들어가는 계집의 숫자는 총 3명입니다."

김훈상이 스페셜 필드를 펼쳤다. 애초에 사자관 내 김훈상의 방은 철통같은 보완이 유지된다. 거기에 3차 각성을 마친 김훈상이 스페셜 필드까지 펼쳤다. 이 안에서 얘기하는 것은 결코 새어 나가지 않을 것이었다.

"나는 내 딸을 위해서라면 악마가 될 수 있다."

"……아버님."

"나는 기꺼이 악마가 되어주겠다."

김상희가 알게 될까 봐 두렵기는 했다.

'그땐 나를 미워하겠지.'

그래도 어쩔 수 없었다.

'어쩌면 자책할 수도 있다.'

왜냐하면 계집들에게 마력을 줄 수 있는 사람이 바로 김상희니까. 김상희의 능력을 빌어 만든 약품으로 계집을 각성시켜 그 계집들을 희생시켜야 했다. 그래야 프리온 나이트를 만들 수 있다. 그리고 그 프리온 나이트는 김상희를 지키는 훌륭한 병력이 되어줄 거다. 사실상 김훈상과 김환석이 이러한 고민을 하는 것 자체가 아이러니한 것이라 할 수 있다. 애초에 이 세계의 남자들이라면 이런 고민을 안 하는 게 맞다. 계집 3명을 바쳐서 프리온 나이트 1기를 만들 수 있다? 이건 당연히 해야 하는 거다. 그게 상식이다. 그러나 김상희를 딸로 가진 김훈상과 김상희를 동생으로 가진 김환석에게는 당연하지 않았다.

"너는 이 사실을 그 누구에게도 발설하지 마라."

"예."

"그리고 네 아버지이자 왕으로서 명령한다."

"말씀하십시오."

"프리온 나이트를 대량생산하도록 해라. 이건 왕명이다. 너는 어쩔 수 없이 왕명을 받드는 거다. 그런 거다."

김환석은 아버지를 쳐다봤다. 저 말 역시 김상희를 염두에 둔 말일 것이 틀림없었다. 만에 하나라도 김상희가 사실을 알게 됐을 때, 화살을 오로지 자신에게 돌리기 위해서 말이다.

"너는 왕명 때문에 어쩔 수 없이 명령을 이행하는 것뿐이다."

김환석이 고개를 끄덕였다.

"알겠습니다."

그로부터 약 2시간 후, 김상희가 김훈상을 찾아왔다.

"아빠."

김상희 입장에서는 오래 참았다.

"결혼식은 언제예요?"

제34장
지상 최고의 결혼식

김상희는 나름대로 절박한 상태다. 지금 당장에라도 제대로 된 결혼식을 올리지 않으면 내일이 없을 것 같은 그런 불안감에 시달리고 있다.

24시간 내내 진수와 함께 붙어 있는 건 좋았다. 그건 정말 좋다.

"……."

하지만 진수는 아무런 말도 하지 못했다. 그 바로 옆에 3차 각성을 끝마친 김환성이 눈을 부릅뜨고 김상희를 감시하고 있었기 때문이다. 무슨 말이라도 할라치면 무시무시하게 노려보는데, 그 기세가 너무나 살벌하여 한진수도 김상희도 아무 말도 못했다. 그런 상황에서 백제라는 보이지 않는 적까지 자신을 위협하고 있다. 그녀에게는 하루하루가 굉장히 소중하다. 내일을 기약할 수 없으니까. 그래서 진수와 정말로 결혼을 하고 싶었다. 그건 한진수 역시 마찬가지였다.

아니, 김상희보다 훨씬 더하면 더했지 덜하지는 않았다. 이 여자는 내 여자다. 내 여자니까 아무도 넘보지 마라. 이렇게 도장이라도 찍고 싶었다. 이마에 내 여자라고 써 붙이고 다니고 싶었다. 그래서 한진수와 김상희는 협의를 봤다. 빨리 제대로 된 결혼식을 치르기로.

김상희가 말했다.

"신라와 혈맹을 맺게 되는 거예요."

"……."

'신라와의 혈맹 따위 그까짓 거 내가 신경이라도 쓸 줄 아는 거냐?' 라고 말하고 싶었지만 김훈상은 참았다. 그리고 딸에게 묻고 싶었다. 너는 지금 그냥 한진수랑 결혼이 하고 싶은 거냐, 아니면 정말 혈맹을 원하는 거냐? 하지만 묻지 못했다. 그렇게 물었다가 딸이 정말 '진수랑 결혼하고 싶은 건데요'라고 말하면 억장이 무너질 것 같아서 말하지 못했다.

"아빠 생각은 어때요?"

김훈상에게는 이 말이 조금 다르게 들렸다. 아빠 생각은 어떻냐고 묻는 것이 아니라, '나는 반드시 결혼을 해야겠는데 아빠가 반대하면 기필코 아빠를 원망하고 말 겁니다. 그러니까 가타부타 말하지 말고 얼른 허락부터 해줘요. 안 해주기만 해봐라' 이렇게 들렸다. 결국 김훈상은 허락하고 말았다. 딸이 이토록 간절하게 원하는데 또 외면할 수도 없었다.

'한진수 이 자식이! 감히 내 딸에게 무슨 짓을 한 거냐?'

아무 짓도 안 했지만 김훈상은 괜히 한진수를 원망했다. 그리고 결혼식 날이 다가왔다.

바로 내일, 김상희의 결혼식이 예정됐다.

"성녀님께서 결혼하신대요."

나이트들은 마치 제 일처럼 기뻐했다.

"그래도 신라 국왕쯤 되면 내가 양보해 줄 만하지."

"에이~ 형님, 형님 양보 같은 건 애초에 필요도 없는 거 아닙니까?"

"네가 몰라서 그래. 성녀님이 저번에 날 보며 웃어줬어. 그건 날 좋아한다는 뜻 아니겠냐?"

배 아파하는 나이트도 많았다. 물론 그들이 김상희를 이토록 좋아하게 된 건 얼마 되지 않은 일이지만, 마치 그들은 어렸을 적부터 금이야 옥이야 업어 키웠다는 듯 금쪽같은 내 동생 시집보내기 싫은 오빠 같은 마음으로 김상희의 결혼을 축하해 줬다.

"성녀님과 신라 국왕이라니, 세계 최고의 결혼식이 되겠어."

차기 황제감으로 거론되고 있는 젊은 대천재 한진수. 그리고 온갖 기적을 일궈내며 센세이션을 일으킨 성녀 김상희. 둘의 결혼이다. 전 세계의 여자들이 김상희를 부러워하고 또 동경했다.

"성녀님께서 신라 국왕 폐하와 결혼하신다고 하네요."

"정말 대단하신 분이셔요."

부럽긴 부럽다. 그러나 질투와는 사뭇 다른 개념이었다. 애초에 질투 대상이 아니었다. 이 세계의 여자들에게 있어서 김상희는 거의 여신과도 같은, 이를테면 거의 신앙과도 같은 존재로 자리 잡았다. 격이 비슷하거나 조금 높은 상대라면 질투나 시샘을 할 텐데, 격이 너무나 많이 차이가 나다 보니 질투가 아닌 동경을 하게 됐다.

고려 왕궁 내의 시녀들도 입을 모아 말했다.

"그분이 같은 여자라는 게 정말 자랑스러워요."

"그분을 보면서 우리도 할 수 있다는 희망을 얻었으니까요."

그 말을 들으면서 송수진은 내심 뿌듯한 미소를 지었다. 자기가 칭찬을 듣는 것도 아닌데 괜히 자랑스러워졌다.

'암! 우리 공주님이신데!'

시녀들은 송수진을 쳐다봤다.

"송수진 시녀님은 정말 좋겠어요. 어릴 적부터 존귀하신 성녀님을 보필해 왔으니."

"그럼요. 저는 그분을 모시게 되어 정말 영광이랍니다. 저는 아직도 기억해요. 갓 태어나셨을 때 영롱한 목소리로 울고 계시던 그때를요."

물론 그다지 영롱하지는 않았었다. 송수진의 머릿속에서 워낙에 미화되어서 그렇다. 영롱한 목소리로 울고 있었던 게 아니라 김훈상을 보며 개차반이라고 욕을 하고 있을 때였다.

"아…… 얼마나 감격스러우셨을까!"

암, 그렇고말고. 엄청나게 감격스러웠죠. 송수진의 어깨에 힘이 잔뜩 들어갔다. 김상희를 바로 옆에서 보필하고 있다는 그 사실 자체가 시녀들에게는 동경이었다.

공주들이 차례로 김상희를 찾았다. 제2공주 김예원이 가장 먼저 김상희를 찾았다.

"결혼 축하드려요, 언니. 저는 언니께서 행복해 보이셔서 정말 좋아요."

김상희를 얕잡아보던 김예원은 이제 없었다. 그녀도 김상희가 얼마나 대단한지 이제는 안다. 그냥 아는 정도가 아니라 아예 경외할 정도다.

“언니와 한진수 님을 보면 너무나 행복해 보여요. 언니를 보면 저도 꼭 언니처럼 살고 싶다, 그런 다짐을 하곤 해요.”

물론 그녀도 생각은 한다. 이건 오로지 김상희니까 가능한 거였다. 이 세계에서 여자들의 지위나 위치는 그렇게 좋지 않다. 남자에게 사랑받는 여자? 상식선에서 생각해 보면 김상희가 세계 최초다.

“예원이도 예원이를 좋아해 주고 사랑해 주는 그런 남자, 꼭 만날 수 있을 거야.”

그 단순한 한마디에 김예원은 감격했다. 다른 사람도 아니고 성녀가 그렇게 말을 해줬으니까.

“언니께서 그렇게 말씀해 주시니 소녀는 정말 힘이 나요. 감사해요.”

김예원에게 있어서 김상희의 존재가 어찌나 컸는지 별거 아닌 한마디가 감격으로 다가와 눈물을 글썽거렸다.

“언니는 저의 빛이셔요.”

김상희는 속으로 생각했다.

‘대본 읽니……?’

김상희는 21세기 대한민국에서 살았던 기억이 있다. 그래서 아직도 이런 건 잘 적응이 안 된다. 이곳의 시녀들과 공주들에게는 당연한 말투지만, 지구식으로 생각해 보면 보통 실생활에선 저런 말은 잘 안 하니까. 비록 오그라들기는 했지만 그래도 김예원의 진심은 느껴져 고마웠다.

“고마워.”

“언니.”

그때 누군가 달려왔다. 김상아였다.

"언니!"

김상아가 달려와 김상희를 와락 끌어안으며 울먹거렸다.

"언니는 나랑 결혼해야 하는데!"

마치 좋아하는 장난감 혹은 간식거리를 빼앗긴 어린아이처럼 김상아는 투정을 부렸다.

"언니, 결혼 안 하면 안 돼요?"

김상희는 피식 웃고는 상아의 머리를 쓰다듬어 줬다.

"언니가 결혼하는 게 싫어?"

"한진수 아저씨한테 언니를 빼앗기는 것 같단 말이에요. 언니는 아무도 안 줄 건데!"

은신한 상태로 지켜보던 한진수가 피식 웃고 말았다. 저 칭얼거리는 게 어찌나 귀여운지 볼을 주욱 잡아당겨 주고 싶다는 생각이 들었다.

'나도 참 엄청나게 변했군.'

김상희 때문에 많이 변했다. 여자들을 보는 시선이 완전히 달라졌다. 남자를 위해 봉사하는 혹은 이 세계에서 필요도 없는 폐기물을 보는 시선으로 여자를 바라봤었는데 이젠 아니었다. 그에게 있어 여자는 이제 하나의 인격체였다. 또한 김상희처럼 사랑받기에 충분한 그런 존재였다.

많은 사람이 김상희를 찾았다. 한편으론 편지를 통해 축하한다는 메시지를 전해 왔다. 덕분에 나이트들이 또 바빠졌다. 편지에 혹여 독이라도 있을까, 테러라도 있을까 나이트들이 자발적으로 나서서 편지들을 검수하고 또 검수했다.

전 세계에서 편지가 쇄도했다.

새벽 2시. 김상희는 잠을 이루질 못했다. 설렜다. 내일이면 결혼이다. 정말 길게도 돌아왔다는 생각이 든다. 남들은 평생 한 번도 경험해 보지 못할 납치라든가, 전쟁이라든가 그런 걸 많이도 겪었다. 이제는 조금 행복해지고 싶었다. 아주 잠깐이라도 좋으니까, 진수와 사랑하는 시간을 가지고 싶었다. 그럼과 동시에 또 싱숭생숭해졌다.

김상희가 말했다.

"이제…… 우리 정말 결혼하네."

푸르스름한 달빛 사이로 한진수가 잠깐 모습을 드러냈다. 김상희의 이마에 입을 맞췄다. 잘 자라고 얘기해 줬다. 보드라운 마력으로 감싸 안고 김상희를 다독여줬다.

날이 밝았다.

김훈상이 직접 결혼식을 주도했다.

"지금부터 사랑하는 내 딸과……!"

이를 바드득 갈았다. 하지만 할 건 해야 했다.

"신라 국왕 한진수의 결혼식을 시작하겠다."

드디어 결혼식이 시작됐다.

송수진은 아침부터 굉장히 분주했다. 이미 드레스는 정해졌다. 하지만 남의 떡이 더 커 보인다고, 송수진은 다른 드레스들이 더 예뻐 보이는 듯했다.

"공주님, 사실 저것으로 했어야 할지도 몰라요."

"수진, 그 말만 벌써 3번째야. 이미 정해졌어. 시간이 없어. 그러니까 그냥 이걸로 할게."

"하지만 공주님은 오늘 세상에서 제일로 아름답고 제일로 예쁘셔야만 해요."

그 말에 김상희는 피식 웃고 말았다. 송수진의 마음을 대충 이해는 하겠다. 그래서 그냥 하던 대로 조련 아닌 조련을 했다. 누가 봐도 과장된 태도로 슬픈 척을 했다.

"수진, 드레스를 갈아입지 않으면 나는 예쁘지 않은 거야? 수진의 눈에 나는 치장을 해야만 아름다운 그런 사람이었어?"

누가 봐도 장난이었지만 수진은 기겁했다.

"아, 아니, 공주님! 제 말은 그게 그러니까……."

"괜찮아. 괜찮으니까 그냥 이걸로 할게."

하지만 결혼식 첫날은 그렇게 쉽지만은 않았다. 김훈상의 주례사가 이어졌다.

"한진수 네놈은 사랑스런 내 딸을 데려가는 도둑놈이니만큼……."

김상희는 말하고 싶었다. 아니, 깽판 치고 싶었다. 그딴 게 지금 주례사냐고.

'하긴 애초에 주례사라는 게 있을 리가 없지.'

이렇게 딸 위주의 주례사는 아마 전 세계 고금을 통틀어서도 없을 거다. 주례사라 함은 보통 남자에게 축하 메시지를 전하면서 여자에게는 반드시 아들을 낳으라고 당부하는 것이다. 원래는 그런데 이 주례사는 완전히 상식을 뒤엎는 것이었다.

'역사에 길이길이 남을 주례사가 될 거야.'

"절대 내 딸 눈에서 눈물이 나지 않게 해야 할 것이며."

이 아빠야, 그게 지금 타국의 왕에게 할 소리냐고! 지금은 전 세계에서 축하 사절단이 와 있는 상태잖아. 그런데 그런 정신 나간 주례사를 읊으면 도대체 어쩌자는 거야. 김상희는 울고 싶었다. 안 그래도 축하 사절단 사람들이 이상하다는 듯 쳐다보며 웅성거리는 게 느껴졌다.

'우리 개차반 씨가 그런 걸 신경 쓸 리가 없지.'

애초에 제국 황제조차도 별로 신경 쓰지 않던 김훈상이다. 다른 사람 배려 같은 걸 해줄 리가 없다.

"성녀라는 이름으로 계집들에게 그렇게 큰 찬사를 받고 있다던데, 그것과는 별개로 고려 왕궁 내에서도 독보적인 입지를 가지고 있는 것 같군."

"그러게나 말이야. 그 대단하다는 신라 왕이 저토록 저자세일 수는 없을 텐데."

대부분의 하객은 한진수가 김상희를 사랑한다는 걸 잘 모른다. 신라와 고려의 정치적 목적으로 인한 혈맹 결성으로 알고 있다.

"이렇게 거창한 결혼식을 치른다는 건…… 역시 과시하기 위해서겠지?"

"그렇지."

틀림없었다. 그들은 이 장미관이라는 곳을 처음 와본다. 장미관이라는 곳을 처음 봤을 때 사절단들은 문화적 충격을 맛보아야만 했다. 별다른 마력 주입 없이 저절로 동작되는 최첨단 시스템이 갖춰진 장미관. 도대체 이러한 건물을 지으려면 얼마의 예산이 필요할지 알 수 없었다.

"이 건물이 공주들을 위한 건물이라는군."

"엄청난 외교적 수단이 되겠어."

심지어 이 건물이 여자를 위한 건물이란다. 이게 의미하는 바는 간단했다. 고려는 한낱 계집들을 위해서도 이 정도 투자를 할 수 있다.

이 정도의 기술력을 가지고 있다. 그러니까 알아서 기어라. 이런 뜻이 된다. 물론 김훈상에게는 그럴 의도가 없었다. 딸이 너무 예뻐서, 딸한테 좋은 선물을 주고 싶어서 이 건물을 만들었다. 하지만 사절단에게는 조금 달랐다. 애초에 결혼식을 이렇게 성대하게 여는 이유는 바로 주변국들에게 과시하기 위해서가 아니었던가. 사절단들은 그렇게 생각했다.

"이 시대 최강자인 고려와 신라의 결속이라……."

"그걸 위해서 이렇게 대대적인 홍보를 하는 거지."

"차기 황제는 누가 될까?"

"쉿, 목소리가 너무 커. 누가 들으면 어쩌려고 그래."

아무래도 한진수가 유력했다. 일단 고려는 대규모 화력전에 있어서 신라보다 뒤떨어질 것이 분명했으니까, 사절단들은 그렇게 생각했다. 하지만 와보니 생각이 좀 달라졌다.

"마치 신라 국왕이 고려 왕을 황제처럼 대접하는 것 같은데?"

그건 왕 대 왕이라서가 아니라, 장인어른 대 사위라서 그렇다. 사랑해마지 않는 딸을 주시는 보배로운 아버님이시니, 저자세가 될 수밖에 없는 거다. 물론 그들에게만 그렇다. 사정을 모르는 하객들은 이 결혼식이 하나의 정치적 쇼로밖에 보이지 않았다.

"신라 왕이…… 고려 왕에게 고개를 조아리고 있다."

게다가 주례사가 황당하기 그지없다. 사랑하는 딸이니, 앞으로 잘하라느니, 내 딸 눈에서 피눈물 나면 죽여 버리겠다느니, 저런 말도 안 되는 소리를 하고 있다. 누가 봐도, 상식적으로 이해되지 않는 행동을 하고 있다는 건 분명 노림수가 있다는 소리다.

"이런 어처구니없는 상황을 만들고 있는 건 고려 왕이 일부러 과시하는 거지. 고려가 신라보다 상위의 국가라고, 그렇게 공표하고 있는 거야.”

누가 봐도 그랬다.

“하지만 시간이 흐르면 흐를수록 신라는 더욱더 강성해질 텐데? 무엇보다 한진수는 젊잖아. 10년만 더 흐르면 어떻게 될지 몰라.”

“그렇지.”

누군가 목소리를 낮췄다.

“10년 후에는 한진수가 황제의 자리에 앉을 수도 있어. 아니, 지금 상태로 보면 분명히 그럴 거야.”

같은 시각, 한진수는 생각했다.

‘왕 같은 거, 때려치우고 싶다.’

빨리 때려치우고 어여쁜 상희랑 둥가둥가 놀러 다니고 싶다. 하객들의 예상과는 달리 한진수는 어서 왕의 자리를 걷어차고 김상희와 놀러 다닐 꿈에 부풀어 있었다.

‘우리 상희 맛있는 거 많이 먹게 해줘야 하는데. 포름 지방 빙하 산맥도 참 멋진 곳이지. 로플리아 지방의 꽃 축제에 가서 아름다운 꽃도 보여줘야지. 둘이 하고 싶은 것도 많은데…… 하여튼 빨리 때려치우고 싶다.’

김상희랑 오붓한 시간을 보내려면 이렇게 귀찮은 왕위 같은 건 하루빨리 던져 버려야 했다.

‘칼리번은 아주 유능하니까.’

아무리 유능하다고 해도 한진수보다 유능할 수는 없다. 다른 건 모두 둘째 치고 지금 한진수는 최종 형태의 프리온 나이트를 32기나 소유하고 있다.

'그러니까 신라를 맡겨도 아주아주 잘할 거야.'

애초에 그런 약속도 했었다.

'원래 왕위는 넘겨주기로 약속했었으니까!'

칼리번도 아주 기뻐할 거야. 그렇게 합리화하고 또 합리화했다.

'왕은 좋은 거니까.'

시켜주면 좋아하지 않겠는가? 하지만 한진수의 그런 생각과는 달리 정작 칼리번은 걱정했다.

'저 왕 폐하님이 왕 나 시킬 거 같은데…….'

좀 불안해졌다. 이제 그도 왕위에는 관심이 없다. 고려 국왕을 감당할 자신도 없고, 그는 2인자가 좋다. 1인자일 때보다 훨씬 더 좋다. 그래서 왕 같은 거 하고 싶지 않았다.

'무슨 핑계를 대야 저 왕님에게 계속 폐하를 시킬 수 있지?'

칼리번은 골똘히 생각했다.

'이왕이면 황제 폐하를 시켜야 내가 더 떵떵거릴 수 있을 텐데.'

고심한 끝에 칼리번은 결심했다.

'나는 절대 왕위를 물려받지 않겠다. 내가 무슨 수를 써서라도 황제로 만들겠어.'

김훈상도 생각했다.

'이놈에게 황제를 시키면 말년이 편하겠어.'

김훈상은 이미 만인지상의 자리에 올라 있다. 그 위에 황제 한 명 더 만들어도 상관없다. 그 황제가 사위라면 두말할 필요도 없이 좋다. 일단 부려먹기 편하다. 부려먹기 좋은 황제, 얼마나 좋단 말인가.

'그리고 사랑스런 내 딸에 어울리려면…….'

황제쯤은 되어야 구색이라도 갖출 수 있지 않겠는가. 세상 사람들이 들으면 미친놈이라 손가락질할지도 모르지만 하여튼 아버지인 김훈상에게는 그랬다. 황제쯤 되는 놈 아니면, 아무에게도 허락 못 한다.

'황제쯤은 되어야지. 너는 차기 황제로 찜해 놨다.'

축하 사절단의 하객들은 머리를 맞대고 고민했다.

"우리는 어떻게 줄을 서야 하지?"

고려와 신라, 지금 둘이 혈맹을 맺고 있다. 둘에게 모두 잘 보여야 한다는 건 틀림없는 사실이다. 그러나 지금 행태로 보아서는 고려에 더 잘 보여야 하는 것 같다. 하지만 또 아무래도 차기 황제는 한진수가 될 것 같다. 모두가 생각했다.

'분명 황제가 되기 위한 암투가 벌어질 거야.'

그럴 거라고 생각했다.

'피바람이 불지 않기만을 바라야지.'

지금은 이렇게 화기애애하지만, 국제 관계에서 또 정치판에서 어제의 적이 오늘의 친구가 될 수도, 어제의 친구가 오늘의 적이 될 수도 있는 법이다.

'언젠가는 분명 거대한 암투가 벌어질 거다.'

그때를 대비해서 줄을 잘 서야 했다.

황제와 관련된 패권 다툼 따위 한진수는 생각하지 않았다. 한진수가 말했다.

"빨리 안정화가 되었으면 좋겠어."

그래야 왕 같은 거 빨리 때려치우고 숨어서 살 텐데.

"황제 같은 건 욕심나지 않아."

"진수야……."

"나한텐 너만 있으면 되니까."

밤이 깊어갔다. 한진수는 정말 행복했다. 같은 침대에 김상희가 안겨 있는 것만으로도 행복했다. 세상을 다 가진 것 같았다. 어떻게 이런 기분이 들 수 있는지 그도 몰랐다. 김상희와 함께 있으면 시간이 너무나 빨리 흘러갔다. 가만히 보고만 있어도 기분이 좋고, 멍청이 같은 웃음이 실실 새어 나왔다. 김상희가 한진수의 품에 안겼다. 한진수도 김상희를 꽉 안아줬다.

"상희야."

한진수가 몸을 살짝 일으켜 엎드린 상태로 김상희를 내려다봤다. 김상희는 부끄러운 듯 고개를 살짝 옆으로 돌렸다.

"김상희, 대답해."

김상희의 얼굴이 조금 붉어졌다.

"……응."

심장이 쿵쾅거리기 시작했다. 진수와 결혼을 했다는 것이 실감이 나질 않았다. 한진수도 행복했지만, 김상희도 그에 못지않게 행복했다. 그녀에게는 내일이 없을 수도 있다. 제국의 황제마저도 한순간에 사라졌다. 크리스가 없었다면 자신 역시 여기 없었을 수도 있다. 내일이 없어서, 오늘을 더 열정적으로 살아야 했다. 한진수와의 시간을 헛되이 보낼 수 없었다.

"내가 너 사랑해."

"……."

한진수가 김상희의 볼에 손을 댔다. 그리고 조금 힘을 주어 눈을 마주치게 만들었다.

"내가 너 사랑한다고."

김상희의 대답은 듣지 않았다. 한진수는 더 이상 참을 수 없다는 듯 김상희의 입술에 입술을 포갰다. 여태까지와는 조금 달랐다. 혹여나 다칠까 아주 조심스레 김상희를 대해 왔다면 오늘은 아니었다. 오늘은 조금 거칠었다. 두 사람의 시간이 점점 더 뜨겁게 달아오르기 시작했다. 한진수가 말했다.

"오늘은……."

김상희는 속마음을 감추고 기다렸다. 그래, 그거야. 기다리고 있다고! 어서! 물론 겉으로는 굉장히 다소곳해 보이기만 했다. 한진수가 침을 꿀꺽 삼켰다.

"오늘은 널 안을게."

그래, 진수야. 어서 날 안아. 김상희는 그렇게 말할 뻔했다. 그 순간이 오기를 참 오래 기다렸다. 이번 삶 기준으로 약 16년 동안 오로지 진수 한 명만 바라보고 살아왔다. 16년이나 참은 셈이다. 조금 직설적으로 말하자면 그녀도 욕구불만이다. 몸은 16살이되 정신은 16살이 절대 아니었으니까. 숫자로만 따지자면, 그녀는 40년을 넘게 산 아줌마(?)다.

진수의 손길은 굉장히 어설펐다. 세계에서 칭송하는 대천재라지만 여자 옷을 벗기는 것까지 천재는 아닌 듯했다. 김상희는 티가 나지 않게 조금씩 몸을 움직여서 진수가 옷을 벗기기 쉽도록 리드 아닌 리드를 해줬다. 물론 한진수는 그런 걸 전혀 몰랐다.

한진수가 감탄했다.

"김상희 너…… 너무 예쁘다."

너무 예쁘고 아름다웠다. 그와 동시에 또 귀엽기까지 했다. 김상희를 넣을 수 있는 주머니가 있다면 그 주머니에 넣어서 데리고 다니고 싶었다. 보고 싶을 때마다 꺼내서 뽀뽀 한 번, 뽀뽀 두 번, 뽀뽀 세 번 그렇게 해주고 싶었다. 김상희의 기다란 머리카락이 침대에 물결처럼 흩어졌다. 한진수가 그 머리카락을 쓸어내렸다. 한진수의 손가락이 김상희의 귀에 살짝 닿았다.

김상희는 오랜만에 느껴보는 그 야릇한 감각에 저도 모르게 흐응 하고 가벼운 소리를 내고 말았다. '야시시한 신음'이라고 보기에는 어려웠지만 한진수는 그것만으로도 충분히 자극을 받았다. 조심스러웠던 손길이 조금 더 적극적으로 변했다. 왼손이 김상희의 입술을 살짝 훑고 오른손이 김상희의 뒷목을 스쳐 지나갔다. 김상희가 몸을 움찔 떨었다.

"간지러워."

그 모양새가 어찌나 귀여운지 한진수는 장난스레 김상희의 목을 간지럽혔다.

"간지럽다니까?"

두 눈에 사랑을 가득 담아 한진수는 김상희를 쳐다보면서 키득 웃고 말았다.

"간지러우라고 하는 거야."

김상희가 간지럽다며 몸을 비틀었다. 그럴수록 교묘하게 브래지어를 풀기 쉽도록 등이 조금씩 들려진다는 그 사실을 한진수는 눈치채지 못했다. 그래도 세기의 대천재답게, 저번에 한 번 해봤다고 쉽게 풀었다. 한진수는 침을 꿀꺽 삼켰다. 김상희가 예쁘면 예쁠수록 그의 마음이 조금씩 다급해져 갔다.

'안고 싶다.'

김상희를 가지고 싶었다. 그 어느 때보다도 뜨겁고 강렬한 욕망이 가슴속으로부터 피어올랐다. 숨이 거칠어졌다.

'가지고 싶다.'

한진수는 침을 꿀꺽 삼켰다.

'사랑스럽다.'

한진수가 브래지어를 벗겨내려 하자 김상희가 황급히 말했다.

"부, 불!"

"응?"

"부, 불 꺼줘."

김상희의 얼굴이 붉게 달아올랐다. 한진수의 심장이 거칠게 뛰고 호흡이 가빠진 것만큼 김상희 역시 마찬가지였다. 김상희 역시 떨리고 설레는 만큼 부끄러웠다. 지구에서 진수와 함께할 때도, 그때도 불을 켠 적은 단 한 번도 없었다. 오히려 지금이 더 부끄러운 듯한 느낌이 들었다.

한진수는 김상희가 너무나 사랑스럽다는 생각에 저도 모르게 김상희의 입술을 살짝 깨물었다. 이 충동, 무슨 충동인지 모르겠다. 깨물고 싶다는 생각이 문득 들었다. 마력을 움직여 불을 꺼버렸다. 마력이 움직임과 동시에 한진수의 입술도 움직였다. 김상희의 목덜미를 지나 쇄골에 혀를 가져다 댔다.

누군가 이렇게 하라고 알려준 적은 없었지만 한진수는 착실히 시간을 뜨겁게 만들었다. 김상희의 등을 쓰다듬던 한진수의 오른손이 김상희의 왼쪽 가슴을 덮었다. 그리고 아기를 다루듯 아주 조심스레,

아주 천천히 조금씩 만졌다.

굳은살이 잔뜩 배인 한진수의 손바닥에서부터 전해져 오는 그 야릇하고 짜릿한 감각이 그녀의 가슴 끝, 유독 봉긋 솟아오른 그곳을 관통하여 온몸을 찌릿찌릿하게 만들었다. 원래 이 정도는 아니었다. 하지만 한진수를 십 년 넘게 애타게 기다려 왔던 김상희다. 한진수가 김상희를 위해 세상의 그 모든 것을 버렸고, 김상희를 그만큼 사랑한다고 하지만 김상희 역시 그에 못지않았다. 그녀 역시 한진수를 사랑했다. 그리고 그를 사랑하는 만큼 뜨거운 감각이 온몸을 집어삼킬 듯 밀려들었다.

김상희는 야릇한 신음이 새어 나오려 하는 것을 억지로 참았다. 속나이 40살이 넘는다지만 오늘만큼은 부끄러웠다. 이 몸으로는 처음 갖는 한진수와의 뜨거운 시간이다. 일부러 참는 건 아닌데, 그런 인식조차 가지지 않았는데, 저도 모르게 소리를 참았다. 하지만 오래 그러지는 못했다. 한진수의 혀끝이 닿았을 때, 김상희는 저도 모르게 야릇한 소리를 내고 말았다. 한진수가 김상희의 팔목을 약간 세게 붙잡았다. 강제로 눕힌 것처럼 그렇게 눕혀 놓고 김상희의 봉긋 솟은 그곳을 혀로 부드럽게 애무했다.

한진수는 무언가가 가슴속으로부터 치솟아 오르는 걸 느꼈다. 심장이 쿵쾅대고, 이것을 분출하지 않으면 심장은 물론이고 온몸이 터져 버릴 것 같았다. 피가 끓어오르는 기분이 들었다.

"사랑해."

피가 끓어올라 붉은색 증기가 되어 뿜어진 그것은, 그 한 마디였다.

"사랑해."

다시 한 번 말했다.

"사랑해."
또 말했다.
"사랑해."
계속 말하고 싶었다.
"사랑해."
아무리 말해도 부족했다.
"사랑해."
정말로 그랬다. 이 말을 하지 않으면 몸이 펑! 하고 폭발해 버릴 것 같았다. 온몸이 간질간질했는데, 그 간질간질함은 이내 끝 모를 행복감이 되어 한진수를 덮었다.
"네가 내 옆에 있어줘서."
한진수의 입술이 그녀의 봉긋한 언덕을 넘어 배꼽에 닿았다. 마치 배꼽에 속삭이듯이 그렇게 말했다.
"그래서 고마워."
단지 옆에 있는 것만으로도 힘이 되는 사람, 그 사람이 김상희였다. 왜 그런지는 한진수도 몰랐다. 김상희가 지금처럼 성녀로서의 능력을 갖기 전부터 그랬다. 지금이야 도움이 될지 몰라도 옛날엔 아니었다. 상식적으로 생각하면, 논리적으로 생각하면 한진수가 고마울 것은 단 하나도 없었다. 오히려 김상희가 지금 한진수에게 고맙다고 절을 해도 모자랄 판이다. 애초에 제국으로부터 안전할 수 있었던 것이 바로 한진수 덕분이니까. 한진수가 아니었다면 김상희는 지금쯤 제국의 노예로 살고 있을지도 모를 일이다.
김상희도 그걸 잘 알고 있다. 한진수가 자신에게는 과분한 사람이라는 거, 세계의 대천재이자 차기 황제로 거론되고 있는 엄청난 사람이라는 거. 그러나 그런 조건들과는 별개로 한진수가 자신을 사랑하는 건 충분히 느껴졌다.

한진수가 말했다.

"넌 내게 너무 과분한 여자야."

김상희는 아무런 말도 하지 못했다.

"……."

김상희도 말하고 싶었다. '나도 고마워. 네가 내 옆에 있어줘서 힘이 돼. 항상 고마워' 그렇게 말하고 싶었지만 말할 수 없었다. 아무 말도 할 수 없었다. 갑자기 머리가 새하얗게 변한 것 같았다.

"부, 부끄러워."

한진수가 가장 은밀하고, 가장 드러나지 않은 그곳에 키스하려고 했기 때문이다. 김상희가 당황해하는 모습이 귀여웠는지 한진수는 피식 웃었다.

"괜찮아."

"괜찮긴 뭐가 괜찮아!"

김상희는 옛날이 떠올랐다. 그러고 보니 옛날에도 똑같이 이랬었다. 지금에 와서 이 한진수가 그 한진수인지, 그 한진수가 이 한진수인지 확인할 방법은 없었다.

'그런 건 지금 중요하지 않아.'

중요한 건 지금 눈앞의 이 한진수를, 자신이 사랑스러워 죽겠다는 듯한 눈빛으로 올려다보고 있는 저 남자를 정말로 사랑하고 있다는 것이었다. 두 사람의 밤이 점점 더 뜨거워지기 시작했다.

김훈상은 입술을 잘근잘근 깨물었다. 김훈상의 품에 안긴 강서영이 물었다.

"당신…… 오늘 조금 이상해요."

"그러냐?"

강서영은 조금 서운했다. 자신과의 잠자리에서 자꾸만 다른 생각을 하고 있는 것이 서글펐다. 어쩌면 다른 여자, 자기보다 더 어리고 더 예쁜 여자를 생각하고 있는 것일지도 몰랐다.

'내가 도대체 무슨 발칙한 생각을 하는 거야!'

강서영은 속으로나마 화들짝 놀랐다. 지금 왕에게 서운한 감정을 느꼈다. 이건 말도 안 되는 일이다.

'계집 따위가 감히…… 이런 생각을 해서는 안 돼.'

김상희의 영향을 받았다고는 하지만 강서영은 역시 이 세계의 여자였다. 겨우 이런 일로 왕에게 서운하다니, 있을 수 없는 일이다. 마음을 다잡고 또 다잡은 후 강서영은 조심스레 물었다.

"혹시…… 상희 공주 때문에 그러시어요?"

"그 도둑놈 새끼를……!"

김훈상은 중얼거리다가 이내 움찔했다.

"아무것도 아니다."

강서영은 문득 김훈상이 귀엽다고 생각했다. 평소에는 카리스마 넘치는 왕이지만, 침대에서는 조금 귀여울 때도 있었다.

"내 반드시 그놈의……."

김훈상이 이를 바드득 갈았다.

"그놈의 거시기를……!"

강서영은 저도 모르게 픕 웃고 말았다. 다른 사람도 아니고 고려의 국왕의 입에서 '거시기'란 말이 나왔다. 강서영도 처음 들었다.

"거시기를 잘라 버리고 말겠다."

그래서 강서영이 현실을 짚어줬다.

"그러면 당신은 어여쁜 손자를 볼 수 없어요."

"손자 따위."

차라리 손녀가 더 좋겠다는 생각을 순간적으로 하게 된 김훈상은 적잖이 놀랐다. 아니, 아무리 그래도 손자가 손녀보다 좋은 것이 당연한 거 아니겠는가. 그때 문득 '백만 살이 되면은요. 아빠랑 결혼할 수 있어요?'라고 옹알거리던 어린 시절의 김상희가 떠올랐다.

'손자보단 역시 손녀다!'

김상희를 닮은 어린 아가가 태어난다면, 그리고 그 아가가 '할아버지! 할아버지!' 하고 쫓아다니면 얼마나 귀엽고 사랑스럽겠는가! 남들이 들으면 미쳤다고 손가락질할 거다. 상식적으로 손녀가 손자보다 좋을 수는 없으니까. 어차피 김훈상도 자기가 정상이라고는 생각 안 한다. 어차피 미쳤다고 인정한 거, 그냥 쿨하게 미치기로 했다.

"손자는 필요 없고 손녀나 많이 낳아주면 좋겠군."

인생 계획은 이미 다 짜 놨다. 능력 출중한데다 부려먹기도 편한(?) 한진수를 냅다 황제에 앉히고, 마력은 없지만 똑똑한 김형석에게 왕위를 물려준 다음 김상희가 낳은 손녀들 재롱이나 보면서 살아가면 되겠다는, 그의 입장에서는 아주 행복한 계획이었다.

강서영은 빙그레 웃었다. 오늘따라 왕이 왜 이렇게 어린아이처럼 보이는 건지, 아무도 믿지 못할 그런 생각을 하고 말았다. 하지만 묻지 않을 수 없었다.

“정말 손자보다 손녀가 좋으셔요?”

김훈상은 아주 잠깐 머뭇거렸다. 하지만 쿨하게 미치기로 작정하지 않았던가. 그래서 말도 안 되는 말을 했다.

“물론이다. 너도 앞으로 딸을 낳도록 해라.”

그것만으로는 성에 안 찼는지 한 마디 더했다.

“명령이다.”

그렇지만 또 괜히 명령이라고 그랬다가 강서영이 못 지키게 되면 불이익이 갈 테니 나름 신경은 써줬다. 과거에 비하면 장족의 발전이라 할 수 있겠다.

“못 지켜도 벌을 내리지 않겠다.”

“당신…….”

이 세상에 그 어떤 왕이 계집의 심정을 이렇게 알아준단 말인가. 강서영은 감동하고 말았다. 강서영이 먼저 김훈상의 입술에 키스했다. 김상희의 밤보다 더욱 뜨겁고 농염한 밤이 깊어갔다. 누군가에게는 뜨겁고, 누군가에게는 깊은 그런 밤 누군가가 말했다.

“행복이 최고조에 이르렀을 때, 그때 맛보는 절망이야말로 사람을 나락에 떨어뜨릴 수 있는 거지.”

그가 피식 웃으며 무언가를 중얼거렸다.

“*Essantia Kerannis Frential*.”

그는 차가운 눈으로 말했다.

“가라. 네 의무를 이행해라.”

김상희는 그 뜨거운 시간보다도 그 시간 이후의 달콤한 시간이 더 좋았다. 이렇게 서로 아무것도 걸치지 않고 서로의 얼굴을 바라보고 있는 이 시간. 아무것도 하지 않아도 좋았다. 아무것도 안 해도 시간이 너무나 빨리 흘러가는 이 기괴한 시간. 정말로 달콤해서 온몸이 녹아버릴 것 같은 시간.

김상희는 결국 웃고 말았다.

"뭐야, 무슨 말이라도 좀 해봐요."

"모르겠어. 무슨 말을 해야 할지."

어쩜 너는 그렇게 옛날과 똑같은 거야. 김상희는 자신의 등을 감싸 안고 있는 한진수의 억센, 그렇지만 부드러운 팔을 느끼고 한진수의 품속으로 더 파고들며 말했다.

"눈에서 꿀이 흘러내리는 것 같아."

아마도 자신의 눈에서도, 그 비슷하게 달콤한 것이 흘러내리고 있을 거라고 생각했다. 한진수가 입술을 내밀었다.

"뽀뽀."

쪽 가벼운 소리가 났다. 한진수의 욕심은 거기서 그치지 않았다.

"뽀뽀."

쪽, 가벼운 소리가 났다.

"뽀뽀."

쪽 소리가 났다.

"뽀뽀."

이제 김상희가 오는 걸 기다리지도 않고 자기가 먼저 고개를 움직여 김상희와 입술을 맞췄다. 가벼운 뽀뽀를 몇 번 하고 보니 그 뽀뽀가 점점 깊어지고 점점 달콤해지고 점점 뜨거워졌다. 한진수의 손이 그녀의 목덜미를 스쳐 다시금 아래로 또 아래로, 마치 온몸 구석구석을 탐험이라도 하겠다는 듯 그녀의 몸을 탐했다.

김상희는 기겁했다.

'또…… 또 해?'

예전의 한진수와는 정말로 많이 달라졌다.

'무슨 에너자이저야?'

일단 기본 능력 자체가 엄청나다. 이러한 능력을 갖게 해준 배경에는 여러 요소가 있겠지만 일단 한진수가 대천재라는 전제가 기본적으로 깔려 있다. 그리고 그 대천재가 되기 위해선 마력이 뛰어나야 하며 신체 능력이 월등해야 한다. 여기서의 신체 능력이 월등하다 함은 상상을 초월한다.

'이러다 나 쓰러지겠어!'

도통 지치지를 않는다. 김상희는 물론 혼자서 여러 운동을 해왔다. 이 세계에서 살아남기 위해 외모도 열심히 가꿨고 남들에게는 말도 하지 않았지만 케겔 운동(*괄약근에 반복적으로 힘을 주는 운동)도 열심히 했다. 솔직한 말로 그녀가 할 수 있는 모든 것을 다했다. 그러나 아무리 혼자서 운동을 했다고 해도 기본적인 신체 스펙에서 남자를 따라갈 수가 없다.

'게다가 나는 오 선생님도 아까 왔다고……!'

이걸 참 대단하다고 해야 할지, 아니면 미련하다고 해야 할지, 아니면 엄청나다고 해야 할지, 김상희는 뭐라고 말을 해야 할지 알 수 없었다. 육체적으로는 이미 절정을 느꼈다. 아직도 몸에 그 여운이 남아 있다.

'다리도 후들거리고.'

그런 상태이다 보니 아무래도 더 이상은 좀 힘들 것 같았다. 그래서 말했다.

"진수야."

예전 세계와는 사뭇 달랐다. 예전에는 이런 말을 한 적이 없다. 예전에는 답답해서 먼저 덮치지 않았던가.

"응?"

"오늘은…… 그만하면 안 될까?"

말하고 싶었다.

'벌써 8번씩이나 했잖아! 무슨 변강쇠냐고!'

순간, 한진수는 세상을 다 잃은 듯한 표정을 지었다. 김상희는 속으로 웃고 말았다. 어쩜 저렇게 표정을 하나도 못 속이는지 모르겠다. 한진수가 재빠르게 표정 관리를 하기는 했지만 눈치 백단인 김상희다.

'이럴 때 보면 진짜 귀엽다니까.'

세계가 말하는 대천재, 차기 황제, 그런 건 별로 상관없었다. 지금은 정말 귀여웠다. 시무룩해진 모습, 그리고 그 시무룩함을 티 내지 않으려는 게 전부 다 보여서 재미있었다. 물론 한진수 입장에서는 아니다. 김상희가 느끼는 것 이상으로 한진수는 절망했다. 이건 단순히 시무룩함의 문제가 아니다. 정말로 세계를 다 잃어버린 것 같은 그런 좌절을 맛보아야 했다.

'겨우 8번밖에 안 했는데…….'

하지만 한진수는 자신의 육체적 욕망보다 김상희가 훨씬 중요하고 소중했다.

“미안해. 아팠어?”

한진수가 시무룩해진 것을 안 김상희가 한진수 조련에 들어갔다. 예전에는 살아남기 위한 조련이었다면 이제는 사뭇 다른 느낌의 조련이 됐다. 일부러 한 것도 아닌데, 코맹맹이 소리가 절로 나왔다.

“나 골반도 막막 이렇게 아프구.”

말투가 좀 어려졌다. 이런 말투를 쓴다는 것 자체가 창피하지도 않았다. 아니, 아예 자신의 말투가 그렇게 변했다는 것조차 인지하지 못했다. 그냥 자연스러웠다.

“다리가 막 후들거리구…….”

그리고 결정타 한 방.

“오빠가 너무너무 대단해서…….”

세계를 잃었던 한진수는 다시 세계, 아니, 우주를 얻었다. 우주만큼 무한한 자신감과 자존감이 우주 높은 줄 모르고 힘차게 날갯짓하며 치솟아올랐다.

“그래서 막 엄청 좋기는 좋은데…….”

결정타 두 방.

“오빠가 너무 좋은데…….”

그 결정타 두 방에 한진수는 녹아내렸다. 김상희의 입술에 가볍게 키스했다.

“알겠어요, 알겠어.”

그리고 김상희를 꽉 안았다. 사랑스러워 죽겠다. 어쩜 말을 이렇게 예쁘게 하는지. 한진수는 죽었다 깨어나도 모를 것이다. 김상희는 겉으로 보기에 16살이지만 속 나이는 자신보다 훨씬 많다는 것을.

적어도 40살 이상의 요물(?)이 안에 들어가 있다는 것을. 겉으로 보기엔 주머니에 넣고 다녀야 하는 아가인데 사실은 그 반대라는 것을 말이다.

김상희는 조금 궁금해졌다.

'이제 물어볼 때가 됐는데.'

이쯤 되면 한진수가 꼭 물어보는 것이 있다. 오늘은 물어보나 안 물어보나 궁금해서 기다리고 있는 중이다. 아니나 다를까.

"……좋았어?"

당연하다. 오늘 이 몸 처음으로 오 선생님을 접견했다. 원래대로라면 불가능했을 거다. 하지만 그녀는 안다. 보드라운 마력이 자신의 몸을 보호해 줬다는걸. 통증을 최소화시켰고 고통이 느껴지지 않도록 세심하게 배려했다는 걸 말이다. 하지만 김상희는 역시 김상희였다. 바로 좋다라고는 절대 말해주지 않았다.

"음……."

한진수가 정말 귀여웠다.

'아니, 내가 그 정도로 반응을 보였으면 정말 좋아서 그랬던 건데, 그걸 왜 또 굳이 확인하는 거야?'

그냥 확인하는 것도 아니고 심지어는 좀 자신 없어 하는 모양새로 확인했다. 그 한진수나 이 한진수나 똑같았다. 예전의 그 한진수와는 달리 오 선생님과의 접견을 단 한 번에 성사시켜 주기는 했지만 말이다.

'설마 긴장하고 있는 거야?'

제국을 상대로 홀로 맞서 싸웠던 불세출의 대천재가 자신의 입에서 '아니, 안 좋았어'라는 말이 나올까 봐 전전긍긍해하는 모습이 어찌나 사랑스러운지. 픕 하고 웃고 말았다. 한진수는 순간 충격을 받았다. 뭐랄까, 비웃은 것 같은 그런 모양새가 아닌가! 남자의 자존심에 대단한 상처를 입었다. 하지만 그건 잠깐이었다.

"딱 한 번만 말해줄 거야. 나도 정말 좋았어."

단순히 육체적인 그 느낌만이 좋았다는 게 아니다. 진수와 함께 호흡하고 같은 시간을 만들어 나갔던 그 시간이 정서적인 교감까지도 함께했던 그 시간 자체가 너무나 행복하고 좋았다.

김상희의 '좋았다'라는 그 한 마디에 상처 입은 영혼이던 한진수가 부활했다. 마치 김환성이 '오빠 최고지?'라고 주장할 때와 비슷한 표정을 지었다. 한진수는 어깨를 쭉 펴고 비로소 자신감을 회복했다.

쪼오오오오옥. 굳이 문자로 표현해 보자면 '쪼오오오오오오오옥'과 같은 소리가 났다. 눈을 마주치고 웃었다. 한진수가 행복에 겨운 미소를 지었고 김상희도 웃었다. 그 행복이 영원했으면 좋겠다고 생각했다. 그것이 불가능하다는 것을 알고 있다. 그 실체조차 파악되지 않은 엄청난 적이 있다.

'하지만…….'

오늘만큼은 이 행복을 만끽하고 싶었다. 허공을 둥둥 떠다니는 듯한 이 기분을 간직하고 싶었다. 이 끝 모를 행복감, 한진수는 정말 처음 느껴보는 신기한 기분이었다.

'이대로 시간이 멈춰 버렸으면 좋겠다.'

그렇게 생각했는데 시간은 그의 말을 듣지 않았다.

"좋아 보이네."

순간, 김상희의 몸이 움찔 떨렸다. 익숙한 목소리였다. 방금까지 뜨겁게 끓어오르던 피가 갑자기 식어버리는 듯한 그런 기분이었다.

훤칠한 키, 눈이 부실 듯한 금발, 환한 미소. 익숙한 목소리였다.

"……크리스?"

하지만 뭔가 미묘하게 달랐다. 저 미소는 익숙했던 그 미소가 아니었다. 김상희의 팔뚝에 닭살이 돋았다. 이유는 모르겠지만 식은땀이 흐르고 목 뒷덜미가 싸늘하게 식었다.

크리스가 뚜벅뚜벅 걸어오자 한진수가 일어섰다.

'큰일이다.'

뭔가 일이 잘못되었음은 느꼈다. 저쪽은 칼을 뽑아 들고 걸어오고 있다.

'이곳 경계를 어떻게 뚫은 거지?'

싸움의 기척조차 없었다. 그렇다는 말은 모든 경비를 소리 소문도 없이 죽였든지, 그도 아니면 몰래 침투했다는 것이다. 3차 각성을 끝마친 김환성이 아마 밖에서 24시간 철통 경계를 하고 있으니 전자의 가능성은 희박했지만 배제할 수는 없었다. 김환성도 사람이다. 김환성이 화장실이라도 간 사이에 경비들을 모조리 죽여 버리고 진입했다면 충분히 가능한 일이었다.

'무기가 없다.'

크리스가 가까이 걸어왔다.

"그리고 김상희 넌 여전히 예뻐."

김상희가 이불로 자신의 몸을 가렸다. 그녀는 크리스의 눈을 보고 뭔가 이상하다는 것을 느낄 수 있었다. 그것은 마치 뱀의 눈 같았다.

"방의 열기가 후끈후끈하네."

크리스가 검을 혀로 핥았다.

"모두 죽여 버리고 싶은 그런 밤이야."

한진수의 몸에도 닭살이 돋았다. 3차 각성을 마친 이후 이런 느낌은 처음이다. 김훈상을 마주했을 때도 이 정도는 아니었다.

'무기와 패널이…… 너무 멀다.'

온몸의 본능이 경고해 왔다. 움직이면 죽는다고. 그가 죽는 게 아니었다. 김상희가 죽을 거다. 그래서 움직일 수 없었다. 지금 저 크리스는 예전의 그 크리스가 아니다. 어쩌면 껍데기만 같은 다른 사람일 가능성도 높았다.

김상희가 떨리는 목소리로 물었다.

"……크리스…… 크리스 너 맞아?"

크리스가 어깨를 으쓱했다.

"그럼, 내가 크리스지. 너와 같은 클래스에 있었고."

크리스는 차가운 눈으로 한진수에게 말했다.

"움직이지 마. 움직이는 순간, 김상희의 목은 땅에 굴러 떨어질 테니까."

그리고 말을 이었다.

"어떤 등신 같은 새끼가 한낱 계집에게 빠져서 사랑 타령을 하고 있을 때, 나는 지켜보기만 했었거든."

혼자서 낄낄대고 웃었다.

"정말 크리스 이놈은 등신이었지. 이놈이 한진수 네놈에게 마지막에 하려던 말이 뭔지 알아?"

"……."

"바로 시체를 불태우라는 거였어. 하지만 말을 하지 않았어. 뭐…… 못했다고 할 수 있겠지만 안 한 것에 더 가까웠지. 그 이유가 뭔지 알아?"

크리스를 일컬어 크리스라고 말하는 그 크리스가 어깨를 으쓱했다.

"이렇게라도, 이렇게라도 단 한 번 김상희를 더 볼 수 있지 않을까 하는 그 욕심 때문에 그 말을 아끼고 아꼈던 거지."

크리스가 배를 잡고 웃었다.

"얼마나 등신이야? 이런 상황이 올 거라는 거 뻔히 알면서도 그 욕심 때문에 미루고 미루다가 결국 말을 못 했어. 정말 병신이지. 아무리 생각해도 병신이야. 사랑인지 뭔지에 빠지면 전부 뇌가 멈추기라도 하는 건가? 이성적인 판단이 불가능해지는 건가?"

김상희는 저게 무슨 말인지 알 수 없었다.

"내 안의 또 다른 크리스가 지금 널 보며 울고 있을 거야. 너를 한 번 더 봐서 좋지만, 이런 상황이 오게 된 것에 대하여 끔찍한 자책을 하고 있겠지. 아, 나는 이런 상황이 왜 이렇게 즐거운지 모르겠네."

한진수가 말했다.

"네놈은…… 크리스가 아니구나."

시간을 끌어야 했다. 어떻게든 무기를 손에 쥐어야 했다. 그는 느꼈다. 맨몸으로는 승산이 없다. 저 크리스, 분명 뭔가 있다. 기세가 잡히질 않으니 최소한 동격이라는 소리다. 무기 없이는 이길 수 없다.

'나는…… 어떻게 해야 하는 거지?'

크리스가 말했다.

"자, 한진수. 넌 어떻게 할 거지? 너는 김상희를 지켜야만 한다. 하지만 나는 상관이 없어. 김상희를 보호하면서 나와 과연 싸울 수 있을까? 그건 불가능한 일이지. 김상희가 죽거나 크게 다친다. 결국 선택지는 하나야."

"……."

크리스는 즐거워했다.

"예전에 이 등신이 저 계집을 한번 보겠다고 왼팔을 잘랐었다. 너도 네 왼팔을 내놓는다면 오늘은 순순히 돌아가도록 하지. 자, 선택은 네 몫이다."

크리스는 마치 깜빡 잊고 있었다는 듯 말했다.

"아참, 지원은 기대하지 않는 게 좋을 거야."

크리스의 입에서 믿을 수 없는 말이 흘러나왔다.

"내가 모두 죽여 버렸거든."

한진수와 김상희의 몸이 동시에 굳었다. 한진수는 저 말을 믿을 수 없었다.

'그럴 리가 없다!'

상식적으로 결코 일어날 수 없는 일이다. 스페셜 나이트, 아니, 더스 나이트들이 포진해 있다. 그리고 이곳은 장미관 심층부다. 김환석이 심혈을 기울여 개발한 최첨단 설비가 적의 침입을 막는다. 그런데 아무런 소란도 없이 모두를 죽였다고? 말도 안 되는 일이다.

크리스가 말을 이었다.

"김훈상도 별거 아니더군."

김상희가 크리스를 쳐다봤다. 순간, 심장이 쿵! 멎는 것 같은 기분이 들었다. 비록 개차반이지만 그래도 아버지가 아닌가. 여지껏 그토록 자신을 아껴주고 사랑해 주지 않았던가.

"거, 거짓말하지 마."

개차반이 그렇게 쉽게 죽을 리 없잖아. 개차반은 세계가 인정한 대천재라고. 그럴 리 없잖아! 김상희의 몸이 바들바들 떨려왔다.

'아닐 거야.'

하지만 머릿속이 하얗게 변해 버렸다. 아무 생각도 나지 않았다. 저 말이 사실일까 봐 두려웠다.

크리스가 피식 웃었다.

"내가 지금 거짓말을 해야 할 필요가 있을까?"

한진수도 피식 웃었다.

"있지. 나를 흔들 수 있을 테니."

한진수가 마력을 끌어올렸다. 아까 크리스가 요구했었던 바를 받아들였다.

"내 왼팔을 주겠다."

그리고 서슴없이 왼팔을 잘랐다. 한진수의 왼쪽 어깨에서 피분수가 솟구쳤다. 시뻘건 피가 마구 뿜어져 나왔는데, 신기하게도 김상희에게는 단 한 방울도 튀지 않았다. 그 순간에도 한진수는 김상희를 보호했다. 김상희에게 피가 튀는 것이 싫었다. 상희가 무서워할 것이 뻔했으니까. 그와 동시에 한진수의 몸이 사라졌다. 그리고 크리스의 뒤를 점했다. 뒤를 점한 뒤, 그대로 망설임 없이 크리스의 목을 꺾어버렸다.

두두둑!

기괴한 소리와 함께 크리스의 목이 기형적으로 꺾이며 몸이 풀썩 쓰러졌다.

'역시 내 예상이 맞았어.'

크리스가 아닌 이 크리스는 처음부터 뭔가 이상하다고 생각은 했다. 쓸데없는 말로 시간을 끌었다. 거기다가 이상한 말로 자신을 흔들려고 했다. 상황을 종합적으로 생각해 보면 이 크리스가 그러는 이유는 딱 하나였다. 한진수 자신을 압도할 수 있는 능력을 가지고 있지 않기 때문이었다.

'아니, 어쩌면 저 크리스가 김상희 때문에 본연의 힘을 제대로 끌어 쓰지 못하는 것일지도 몰라.'

어쩌면 그럴 수도 있겠다는 생각이 들었다. 김상희를 해하려고 했다면 얼마든지 해할 수 있었을 거다. 기회는 분명히 있었다. 하지만 저 크리스는 그러지 않았다.

'크리스 보고 크리스라고 했고, 그 크리스를 일컬어 병신이라고 말했지.'

그렇다는 말은 곧 자아가 분열된 것일지도 모르겠다는 생각을 했다. 아니, 그럴 가능성이 매우 높았다.

'두 개의 인격을 가진 크리스. 그것이 지금으로서는 가장 합당한 결론이다.'

한진수도 이렇게 쉬울 거라고는 생각하지 않았다. 목이 기괴하게 뒤틀린 크리스가 땅바닥에 눕혀진 상태로 실실 웃었다.

"너도 느끼고 있다시피 오늘은 그냥 경고야."

김상희는 온몸에 소름이 돋았다. 목이 반대로 뒤틀어진 채, 바닥에 누워 자신을 바라보는 저 크리스는 끔찍했다.

크리스가 몸을 일으켰다. 자신의 팔로 목을 만지는가 싶더니, 우둑! 소리와 함께 목이 제자리로 돌아왔다.

"한진수, 넌 역시 제법 똑똑해. 심지도 굳고. 흔들릴 법한 상황인데 흔들리지 않네. 상황 판단도 정확하고."

"네놈이 여길 찾아온 목적이 뭐냐?"

크리스가 실실 웃었다.

"주군께서 말씀하셨거든. 사람이 행복할 때, 그때 나락으로 떨어뜨려야 절망을 맛본다고."

"……."

한진수는 어렵지 않게 그 '주군'이 누군지 알 수 있었다. 다름 아닌 백제의 왕일 것이다. 크리스가 김상희를 쳐다봤다.

"이제 곧 나이트들과 김환성이 들이닥치겠지. 하지만 기억해. 아까 느꼈던 그 충격과 공포."

김훈상을 비롯한 김씨 형제들이 순간적으로나마 죽었다고 생각했다. 그때 김상희는 굉장한 충격을 받았다. 한진수가 합리적인 판단을 내리고 빠르게 움직여서 다행이지 그렇지 않았다면 김상희는 충격에서 헤어 나오지 못했을 것이다. 김상희가 멍청해서가 아니다. 엄청난 능력을 가진 누군가가 찾아와 자기 가족을 모두 죽였다는데 충격받지 않을 사람이 누가 있겠는가.

"기억하도록 해."

한진수가 버럭 소리를 질렀다.

"닥쳐라!"

"너희는 앞으로도 공포에 벌벌 떨면서 살아야 할 거야. 그분께서 지켜보고 계시거든. 그렇게 하루하루를 걱정하며, 하루하루를 두려워하며 살도록 해. 그게 그분께서 원하시는 거야."

그때 나이트들과 김환성이 들이닥쳤다. 크리스의 목소리가 바람결에 흩어졌다.

"그럼, 안녕. 조만간 또 찾아올게."

김상희는 그 자리에서 얼어버렸다. 한진수가 미처 손을 쓸 새도 없이, 크리스의 숨결이 김상희의 귓가에 닿았기 때문이다. 그 숨결이 이렇게 말했다.

"언젠가 한진수를 죽일 거야."

콰과광!

폭발음이 일었다.

"똥개!!!"

김환성이다. 배리어로 겹겹이 보호받고 있는 이곳, 미사일도 방어한다는 장미관의 내벽을 뚫고서 김환성이 들이닥쳤다. 지금 김환성이 부숴 버린 벽, 복구하려면 아마 7천만 원 정도 들 거다.

"똥개, 너 괜찮아?"

김환성은 그러면서 배를 부여잡았다.

"아씨! 자꾸 똥이 나오고 지랄이야!"

일단 김상희의 안전은 확인했다. 그래서 김환성은 다시 급하게 뛰어갔다.

콰과광!

소리와 함께 멀쩡한 벽 하나에 또 구멍이 뚫렸다.

콰과광!

콰과광!

콰과광!

화장실을 향해 일직선으로 달려가는 그 길이 새로이 열렸다. 저 멀리서 우렁찬 탄식이 터져 나왔다.

"아씨! 바지에 쌌잖아!!!"

김환성이 덜컥 짜증을 내자 시녀들은 공포에 떨었다.

"네가 휴지를 가져다 드려."

"제, 제가요?"

"어, 언니께서 가져다 주시는 게 좋을 것 같아요."

왕자가 짜증을 내면 시녀로서는 답이 없다. 까딱 잘못했다가는 죽을 수도 있다. 왕자 앞에서 시녀의 목숨이란 파리 목숨과 비슷하지 않은가.

시녀들이 공포에 질려 있든 말든 김환성은 인상을 팍팍 썼다.

"아씨! 어떤 놈이 이상한 약을 나한테 먹인 거야?"

아무리 생각해도 모르겠다. 그냥 평소처럼 지냈는데 설사가 마구 나왔다. 아무래도 어떤 특별한 방식으로 제조된 약인 것 같았다. 만약 인체에 아주 유해한 독약이라면 마력이 알아서 걸렀을 거다. 그러나 그런 게 아니라 설사약이었다.

김환성은 투덜거렸다.

"똥꼬 다 헐겠네."

그러나 지금 그게 중요한 게 아니었다. 철통같은 경계를 자랑하는 이 장미관의 보안이 뚫렸다. 김환성도 분명히 느꼈다. 그 신혼방에 한진수와 김상희 외 다른 사람이 있었다. 그리고 공포에 질려 있던 김상희도 봤다.

"내가 이럴 줄 알았어. 이 도둑놈은 미덥지 못해."

그냥 다 한진수 잘못처럼 느껴졌다. 하지만 김환성도 머리는 있다. 대놓고 한진수를 구박하지는 못했다. 한진수는 지금 적이 아니라 아군이어야만 했다.

김훈상이 장미관을 찾았다.

"크리스가 찾아왔었다라……."

김훈상은 안도의 한숨을 내쉬었다. 엄청난 일이 벌어진 건 맞다.

시체가 살아나서 돌아왔다니…… 이건 그때의 사건을 연상시켰다.

'정윤한 때와 비슷하지 않은가.'

역시 백제다.

'한진수를 죽이겠다라…….'

베일에 가려져 있는 백제 왕. 그가 원하는 것이 무엇인지 알 수 없었다. 단순히 김상희를 데려가려고만 한 것이라면 몰래 데려갔어도 될 것이었다.

'왜 한진수와 김상희를 이런 상황에 처하게 하는 거지……?'

문득 기분이 나빠졌다.

'마치…… 게임을 하는 것 같은 기분이지 않은가.'

위에서 내려다보면서 이렇게 저렇게 상황을 만들고 재미있게 즐기는 듯한 그런 기분이 들었다.

'내 딸을 건드려?'

설사 그게 신이라고 해도 상관없었다. 백제 왕이 아니라 백제 왕 할애비라도 이건 절대 용서 못 한다.

김훈상이 말했다.

"한진수."

"예."

"네 신혼 생활은 당분간 포기하도록 한다."

그 말이 무슨 말인고 하니, 김훈상을 비롯한 김씨 형제 전부가 장미관으로 거처를 옮겼다는 소리다. 김상희 한 명을 보호하기 위해서 말이다.

김훈상이 한진수를 따로 불렀다.

"불만 있냐?"

"없습니다."

지금은 좋고 나쁘고를 따질 때가 아니다. 김상희의 안전이 최우선이다.

"백제 왕이 노리는 게 무엇인지부터 알아야 한다."

단순히 김상희를 노리는 것 같지는 않았다.

"아울러 백제의 본거지를 찾는 것도 중요하겠지."

이러면 안 되는 거 아는데, 김훈상은 아주 조금은 기분이 좋아졌다.

"위험할 수 있으니 당분간 동침은 금지한다."

한진수는 슬퍼졌다. 안 그래도 겨우(?) 8번밖에 못하지 않았던가. 이제 활활 타오를 신혼인데 그걸 금지당하다니. 하지만 이해했다. 이번에도 제대로 대처하지 못했다. 무기를 소지하고 잠자리를 가질 수는 없는 법 아니겠는가. 무기만 소지하고 있었다면 크리스를 훨씬 더 수월하게 상대할 수 있었을 거다.

"방 배치도다."

한진수는 어이가 없어 입을 쩍 벌리고 말았다.

'가운데가 우리 방, 동쪽이 아버님 방, 서쪽이 김환성 왕자님 방, 남쪽이 김환석 왕자님 방, 북쪽이 더스 나이트 숙소인가?'

이게 가장 안쪽의 배치도인 모양이다.

'그리고 상대적으로 전력이 약할 수 있는 김환석 왕자님 방의 바깥이…… 김유신 나이트의 방인가?'

그 바깥에 스페셜 나이트들이 포진해 있다.

'이 정도면…… 나라 몇 개를 쓸어버리고도 남을 전력이겠는데.'

한편, 학자들은 제대로 오해했다.

“아무래도 고려를 제국으로 격상시키실 생각인 것 같습니다.”

그래서 최첨단 설비를 갖춘 장미관을 ‘주 관’으로 바꾸고 그곳에 병력을 집결시키며 위용을 드러내고 있는 것 아니겠는가.

“그리고 그곳에 프리온 나이트 32기를 주둔시킴으로써…… 신라보다 저희가 훨씬 높음을 드러내고 있습니다. 이 사실은 이미 외국까지 널리 퍼지고 있는 형국입니다.”

프리온 나이트가 신라 왕궁이 아닌, 고려 왕궁을 지킨다? 이게 의미하는 게 무엇이겠는가? 결국 신라는 고려의 속국이라는 뜻이다.

“폐하께서는 결국 신라를 흡수 통일하여 제국으로 발돋움을 하실 생각을 하고 있는 것이 틀림없습니다.”

“그렇습니다. 분명 그렇습니다!”

몇몇 학자는 감격의 눈물을 흘렸다.

“살아생전…… 제국의 학자가 되는 영광을 누릴 수도 있겠군요……!”

감동하고 또 감동했다. 이대로 놔두면 국왕 폐하 만세! 아니, 황제폐하 만세! 라고 외칠 기세였다.

다만, 알렉스는 생각이 조금 달랐다.

‘아니, 뭔가 놓치고 있는 게 있어!’

그래서 열심히 연구해 봤다. 표면적으로 드러나지 않은, 사실 속에 숨겨진 그 엄청난 진실을 말이다. 그리고 결국 알아냈다.

‘이 배치는 결국……!’

진실은 어렵지 않았다.

‘김상희 공주님 지키려고 그런 거다!’

아무리 봐도 그랬다. 마치 체스의 킹을 보호하듯 김상희를 중심으로 고려와 신라 최강 병력들이 포진해 있다.

'이건 아무리 봐도 그런 거다!'

분명히 그랬다. 하지만 이걸 밝힐 수는 없었다. 밝혔다가는 미친 소리 하지 말라며 뺨을 맞을지도 모른다. 아니, 학자들로부터 돌을 맞을지도 모를 일이다. 그런 미친 주장을 했다가는 단숨에 학계에서 매장되겠지.

'아니, 그래도 상희학은 진리다.'

지금 당장은 아니지만 죽기 전 언젠가는 반드시 상희학을 발표하고 말리라는 다짐을 했다.

'세 개의 눈을 가진 사람들이 사는 세상에서 두 개의 눈을 가진 사람은 병신인 법이니까!'

진실은 언제나 가혹한 법이니까! 라며 알렉스는 스스로를 위로했다.

며칠 뒤, 김상희가 김훈상을 찾았다. 김상희의 말에 김훈상이 펄쩍 뛰었다.

"그건 절대로 안 될 말이다!"

한진수 역시 마찬가지였다.

"절대로 안 돼!"

장미관이 통째로 진동했다. 김상희는 이런 반응을 이미 예상했다. 애초에 예상 범위 안이다. 오히려 생각보다 덜 펄쩍 뛰어서 다행이라고 생각했다. 하지만 세계의 대천재라는 이 두 남자는 김상희의 손바닥 위에서 놀고 있다. 물론 그 두 남자는 자기가 조련당하고(?) 있다는 사실조차 인지하지 못하고 있지만.

김상희가 다시 한 번 물었다.

"정말 안 돼요?"

두 남자가 입을 모아 말했다.

"절대 안 된다."

"절대 안 돼."

'하면 죽일 거야'라는 환청이 들리는 듯했다. 하지만 김상희는 여유로웠다. 그래, 절대 안 되겠지. 이 두 남자가 반대하든 말든 할 건 해야 했다. 조련의 여왕 김상희가 입을 열었다.

"크리스가 찾아온 날을 두 분 다 기억하고 계실 것이어요."

그러면서 한진수의 왼팔을 힐끗 쳐다봤다. 두 남자는 말을 잇지 못했다.

"……."

"……."

김상희가 말을 이었다.

제35장
내 똥개가 슬픈 건 짜증 나니까

그래, 솔직히 말해서 모두 예상했다. 아니, 더 솔직히 말하자면 나도 이 말을 진짜로 실천할 생각은 눈곱만큼도 없었다. 그러니까 그게 뭐냐고? 아참, 한 가지를 미리 말해놓자면 나는 타인 앞에서 진수를 부를 때 진수라고 부르지 않는다. 굉장히 버릇없고 교양 없어 보이니까. 타인 앞에서는 진수가 아닌 서방님 혹은 당신 혹은 오라버니라고 부르는데, 진수는 그중에서도 서방님이라는 호칭을 가장 좋아한다. 뭐, 그거야 중요한 문제가 아니니 일단 대충 넘어가고.

"서방님 왼팔의 경우를 보면……."

크리스가 찾아왔던 날, 진수는 자기 팔을 스스로 잘랐다. 피 분수가 솟구쳤다. 그러나 그건 겨우 몇 초에 불과했다. 크리스가 사라진 이후, 진수의 몸에서 빛이 번쩍하는가 싶더니 팔이 원래대로 돌아와 있었다. 마치 시간을 되돌리기라도 한 것처럼 말이다. 나와 진수는 그 이유를 어렵지 않게 짐작할 수 있었다.

"저와 함께 밤을 보내면……."

여기서 나는 일부러 얼굴을 붉혔다. 다시 한 번 말하지만 나도 싫은 방법이다. 절대로 용납할 수도 없는 방법이고. 하지만 일부러 이렇게 말했다. 그래야 내가 원하는 바를 이끌어낼 수 있을 테니까.

"그러한 엄청난 능력이 생기는 것 같아요."

그래서 진수랑 개차반이 동시에 말했다.

"절대 안 된다."

"절대 안 돼."

정리하겠다. 나는 타인에게 성력을 불어넣을 수 있다. 이 원리를 어떻게 설명해야 할지는 모르겠는데 하여튼 가능하다. 그냥 숨 쉬는 것처럼 자연스럽다. 그리고 손바닥을 통해 성력을 전달하는 것보다 입을 통해 성력을 전달하는 것이 훨씬 더 효과가 크다. 그리고 그것보다 더더욱 효과가 큰 방법이 며칠 전 입증됐다. 진수를 통해서 말이다.

진수의 표정이 아주 가관이었다. 엄청 화가 난 표정이기는 한데, 나한테 화는 못 내고 입술만 옴짝달싹하는 표정이 솔직히 말해 좀 귀여웠다. 예전의 진수도 저랬다. 나는 일부러 진수의 질투심을 자극하거나 궂은 말을 할 때가 많았다. 진수의 기분을 일부러 나쁘게 했었다. 진수는 기분이 나쁘면 입술을 저렇게 오므리고 살짝 앞으로 내민다. 저 모습이 너무 귀여워서 그랬다. 그러면서 나한테는 화를 못 내는 그 모습. 어떻게 보면 이기적인 건데, 하여튼 그랬었다. 지금의 진수도 마찬가지였다. 저 모습, 오랜만에 보니까 새롭기도 하고 재미있기도 한데, 역시 귀여웠다.

'내가 설마 진짜로 다른 사람이랑 잠자리를 갖겠다고 생각하는 건

아니겠지?'

아니, 어쩌면 그럴 수도 있을 것 같다. 이 세계의 남자들은 엄청나게 단순하니까. 하나밖에 못 보니까. 마력이 있고 두뇌 회전이 빠르면 뭐해, 생각이 1차원적인데. 안절부절못하는 진수를 보아하니 참 재미는 있었지만 언제까지고 이 말을 이을 수는 없었다. 다시 한 번 또 말하지만 나는 다른 남자와의 잠자리는 생각해 본 적도 없고 생각하기도 싫다. 이건 어디까지나 다음 말을 하기 위한 포석일 뿐이다.

'마음을 조금 풀어줄까?'

조금 아량(?)을 베풀기로 했다.

"물론 저는 서방님 외의 다른 남자와 그런 행동을 한다는 것은 스스로도 용납할 수 없어요. 제게 남자는 오로지 서방님뿐이니까요."

……야, 그래도 개차반 앞인데 표정 관리 좀 하자. 삐졌던 모습은 어디 가고 그렇게 헤벌쭉 팔불출만 남은 거냐. 진수야, 너 개차반 씨 표정 안 보여? 개차반 씨 표정 지금 엄청 썩었어.

개차반 씨가 말했다.

"입 다물어라. 입 찢어버린다."

……이봐, 아빠 씨. 당신님, 아무리 그래도 그렇지 사위한테 그게 할 소린가요? 아니, 이건 짚고 넘어가야 해.

"만약 서방님의 입이 찢어진다면 소녀는 가슴이 미어지고 말 것이어요. 하루하루를 눈물로 지새우며 아빠께서 왜 그러셨는지 곰곰이 생각하고 또 생각할 것이어요. 그렇게 된다면……."

말꼬리를 흐렸다. 좋아, 책잡힐 말은 안 했어. 하지만 아마 개차반한테 의미 전달은 똑똑히 됐을 거다.

'그렇게 된다면 아빠를 평생 미워하고 말겠다.'

……쯤 되는 선포가 되지 않을까. 하여튼 말했다.

“그래서 더스 나이트와 스페셜 나이트의 3차 각성을 돕고 싶어요.”

김훈상은 매우 기분이 나빴다. 저놈의 도둑놈 새끼, 남의 딸을 데려다가 무슨 짓을 한 건지, 애가 벌써부터 자기 앞에서 남편 편을 들고 있지 않은가.

‘내가 어떻게 키웠는데.’

별로 키운 거 없다. 오바이트가 날 때까지 비행기를 태우고—심지어 이걸 좋아하는 줄 알았다—툭 하면 죽여 버린다, 사형 경고 정도 했을 뿐이다. 김상희가 알아서 잘 컸다. 그런데 지금의 김훈상에게 그런 건 중요하지 않았다.

‘내가 키운 딸내미인데.’

더 정확히 말하자면 송수진과 강서영이 키웠다. 다시 한 번 강조하지만 김훈상은 별로 안 키웠다.

‘내 새끼인데.’

사위 편을 들다니. 내 편이 아닌 저놈 편을 들다니. 김훈상은 인상을 잔뜩 찡그렸다가 문득 깨달았다.

‘난 왜 이렇게 유치해진 거냐?’

스스로 생각해도 유치했다. 이건 변명할 것도 없었다. 사위에게 질투를 느끼다니, 정신을 차리기로 했다.

그때, 김상희의 말이 들려왔다.

“만약 서방님의 입이 찢어진다면 소녀는 가슴이 미어지고 말 것이어요. 하루하루를 눈물로 지새우며 아빠께서 왜 그러셨는지 곰곰이 생각하고 또 생각할 것이어요. 그렇게 된다면…….”

김훈상은 순간 아득한 낭떠러지에 떨어지는 기분을 맛보아야만 했다. 그렇게만 된다면 네놈을 증오하고 말리라! 그렇게 들렸다. 물론 김상희가 그 정도까지 극단적인 생각을 한 건 아니다. 그러나 딸 등신에게는 그렇게 들렸다.

시간이 흘렀다. 김훈상은 결국 허락을 했다.

"……방법을 강구해 보도록 하겠다."

김상희는 속으로 쾌재를 불렀다. 일부러 이렇게 말했던 게 효과가 있었다. '다른 남자와의 잠자리'에 비교해서 '입을 통한 성력 전달'은 별거 아닌 일처럼 느껴진다.

'만약 입을 통한 성력 전달부터 한다고 했으면 절대 허락 안 했을 거야.'

아마 한진수도 그랬을 거라고 생각했다. 김훈상과 한진수는 뭔가 이상하고 속고 있는 것 같은 기분이 들기는 했지만 각자 편한대로 해석했다.

'그래도 잠자리보다는 훨씬 낫지.'

김상희가 제안한 구체적인 방안은 김환석에 의해서 실행됐다.

"다음은 내 차례라고."

"아니, 근데 왜 이렇게 불편한 방식을 쓰는 거야?"

김상희로부터 성력을 전달받을 수 있다는 사실이 왕궁을 강타함과 동시에 나이트들은 굉장히 기뻐했다. 3차 각성의 벽을 뛰어넘을 수 있는 계기가 생긴 거니까. 그런데 뭔가 좀 이상했다.

"이 방이 맞긴 맞는 거지?"

셋째 왕자 김환성의 목소리가 들려왔다.

"맞으니까 빨랑 들어와라."

방 안에 김상희는 없었다.

"왜 여기 왕자님만 있습니까?"

"똥개는 옆방에 있어."

나이트는 의아해했다.

"저는 성녀님한테 성력을 받기로 되어 있는데요?"

"알아. 아니까 닥치고 빨리 와."

싫으면 꺼지시든지, 라고 온몸으로 주장하는 듯한 김환성의 태도에도 나이트는 아랑곳하지 않았다. 그는 매우 기쁜 상태다. 3차 각성의 벽을 깰 수 있는 기회가 코앞에 있지 않은가! 김상희 공주로부터, 그것도 입을 통한 성력 전달이라니.

'그런데 진짜 어디 계시지?'

나이트는 곧 알 수 있었다. 벽 한쪽에 구멍이 하나 뚫려 있었다.

'저건…… 유리관?'

아마도 유리 소재라고 짐작되는 관 하나가 벽 한가운데에 놓여 있었다. 옆방과 연결되는 것 같았다.

"여기다가 입 대."

"예?"

"아, 여기다가 입 대라고!"

하이톤의 카랑카랑한 목소리가 터져 나왔다. 누가 봐도 지금 김환성 왕자 기분 나빠 보였다. 심지어 지금은 여자의 모습이다. 여자의 모습이라는 게 뭘 의미하겠는가? 지금 마력을 최대치로 끌어올린 상태라는 거다.

지금 왜? 여기 프리온 나이트 대대가 쳐들어오기라도 하나? 왜 마력을 끌어올린 상태로 계집의 모습을 유지하고 있는 건지, 나이트는 이해할 수 없었다. 게다가 유리관을 통한 성력 전달이라니. 아니, 왜 굳이 이렇게 번거로운 방법을 쓰는 겁니까? 묻고 싶었지만 그럴 수 없었다. 김환성의 기세가 너무 살벌했기 때문이다.

'왕자님 기분이 왜 저래?'

별거 아니다. 비록 2미터가 넘는 관을 통해 성력을 전달하는 거긴 하지만 어쨌거나 동생의 입김이 이 시커먼 사내놈들한테 들어간다는 게 짜증이 나는 거다. 하지만 나이트들은 그런 걸 전혀 몰랐다.

'국제 문제가 걸려 있는 것 같군.'

안 그래도 지금 고려가 제국으로 격상되기 위한 준비를 하고 있지 않은가. 물론 김훈상은 그럴 생각이 없지만 세상 사람들 전부가 그렇게 생각했다. 심지어 나이트들조차도.

'신라와의 계약 문제가 불거졌나?'

이쯤 되면 그럴 수도 있지 않은가. 신라 국왕도 제법 컸겠다, 고려와의 관계는 언제든지 틀어질 수도 있다. 그러니까 왕자님 기분이 저렇게 안 좋지.

'에이 모르겠다. 나는 성력이나 받으면 되지.'

나이트가 유리관에 입을 대자 김환성이 벽을 탕탕 쳤다.

"똥개, 불어!"

나는 황당했다. 우리의 망나니 중 망나니, 탑 오브 망나니 김환석이 개발한 이 이상한 관의 정체가 뭔지 몰랐다.

"이걸로 성력을 전달해라."

듣자 하니 실험 데이터를 토대로 하여 효과적인 성력 전달을 할 수 있는 기구를 만들었단다. 언뜻 그냥 유리처럼 보이는 이 유리관의 가격이 대충 듣기로 700억 원에 육박한다고 들었다. 왜 저딴 걸 만드는 데 700억이나 쓰는 건지 잘 모르겠다.

'심지어 2미터가 넘잖아. 이거 불다가 볼 터지겠다.'

그런 줄 알았는데 이 유리관이 나름 최첨단이라서 그렇지도 않았다. 살살 불어도 성력 전달은 잘됐다. 알렉스 학자님이 말해줬다.

"이 진공관은 김환석 왕자님의 역작이라고 할 수 있죠. 무엇보다도 일단 길이를 보십쇼. 2미터씩이나 된다고요."

아, 그니까 뭣하러 이렇게 길게 만들었냐고요.

"김상희 공주님이랑 시키면 사내새끼들이랑 입술이 닿을 수도 있으니, 그걸 미연에 방지하고자 만든 희대의 역작입니다."

……어라? 알렉스 씨 뭔가 지금 엄청 자랑스러운 것 같은 표정인데. 마치 나만 알고 다른 사람들 전부 모르는 그런 아주 엄청난 정보를 알고 있는 것같이 뿌듯한 표정인데. 저 학자님 지금 웃는 거 좀 변태 같다. 죄송해요 학자님, 근데 어떡해요. 진짜 변태 같은걸.

어쨌든 결론을 말하자면, 나는 고려의 전력 강화와 내 신변보호를 위해 나이트들의 3차 각성을 제의했다. 그래서 탑 오브 망나니가 700억짜리 유리관을 만들었다. 내가 다른 나이트랑 뽀뽀할 수도 있으니까 그걸 막기 위해서. 아이고, 두야. 쟤는 진짜 돈이 썩어나나 보다. 차라리 그 돈 나나 주지. 나한테 700억 주면 진짜 훨씬 유용하고 아름답고 바람직하게 사용할 수 있는데. 이딴 거 말고, 아니, 700억 아니고 70억만 줘도 진짜 행복할 텐데. 아니, 7억만. 7억만 주면 안 되겠니? ……라고는 하지만 진짜로 돈 달라고 했다가는 싸대기 맞겠지? 7억이 뭐 한두 푼도 아니고. 그래, 아무리 탑 오브 망나니가 날 아낀다고는 해도 그게 7억 정도는 아닐 거야. 이상한 상상은 그만하자.

알렉스 씨가 말했다.

"그래도 공주님 덕분에 3차 각성을 하게 된 나이트들이 제법 됩니다. 이건 고려 왕궁의 역사적인 일이라 할 수 있죠. 3차 각성이라는 것이 있는지도 몰랐는데. 상희 공주님은 역시 성녀님이 맞긴 맞는가 봅니다."

알렉스는 속으로 생각했다.

'게다가 여자들 중 세계 최고 부자지…….'

그렇게 생각했다가 이내 고개를 흔들었다.

'아니, 남자를 통틀어도 저런 부자 없지.'

알렉스도 정확하게는 모르지만 김상희는 지금 엄청난 부자다. 오빠랑 아빠 잘 둬서 갑부가 됐다.

'하여튼 상희학을 공부하는 건 내 인생 최대의 행운이다.'

상희학이라는 절대 진리의 학문이 없었다면 김환석이 왜 700억이나 들여서 이 쓸데없는 물품-심지어 다시는 사용할 일이 없을 것 같은-을 만들겠는가. 이 2미터가 별거 아닌 것 같아 보여도, 이거 엄청난 거다. 사실 30㎝ 정도로만 만들면 예산이 1/100 수준으로 줄어든다. 7억밖에 안 든다는 소리다. 그걸 2미터까지 늘리려고 그 100배인 700억을 썼다. 30㎝에서 2미터까지 늘리려고 말이다. 참고로 말하자면 2미터는 성력 손실이 없는 한도 내에서 가장 긴 길이다.

'그나저나 한진수에게는 어떤 변화가 있을까?'

입을 통한 성력 전달은 엄청난 힘이 된다고 했다. 그런데 또 눈치를 보아하니 꼭 그것만 있는 것 같진 않다.

'상희 공주님으로부터…….'

또 다른 방법도 있는 것 같았다.

'분명 그 방법이 효과가 더 클 거야.'

알렉스는 고개를 저었다. 그에게 있어서 김상희는 손녀 같은 존재다. 손녀의 잠자리를 상상할 수는 없었다. 하여튼 김상희의 가장 은밀한 곳으로부터 성력을 전달받게 되면 그 효과가 대단할 가능성이 매우 높았다. 왕과 한진수의 눈치를 살펴보면 분명히 그랬다.

'물론 이 사실은 절대적인 비밀에 부쳐지겠지.'

자신에게도 비밀로 할 만큼. 생각해 보라. 만약 김상희와 잠자리를 가진다면 3차 각성보다도 더 큰 뭔가가 있다면? 아무리 충직한 나이트라고 할지라도 눈이 돌아갈 수도 있다. 그래서 왕과 한진수는 비밀에 부치고 있을 거다.

'내가 상희학을 공부하지 않았다면 이런 통찰력은 얻지 못했을 거다!'

그래서 기뻤다. 뿌듯했다. 행복해졌다. 이게 바로 학자의 삶 아니겠는가!

'실험 샘플 귀하들은 모두 분발해 주시기 바랍니다!'

알렉스는 허허, 하고 웃었다. 시간이 지나면 지날수록 김상희 공주에게 푹 빠진 실험 샘플이 나날이 늘어간다. 아주 흐뭇해졌다.

'그나저나 한진수에게는 어떤 변화가 있을까?'

깊은 밤.

뜨거웠던 시간 후, 한진수가 몸을 일으켰다. 자신의 몸을 만져 봤다. 침대에 누운 상태로 김상희가 물었다.

"무슨 일이야?"

한진수가 뭔가에 홀리기라도 한 듯 중얼거렸다.

"……뭔가…… 변화가 생겼어."

여태까지 볼 수 없었던, 여지껏 발견된 적조차 없던 변화가 일어났다. 한진수는 자신의 몸에 일어난 변화를 자각했다.

'이건 도대체…….'

김상희가 보였다. 글자 그대로 보였다는 소리는 아니었다. 한진수는 무언가에 홀리기라도 한듯 중얼거렸다.

"네 몸 주위에…… 빛이 보여."

"내 주위에?"

김상희는 주변을 둘러봤다. 이상했다. 아무것도 보이지 않았다.

"네 주위에 하얀빛이 있어."

김상희는 다시 한 번 뒤를 쳐다봤다. 열심히 자신의 몸을 살펴봤지만 빛 같은 건 보이지 않았다.

"그리고……."

한진수가 손바닥을 들어 올렸다. 한진수의 손이 하얗게 빛나기 시작했다. 김상희도 깜짝 놀랐다.

"이건……?"

김상희도 많이 봤었다. 많이 볼 수밖에 없다. 요즘 들어 매일같이 하고 있는 일이 바로 성력 전달이 아니었던가. 저 빛은 분명히 성력이었다. 진수가 성력을 뿜어내고 있는 거다.

"진수 너…… 어떻게 된 거야?"

성력은 성녀만의 전유물이 아니었던가. 일단 고대의 기록에 의거하면 그랬다.

"나도 모르겠어."

한진수는 자신의 손바닥을 쳐다봤다.

'분명히 성력이다.'

한진수는 알 수 있었다.

'김상희가 내 옆에 있을 때, 그땐 나도 성력 발현이 가능해진다……!'

실험을 해봤다. 약 10미터 반경 내에 있을 때에 성력 발현이 가능했다.

보고를 받은 김훈상이 깜짝 놀랐다.

"……그게 정말이냐?"

한진수가 성력을 사용할 수 있게 되었다는 것, 그것은 의미하는 바가 엄청나다. 쉽게 생각해 보면 간단하다. 스페셜 나이트쯤 되는 사람에게 검을 쥐어주는 것과 갓난아기에게 검을 쥐어주는 것 중 어느 쪽이 위험하느냐고 묻는다면 당연히 스페셜 나이트 쪽이 위험하다. 마찬가지다. 한진수 같은 사람이 성력을 운용할 수 있다? 그 전력이 수십 배, 아니, 수백 배는 한 번에 뛸 수 있다. 위급한 상황에 예전 김상희가 보였던 기적을 몇 번이고 일으킬 수 있는 거니까. 김훈상이 고개를 끄덕였다. 한진수를 칭찬하는 대신 김상희를 칭찬을 했다.

"역시 내 딸이다!"

스페셜 나이트 대대장 김유신은 헛웃음을 치고 말았다. 솔직히 말해 이건 한진수가 대단한 거다. 김상희가 성력을 10정도 활용할 수 있다면, 한진수는 그 성력을 1,000 이상 활용할 수 있을 거다. 당연히 한진수가 대단한 거고 한진수를 칭찬해야 한다. 하지만 김훈상은 그러지 않았다. 오로지 자기 딸만 대단한 듯했다.

그 소식이 알려지자 나이트들은 환호했다.

"성녀님! 성녀님! 성녀님! 성녀님!"

한진수를 연호할 법도 하건만 나이트들은 그러지 않았다.

"이거 진짜 대박이네."

“그때 보여줬던 그 기적이잖아, 이거.”

김상희의 어깨를 팔로 감싸 안은 한진수가 흐뭇한 표정을 지었다. 나이트들의 연무장에 계집이 찾아왔다는 것은 아무도 중요하게 생각하지 않았다. 보통 연무장은 남자들의 영역이며 여자들이 출입하지 않는다. 일반적으로 나이트들은 여자가 연무장에 들어오는 것을 반기지 않는다. 그곳은 그들의 신성한 영역이니까.

나이트의 제9대대장으로 복귀한 김환성은 인상을 잔뜩 찡그렸다.

‘저 자식이 진짜, 보자 보자 하니까!’

속으로 칼을 갈았다. 저놈 저거, 기적을 사용해 준다는 명목으로 감히 사랑스런 동생을 저토록 꽉 안고 있지 않은가. 그래, 그것까진 그렇다 칠 수 있겠다.

‘왜 웃고 있냐고! 이 똥개가!’

괜히 성질이 났다. 한진수 품에 안겨서 한진수를 올려다보고 있는데 방긋방긋 웃고 있지 않은가. 물론 김환성 눈에만 그렇게 보였다.

지금 김상희는 눈에서 흘러내리려는 그 꿀을 최대한 감추고 있다. 일부러 김환성을 자극하지 않으려고 티 안 내고 있다. 오히려 사랑스러워 죽겠다는 눈으로 쳐다보고 있는 사람은 한진수다. 지금 한진수는 핑계를 제대로 잡았다. 김상희가 옆에 있어야 성력을 발현할 수 있으며 그래야 나이트들의 극한 훈련에 도움을 줄 수 있다. 그걸 핑계로 옷에 붙은 껌딱지마냥 김상희를 꽉 껴안고 놓아줄 생각을 안 했다.

한진수는 내심 쾌재를 불렀다.

‘아주 멋진 핑계다!’

그 모습을 보고 있는 김환성의 눈에는 이상한 필터가 걸려 있는 듯했다.

'저렇게 끼를 부리다니.'

김상희는 끼 안 부리고 있는데 김환성의 눈에는 끼 부리는 걸로 보였다. 왜! 어째서! 저런 도둑놈 놈팽이에게 끼를 부리냔 말이다! 왜 웃어주느냔 말이다! 김환성은 이해할 수 없었다. 아니, 이해해 줄 수 없었다. 아니, 이해하고 싶지 않았다.

'내 언젠가 저 한진수 놈을 반쯤 죽여 버리겠다!'

9대대 소속 나이트 하나가 중얼거리는 게 들렸다.

"정말 엄청나네요. 이 힘을 지속적으로 사용할 수 있다니. 이러면 우리 일개 대대 혼자서 나라 하나를 찜 쪄 먹겠는데요?"

"한진수 왕께서 엄청난 능력을 가지게 되었군요. 저 능력을 어떻게 가지게 된 거지?"

"글쎄. 혹시 그렇고 그런 걸 해서……."

김환성이 버럭 소리를 질렀다.

"모두 엎드려뻗쳐!"

나이트들은 영문도 모르고 엎드려뻗쳤다. 지금 김환성은 여자의 모습을 하고 있다. 마력을 최대로 끌어올렸다는 소리다.

'이크, 살짝 부딪쳐도 최소 중상이다.'

저 상태의 김환성은 자기 힘을 제대로 주체하지 못한다. 힘 조절을 잘못해서 어디 한 군데 맞기라도 했다가는 뼈 하나 작살난다.

'심지어 지금은 기적이 함께하고 있잖아?'

그러니까 죽지만 않으면 다시 살릴 수 있다는 소리다.

'아마 그걸 믿고 우릴 엄청 패시겠지.'

나이트들은 몸을 부르르 떨며 긴장했다.

'말 안 들으면 죽음이다.'

나이트들은 빠릿빠릿하게 움직였다. 하지만 궁금했다. 도대체 김환성이 왜 기분이 나쁜 건지, 갑자기 왜 저러나 싶다. 저 왕자님 조울증이라도 걸렸나 싶어 심히 걱정 됐다. 자고로 군대란 상관의 기분에 따라 부대의 분위기가 결정되곤 하니까.

'도대체 왜 저러시는 거야?'

김환성이 크게 말했다.

"절대로 늬들이 생각하는 그런 거 아니다!"

'내 사랑스런 똥개가 저 짐승 같은 도둑놈 새끼와 이렇고 그렇고 저런, 이상한 그런 걸 했을 리가 없지 않느냐!'라고 외치는 듯했다. 그 모습이 영락없이 '잤네, 잤어'라고 말하는 꼴이라 김상희는 한숨을 푹푹 내쉬었다.

'야…… 망나니…….'

기필코 명존세를 하고 말리라 다짐했다. 사실 부부가 잠자리를 갖는 게 무슨 대수겠냐마는, 그래도 이렇게 많은 남자 앞에서 '늬들이 생각하는 그런 거 아니다!'라는 말을 듣고 싶지는 않다. 그게 뭐 자랑이라고 동네방네 소문을 낸단 말인가.

"오빠…… 진정하셔요."

김환성의 눈이 붉게 충혈됐다.

"내가 지금 진정하게 생겼어? 저 도둑놈 새끼를 그냥……!"

"서방님이 뭘 했다고 그렇게 화를 내시는 건지 소녀는 이해할 수가 없어요."

예전 같았으면 상상도 못 했다. 어디 감히 공주가 눈을 똑바로 뜨고 왕자에게 이런 말을 한단 말인가. 하지만 이제 나이트도 이런 상황에 조금 익숙해졌다. 이상하게 생각은 하지만 충격까지 받지는 않았다. 인간은 적응의 동물이니까.

'역시 성녀님이시다!'

그런 망나니를 진정시키는데 즉효약은 바로 성녀의 한마디였다.

"오빠가 그럴 때마다 소녀는 가슴이 미어져요. 서방님과 오빠가 잘 지내면 좋겠는데…… 서방님은 오빠한테 항상 잘 보이려고 노력하는데……."

그 말을 직설적으로 말하자면, '우리 서방님은 망나니 너한테 잘 보이려고 노력하는데 넌 왜 안 그러냐? 네가 그러니까 망나니지, 이 망나니야'라는 뜻이다. 그 말을 직감적으로 이해한 김환성이 다시 남자로 돌아왔다. 이대로 계속 윽박질렀다가는 하나뿐인 똥개가 자기 미워하게 생겼다. 김환성은 한진수에게 경고했다.

"하여튼 너 조심해."

김상희는 묻고 싶었다. 도대체 뭘? 뭘 조심해? 솔직히 싸우면 네가 지잖아. 지금 개차반하고 싸워도 우열을 가리기 힘들다던데.

"아, 그리고 아부지가 너 좀 보잔다."

"우리에게 협조하겠다는 나라의 목록이다."

김훈상이 말했다. 한진수에게 기적이란 능력이 생겼다는 소문이 퍼짐과 동시에 거의 대부분의 나라가 몸을 한껏 낮추었다. 무적의 프리온 나이트 부대가 있는 신라 왕까지 가세해 있지 않은가.

"네 역할이 매우 컸다."

최종 형태의 프리온 나이트, 그것도 거의 불사신에 가까운 프리온 나이트. 거기에 순간 이동까지 가능하여 대륙 전역을 누빌 수 있는 프리온 나이트를 32기나 소유한 한진수다. 마음만 먹으면 세계 정복까지 가능하다.

"제 역할이 아니라 상희 공주의 힘이었죠."

딸 등신은 대번에 미끼를 물었다.

"역시 그건 그렇지."

알렉스는 한숨을 내쉬었다. 공적인 자리든 사적인 자리든 저놈의 딸 등신 기질은 그 자리를 가리질 않는다. 알렉스는 상희학에 관한 이론을 정립하면서 저것을 일컬어 '낄끼빠끼'라고 명명했다. 이것은 알렉스 혼자만이 알고 있는 학술 용어로써, '낄 때 끼고, 빠져야 할 때도 낀다'라는 뜻의 학술 용어였는데, 상희학의 관점에서 바라본 개차반과 망나니들이 그랬다. 딸 등신, 동생 병신의 기질이 때와 장소를 분간도 못하고 무턱대고 마구 튀어나오지 않는가.

'이번에도 어김없이 낄끼빠끼군.'

김훈상이 흐뭇한 미소를 지었다.

"역시 내 딸이다."

알렉스의 귀에는 이렇게 들렸다. 역시 내 딸이 킹왕짱이지. 왕이 그렇게 말했을 리 없건만 이상하게도 알렉스에게는 그렇게 들렸다.

'차라리 자기가 딸 등신인 걸 인정하지 않을 땐 귀엽기라도 했지.'

지금은 아주 팔불출 다 됐다. 오히려 대놓고 저러니까 좀 걱정된다.

'설마 세상 야욕과 물욕에 다 초월하여 황제 자리를 한진수에게 넘겨준다거나 그러진 않겠지?'

상희학 이론에 따르면, 어쩌면 한진수나 김훈상이 황제 자리에 욕심이 없을 수도 있다고 생각했다. 확률은 그렇게 높지 않다고 생각은 하지만 가능성은 열어 뒀다.

'아니, 그래도 황제는 엄청나게 영광된 자리인데.'

그럼에도 왕은 왠지 그 영광을 거부할 것 같다.

'딸 등신은 손녀 재롱이나 보려고 황제 때려치울 거 같고.'

알렉스는 이번엔 한진수를 바라보았다.

'사랑스런 아내랑 띵가띵가 놀러 다니고 싶어 할 거 같고.'

그럴 거 같은 이상한 기분이 든다.

'내 착각이겠지?'

설마, 상희학이 아무리 세상의 상식을 뒤엎는 엄청난 학문이라고는 해도 저런 가정까지 들어맞을까 싶다. 그런데 좀 불안했다.

'설마 진짜 그러진 않겠지?'

만약 이 가설이 실제로 들어맞게 된다면 세기의 대발견이라 할 수 있다. 상식적으로 0퍼센트에 수렴하는 일들이 벌어졌고, 상희학의 관점에서 그걸 미리 예측할 수 있었으니까. 하지만 그러면 현실적인 문제가 닥친다.

'그래도 제국을 만드는 건데 서로 발을 빼진 않겠지. 설마, 설마 아닐 거야.'

그때 한진수의 머릿속에는 온통 한 가지 생각뿐이었다.

'빨리 중요한 일들 끝내고 상희 데리고 놀러 다니고 싶다.'

황제 따위 때려치울 거다. 그딴 거, 누가 하라고 줘도 안 한다. 그런 거 하면 상희랑 제대로 못 논다.

김훈상도 생각했다.

'이놈은 엄청난 외교력을 행사하는 놈이다.'

아니, 행사해야만 하는 놈이다. 그래야 황제에 앉히기 편하니까.

'성력을 발현할 수 있다니, 정말 엄청난 놈이야.'

아니, 엄청난 놈이어야만 하는 놈이다. 그래야 황제에 앉히기 편하니까.

'불세출의 천재지.'

아니, 불세출의 천재여야만 하는 놈이다. 그래야 황제에 앉히기 편하니까.

'그러니까 네놈이 황제 해라!'

두 남자 사이의 불꽃 튀는 신경전이 시작됐다. 김훈상이 먼저 운을 뗐다.

"그래서 황제의 자리 말인데……."

"아, 예."

서로 황제를 안 하기 위한 소리 없는 전쟁이 시작된 거다. 전쟁이 시작될 뻔했는데 급한 보고가 올라왔다.

"프리지아가 발견되었습니다."

프리지아가 제국, 아니, 전(前) 제국 지하 밀실에 숨만 붙어 있는 상태로 발견되었다. 그 프리지아는 김환석이 맡아 연구하게 됐다.

김훈상이 말했다.

"이것은 백제의 노림수일 수도 있다."

그 가능성을 열어놔야 했다. 실체조차 제대로 잡히지 않는, 지금 어디선가에 숨어 호시탐탐 김상희를 두렵게 만들고 있는 그 백제가 왜 프리지아를 그냥 놔뒀을까? 제국의 황제가 프리지아를 요긴하게 이용했다는 걸 안다. 그런데 왜 그냥 뒀을까를 생각해 보면 답은 세 개 중 하나일 것이다.

프리지아가 쓸모없어졌거나 아니면 깜빡 잊었거나, 그것도 아니라면 어떤 함정으로 남겨뒀을 가능성도 있었다.

백제는 골렘—확실하게 골렘인지는 모르겠지만 일단 골렘이라고 명명하기로 했다—을 다루는 기술이 상상을 초월할 것이라 짐작되고 있다. 그렇다면 이 프리지아 역시 골렘일 가능성이 있었다. 이렇게 발견되면 자연스럽게 고려 왕궁에 침투시킬 수 있으니까.

'하지만 백제가 왜 굳이 그런 방법을 쓰는 거지?'

크리스만 해도 보안이 철저한 고려 왕궁을 제 집 드나들 듯 하지 않았던가. 크리스 같은 놈이 분명 한 명은 아닐 터. 그런 놈들이 있다면 굳이 이런 번거로운 방법을 쓰지는 않았을 거다.

'그렇다면 정말로 프리지아의 존재를 잊은 건가?'

알 수 없었다. 그건 프리지아를 조사해 보면 될 일이었다. 김환석이 연구에 착수했다. 김환석은 그 어느 때보다도 열심이었다. 시녀들은 김환석에게 감히 접근하지조차 못했다. 괜히 잘못 접근했다가 목이 떨어질 것 같았다.

"그런데 그거 알아요, 언니?"

"뭘?"

"성녀님 때문에 김환석 왕자님께서 저렇게 뭔가에 열중하고 계시다고 하네요."

"성녀님 때문에……?"

예전 같았으면 '어휴, 말도 안 되는 소리 하지 마. 어떻게 왕자님께서 겨우 계집 때문에 저렇게 열심이시겠어?'라고 반문했을 거다. 하지만 이젠 아니다. 다른 사람도 아니고 모든 여자의 희망이 된 성녀다.

"성녀님의 안전과 어느 정도 관련이 있는 연구라나 봐요."

시녀들은 정보가 제한되어 있다. 그래도 말 없는 발이 천 리를 간다고, 대략적인 분위기 정도는 눈치챘다. 김환석이 저렇게 미친 듯

이 연구에 집중하고 있는 건, 김상희 때문이라는 소문이 시녀들 사이에서 공공연하게 나돌았다. 그것은 사실이기도 했다.

김환석은 눈살을 찌푸렸다.

'엄청나게 혹사당했군.'

솔직한 말로 좀 끔찍했다. 이게 과연 여자가 맞는지 의심스러울 정도였다. 더 정확하게 말하면, 성기가 완전히 파괴되어 있다고 해도 과언이 아니었다. 대부분의 남자가 김상희의 존재가 부각되기 전까지 여자를 사람으로 생각하지 않았다고는 해도, 이건 눈살을 찌푸릴 정도였다. 프리지아는 여전히 정신을 차리지 못했다. 김상희의 힘을 빌려 회복시킬 수도 있겠지만, 백제의 노림수가 숨어 있을 수도 있어서 일부러 회복시키지 않았다.

'이건…….'

처음에는 전혀 알 수 없었다. 프리지아가 왜 이런 꼴을 당했는지, 하지만 프리온 나이트와 연관 지어서 생각해 보면 어느 정도 이해할 수 있었다.

'프리지아는…… 계집을 낳는 도구였다.'

인위적으로 잉태를 시키고 계집을 낳게 만드는 그런 계집.

'아, 그래서 고대의 기록에…….'

김환석은 김상희가 예전에 얘기해 줬던 고대의 기록을 떠올렸다. 잉카 제국이 아닌 초기의 제국, 이름조차 희미해진 그 제국이 처음에는 세계를 다스렸다고 했다. 그 제국이 바로 '여왕'을 가지고 있었다고 했다.

'프리지아가…… 여왕인 건가?'

그랬다. 이제 퍼즐이 맞춰졌다.

'프리온 나이트를 생산하려면 특정 조건을 가진 계집이 필요하다.'

마력을 소량이라도 가진, 인지조차 못하고 있을 정도지만 하여튼 마력의 흔적이라도 남아 있는 계집이 필요했다. 김환석의 연구에 따르면 프리온 나이트 1기당 여자가 3명 필요하지 않았던가.

'그 계집들을 생산하는 그런 역할이었겠군.'

아마도 어떤 특별한 능력이 있었을 거다. 이를테면 여러 쌍둥이를 빠른 시간 내에 낳을 수 있는, 그런 능력 말이다. 그렇게만 된다면 프리온 나이트를 빠르게 확보할 수 있겠지.

'김상희를 얻기 위해 이 계집을 혹사시켰을 가능성이 높다……!'

이제야 알겠다. 제국이 갑자기 쳐들어온 이유를. 여왕을 버리고 성녀를 얻기 위해서였을 것이다.

'그렇다면 김상희는…….'

여자들에게 인위적으로 마력을 부여할 수 있는 능력을 가진 김상희는 그들에게 더없이 필요한 존재였을 것이다.

'확실히 탐이 나는 먹잇감이겠지.'

프리지아를 연구함으로 인해서 모든 상황이 그려졌다. 백제가 원하는 건 김상희였다. 프리온 나이트를 대량으로 생산해 낼 수 있는 엄청난 능력을 가진 계집, 김상희 말이다.

'하지만 의문점은 또 남아.'

딱 하나 이해가 안 되는 것이 있었다.

그렇다면 왜 저번에는 그냥 돌아갔을까? 한진수 보고 왼팔을 자르라고 했다. 김상희의 능력 덕택에 팔은 곧바로 복구되긴 했지만 왜 그랬을까? 왜 굳이 그렇게 존재를 드러냈을까? 거기까진 파악할 수 없었다. 백제의 왕이 도대체 무슨 생각을 갖고 있는 건지 알고 싶지만 알 수 없었다.

김상희의 목소리가 들려왔다.

“오빠, 무슨 생각을 그렇게 해요?”

별 생각 안 했다. 그냥 김상희를 보고 있었다. 모든 걸 알고 나니 김상희를 더욱더 지켜주고 싶고 보호해 주고 싶었다. 누가 뭐래도 자신의 동생 아닌가. 김환성은 괜히 퉁명스레 말했다.

“네 알 바 아니다.”

김상희는 말하고 싶었다. ‘아니, 그럴 거면 왜 굳이 내 방에 와서 그렇게 나를 뚫어져라 쳐다보는데? 아오, 진짜. 너는 역시 탑 오브 망나니가 맞아’ 하고 말이다. 김상희는 확신했다.

‘그런 주제에 진짜로 말 한 마디 안 걸면 삐질 거야.’

탑 오브 망나니가 괜히 탑 오브 망나니가 아니라고 생각했다. 진짜로 아무 말도 안 걸고 그냥 모른 체하면 분명히 삐질 거다. 그런 주제에 저렇게 시크한 척을 유지하다니.

그때, 김환석이 입을 열었다.

“너는…….”

김상희를 한참이나 뚫어져라 쳐다보다가 저도 모르게 속마음이 튀어나왔다.

“왜 그렇게 사랑스러운 거냐?”

이건 정말로 저도 모르게 나온 말이다. 의식과는 전혀 상관없이 튀어나왔다. 말해놓고 김환석은 황당해했다. 내가 도대체 무슨 말을 한 거냐? 미친 거냐, 김환석. 그렇게 자문하고 싶었다. 하지만 일은 이미 벌어졌다.

김상희는 그 말을 똑똑히 들었지만 일부러 못 들은 척했다. 김환석이 지금 당황해하고 있는 게 뻔히 보인다. 겉으로는 시크한 척, 무뚝뚝한 척 유지하고는 있지만 눈치 백단 김상희다. 척 보면 척이다.

'그냥 모르는 척해야 사단이 일어나지 않겠다.'

재는 분명 쪽팔리다고 무슨 짓을 해도 하고 말 거야. 스케일이 남다른 탑 오브 망나니니까. 그렇게 생각한 김상희는 고개를 갸웃했다.

"오빠, 방금 뭐라고 말씀하셨어요?"

누구라도 제대로 들을 만큼 똑똑히 말하긴 했지만, 김환석은 쓸데없는 곳에서 단순해졌다. 김상희의 말을 그대로 믿어버렸다.

"닥쳐, 아무 말도 안 했으니."

김환석의 머릿속에서 논리는 이렇다. 김상희는 지금 위협을 받고 있다. 그래서 이중, 삼중, 사중으로 보호를 받고 있다. 그렇다면 왜 위협을 받느냐? 그건 김상희가 너무 사랑스러워서 그런 거다. 물론 스스로도 그게 아니라는 걸 인지는 하고 있다. 그런데 아무래도 김상희가 너무 사랑스러워서 다른 놈들이 호시탐탐 김상희를 노리는 것처럼 느껴졌다. 논리라고는 눈 씻고 찾아볼 수도 없지만 하여튼 김환석에게는 그랬다. 김환석이 굳이 김상희의 방을 찾아와 이러고 있는 건 다른 이유는 없었다. 김상희를 눈앞에 두고 보고 있어야 마음이 편해서 그렇다. 그래서 연구를 하는 시간을 제외하고 나머지 쉬는 시간에는 오로지 여기 와서 있는 거다. 그래야 무슨 일이 벌어지더라도 재빨리 대처할 수 있으니까. 그리고 저 한진수 도둑놈 새끼를 감시할 수도 있고. 김환석이 자리에서 일어섰다.

"배웅해 드릴게요, 오빠. 오빠가 소녀랑 말도 별로 안 하시고 가신다니 굉장히 서운하고 섭섭해요."

"……."

김환석은 자신의 옷자락 끝을 잡고 있는 김상희의 손길을 느꼈다. 뒤돌아선 상태로 씨익 웃었다. 아무도 모르게 말이다. 만약 누군가와 눈이 마주친다면 아마 빛의 속도로 정색을 하겠지만. 속으로는 좋아 죽을 것 같으면서 겉으로는 이렇게 말했다.

"거치적거리니까 꺼져."

김상희는 이제 이런 것쯤 아랑곳하지도 않는다. 이제 익숙하다 보니 마음에도 없는 소리를 해줬다.

"또 오셔야 해요."

김환석이 또 씨익 웃었다. 하지만 웃음을 참았다. 그래서 입가가 씰룩거렸다.

"시끄럽고, 문이나 잘 잠가."

굳이 문 잠그는 것까지 확인했다. 문 밖으로 나와서 김환석은 쉴드를 유심히 살펴봤다.

'이상은 없고.'

김상희는 모른다. 김환석이 지금 김상희 모르게 김상희 방 주위에 특별 배리어를 설치했다는걸. 그래서 매일같이 찾아와 여길 점검한다는걸. 그리고 그 특별 배리어의 가격이 무려 7,400억이 넘는다는걸.

'작동 상태는 괜찮군.'

그때, 문이 열렸다. 김상희였다.

"응……? 오빠 아직도 계셨어요?"

배리어를 확인하던 김환석은 인상을 찡그렸다. 분명 뭔가 하고 있었는데 안 하고 있는 척했다.

"내가 일일이 내 행동을 네게 보고해야 되냐?"

"그런 건 아니지만…… 소녀는 그냥……."

시크한 척하지 마, 이 탑 오브 망나니야. 너는 그래 봐야 이 누나 손바닥 안이란다. 그런 마음가짐으로 김상희가 말했다.

"오빠가 혹여라도 저를 다시 봐주시지는 않을까, 그런 기대 때문에 방금 심장이 쿵 하고 설레서…… 그래서 여쭤본 것이었는데……."

여기에 더해 일부러 낙담한 척했다.

"오빠가 기분 나쁘셨다니…… 죄송해요. 소녀가 잘못했어요."

"……."

김환석은 찡그린 인상을 펴지 않았다.

"닥치고 들어가 있어라."

'내가 지금 배리어를 확인해야 하니까. 네 안전을 조금이라도 더 확보해 놔야 하니까. 그런데 이 모습을 보여주고 싶지는 않으니까. 그럼 민망하니까. 그러니까 좋은 말로 할 때 들어가 있어라'라는 긴 말이 '닥치고 들어가 있어라'라는 한마디로 함축됐다.

김환석은 한참 동안이나 곳곳을 돌아다니며 김상희의 방의 안전과 장미관의 안전 장비들을 체크했다. 그 콧대 높은 왕자가 허리까지 숙이고 바닥에 무릎을 꿇는 것까지 마다 않고 말이다. 그 모습을 본 시녀들은 황급히 무릎을 꿇고 바닥에 엎드렸다.

'누, 눈 마주치면 죽을 거야……!'

왕자가 무려 무릎을 꿇고 있는데 시녀가 감히 허리를 꼿꼿이 세우고 있을 수 없지 않은가.

'도, 도대체 뭘 하고 계신 거지?'

시녀들은 한참 동안이나 꼼짝도 못하고 제자리에 엎드려 있었다. 하필이면 그 시간에 장미관을 지나는 시녀가 많았다.

'아, 앞에서 저러고 있다……!'

그래서 시녀들은 바로 눈치를 차리고 엎드렸다. 정확하게는 모르겠지만, 앞에 무슨 일이 있다. 그래서 다들 엎드려 있는 것일 터. 시녀들은 눈치가 빨라야 했다. 이유를 생각할 겨를도 없이 무조건 납작 엎드렸다.

“왜, 왜 이러고 있는 거지?”

“내, 내가 알기로 저 앞쪽에 김환석 왕자님이 무릎을 꿇으셨다고 해.”

엎드린 채 긴장한 시녀들은 침을 꼴깍 삼켰다. 그렇다면 김환석 왕자가 지나가기 전까지 무조건 이러고 있어야 했다. 일이고 뭐고 지금 그게 중요한 게 아니었다. 까딱 잘못하면 죽을 수도 있으니까.

그때 목소리가 들려왔다.

“어라? 여기서 다들 뭐 하는 거야?”

김상희였다. 처음 그녀는 왜 시녀들이 일렬로 이렇게 줄을 지어 엎드려 있는 건지 이유를 알 수 없었다. 하지만 곧 알 수 있었다.

김상희는 황당해졌다.

“오빠…… 도대체 여기서 뭐 하는 거예요?”

김환석은 뭔가에 엄청나게 집중하고 있었는데, 어찌나 집중했는지 김상희의 말을 듣지도 못했다.

‘지 때문에 지금 이런 일이 벌어진 것도 모르고!’

하여튼 집중력 하나는 인정해 줘야 했다. 김상희가 다시 말했다.

“오빠!”

시녀들은 긴장했다. 괜히 불똥 잘못 튀면 죽을 수도 있지 않은가. 성녀님이야 괜찮으시겠지만 자신들은 아니었다.

‘제발 아무 일도 없어라. 아무 일도 없어라. 아무 일도 없어라.’

빌고 또 빌었다. 그때 시녀들의 입장에서는 충격적인 말이 들려왔다.

"오빠 때문에 이 많은 시녀가 이러고 있잖아요."

시녀들은 성녀를 말리고 싶었다. 아니, 아무리 성녀라고 해도 할 말이 있고 못할 말이 있지 않은가. 왕자 때문에 시녀들이 이러고 있는 게 도대체 무슨 상관이란 말인가. 아무 상관도 없고, 그걸 가지고 문제 삼는 것도 어이없는 거다.

김환석은 그제서야 김상희의 말을 듣고 주위를 둘러봤다. 김상희의 안전을 책임질 장비들을 굳이 손수 점검하느라 이런 일이 벌어진 것도 몰랐다. 시녀들의 등에서 식은땀이 흘러내렸다.

'제발 아무 일도 없어라. 제발……!'

두려웠다. 김환석이 분명 무슨 말을 할 건데, 너무 무서웠다. 시녀들이 이러고 있는 게 뭐? 귀찮으니 그냥 다 죽여 버려. 이렇게 말하면 자신들은 졸지에 죽는 거 아니겠는가. 물론, 김환석이 실제로 그런 전례는 없지만 하여튼 겁에 질린 시녀들은 그렇게 극도의 공포감을 느껴야만 했다.

김환석이 드디어 입을 열었다. 믿을 수 없는 말이 김환석의 입으로부터 흘러나왔다.

"나 미워하지 마라."

믿을 수 없었다. 김환성은 궁색한 변명까지 했다.

"이거 내가 한 거 아니다."

더욱더 충격적인 말은 그 이후에 나왔다.

김상희는 김환석이 이상함을 눈치챘다.

'저 망나니가 왜 저래?'

김상희는 잘 모른다. 김환석이 자기한테 얼마나 신경을 써주고 있는지. 하기야 자기 명의로 하루 수백억씩 돈이 무더기로 쌓이고 있는데 그것도 모르고 있을 정도니 말 다했다. 당연히 김환석이 온갖 최첨단 장치로 김상희의 방 외벽을 도배하다시피 해놨다는 것도 모른다. 그리고 워낙에 초정밀 기기들이라 꾸준한 관리가 필요하다는 것도.

'분명히 뭔가 해놨네.'

하지만 눈치 백단 김상희다. 김환석이 뭔가 신경을 써주고 있다는 걸 눈치챘다. 그리고 그것 때문에 여지껏 안 가고 뭉그적거렸다.

'차라리 생색을 내!'

말을 아주 싸가지 없이 하는 주제에 하여튼 하는 행동을 보면 김환성보다 더 귀여울 때가 있다고 생각한 김상희는 고개를 절레절레 저었다.

"절대로 네 방에 이상한 디바이스를 설치하지 않았다."

김상희에게는 이렇게 들렸다. 너를 보호하기 위해 네 방에 온갖 디바이스를 쫙 깔아 놨다. 김상희는 그걸 눈치챘지만 일부러 모른 척했다.

"오빠가 그러고 있으니까 시녀들이 전부 이러고 있잖아요."

"얼레?"

김환석은 저도 모르게 '얼레?' 하고 소리를 냈다가 이내 인상을 찡그렸다.

"네년들은 여기서 뭐 하는 거냐?"

일렬로 죽 늘어서서 엎드려 있다. 얘네 지금 왜 이러는지 모르겠다.

"오빠가 앞에서 허리를 숙이고 있는데 시녀들이 어찌 감히 지나가겠어요? 이러는 것이 당연하죠."

"……."

김환석은 순간 고민에 빠져야만 했다. 김상희가 워낙에 '당연하다'라고 말을 하고 있어서 그런가 보다 했다.

'그냥 지나가도 상관없는데?'

애초에 신경도 안 쓴다. 계집들이 있든 말든 그게 무슨 상관이란 말인가. 그에게 있어서 중요한 계집은 오로지 김상희 한 명뿐이다. 김상희가 지나가는 것도 아닌데 무슨 상관?

"이러라고 시킨 적 없다."

김상희는 머리가 아파왔다. 이래서 여기 남자들은 안 된다. 개념이 없어도 너무 없다. 개념을 가질 필요도 없는 거다. 여자들이 어떤 생각을 갖는지, 어떻게 행동하는지 아예 관심조차 없다.

'이 망나니를 어떻게 이해시켜야 해?'

그냥 이해 안 시키기로 했다.

"하여튼 오빠가 그러고 있으면 시녀들이 무서워서 지나가질 못해요."

김환석은 억울했다. 난 잘못한 것도 없는데? 나는 네 방을 안전하게 지켜주기 위해서 이러고 있었던 것뿐인데? 내가 왜 혼이 나야 하는 거냐!

"너희들 앞으로는 내가 있든 말든 신경 쓰지 말고 그냥 다녀라."

시녀들은 충격에 빠졌다. 어떻게 왕자가 있든 말든 신경 안 쓰고 다닐 수 있단 말인가. 생각해 보라. 이 앞에 호랑이가 있다면, 그 호랑이를 보고 신경 안 쓰고 어떻게 지나다닐 수 있겠는가.

"앞으로 신경 쓰는 계집은 그 목을 치겠다."

김상희는 머리가 지끈지끈 아파왔다. 그냥 다녀라까지는 좋은데 목을 치겠다니. 개차반의 피를 이어서 그런지 너도 역시나 극단적이구나. 김상희는 남몰래 한숨을 내쉬었다.

김환석이 다시금 궁색한 변명을 했다.

"하여튼 내 잘못 아니다."

시녀들은 충격에서 헤어 나오질 못했다. 자기 잘못 아니라고 변명하는 냉철 왕자 김환석의 모습은 상상해 본 적도 없다. 어떻게 저럴 수 있단 말인가. 더더욱 놀라운 건 김상희가 그것에 별로 반응하지 않고 있다는 것.

'역시…… 성녀님이셔!'

시녀들은 감탄했다. 아니, 감동했다. 성녀가 같은 여자라서 행복할 지경이었다.

그 모습을 굳이 몰래 숨어서 관찰하던 알렉스가 무릎을 탁! 쳤다.

'김환석 왕자님은 지금 동생에게 미움을 받고 싶지 않은 모양이로군!'

그게 죽기보다 더더욱 싫은 거라고 확신했다.

'그렇지. 바로 그거지!'

실험 데이터들이 하나하나 쌓이고 있다. 그는 생각했다.

'앞으로 김상희 공주님이 싫어할 만한 행동은 최대한 자제하실 것이 틀림없다!'

그것을 통해 또 다른 추론이 가능해졌다.

'여자들에 대해 조금 더 생각해 보고 여자들의 입장을 더욱 이해하시려 들겠지!'

다른 사람도 아니고 김환석이다. 애초에 개념이 없어서 그렇지 일단 개념만 생기고 나면 또 어떻게 변할 것인가.

'엄청나게 일취월장하시게 될 거야.'

그 사실 때문에 알렉스가 이렇게 흥분한 게 아니다.

'상희학을 전수할 수 있는 제자가 될 수도 있어!'

희망을 갖게 됐다. 상희학, 죽기 전에 언젠가는 반드시 발표하고 말 거다. 하지만 혼자서는 어렵다. 괜히 혼자서 그랬다가 돌 맞아 죽기 십상이다. 그러니까 김환석 왕자쯤 되는 걸출한 인물을 섭외해서 제자로 삼게 된다면, 그땐 아주 훌륭한 방패막이가 될 거다.

'이것이야말로 엄청난 이득이지!'

아주 훌륭한 성과를 내고 있는 실험 샘플임과 동시에 이해도와 습득력이 매우 빠른 제자. 아주 훌륭한 인재가 아닌가. 오늘 김환석에 대한 확신을 얻을 수 있었다.

'기회를 봐서 넌지시 얘기를 꺼내 봐야겠어.'

딱 걸렸다. 왕자님, 이제 당신은 좋든 싫든 상희학을 배워야 할 겁니다. 그렇다면 신세계가 열린다는 것을 장담하죠. 알렉스가 저도 모르게 후후 하고 웃었다. 조금 사악해 보였다.

'와랏, 제자여!'

김훈상이 말했다.

"현재 진행 상황은 어떻게 되고 있지?"

김환석이 보고서를 내밀었다.

"여기 자세한 내용이 있습니다. 향후 5개월 내에 500기의 프리온 나이트가 완성될 것 같습니다."

김훈상은 고개를 끄덕였다. 지금 이 순간에도 딸의 얼굴이 아른거렸다.

'500기의 프리온 나이트라.'

그렇다는 말인즉, 1,500명의 계집이 희생될 거라는 소리다. 예전 같았으면 양심의 가책 따위는 없었을 거다. 그저 운이 나쁜 계집들이었을 뿐. 하지만 지금은 아니었다. 솔직히 말해서 마음이 조금 괴로웠다. 하지만 마음을 독하게 먹었다.

그나마 속마음을 조금 털어놓을 수 있는 강서영과의 잠자리에서 김훈상이 말했다.

"나는…… 이 세상의 그 누구보다도 독해질 수 있다."

"……."

강서영은 저게 무슨 말인지 알 수 없었지만 반문하지는 않았다. 가끔 이럴 때가 있다. 왕이 고독해 보일 때, 굉장히 외로워 보일 때가 있다. 이럴 때면 꼭 안아주고 싶은 마음이 든다.

"저는 당신이 얼마나 독한 사람인지…… 그런 건 중요하지 않아요. 당신은 저의 태양이셔요. 태양은 언제나 밝아요. 당신은 제게 언제나 밝고 높은 분이셔요."

김훈상은 강서영과 눈을 마주치곤 피식 웃었다.

"그 어미에 그 딸인가?"

그랬다가 정정했다.

"아니, 그 딸에 그 어미인가?"

불과 몇 년 전까지만 해도 이런 거 상상도 못 했다. 이런 게 어쩌면 책 속에서 말하는 사랑이 아닐까 싶다. 강서영이 해준 말은 별거 아니다. 신하들도 이런 말 잘한다. 폐하는 태양이시다. 폐하께서 하시는 일은 언제나 옳습니다. 이런 말 많이 들었다. 그러나 실오라기 하나 걸치지 않은 상태로, 서로의 따뜻한 체온을 느끼며 그 누구보다도 가까운 자리에서 얼굴을 맞대고, 서로의 숨결을 느끼면서 듣는 말, 이건 그 느낌이 완전히 달랐다.

'계집들에게는 묘한 힘이 있다.'

그는 상희학을 모른다. 애초에 상희학이란 게 있는지도 모른다. 하지만 어렴풋이 그 비슷한 것이 있다는 것은 알겠다. 감정이 말해줬다. 비록 마력도 없고, 힘도 약하고, 할 줄 아는 게 없지만 여자들에게는 여자들만의 뭔가가 있다. 남자들은 채워주지 못하는, 마음속 한 구석의 무언가를 채워주는 그런 신기한 능력이 있다.

'모든 여자가 그런 건 아닌가?'

그가 본 바로는 강서영과 김상희가 그랬다. 그런데 또 김상희가 주는 느낌과 강서영이 주는 느낌은 달랐다.

'나는 지금 설마…… 계집에게 위로를 받고 있는 것인가?'

원래대로라면 인정하지 않았겠지만 이제는 인정할 수밖에 없었다. 그는 분명 위로받고 있었다.

'이런 게…… 사랑인가?'

여전히 잘은 모르겠다. 강서영을 좋아하는 마음은 분명히 있다. 그런데 이런 위로받는 기분, 이런 건 조금 생소한 느낌이다. 이런 게 사랑의 한 종류일 수도 있겠다는 생각이 들었다.

'……신기하군.'

강서영의 손길이 등에 닿을 때, 이 사소한 행위가 어째서 힘이 되는 건지 모르겠다.

"이 세상의 모든 사람이 당신을 미워한다고 해도……."

강서영이 얼굴을 붉혔다.

"저는 당신의 편이어요. 제가 언제나 당신의 등 뒤에 서 있을게요."

김훈상이 피식 웃었다. 강서영의 턱을 들어 올리고 눈을 똑바로 마주쳤다.

"계집 주제에 건방지구나."

"……."

강서영과 입을 맞췄다. 그리고 말했다.

"네가 내 뒤에 서 있는 게 아니다."

다시 한 번 입을 맞췄다. 강서영은 입술 끝에서 느껴지는 부드러운 입술의 감촉에 한동안 눈을 뜨지 못했다.

"내가 네 앞에 서 있는 거다."

"……."

강서영의 눈에 눈물이 차올랐다. 정말 뜬금없는 타이밍에 나온 말이지만, 강서영은 감동받았다. 이 세상에 왕으로부터 이런 말을 들을 수 있는 여자가 몇 명이나 있겠는가. 그녀가 알기로는 김상희와 자신, 딱 둘밖에는 없었다.

"내 등이 네 앞을 지키고, 내 손이 너를 잡고 있을 것이다."

다시 한 번 뜨거운 시간이 다가오기 전 김훈상이 강서영의 손을 잡았다. 깍지 낀 손에 힘을 꽉 줬다.

"내가 이 손을 절대 놓지 않겠다."

나는 솔직히 무서웠다. 장미관 안에 있는 것도 무서웠고 그 밖에 나가는 것도 무서웠다. 그나마 내가 버틸 수 있었던 건 매일같이 찾아와 눈을 부라리는 김환석 망나니와 하루에 한 번은 꼬박꼬박 들러

내 머리를 쓰다듬어주는 나의 힐링 첫째 오빠 김형석. 그리고 미덥지는 않지만 하여튼 싸움 하나 만큼은 기똥차게 잘하는 우리 둘째 망나니 김환성. 귀여움으로 무장한 우리 환혁이와 상아. 그래도 이 중에는 가장 믿음직한 우리의 개차반. 그리고 내게는 더없이 소중한 사람이 있다.

"……네가 있어줘서 정말 다행이야."

진수가 있어서 버틸 수 있었다. 생각해 보면 난 참 많은 일을 겪었다. 이걸 뭐라고 표현해야 할지 모르겠지만 일단 환생부터가 좀 다이내믹하잖아. 다시 태어나 보니 극한의 남존여비 세상이고, 거기서 살아남기 위해 온갖 방법을 다 동원해야만 했다. 게다가 납치에 전쟁에 협박에.

어휴, 16년 동안 내가 겪었던 일 중 단 하나라도 겪은 사람? 아마 없을 거다. 언제나 느끼는 건데 난 진짜 스펙터클한 삶을 살고 있는 것 같다. 뭐, 옛날로 거슬러 올라가보면 개차반이 태워주던 비행기조차도 스펙터클했지. 파일럿의 비행 훈련을 능가하는 난이도(?)였으니까. 내가 만약 이전 삶이 없었다면, 그냥 말 그대로 16살이었다면 미쳐 버렸을지도 모르겠다. 내 눈앞에서 크리스의 목이 꺾였고 꺾인 목이 말을 했다. 시체가 사라지는 기현상도 일어나고 진수를 죽이겠다는 협박까지 들었다. 제정신인 게 이상할 정도다.

진수가 내 손을 꽉 잡았다.

"무서워하지 마. 두려워하지도 말고. 내가 네 옆에 있어."

별거 아니라면 아닐 수 있는 말인데, 이런 말을 들으면 참 힘이 나는 것 같다. 예전에 조폭이 나오는 드라마를 보며 했던 대화가 또 떠올랐다.

"걱정 마. 무슨 일이 있어도 내가 너 지켜줄게."

"그러지 말고 그냥 경찰에 신고해."

"경찰 오기 전에 너 다치면 어떡해? 나 그 꼴은 절대 못 봐. 차라리 내가 죽으면 죽었지"

그때도 난 말은 이렇게 했지만 그래도 기분은 좋았었다. 진수가 정말로 조폭과 싸워주기를 바라는 건 절대 아니었다. 나도 진수 다치는 거 싫다. 하지만 저런 말이 고마웠다. 나는 그냥 저런 말만 들어도 됐다.

진수가 말했다.

"걱정 마. 무슨 일이 있어도 내가 너 지켜줄게."

"……."

……나 지금, 뭔가 위험한 상황이다. 진수의 입술이 보였다. 문득 키스가 하고 싶어졌다.

내가 말했다.

"……키스…… 해도 돼?"

진수가 고개를 끄덕였다. 아니, 좋긴 좋은데…… 그렇게 신나서 고개 끄덕이지 말아줘. 뭔가 분위기 깬단 말이야. 지금 진수를 보면 맛좋은 소시지를 앞에 둔 강아지가 고개를 마구 끄덕이는 것 같은 그런 기분이다.

밤이 깊어갔다. 나는 진수의 숨결을 느꼈고 진수의 체온을 느꼈고 진수가 나와 함께함을 몸으로 느낄 수 있었다. 나는 진수와 하나가 됐다. 이 느낌, 하나가 되는 이 뜨거운 감촉, 이 열정적인 시간. 나는 이 모든 것이 너무나 감사했다. 문득, 괜히 눈물 한 방울이 흘러나왔다. 정말 뜬금없었다. 나도 알 수 없었다. 왜 이러는 건지, 진수에게 고맙기도 하고, 미안하기도 하고, 내가 진수 옆에 있어서 진수가 아무것도 못 하는 거 알고 있다. 신라 왕이면서도 마치 고려 속국의 비굴한 왕처럼 행동하고 있다. 나 때문에 말이다.

'내가 옆에 없었다면…… 진수는 어쩌면 더 행복한 삶을 살고 있을지도 몰라.'

그런 생각을 하니 괜히 눈물이 났다. 사실 진수 정도 되면 나 말고도 다른 여자 얼마든지 많이 만날 수 있다. 우리 개차반 씨처럼 첩을 수십 명씩 거느리고 살아도 된다. 남자라면 그런 삶이 더 화려하고 행복할 수 있지 않을까?

나는 무서웠다. 이 행복이 언제 깨질지 몰라서. 마치 행복으로 만들어진 살얼음판을 아슬아슬하게 걷고 있는 그런 기분이랄까?

그때 목소리가 들려왔다. 목소리라고 하기에는 조금 이상했다. 진수는 듣지 못한 것 같으니까. 더 정확히 말하자면 내 머릿속에만 웅웅거리는 그런 목소리처럼 들렸다.

-……그렇게 한다면 한진수는 살려줄 수 있어.

고개를 번쩍 들었다. 내 눈가를 훔쳐 주던 진수가 내게 물었다.

"갑자기 왜 그래?"

"아무것도 아니야."

혹시 잘못 들은 건 아닐까, 그런 생각이 들었다. 그 생각을 읽기라도 한 듯 또 머릿속이 웅웅거렸다.

-혹시 잘못 듣고 있다고 생각하는 거라면 틀렸어. 잘 듣고 있는 것 맞아.

그 이상한 목소리가 계속 말했다. 온몸에 소름이 돋았다.

—잘 생각해 봐. 어떤 게 한진수를 위한 건지. 어때, 내 제안이?

진수가 잠들었다. 진수와의 행복한 시간, 꿈만 같은 시간, 다 좋다. 너무 좋다. 너무 좋아서 눈물이 날 것 같다. 내가 이렇게 행복해도 될까 싶을 정도로 나는 행복했다. 진수는 내게 입버릇처럼 말을 하곤 한다. 네가 옆에 있어서 그래서 내가 살아 있는 기분이 든다고. 내가 정말 살아 있는 것 같은 그런 느낌이 든다고 말이다. 말은 안 해줬지만 나도 그런 기분이다. 진수랑 함께 있으면 내가 정말 이 세상에 살고 있구나, 살아가고 있구나. 그런 마음이 든다. 분명히 그렇다. 이 행복을 깨고 싶지 않다.

내 머릿속에 또 목소리가 웅웅거렸다.

—이게 한진수를 위하는 길이야.

하지만 나는 진수를 위한 선택을 해야만 했다. 내 눈앞에 이상한 게 보였다. 이게 환상인지 실재인지 나는 알 수 없었다. 크리스가 아닌 크리스, 크리스와 똑같이 생긴 그 크리스가 진수의 목에 칼을 겨누고 있었다. 진수는 전혀 모르고 잠든 상태.

'이게…… 정말일까?'

정말 이상한 기분이다. 내 눈으로 분명 보고 있는데, 이게 현실이 아닌 것 같은 그런 기분이 든다. 손을 뻗어 만져 보면 크리스가 만져지지 않을 것만 같다. 하지만 눈으로는 분명히 보였다. 크리스는 분명 웃고 있었다. 진수의 목에 칼을 대고. 크리스는 아무런 말도 하지 않았다. 그저 언제나처럼 웃었다. 그럼에도 불구하고 내 머릿속엔 이상한 목소리가 웅웅거렸다.

—우리가 마음먹으면 한진수 정도는 언제든지 죽일 수 있어. 하지만 그러지 않고 있는 거야. 황제 폐하께서 너를 보고 싶어 하시니까.

나는 아무런 말도 하지 못했다. 진수는 정말로, 아무것도 모른 채 잠들었다. 저 칼이 조금이라도 움직이는 순간 진수의 목에서 피가 뿜어져 나올 것만 같은 착각이 들었다.

—자, 이제 정말로 네 선택에 달렸어.

나한테 왜 이러는 거야. 내가 도대체 뭘 잘못했는데. 나도 모르게 눈물이 새어 나왔다. 내가 바라는 게 그렇게 잘못되고 그렇게 큰 건가 싶은 마음이 들었다. 내가 바라는 거, 그렇게 많지 않다. 적어도 지금 이 순간만큼은, 적어도 지금 만큼은 진수와 행복하게 사는 거, 그것만 바라고 있다. 그게 내 가장 큰 소원이다. 지구로 돌아가겠다거나, 세상을 바꾸겠다는 거 그런 거창한 것보다도 지금 내 옆의 이 사람이 가장 소중했다.

—어서 선택해. 날 따라가겠어, 아니면 한진수가 죽는 걸 보겠어?

첫째 망나니의 수고도, 개차반이나 둘째 망나니, 스페셜 나이트의 호위도 소용없었다. 이 백제라는 나라는 도대체 얼마만큼의 힘을 가진 건지 가늠조차 되질 않았다. 그 완벽에 가까운 경계를 모두 뚫고서 이렇게 안방 드나들듯 들어올 수 있다니.

'나는…….'

가고 싶지 않아.

'나는…….'

진수의 얼굴이 보였다. 새근새근 잠들어 있는 모습이 마치 아가처럼 사랑스러워웠다. 적어도 내 눈에는 그랬다.

'가고 싶지 않아.'

하지만 가야 했다.

'진수가 죽어.'

정말이다. 진수가 죽을 수도 있다.

'나는…….'

크리스가 나를 보며 싱글벙글 웃으며 재미있어했다. 눈물이 흘러나왔다.

–편지를 하나 둬.

크리스가 또 싱긋 웃었다.

–걱정 마, 한진수는 절대로 깨지 않을 테니. 네가 소리를 지르더라도 아무도 도움을 줄 수 없어 너는 지금 철저히 혼자야. 시키는 대로 해. 나도 한진수를 죽이고 싶지는 않거든.

내겐 선택의 여지가 없었다. 이건 불가항력이었다. 진수를 죽일 수는 없었다. 나는 종이와 펜을 꺼내 들었다. 그리고 나는 내 의지와는 상관없이 이별을 통보하는 편지를 써야만 했다.

나는 매일매일 가슴을 졸이며 살아가는 것이 싫다. 왕과 왕자들, 그리고 네 앞에서 재롱을 부리고 애교를 떨며 살아가는 것도 싫다. 나를 무슨 애완동물처럼 취급하는 것도 싫다. 한진수, 너를 좋아하는 척하는 것도 이제는 마지막이다. 차라리 나는 백제의 황제에게 가겠다. 사실은 널 전혀 좋아하지 않았다. 무서워서 좋아하는 척했을 뿐이다.

이런 내용이었다. 하지만 진심이 아니었다. 나는 좋아하는 척을 한 게 아니다. 나는 진수를 정말 좋아했다. 진수가 정말 좋다. 진수가 아니면 안 된다. 그리고 진수도 날 좋아한다. 아니, 날 사랑한다고 확신할 수 있다.

'이럴 리…… 없잖아…….'

좋아하는 척이라니. 매일매일 가슴 졸이며 사는 게 싫다니.

'나는 매일매일이 행복했어.'

가슴 졸인 건 맞다. 하지만 다른 게 무서운 게 아니었다. 진수가 내 옆에서 없어질까 봐, 그게 무서웠던 거다. 진수와 함께하는 이 시간이 사라질까 그게 무서웠던 거다.

이런 내용도 썼다.

그러니까 부탁이니 나를 찾지 말아줘.

아니, 제발 나를 찾아줘. 내 마음속 외침이 진수에게 닿을 수 있을지 모르겠다. 크리스는 여전히 활짝 웃는 표정으로 단도를 진수의 목에 겨누고 있는 상태.

크리스가 나를 쳐다보며 말했다.

"자, 이제 나와 함께 갈 준비가 됐지?"

아니, 안 됐다. 잠들어 있는 진수의 얼굴을 더 보고 싶다. 계속 보고 싶다. 떠나기 싫다. 그것도 이런 편지를 남기고 가는 거 정말 싫다. 말하고 싶다. 제발 빨리 일어나라고, 나는 너 없으면 안 된다고. 하지만 그랬다가는 정말로 진수가 죽을 수도 있다. 그렇게 내버려 둘 수는 없다.

나는 고개를 끄덕였다.

"그래, 잘 생각했어."

크리스가 또 말했다.

"마지막으로 할 말은 없어?"

내가 무슨 말을 할 수 있을까? 나는 어쩌면 이게 진수를 보는 마지막일 수도 있다고, 정말로 진수를 보는 게 마지막일 수도 있다는 생각이 들었다.

'안 돼.'

눈물이 또 주르륵 흘러내렸다. 이럴 수는 없었다. 우리가 평생을 이렇게 살아갈 수 있을 거라고 생각은 안 한다. 분명 언젠가는 싸우기도 할 것이고 헤어질 것이다. 사람인 이상 죽지 않을 수는 없으니까. 하지만 이렇게 헤어질 거라고는 상상도 하지 못했다. 진수와 이제 막 행복해졌는데, 이제 정말로 행복해졌고 서로의 사랑을 확인했는데, 왜 내게 이런 일이 벌어지는 걸까? 내가 뭘 그렇게 잘못했는데, 내가 뭘 그렇게 나쁜 짓을 했는데.

"마지막으로 할 말 없어? 잘 생각해 봐."

그때, 나는 떠올랐다. 마지막으로 할 말.

"*Lapuntel Essantia Kerannis Frential.*"

크리스는 예전부터 우리에게 티가 나지 않도록 어떠한 힌트를 줬었다. 그리고 지금, 굳이 필요도 없는 '마지막 말'을 남기라고 했다. 그건 어쩌면, 어쩌면 내게 마지막 기회를 주는 것이 아니었을까?

크리스가 조금 이상해졌다. 눈동자가 하얗게 변하는가 싶더니 어느새 목소리가 달라졌다.

"상희야……."

크리스의 눈에서 또 붉은색 눈물이 흘러내렸다.

"미안해. 너 아프게 해서 미안해. 너한테 이렇게 무서운 선택을 하게 해서 미안해."

"……크리스?"

이게 도대체 어떻게 된 일일까?

"다행이야. 잘 기억하고 있었네?"

크리스의 말이 빨라졌다.

"하지만 그 강제 명령어, 아주 잠깐이야."

크리스가 손을 뻗었다. 내 볼에 크리스의 손이 닿았다.

"미안해. 내가 빨리 말해줬어야 했는데, 내 욕심 때문에 말하지 못했어."

"크리스, 이게 도대체 어떻게 된 일이야?"

크리스는 잠시 입을 다물었다.

'내가 사실을 말한다면…….'

그러면 김상희는 평생을 죄책감을 안고 살아갈 수도 있다.

"나는 이제 완전히 떠날 거야."

더 정확히 말하자면 시체도 남기지 않고 사라져 버릴 거야.

"무슨 말인지 설명을 해줘. 나는 아직도 이해가 안 돼."

"그럴 시간이 없어."

왜냐하면 나는 정말로 죽어야 하거든. 그래야 다시는 네 앞에 못 나타나거든. 크리스의 눈에서 붉은색 눈물이 계속 흘러나왔다.

'울고 싶지 않아.'

웃고 싶었다. 마지막 모습이다. 왜 자신이 김상희를 사랑하게 됐는지, 그건 알 수 없었다. 이유 같은 거 찾을 수 없었다. 그냥 좋았다. 김상희를 계속 보고 싶었다. 그래서 한진수가 너무 부러웠다. 부러워서 미칠 정도였다.

"마지막으로 너 한 번만 안을게. 딱 거기까지야. 더 이상은 바라지 않아."

김상희가 거부할 틈도 없이 크리스가 김상희를 꽉 끌어안았다.

'마지막이니까.'

이 정도 욕심은 부려도 되잖아. 한진수에게 미안한 마음도 들었다. 한진수를 쳐다봤다.

'내가 너였다면.'

그랬다면 정말 좋았을 텐데.

'내가 더 사랑할 수 있는데.'

하지만 김상희는 결국 한진수를 선택했다. 그는 김상희에게 자신을 선택하라고 강요하지 못했다.

"너 무섭게 해서 미안해. 너 힘들게 해서 미안해. 그럼 나는 이제 정말 갈게."

이제 정말로 안녕.

"행복해야 해. 네가 볼 수 없는 먼 곳에서 네 행복을 응원할게."

마지막 최상위 명령어를 알려준 건 이때를 대비하기 위함이었다. 어차피 강제 명령어니 오랫동안 유지하지는 못 한다. 이제 곧 제정신을 차리겠지. 그러기 전에 떠나야 했다. 사랑하는 여자의 모습을 마지막으로 눈동자에 담았다.

"이걸 말해줄 수 있다면 참 좋을 텐데."

말해줘야 했다. 그래야 김상희가 행복할 수 있을 테니까. 아니, 적어도 행복해질 가능성은 높아지니까. 하지만 말할 수 없었다.

"나는 말할 수 없도록 태어났어. 그래서 말하지 못해."

다만 말할 수 있는 건 있었다.

"최후의 상황에 네가 무력하고 아무것도 할 수 없을 때, 너무나 힘들 때, 죽기보다도 싫은 끔찍한 순간이 오면……."

크리스는 들고 있던 단도를 김상희의 손에 꽉 쥐어줬다.

"네 심장을 찔러."

김상희는 이해하지 못했다. 심장을 찌르면 죽는다. 그렇게 힘든 순간이 오면 자살하라는 뜻일까, 하고 생각해 봤는데 분위기상 그런 건 절대로 아닌 것 같았다.

"그게 모두가 살 수 있는 길이야. 내가 말할 수 있는 건 여기까지야."

"크리스, 좀 더 자세히 말해줘. 너는 지금 내가 아는 그 크리스가 맞는 거야? 내 심장을 찌르라는 건 무슨 뜻이야? 너무 힘들 때 나 보고 죽으라는 뜻이야?"

크리스가 말했다.

"그래야 모두가 살아. 나 정말 갈게. 시간이 없어."

너를 볼 수 없는 그곳으로. 나는 가야만 해.

그리고 크리스가 사라져 버렸다. 현재 고려의 스페셜 나이트, 김훈상, 그리고 한진수 정도만 사용할 수 있다고 알려져 있는 고급 기술인 워프를 사용했다.

크리스는 몸에 기름을 끼얹었다. 이날을 위해 미리 준비했다.

김상희의 얼굴이 아른거렸다.

"사랑해."

지금 이 자리에는 없지만 그래도 말하고 싶었다.

"사랑해, 김상희."

하지만 자신은 살아갈 수 없었다. 살면 안 됐다. 또 다른 크리스가 그의 명령을 이행하고 말 테니까.

"내가 널 많이 사랑했다는 거, 그것만 알아줘."

크리스는 피식 웃었다.

"너한테도 미안하게 됐어. 그렇지만 어쩔 수 없어. 내가 있으면 너는 결국 김상희를 데리고 갈 테니까."

크리스는 혼잣말을 이어갔다.

"나는 내 목숨보다 김상희가 더 귀해. 그러니까 이렇게 해야 해. 이런 상황이 올 거라는 거, 이미 예측하고 있었잖아?"

다시 한 번 피식 웃었다.

"그래서 그분께 최상위 강제 명령어를 가르쳐 줬다는 그 사실을 보고에 올리지 않은 거잖아."

하늘을 올려다봤다. 어두워서 아무것도 보이지 않았다.

"상희가 처음 각성했을 때, 그때 내가 일부러 다른 곳에 있었던 거, 그래서 상희의 각성을 그분께 알리지 않았던 거, 그것도 눈감아줬잖아. 너에게는 정말 미안하게 생각하고 있어."

크리스가 라이터를 꺼냈다. 라이터에서 작은 불꽃이 일었다. 그 불꽃에서도 김상희의 얼굴이 아른거렸다.

"행복해야 해."

모르겠다. 그분은 김상희에게 분명히 큰 관심을 가지고 있었다. 왜 그러는 건지 알 수는 없었다. 예전부터 그분은 김상희를 계속 보고 있었다.

"네가 행복해야……."

작았던 불꽃이 조금씩 커지기 시작했다.

"내가 행복하니까."

아무도 없는 곳, 아무도 모르는 곳, 어두운 밤 깊은 산속, 그곳에서 불길이 치솟아 올랐다.

"다음번에 다시 태어난다면……."

그땐 다르게 살고 싶었다. 이런 거 하고 싶지 않았다. 김상희가 보고 싶었다. 김상희랑 같이 행복하게 살고 싶었다.

"이제 거기에선 백제 왕자 같은 거 말고."

백제 왕자 같은 거 싫다.

"고려 공주 같은 거 말고."

돈이나 명예, 권력이나 힘 그런 거 다 필요 없었다.

"우리 둘만 있는 곳에서 평범하게……."

시뻘건 불길 속에 시커먼 그림자가 일렁거렸다. 그 그림자가 풀썩 쓰러졌다.

"거기서 행복하게 살자."

그 불은 유난히 뜨겁고 유난히 붉었다.

"그러니까 그땐 날 선택해 주면 좋겠어."

내가 더 행복하게 해줄게.

"지금보다 훨씬 더 괜찮은 놈이 되어서 너한테 다가갈게."

불길이 활활 타올랐다.

"사랑해."

마지막 그 말이 불길 속으로 사라졌다. 그리고 며칠 뒤, 믿을 수 없는 소식이 대륙 전역을 강타했다.

최근 주가를 톡톡히 올리며 신흥 강자이자 차기 제국으로 거론되고 있을 만큼 강력한 왕국인 신라가 단 하룻밤 사이에 궤멸됐다. 신라 왕국만 그런 것이 아니다. 신라 왕국은 극서 지방에 위치하고 있다. 극서에서부터 조금씩, 조금씩 동쪽으로 향한 곳에 위치한 크고 작은 왕국들이 차례로 무너지고 있었다.

"그 진행 방향을 살펴보면 최종 목적지는…… 아마도 우리 고려 왕국이 될 가능성이 매우 높습니다."

그들은 마치 대륙을 제집 안방처럼 마구 휩쓸고 다녔는데 그 위세가 엄청나서 아무도 막지 못했다.

"이 진군 속도가 계속 이어진다고 하면 한 달 이내에 국경에 도달하게 됩니다."

"그들이 노리는 것은?"

"알 수 없습니다."

"소속은?"

"알 수 없습니다."

"규모는?"

"프리온 나이트 최종 형태 약 3,000기 정도 되는 것 같습니다."

실감조차 나지 않는 그 숫자에 김훈상은 피식 웃고 말았다. 최종 형태의 프리온 나이트가 3,000기란다.

'백제가…… 온다.'

갑자기 백제가 왜 이렇게 전면에 나선 건지는 알 수 없었다. 여지껏, 아니, 적어도 역사가 기록된 수천 년 동안은 숨을 죽이고 있지 않았던가.

'왜 갑자기 모습을 드러낸 거지?'

김훈상이 김상희를 찾았다. 그리고 그는 김상희의 마음을 알아차릴 수 있었다.

"뭐가 널 그렇게 두렵게 만들지?"

"저는……."

김훈상은 김상희에게 어떠한 일이 일어났다는 것을 짐작했다.

"무슨 일이든 좋으니 말해 봐라."

"크리스가……."

김훈상은 김상희의 말을 들었다. 크리스가 찾아왔다. 최상위 명령어니 뭐니 이해하지 못할 말들을 늘어놨다고 했다. 하지만 김훈상은 모든 상황을 머릿속에 그릴 수 있었다.

'크리스, 네놈은 죽음을 선택했겠지.'

저번의 경험으로 비추어보아 그놈은 시체를 완전히 없애야 완전히 죽일 수 있는 것 같았다.

'그리고 내 딸에게 영원한 안녕을 고했겠지.'

분명히 그랬다.

'그렇게 따진다면 크리스는 백제 왕에게 굉장히 중요한 사람이었을 확률이 높다.'

애초에 그는 백제의 왕자라고 했다. 백제에 왕자가 몇이나 있는지 알려진 건 없었다. 다만 그가 만약 정말로 백제의 왕자라면, 어쨌거나 그는 백제 왕의 아들일 확률이 높았다.

'너는 내 딸을 정말로 사랑했던 거냐……?'

크리스가 죽음을 선택했다. 그리고 백제 왕은 그 죽음에 분노하여 대군을 일으켰다. 충분히 일리가 있는 말이다.

'크리스는 분명 특별했다.'

그렇지 않고서야 철통같은 경계를 자랑하는 고려 왕궁에 아무렇게나 침투할 수 있었을 리 없다. 3차 각성을 끝마친 그 자신이나 한진수조차도 크리스가 어떤 능력을 가졌는지 제대로 파악하지 못했었다.

'지금으로선 이게 가장 합당한 얘기겠군.'

상황 판단은 끝났다. 그렇게 생각하는 게 가장 좋았다. 백제는 지금도 이곳을 향해 계속하여 전진하고 있다. 일부러 천천히 움직이는 것 같았다. 이쪽의 숨통을 조금씩 조금씩 끊어놓기 위해서.

김훈상이 말했다.

"만약에 말이다."

"……네?"

"네가 내 딸이 아니었으면 지금 어땠을까를 생각해 보면 말이다."

"……."

김상희는 김훈상을 올려다봤다. 김훈상이 피식 웃었다. 딸의 모습을 또 눈에 담았다. 어찌 이렇게 사랑스러울 수 있는지. 그도 몰랐다, 자신이 딸을 이렇게 사랑하게 되는 날이 올지는.

"만약 내 딸이 아니라 다른 놈의 딸이었다면."

김훈상이 김상희의 머리에 손을 얹었다. 묵직하고 커다란 손이 김상희의 머리를 살짝 눌렀다.

"무거워요, 아빠."

"그랬다면 나는 정말 불행했을 것 같다."

김상희는 무슨 뜻인지 단박에 이해했다. 이해는 했지만 구태여 되물었다.

"그게 무슨 말씀이셔요?"

"내가 아니라 다른 놈이었다면."

김훈상이 스스로에게 말하듯 읊조렸다.

"너를 지켜줄 수 없었을 것이다."

김훈상이 눈을 빛내며 힘주어 말했다.

"예전에도 말했다. 나는 너를 지키는 자다. 무슨 일이 있더라도, 나는 너를 놓지 않겠다. 그러니까."

김훈상이 김상희를 살짝 끌어안았다.

"두려워 마라. 무서워 마라. 내가 너와 함께하고 있다."

김상희의 몸이 움찔 떨렸다. 솔직히 김상희는 하루하루가 너무 무섭다. 자신이 흔들리면 한진수가 또 불안해할까 봐 티를 별로 못 냈다.

'걱정…… 시키고 싶지 않아.'

하지만 김상희는 한진수에게 그런 짐을 지우고 싶지 않았다. 아니, 모르겠다. 말하고 싶기도 했다. 나 무섭다고, 나 무서우니까 나랑 같이 있어 달라고, 나 좀 지켜달라고, 그렇게 말하고 싶었다. 그랬다가도 또 말하고 싶지 않아지기도 했다. 복잡했다. 이 마음을 뭐라고 말을 해야 할지 알 수 없었다.

김훈상이 또 말했다.

"만약에 말이다."

김훈상의 체온이 느껴졌다.

"내가 다시금 내 삶을 선택할 수 있다면 그땐 왕 따위는 하지 않겠다."

왕이라서 제약이 너무 많다. 왕이라서 짊어지고 있는 책임의 무게가 너무 무겁다.

"하지만 지금 내가 쓰고 있는 건 왕관이다. 나는 왕이다. 왕관의 무게를 견뎌야 한다. 나는 왕으로서 반드시 놈들을 막아낼 것이다."

김상희와 눈을 마주쳤다. 김상희는 그제서야 발견했다. 언제나 젊어 보이고 강인해 보이기만 했던 김훈상의 얼굴이 조금 안되어 보였다. 자신에게 내색은 전혀 안 하고 있지만 많이 수척해졌다. 그가 말하는 왕관의 무게, 그게 많이 무겁고 힘겨운 듯했다. 김훈상도 늙기는 늙는 사람이었다. 여태까지 몰랐지만, 그의 미간에 주름이 잡혔다. 다시 말해, 예전보다 조금 늙었다.

김훈상은 생각했다.

'왕관의 무게보다…….'

김상희의 이마에 가볍게 키스했다. 이 아이만큼은 무슨 일이 있어도 지켜주고 싶었다. 이 아이는 과연 알고 있을까?

'아버지의 무게가 훨씬 무겁다는걸.'

김훈상이 말했다.

"백제가 아니라 백제 할애비가 와도, 네 털끝 하나 건드리지 못할 것이다."

칼리번이 말했다.

"폐하, 저희 어떡하죠?"

신라 왕국에 주둔하고 있던 병력이 모두 죽었다. 병력뿐만 아니라 일반 백성들마저도 모두 죽었다. 그들, 그러니까 최근 '사신'이라 불리고 있는 그들이 지나간 자리에는 개미 한 마리 남지 않고 있었다.

"저희가 그들을 막아낼 수 있을까요?"

한진수는 입술을 깨물었다.

"막아내야만 한다."

솔직히 도망치고 싶다. 김상희를 데리고 아무도 모르는 곳에 가서 숨어서 살고 싶다. 만약 그렇다면, 그렇게 된다면 적어도 김상희를 두고 죽을 일은 없을 테니까.

'나는 죽고 싶지 않다.'

죽음은 전혀 두렵지 않다. 까짓 거, 죽는 거 어렵지 않다. 만약에라도 김상희가 '나를 위해 대신 죽어줘'라고 말한다면 그는 그럴 각오가 되어 있다. 죽음은 전혀 무섭지 않은 하나의 현상일 뿐이다. 하지만 그를 두렵게 하는 게 있다.

'김상희를 더 이상 볼 수 없다는 거.'

그건 그에게 너무나 큰 형벌이었다.

'그게 너무 무섭다.'

한진수는 주먹을 꽉 움켜쥐었다.

'하지만…… 나는 그들과 싸워야 한다.'

그렇지만 도망칠 수 없었다. 신라의 백성들이 도륙당했다. 늑대들도 무려 10명이 죽었다. 칼리번이 이를 바드득 갈았다.

"그 새끼들을 어떻게 족치죠? 내가 그 새끼들 전부 안 죽이면 고추 떼고 말 겁니다."

"우리는 아르놀드 만에서 그들을 친다."

"에이, 설마요."

아르놀드 만, 부채꼴 형태로 넓은 백사장이 펼쳐져 있는 고려의 서쪽에 위치한 만의 이름이다. 아주 오래전에는 바다였을 거라 짐작이 되기는 하는데, 지금은 굉장히 거대한-수평선이 보일 정도로 거대한-아르놀드 호수의 가장자리라고 이해하면 편했다. 문제는 그곳이 허허벌판이며 대규모 화력전을 펼칠 수 있는 그런 곳이라는 것.

"거기 최종 형태 프리온 나이트가 3,000기나 있다니까요?"

"우리에게도 프리온 나이트가 있다."

한진수도 최근 그 사실을 알게 됐다. 김환석이 프리온 나이트 개발에 성공했다. 핵심이 되는 부품까지는 말해주지 않았지만 조만간 곧 완성이 된다고 했다.

"우리가 할 일은 그들의 진군 속도를 10일 정도 늦추는 것이다."

그때가 되면 프리온 나이트가 완성된다고 했다. 원래는 500기 생산 예정이라고 했었는데 무리를 해서 1,500기까지 생산을 늘린다고 했다.

"최종 형태의 프리온 나이트 1,500기가 추가되면 해볼 만한 싸움이 되겠지."

크리스 같은 괴물이 또 있다면 얘기는 달라지겠지만. 그 말은 삼켰다. 장수로서 최악의 상황을 가정해야만 하는 건 맞지만 지금 당장 말할 필요는 없었다. 게릴라전. 워프를 익히고 있는 이쪽에는 최고의 전술이지 않은가.

한진수가 김상희에게 말했다.

"다녀올게."

"……."

김상희는 말리고 싶었다. 가지 말라고, 그냥 내 옆에 있어주면 안 되냐고, 땡깡도 부려보고 싶었다.

"응."

하지만 속마음을 숨겼다. 필사적으로 눈물을 참았다. 싫었다. 지금 한진수는 시간을 끌러 출전하는 거다. 10일 정도의 시간을 벌기 위해서. 아마도 이를 악물고 싸울 거다. 어쩌면 한진수가 죽거나 크게 다칠 수도 있다. 자신이 따라가면 도움이 될 수도 있지만, 이번 전투는 게릴라전이 될 거다. 김상희를 데리고 다니면 기동성이 떨어진다. 오히려 한진수의 약점으로 전락할 가능성도 컸다.

그걸 알기에 김상희는 일부러 씩씩하게 말했다.

"나 두고 어디 가면 절대로 용서 안 할 거야."

한진수가 말했다.

"약속할게."

나 너 두고 절대로 어디 안 가. 한진수가 김상희의 입에 입을 맞췄다.

김환성이 투덜거렸다.

"작작 좀 하지?"

김환성은 한진수를 살짝 밀치고선 볼을 내밀었다.

"자, 나도 얼른, 나도 싸우러 갈 거란 말이야."

김환성은 얼른 뽀뽀를 내놓으라고 강렬하게 주장하듯 손가락으로 볼을 툭툭 건드렸다.

한진수가 찔끔 놀랐다.

"형님……?"

고려의 왕자, 그것도 3차 각성을 끝마친 왕자가 게릴라전에 함께 투입된다? 그런 말은 듣지 못했는데. 물론 엄청난 전력이 되기는 하겠지만.

"야, 반론은 안 들어. 나는 네가 콱 죽어버리면 좋겠지만 그러면 내 똥개가 슬퍼한단 말이야."

인상을 찡그리고 계속 투덜거렸다.

"네가 죽는 건 신경 안 쓰지만 내 똥개가 슬픈 건 짜증 나니까."

그러다가 이내 킥킥대고 웃었다.

"재미있을 것 같아. 그동안 존재하는지도 몰랐던 세계 최강의 군대라니."

이거 정말 재미있겠어! 싸울 맛나겠어! 하고 혼자 신나했다. 하지만 김상희는 알아차릴 수 있었다. 김환성도 사실 지금 딱히 내키지 않아 하고 있다. 정말로 죽을 수도 있는 일에 그 누가 기쁜 마음으로 자원하겠는가.

김환성이 밝게 말했다.

"그놈들 얼른 때려 부수고 내 똥개한테 물어왓이나 시켜야지."

김상희는 입술을 깨물었다.

'지금 울어서는 안 돼.'

김상희는 생각했다. 자신이 무엇을 할 수 있을지, 무엇을 해야 고려를 위해, 아니, 이제는 가족이 되어버린 이들과 사랑하는 한진수를 위해 무엇을 할 수 있을지 고민하고 또 고민했다.

김환성이 말했다.

"자! 그럼 출발! 똥개. 너는 어디 아프지 말고 잘 있어. 재미있게 싸우고 올 테니까."

김환성은 뒤돌아서서 이를 악물었다. 그의 표정은 더 이상 밝지 않았다.

'백제 이 개새끼들!'

내 똥개 눈에서 눈물 나면 너희도 무사하지 못할 것이다.

'네놈들 눈에선 피눈물이 나게 해주겠다.'

김환성은 그것만으로는 왠지 부족하다고 생각했다.

'피똥 싸게 만들 거다!'

듣는 사람도 없는데 혼자서 고래고래 소리를 질렀다.

"단체 치질 걸리게 만들어서 똥구녕을 다 헐게 만들어 주겠다고!!! 피똥 줄줄 흐를 각오나 하시지!!!"

김환성은 이 말을 하기 위해 여태까지 뜸을 들였다.

"내 똥개는 내가 지킨다!!!"

제36장
이것이 제가 성녀인 이유입니다

한진수와 김환성이 이끄는 게릴라 부대가 서쪽 방향으로 향했다. 그사이 김환석은 연구에 박차를 가했다. 조금이라도 더 시간을 단축하기 위해서. 지금 고려가 준비하고 있는 비장의 카드는 최종 형태의 프리온 나이트다. 전 세계 각지에서 계집들을 티 나지 않게 납치하여 연구를 진행했다.

김환석은 스스로에게 말하고 또 말했다.

'나는…… 옳은 일을 하고 있는 거다.'

하지만 그도 안다. 이 일이 옳은 일이 아니라는걸. 원래대로라면 옳은 일이 맞았지만 지금은 그렇지 않다는 것. 여동생인 김상희가 있는 지금, 이건 잘못된 일이라는걸.

'나는 이 일을 할 수밖에 없다.'

어쩔 수 없다. 지금 백제의 대군이 계속해서 동쪽으로 진군해 오고 있다. 그들을 막아낼 수 있는 병력이 지금 고려에는 없다. 그래도 고려는 역시 최강국이다. 백제의 대군이 진군해 오는 방향에 있는 국가들이 연합하여 고려로 힘을 보태기 위해 몰려들고 있었다.

'힘을 합쳐서 백제를 막는다고는 해도…… 그래도 역시 힘들다.'

다른 사람들은 그렇게까지 큰 도움이 되지는 않을 거다. 그들에게 큰 기대를 하지 않는다.

'내가 할 일은…… 프리온 나이트를 만드는 것뿐이다.'

한진수와 김환성이 좀 더 정밀한 데이터를 보내올 거다. 그들이 백제의 프리온 나이트들과 직접적으로 부딪치면서, 이쪽이 보다 면밀한 준비를 할 수 있도록 도울 것이다.

'나는 내 동생을 지켜야 한다.'

그 스스로도 알았다. 자꾸만 자기 자신에게 세뇌를 하는 건 양심에 가책을 느끼기 때문이다.

'아버님께선 악마가 되겠다고 하셨지만.'

그건 김훈상만의 각오가 아니었다.

'나 역시 악마가 될 각오가 되어 있다.'

김상희의 얼굴을 떠올렸다. 동생을 지키고 싶다. 그래서 다른 여자들의 비명을 외면하기로 했다.

그로부터 얼마 뒤 한진수와 김환성이 보고서를 하나 올렸다.

김훈상이 보고서를 읽으며 인상을 찡그렸다.

"최종 형태의 프리온 나이트라……."

분명히 그렇긴 하다. 그러나 약간 달랐다.

"크리스 정도의 능력을 가진 개체는 발견되지 않았다라."

그건 다행이었다. 크리스의 능력은 정확하게 파악되지 않았다.

"크리스와 비슷한 능력을 가진 프리온 나이트가 분명 한 개체 이상은 있을 거다. 그 개체의 능력을 파악하는 것이 중요해."

어쩌면 3차 각성을 끝마친 상태라고 해도 상대하기 어려울 수도 있다. 예전에 크리스가 넌지시 알려줬던 적이 있다. 크리스 말고 크리스와 다른 세력이 있다고. 지금 돌이켜보면 분명히 그랬다.

'그놈은 결국 나나 한진수, 아니면 환성이가 맡아야겠지.'

김훈상은 피식 웃었다.

'나는 악마다.'

수많은 계집을 잡아서 부품으로 사용했다. 김상희가 만약 알게 된다면 자신의 혐오하게 될지도 모를 일이다. 그건 너무나 무서웠지만 그리할 수밖에 없었다.

김훈상이 김상희를 찾았다.

"……울었냐?"

김상희가 눈가를 훔치며 대답했다.

"아니어요, 소녀는 씩씩해요."

"내 앞에서 강한 척하지 마라."

김훈상은 이상한 기분이 들어 자신의 왼쪽 가슴을 매만졌다. 이상했다. 심장이 쿵! 하고 어디론가 떨어져 버리는 것 같은 그런 기분이 들었다.

'……그렇게나 많이 슬픈 거냐?'

그래서 한진수를 용서할 수 없었다.

‘거기서 죽으면 절대로 용서하지 않겠다.’

지옥 끝까지 쫓아가서라도, 왜 내 딸을 행복하게 만들어주지 못했냐고 멱살을 잡고 따질 것이다.

“너는 내 앞에서 강한 척할 필요 없다. 힘들면 힘들다고 말해라. 울고 싶으면 맘껏 울어라. 지치면 지친다고 말해라. 힘들고 지칠 때에, 낙망하고 넘어질 때에 그때 내가 네 버팀목이 되어줄 것이다.”

김상희는 이제 개차반을 더 이상 개차반이라고 부를 수가 없겠다고 생각했다. 김훈상의 진심이 절절히 와 닿았다. 자신이 슬퍼하고 있자, 김훈상이 더욱 슬퍼했다. 그게 느껴졌다. 지구에서의 어머니, 아버지라고 해도 자신을 이렇게까지 사랑할 수 있을까? 그런 기분이 들었다. 여태까지 계속해 왔던 그런 연기가 아닌, 진짜 속마음을 드러냈다.

“……고마워요.”

“…….”

“고마워요, 아빠.”

김상희는 요즘 아주 많이 운다. 가만히 있다가도 울고, 밥을 먹다가도 울고, 물을 마시다가도 울고, 샤워를 하다가도 운다. 그럴 수밖에 없었다. 사랑하는 남자가 지금 목숨을 걸고 전쟁터로 향했다. 자신을 사랑했던 남자는 어디론가 떠나버렸다. 그 떠나는 모양새가 마치 마지막 작별을 고하는 모양새였었다.

‘왜 내 주위의 사람들은 이렇게 힘든 걸까?’

온몸에 힘이 쭉 빠졌다.

‘나는 행복하면 안 되는 걸까?’

돌이켜보면 정말 불행하지 않은가. 전생에는 칼에 찔려 죽었다. 여기서는 피가 말라 죽을 것 같다.

'내가 이곳에 오게 된 이유는 도대체 뭘까?'

신이 만약 정말로 있다면 나를 왜 이렇게 힘들게 하냐고, 나는 행복하면 안 되는 거냐고, 내가 뭘 그렇게 잘못했냐고. 그렇게 따지고 싶었다. 멱살이라도 붙잡고 나 좀 행복하게 살게 내버려 두면 안 되겠냐고, 제발 나 좀 내버려 두라고. 그렇게 외치고 싶었다.

김훈상이 말해줬다.

"한진수와 김환성은 무사하다고 한다."

프리온 나이트에 대한 정보들도 실시간으로 보고받고 있다.

"최종 형태의 프리온 나이트들은 자아를 가지고 스스로 움직이는 것 같다."

한진수의 경우와는 약간 달랐다. 한진수가 가진 프리온 나이트의 경우, 한진수가 패널을 통해 조작한다. 하지만 이 백제의 프리온 나이트들은 마치 사람처럼 움직였다.

"지금에 이르러서야 그것들이 프리온 나이트인지, 아니면 인간인지 구분할 수는 없겠군."

인간보다도 훨씬 더 강한 능력을 갖고 있어서 편의상 프리온 나이트라고 하는 것뿐이다.

"하지만 걱정하지 마라. 우리는 착실히 준비를 하고 있다."

"아빠……."

김상희는 김훈상에게 안겼다. 예전처럼 가식이 아니었다. 정말로 의지를 하고 싶어서, 김훈상의 품에 안기고 싶어서 그래서 일부러 안겼다. 김훈상의 품은 굉장히 따뜻하고 넓었다. 그래서 불렀다.

"아빠……."

아빠라는 그 이름을 이렇게 진심으로 불러본 것이 얼마 만인지 모르겠다. 그러고 보니 지구의 진짜 엄마, 아빠는 잘 지내고 있을까?

'미안해. 엄마, 아빠.'

정말 미안한 얘기지만 만약 다시 돌아갈 수 있다고 해도 돌아가고 싶지 않았다. 누가 들으면 미쳤다고 할지도 모르지만 김상희는 이곳이 좋았다. 이렇게 힘들고 괴로워도 그래도 이곳이 좋았다.

'이렇게 더러운 세상인데.'

그럼에도 불구하고 좋았다. 이곳에는 개차반이 있고 망나니들이 있고, 그리고 한진수가 있다. 지금에 이르러서야 그 한진수와 이 한진수의 차이와 경계가 모호해지기는 했지만. 하여튼 지금 그녀가 사랑하고 있는 사람은 지금의 이 한진수였다. 속 나이야 어찌 됐든 그녀는 어려졌다. 아무리 속 나이가 많다고 하더라도 그녀는 지금 김훈상의 딸이었고, 누군가에게 의지하고 싶은, 누군가에게 안겨 있고 싶은 그런 마음이었으니까.

"아빠, 나 지금처럼 아빠한테 안겨도 돼요? 힘들면 힘들다고 말해도 돼요? 나 지금처럼 못난 모습으로 울어도 돼요?"

김훈상이 말했다.

"정말 멍청한 계집이구나, 너는."

"……."

"너는 숨을 쉴 때 공기의 허락을 맡고 숨을 쉬는 거냐?"

"……."

"지극히 당연한 일에 일일이 허락을 구하지 마라. 네 질문은 오히려 나를 모욕하는 것이다. 나를 모욕할 셈이냐?"

김상희는 김훈상의 품에 안겨 고개를 절레절레 저었다.

다시 하루가 지났다. 김상희가 자리에서 일어섰다.

"제가 가보겠어요."

소식을 전하러 왔던 알렉스는 잠시 숨을 골랐다. 이 공주님 가끔 이렇게 과감해질 때가 있다. 알렉스는 상희학을 공부하고 있으면서도, 가끔 김상희를 이해하지 못할 때가 있었다.

"공주님, 위험할 수 있습니다. 표면적으로 저희와의 동맹을 요청한 이들이지만 저들 중에 공주님을 노리는 세력이 없다고 할 수 없습니다. 하물며 지금은 한진수 국왕이나 김환성 왕자님도 없는 상황 아닙니까?"

김상희의 능력은 이미 밝혀진 상태다. 지금은 전쟁시국이다. 고려의 힘이 지금 분산되어 있는 상태. 이러한 상황에서 누군가가 김상희를 노린다면 치명적이 위험에 처할 수 있다.

'그럴 가능성이 높지는 않아.'

분명히 그렇다. 가능성 자체는 높지 않다.

'하지만 그 아주 작은 가능성조차도 상희학의 관점에서 보자면 100퍼센트만큼이나 위험한 것이지.'

김상희 공주에게 아주 작은 위협이 되는 것, 그것은 상희학의 관점에서 매우 큰 위협처럼 인식이 된다.

"제가 가서 큰 힘이 된다면 저는 그렇게 해야겠어요."

아무것도 하지 않는 것보다는 무엇이라도 하는 게 좋았다. 지금 세계 각지의 군대가 고려로 집결하고 있다. 갑자기 나타난 백제와 싸우기 위하여. 하지만 정치적으로, 군사적으로 그들을 함부로 받아들일 수는 없는 노릇이다. 위급한 상황이다 보니 선별하여 그들을 받아들이고 힘을 합치고는 있지만 그들을 통제하고 관리하는데 병력이 투입되어야만 한다.

어쨌든 그들은 성녀의 존재를 확인하고 싶어 했다. 그들은 백제 군사의 힘을 봤다. 프리온 나이트 부대, 그들의 능력은 상상을 초월했다.

"우리에겐 성녀의 존재가 필요합니다."

사실상 성녀, 그건 너무나 추상적이고 해괴하지 않은가. 고려에서 날조한 거라는 소문이 있었다. 사실상 그 소문은 거의 진실처럼 받아들여지고 있다. 수페르가나 미라클과 같은 것이 제조되고 있다고는 해도, 그것이 곧 성녀의 존재를 증명하는 것은 아니니까. 성녀의 능력이 워낙에 믿기 힘든 것이다 보니 직접 보지 못하면 믿을 수가 없는 거다. 고려 왕궁 내의 사람들도 처음에 못 믿었으니 외국인들이야 두말할 필요도 없었다.

김훈상도 그 말에는 동의했다.

"성녀의 존재가 커다란 힘이 되겠지. 사기 충전에는 더할 나위 없이 좋다."

어려운 시국, 세계 최초일지도 모를 여성 영웅의 등장, 분명히 좋은 기회다. 하지만 그 영웅이 하필이면 내 딸일 필요는 없지 않은가. 심지어 세계 각국의 군대가 모여들고 있는 상황이다. 김상희의 능력을 노리고 있는 세력이 있을 수도 있다. 김상희는 가진 바 능력이 뛰어나긴 하지만 무력 자체가 강한 건 아니다.

'김상희의 얼굴을 알리면…….'

그러면 위험해질 가능성도 높아진다는 거다. 평생 쫓아다니면서 보호를 해줄 수도 없는 노릇 아닌가.

'나는 싫다.'

하지만 김상희가 강력하게 주장했다.

"제가 해야만 하는 일이라고 생각해요."

김훈상 역시 그 말에는 동의했다. 왕으로서는 그 말에 분명히 동의하고 있는데, 아버지로서는 동의할 수가 없었다.

"소녀는 계집의 몸이며, 아무것도 모르는 미천한 계집이지만…… 전쟁에 있어서 사기가 그 무엇보다도 중요한 요소라는 것은 잘 알고 있답니다."

"……."

김훈상은 말리고 싶었다. 하지만 말릴 수 없었다. 이번에도 마음속에서 왕의 마음과 아버지의 마음이 계속해서 싸웠다.

"저의 존재가 많은 이에게 힘이 된다면, 저는 반드시 그래야만 해요."

시간이 흘렀다. 김훈상은 결국 허락을 했다.

드디어 세계 각국의 군대들 앞에 성녀가 모습을 드러냈다. 지금 많은 군인이 지쳐 있는 상태다. 마지막 보루라고 할 수 있는 고려를 향해 전속력으로 후퇴, 아니, 도망을 쳐왔으니까.

"저 계집이 성녀라고?"

"고려 측의 헛소문이라고 생각했는데."

"성녀라는 게 진짜 있는 걸까?"

"그래도 저렇게 자신만만하게 나온 걸 보면 뭔가 있겠지."

어떤 이들은 기대했지만 또 어떤 이들은 기대하지 않았다. 성녀라는 건 그냥 고려의 외교력과 우상화를 위한 하나의 장치라고 생각하는 사람도 많았으니까.

"나는 솔직히 믿지 않아. 헛소문일 가능성이 높다고 생각해. 성녀 같은 게 있을 리 없잖아."

"다 좋으니까 그냥 따뜻한 방에서 잠이나 좀 자고 싶다. 피곤해 죽겠어."

모두 제각각 생각에 잠겨 있을 무렵, 성녀의 몸이 하얗게 빛나기 시작했다.

"저는…… 고려의 제1공주 김상희 공주입니다."

마이크를 타고서 김상희의 목소리가 거대 연병장 구석구석에 스며들었다.

"여러분께는 성녀라는 이름으로 많이 소개가 되었겠지요."

김상희도 안다. 이들 지금 많이 지쳐 있다. 자신을 불신의 눈으로 쳐다보는 사람도 많았다.

'한 번 보는 것이 백 번 말하는 것보다 낫다고 했어.'

긴말을 하지 않았다.

'이게 내가 할 수 있는 일이야.'

아니, 나만이 할 수 있는 일이야. 김상희는 그렇게 생각했다.

'진수도…… 망나니도, 지금 자신의 위치에서 최선을 다하고 있어.'

그러니까 나도, 나도 최선을 다해야만 해.

'지금 이 자리에서…… 나는 성녀니까!'

김상희의 몸이 조금씩 빛나기 시작했다. 사람들의 이목이 집중됐다.

"저쪽으로 집결하시면 됩니다."

고려 나이트의 안내를 받아 브레든 왕국의 군사들이 이동했다. 고려 국경까지 힘든 길을 걸어왔던 브레든 왕국의 군사들은 탈진 직전이었다. 그냥 군사들만 왔다면 상관이 없다. 그러나 브레든 왕국의 국왕은 국민들을 데리고 후퇴했다. 말이 좋아 후퇴지 사실상 고려로 도망쳐 왔다. 혼자서 도망치는 것도 힘든데, 국민들을 데리고 후퇴하는 건 더더욱 힘들다.

그것을 두고 반대가 심했다. 지금은 애들이나 남자들을 챙길 때가 아니라고. 그냥 버리고 우리끼리라도 도망치자고. 하지만 브레든의 국왕은 그 주장을 수용하지 않았다. 국민들을 데리고 피난 가는 것은 정말 쉽지 않다. 밥 한 끼를 먹어도, 1인분 지을 것을 5인분 이상 지어야 하니까. 기동력 역시 현저하게 떨어질 수밖에 없었다.

브레든의 일반 장교 푸앙은 자리에 주저앉았다.

"너무 힘들다……."

고려 왕궁 내 대연병장에 병력이 포진되어 있는 상태. 이들을 위한 임시막사나 거처가 마련되어 있기는 했지만 시설은 열악할 수밖에 없었다. 하지만 이들은 불평을 하지 못했다. 어쩔 수 없다. 어쨌거나 자신들은 타국의 군대고, 고려의 입장에서는 이들을 한곳에 몰아두고 감시 혹은 통제를 해야만 했다. 도망쳐 온 입장이다 보니 권리를 주장할 수도 없었다.

'뭔가 하고 있는 것 같은데…….'

저만치 앞, 어떤 여자가 보였다. 하지만 신경 쓰지 않았다. 눈에 보이기는 보이되, 말 그대로 눈에만 보였을 뿐 머리로는 제대로 인식하지 못했다. 몸이 너무 힘드니까. 하지만 주변의 분위기가 요상하기는 했다.

'성녀……?'

성녀 어쩌고저쩌고 얘기를 나누는 것 같기는 한데 사실상 큰 관심사는 아니었다.

'배고프다.'

배도 고프고 힘도 없다.

'쉬고 싶다.'

침대가 그리웠다. 그때 마이크를 타고 어떤 계집의 목소리가 들려왔다.

"이것이…… 제가 성녀인 이유입니다."

김상희의 몸이 하얗게 빛나기 시작했다. 김상희는 정신을 집중했다.

'이 세상에서…….'

김상희는 대연병장에 구름처럼 운집한 사람들을 둘러보았다.

'나만 가능한 일이야.'

이제 힘은 각성했다. 하지만 이렇게까지 진심을 다해서 끌어올렸던 적은 없었던 것 같다.

'나는…….'

김상희는 크게 숨을 들이마셨다.

'이들에게 희망을 보여줘야 해.'

이들은 지금 고국을 등지고 이곳으로 집결했다. 명분상 지금 대륙을 휩쓸고 있는 사신들에 대항하기 위한 대항마로서 고려에 집결하고 있는 것이지만, 실상은 그냥 도망자가 아니던가. 브레든 왕국과는 달리 국민들을 버리고 도망친 왕도 많았다. 이들에게는 지금 희망이 없었고 사기가 땅 밑까지 추락한 상태다.

'나는 지금, 바로 여기, 내가 서 있는 이 자리에서 내가 할 수 있는 최선을 다하는 거야.'

진수의 얼굴이 떠올랐다. 진수는 지금 진수 나름대로 최선을 다하고 있을 거다. 힘을 내기로 했다.

대연병장에 모인 사람들이 위쪽을 쳐다봤다.

"어라……?"

김상희의 몸이 하늘로 두둥실 떠올랐다. 그들이 알기로, 계집이 몸을 띄울 수는 없었다. 계집들에게는 마력이란 것이 없으니까. 뭔가 있기는 있구나 싶었다.

"저, 저길 보십시오."

"성녀의 몸이 빛나고 있습니다."

모두의 이목이 김상희에게 집중됐다. 김상희가 계속해서 말했다.

"제가 여러분께 보여드릴 수 있는 건…… 기적이 아닙니다."

하얀빛이 증폭됐다. 그리고 그 하얀빛이 마치 아침 햇살처럼 고르게 퍼져 나갔다. 사람들은 말한다. 기적의 빛이라고. 하지만 김상희는 그렇게 말하지 않았다.

"저는 신이 아닙니다. 여러분께 기적을 보여드릴 수는 없습니다."

몇몇은 생각했다. 별 능력이 없기 때문에 저렇게 생쇼를 하는구나, 그래서 기적이 아니라고 지금 이렇게 약을 치는구나, 분명 그때까지는 그렇게 생각했다.

"하지만 여러분께 희망은 보여드릴 수 있을 것 같습니다."

김상희는 안다. 사람에게 있어서 '희망'이라는 이 애매모호한 단어가 얼마나 커다란 영향을 끼치는지, 희망이 있는 사람과 없는 사람에게서 얼마나 큰 차이를 발견할 수 있는지, 이미 알고 있다. 전 세계의 여자들이 그랬다. 자신을 희망으로 삼는 수많은 여자를 봤다. 그들의 삶은 희망이 있을 때와 없을 때 완전히 달랐었다.

김상희가 흩뿌린 그 기적의 빛이 지치고 낙담한, 이곳에 모인 사람들의 몸을 봄비처럼 적셨다.

"아……."

그동안 무성했던 소문의 실체가 밝혀지는 순간이었다.

"이럴 수가……."

브레든 왕국의 일반 장교 푸앙은 자리에 털썩 주저앉았다.

"이건 도대체……."

푸앙만 그런 것이 아니었다. 푸앙을 비롯한 수많은 남자가 자리에 주저앉았다. 믿을 수 없다는 듯 자신의 몸을 만져 보는 남자들도 있었다.

"이게…… 기적……?"

이곳에 모인 사람들은 대부분이 군인이다. 당연한 말이지만 군인은 모두 남자다. 남자는 마력을 운용한다. 마력을 통해 자신의 신체 컨디션을 정확하게 파악하곤 한다. 신체야말로 그들의 자산이니까. 그러다 보니 그들은 자신들의 몸에 일어난 변화를 알 수 있었다.

'몸이…… 완전히 정상으로 돌아왔다.'

한두 명이 아니다. 대연병장에 모인 수만에 달하는 대병력이 지금 같은 현상을 보고, 같은 느낌을 받고 있었다.

'이건 사기가 아니다.'

아니, 애초에 사기일 수가 없다 자신의 몸에 일어난 변화를 그들 스스로가 모두 잘 알고 있다.

"이것이 성녀의 진짜 능력……?"

이제는 믿을 수밖에 없게 됐다. 직접 눈으로 보지 않았는가. 그동안의 소문이 모두 진실이었다.

브레든 왕국의 푸앙은 벌어진 입을 다물지 못했다.

'이렇게 엄청나게 많은 대병력을 일순간에 최상의 상태로 회복시

키는 기적이라니.'

성녀는 기적이라고 말하지 않았지만 푸앙에게는 충분히 기적이었다. 이건 기적이란 말이 아니면 달리 설명할 수조차 없었다.

"저 여자가…… 성녀……."

이제는 감히 '계집'이란 단어를 입에 담을 수조차 없게 되어버렸다. 눈앞에서 이런 기적을 봤다. 이런 기적을 일으킨 여자를 어떻게 '계집'이라고 깎아내릴 수 있단 말인가.

그때부터 고려에서 미리 심어둔 바람잡이들이 움직이기 시작했다. 전쟁에는 수많은 요소가 필요하다. 아군의 사기를 진작시키는 것에는 약간의 연극도 필요한 법이다.

"김상희 성녀, 만세……!"

여기저기에서 한두 명씩 두 팔을 번쩍 들고 만세를 외치기 시작했다. 처음에는 바람잡이들이 그렇게 했지만, 곧 분위기는 밀려오는 파도처럼 대연병장 전체를 휩쓸었다. 그럴 수밖에 없었다. 고국을 버리고 도망쳐 온 이들이다. 이들이 지금 김상희를 통해 희망을 얻었다. 김상희만 옆에 있으면 불사의 군대가 될 수 있다. 죽지만 않으면 언제든지 재기할 수 있는 것이다.

"김상희 성녀 만세!"

수만 명이 넘는 병력이 동시에 김상희의 이름을 외쳤다. 불과 몇 년 전까지만 해도 상상도 할 수 없던 일이었다. 고려 왕궁 내에, 무려 '남자'들이 '여자'를 부르며 환호하고 만세를 외치는 기이한 풍경이 벌어졌다.

"김상희 성녀 만세!"

기적을 눈앞에서 목도한 그들은 더 이상 김상희를 계집이라 부르지 못했다. 이제 그들에게 있어서 김상희는 성녀였다.

김상희는 아래를 내려다봤다. 이 기분, 이상하다. 꿈을 꾸고 있는 것 같았다. 남자들이 자신을 쳐다보면서 만세를 외치고 있다.

'나는…… 잘하고 있는 걸까?'

이 세계를 바꾸겠다고 마음먹었던 적이 있다. 하지만 현실의 벽은 높았다. 주변을 변화시키는 것만으로도 충분히 힘들었다. 이 세계를 바꾸고는 싶은데 그럴 힘이 자신에게는 없었으니까. 지금이야 성녀의 능력을 가지고 있지만 이 세계에서 그녀는 철저한 약자였다. 그건 지금도 마찬가지다. 고려라는 든든한 배경이 뒤에서 받쳐 주지 않았다면, 고려 왕가의 전폭적인 지원과 도움이 없었다면 그녀는 지금 제국 혹은 어디 다른 곳으로 끌려가 강제 노역을 하고 있었겠지. 아니면 프리지아처럼 살았을지도 모를 일이다.

진수의 얼굴이 떠올랐다.

'진수야, 나 잘하고 있는 거 맞아……?'

세상을 바꾸는 거 그건 자신 없다. 무엇보다도 이제 그녀의 관심사가 달라졌다.

'나는…… 진수와의 행복이 더 중요해졌어.'

그렇게 마음이 바뀌어 버렸다. 지구로 돌아가고 싶다는 마음도 사라졌다.

'나 너무 이기적인 년이지만…….'

세상을 바꾸는 거보다 진수랑 행복한 게 더 중요해졌다. 그러나 김상희의 마음가짐과는 상관없이 그녀는 이미 세상에 영향력을 끼치고 있는 중이다. 수페르가와 미라클에 이어 대규모 기적 발현까지. 그녀가 조금씩 익숙해져서 그렇지, 계집을 연호하는 나이트들. 원래대로라면 상상조차 할 수 없는 거다.

'나도…… 행복할 자격이 있을까?'

분명 있을 거라고 생각했다. 다른 큰 거 욕심내지 않으니까.

김훈상은 딸을 쳐다봤다. 저번에 이런 대규모 기적 발현 후에 쓰러졌었다. 오늘도 아마 그럴 거다.

'나는 많은 것을 바라지 않는다.'

왕관의 무게를 견디며 여기까지 달려왔다. 이번 일만 잘 마무리된다면, 이번 전쟁에서 살아남을 수 있다면 그땐 왕관을 던져 버리고 싶었다. 부, 명예, 권력 모두 다 가져 봤다. 그거 다 가져 보고 나니까 이제 정말로 중요하고 소중한 것이 무엇인지 알 것 같다.

'김상희, 네가 없었다면 나는 영원히 알 수 없었겠지.'

아마도 고려를 좀 더 부강하게 만들기 위해서 지금도 불철주야 노력을 하고 있었겠지.

'내게 있어서 가장 소중한 것이 무엇인지 네가 알게 해줬다.'

공중에 떠 있던 김상희의 몸이 떨어져 내렸다. 김훈상이 직접 딸의 몸을 받았다. 사실 김유신이 받으려고 했는데 김유신은 순간 엄청난 살기를 느껴야만 했다. 직접 들은 건 아닌데, '내 딸의 몸에 손대지 마라!'라는 환청을 들은 것만 같은 기분이 들었다.

김훈상은 김상희를 안아 들었다. 김상희의 얼굴이 보였다. 저번에는 완전히 시체 같더니 지금은 좀 바뀌었다. 잠에 빠져든 모습이다. 새근새근 잠들어 있는 모습을 보니 괜히 가슴이 먹먹해졌다. 이 아이가 너무 가여웠다. 이 아이가 바라는 건 그저 사랑하는 남자와의 행복한 삶일 뿐인데, 세상이 이 아이를 가만히 두질 않는다.

'네 행복은…… 내가 지키겠다.'

3일 뒤, 김환성이 왕궁으로 복귀했다. 제 발로 걸어온 것이 아니었다. 워프가 가능한 스페셜 나이트 하나가 김환성을 안은 상태로 외쳤다.

"성녀님! 성녀님 어디 계십니까!"

회복의 관 관장 미첼이 그 소리를 듣고 황급히 뛰어갔다.

"무슨 일입니까?"

"김상희 성녀님을 찾아야 합니다!"

미첼도 발견했다. 지금 김환성은 혼수상태다. 3차 각성을 끝마친 김환성은 피떡칠을 하고 숨만 간신히 붙어 있었다.

미첼이 다급히 말했다.

"어, 얼른 회복의 관으로……!"

나이트가 말했다.

"필요 없고, 김상희 공주님 어디 있냐고!!!"

회복의 관 관장 미첼은 자존심이 좀 상했다. 그는 누가 뭐래도 회복의 관 최고의 권위자다. 성녀가 나타나기 전까지는 최고의 의료기관 최고의 권위자가 아니었던가. 하지만 자존심은 자존심이고 이건 현실이었다. 미첼마저도 이렇게 생각했다.

'김상희 공주님을 어서 찾아야 해.'

미첼은 김환성의 상태를 확인하고는 고개를 흔들었다.

'이건 난 못 해.'

거의 시체나 다름없지 않은가.

'난 못 해. 상희 공주님께 보여야 해.'

그쯤 되니 마음이 오히려 편해졌다. 부상당한 왕자님 치료를 맡았는데, 왕자님이 죽는다? 그러면 그 후폭풍을 감당할 자신이 없다.

'김상희 공주님이 계셔서 다행이야.'

휴, 하고 안도의 한숨을 내쉬었다. 나이트는 사라져 버렸다. 아무래도 기록의 관으로 직행한 것 같았다.

"어…… 그러고 보니……."

이쯤 되니 자신의 존재 의의가 헷갈리기 시작했다.

'이러다 나 실직하는 거 아냐?'

좀 무서워졌다. 아무래도 노후 계획을 열심히 짜야겠다는 생각이 들었다.

한편, 기록의 관, 김상희의 방. 잠에 빠져들어 있었던 김상희를 누군가가 거칠게 깨웠다.

"김상희 공주님!"

김상희는 잠에서 깨어났다. 그리고 피칠갑이 되어 있는 김환성을 발견했다. 김상희가 벌떡 일어섰다.

"오빠!"

순간, 김상희의 몸이 휘청거렸다. 김환성의 이런 모습 처음 본다. 충격을 받지 않았다면 거짓말이다.

'……말도…… 안 돼!'

반쯤 시체가 된 김환성을 봄과 동시에 김상희의 몸에서 변화가 일어났다.

심장이 쿵쾅대고 뛰었다. 내 똥개는 내가 지킨다! 라고 큰소리를 탕탕 치면서, 이번 싸움 되게 재미있겠다고 설레 하던 김환성이다. 그 김환성이 막상 거의 반쯤 시체가 되어 실려오자 김상희는 머리가 멍해졌다. 아무것도 떠오르지 않았다. 그저 망나니를 살려야겠다는 생각밖에 들지 않았다.

김상희의 몸에서 하얀빛이 뿜어져 나왔다. 그 빛은 이내 김환성의 몸에 흡수됐다. 김상희가 의도한 것이 아니었다. 그 하얀색 빛무리가 김환성을 보드랍게 덮었다. 그리고 조금씩 몸에 스며들었다. 빛이 스며들수록 김환성의 몸도 변하며 여성화가 진행됐다. 그런데 김환성이 눈을 뜨지 않았다.

"……오빠!"

도대체 왜 일어나질 않는 거야. 원래대로라면 일어나고도 남았을 시간인데! 김상희는 자기도 모르게 눈물을 펑펑 쏟았다. 그녀에게 있어서 개차반과 망나니, 그들은 원래 공포의 대상이었고 또한 조련의 대상이었다. 하지만 이제 확실히 알았다. 이제 그들은 더 이상 공포의 대상이나 조련의 대상이 아니었다. 이제 그들은 그녀에게 가족이었다.

"어서 눈을 뜨셔요!"

머릿속이 새하얗게 변했다. 이런 적은 처음이다. 김환성이 이렇게 무참하게 당한 것도 처음이고, 성녀의 힘을 사용했는데도 일어나지 못하는 것도 처음이다. 어떻게 해야 할지, 뭘 해야 할지 도무지 알 수 없었다.

헐레벌떡 달려온 회복의 관 관장 미첼은 안경을 고쳐 썼다.

'저 왕자님…….'

저 왕자님 뭔가 수상하다.

'분명 깨어나셨는데……?'

그 증거로 입가가 씰룩거리고 있다.

'설마 공주님께 안겨 있는 게 기분 좋아서 저러나……?'

아니, 그럴 리는 없지. 그럴 리는 없을 거야, 라고 생각은 했지만 그의 이성은 말해주고 있었다. 저 왕자님, 지금 중상을 입었던 것을 핑계로 김상희 공주님에게 안겨 있다.

미첼은 헛기침을 했다.

"크흠……."

회복의 관 관장으로서 자존심을 좀 세울 때가 됐다.

"왕자님은 이미 완벽하게 회복되셨습니다. 제 소견에는 분명히 그렇군요."

좋아. 나의 이 마력 스캔을 통한 환자의 상태 파악. 이 능력은 김상희 공주님이 절대로 따라올 수 없는 분야지. 이래봬도 나는 회복의 관 관장이라고. 하고 미첼이 자부심에 도취해 있을 때였다.

"아씨, 너 진짜 죽을래?"

미첼의 귀에 김환성 왕자의 말이 들려왔다. 김환성은 지금 매우 기분이 나빠졌다.

"예?"

미첼은 황당해졌다.

'아니, 내가 뭘 잘못했는데?'

환자의 상태를 제대로 짚어주는 것이야말로 의사의 본분 아니겠는가. 그는 본분을 다했을 뿐이다. 하지만 왕자님께 '제가 뭘 잘못했는데요?' 하고 되물어 볼 수도 없는 노릇 아닌가.

"아니…… 저, 그게 그러니까……."

"너 때문에 망했잖아."

그니까 뭐가 망했다는 겁니까? 지금 죽기 직전에 실려 와서 어떻게든 살아났는데, 뭘 어떻게 하면, 뭐가 망했다는 거죠? 미첼은 묻고 싫었다. 아니, 더 솔직히 말하면 따지고 싶었다. 지금 살아나서 기쁘다고 덩실덩실 춤을 춰도 모자랄 판 아닌가.

김상희가 버럭 소리 질렀다.

"오빠!"

김상희도 이제 상황은 파악했다. 김환성이 아무래도 장난을 친 모양이었다.

"어…… 똥개, 너 왜 그래?"

김환성의 표정이 조금 안 좋아졌다. 미첼을 향한 그의 표정이 분노의 표정이었다면 지금은 약간 공포를 느낀 표정이랄까?

'이, 이거 뭔가 감이 안 좋다!'

김상희는 왈칵 눈물을 쏟았다. 그리고 주먹을 들어 김환성의 가슴을 퍽! 쳤다. 정말로 퍽! 소리가 났다. 미첼이 눈을 휘둥그레 떴다.

'미, 미친……!'

아무리 성녀라고 해도 왕자의 허락 없이 어떻게 왕자의 몸에 손을 댈 수 있단 말인가. 그것도 감정 실린 주먹이라니. 미쳤다. 이건 미친 짓이다. 분명 미친 짓인데, 이건 김환성이 허락해 준 미친 짓이다. 생각해 보라. 싸움에 관한 세계의 대천재인 김환성이 김상희의 주먹을 피하지 못하고 맞았다? 그런 거 절대 아니다. 당연히 일부러 맞아준 거다.

김환성은 '으악!' 하고 비명을 지르고선 땅바닥을 데굴데굴 굴렀다. 미첼은 점점 더 황당해졌다.

'저게…… 아프다고?'

일부러 마력을 회수하지 않는 한 마력은 남자의 몸을 자동으로 보호한다. 김환성쯤 되는 인간은 그 정도가 상상을 초월할 것이다.

'덤프트럭으로 밀어도 멀쩡할 사람인데……?'

덤프트럭은 고사하고 덤프트럭 안에 들어가는 바퀴, 그리고 그 바퀴 안에 들어가는 조그만 나사 정도 되는 주먹으로 맞았는데 저렇게 아플 리가 없지 않은가.

김환성이 엄살을 부리며 여전히 바닥을 굴렀다.

"아이고, 나 죽네!"

미첼은 깨달았다.

'저 왕자님, 뭔가 필사적이다……!'

이유는 모르겠지만 필사적이었다. 그럴 수밖에 없었다. 김환성은 지금, 거짓말을 약간 보태자면 생명의 위협을 느끼고 있는 중이다. 김상희가 자신을 노려보는 폼이 예사롭지가 않다. 이러다가 미움받게 생겼다. 그래서 어떻게든 시간을 끌어보고자 아픈 척을 했다.

"오빠, 안 아픈 거 다 알아요."

그런데 씨알도 안 먹혔다.

"어…… 어?"

김환성은 자리에서 일어섰다. 안 아픈 거 들켰다. 젠장, 내 연기는 완벽했는데.

"어떻게 그런 걸로 장난을 칠 수가 있어요?"

"어…… 어?"

"소녀의 가슴에 대못을 박으실 작정이어요?"

"어…… 어?"

"오빠가 이렇게 쓰러져서 실려 오면 소녀는 도대체 어떻게 해야만 하죠?"

"어…… 어?"

"뭐라고 말 좀 해보셔요!"

"어…… 어?"

김환성의 머리가 새하얗게 변했다. 백제의 프리온 나이트들을 상대할 때도 이렇게 긴장이 되지는 않았다. 아니, 생각해 보니까 굳이 이럴 필요가 없을 것 같다.

'나는 오빠인데다가 왕자라고!'

자신이 꿀릴 게 없지 않은가! 어깨를 쭉 펴고 턱을 높이 들었다. 내가 바로 고려의 왕자다. 이름하여 '네 오빠란 말이다'라고 주장하는 듯 말이다.

"너 지금 감히 나한테 큰소리치는 거냐?"

"오빠가 소녀를 걱정시켰잖아요!"

쭉 펴졌던 어깨가 다시 쪼그라들었다. 턱도 내렸다. 고려 왕자 김환성은 급속도로 작아졌다.

"어…… 그, 그게 그러니까……."

장난 잠깐 친 건데. 김환성은 뒤통수를 긁적거리다가 이내 김상희의 눈가를 닦아줬다.

"야, 똥개. 안 그래도 못생겼는데 자꾸 울면 더 못생겨진다?"

"소녀가 얼마나 걱정했는지 알아요?"

김상희도 이제 확실히 알았다. 개차반에 대한 마음은 물론이거니와 망나니에 대한 마음 역시 거짓이 아니었다. 이건 연기나 조련이 아니었다. 정말 진심이었다. 김환성이 실려 왔을 때, 아무것도 보이지 않았고 아무것도 들리지 않았다. 머릿속이 새하얗게 변해 버렸었다.

"그니까, 그게…… 있잖아. 똥개야."

"오빠 말 듣고 싶지 않아요!"

김환성은 황당해졌다.

'뭐라고 말이라도 좀 해보라며?'

말이라도 하라고 해서 어떻게든 뭐라도 말하려고 입을 뗐는데, 이젠 말 듣고 싶지 않단다. 나 보고 어쩌라고. 그래도 동생이 울고 있는데 또 더 울리고 싶지 않아서 입을 다물었다.

시간이 흘렀다. 김환성은 나름대로 착해서 김상희의 말을 아주 잘 들었다. 그래서 아무 말도 안 했다. 한참의 시간이 흐르고 나자 김상희가 따졌다.

"오빠 저한테 할 말 없어요?"

"……."

김환성은 더더욱 혼란스러워졌다.

'내 말 듣고 싶지 않다며?'

이럴 땐 어떻게 해야 할지 모르겠다. 여자라는 생물체, 아니, 여동생이라는 생물체는 뭐가 이리 복잡하고 어려운 프로세스를 가졌단 말인가!

'나, 나는 어떻게 해야 하지?'

모르겠다. 알 수 없었다. 미궁이다.

"내, 내가 잘못했어. 미안해."

김상희는 말하고 싶었다. 오빠가 뭘 잘못했는데요? 하지만 말하지 않았다. 그랬다가는 김환성이 정말로 미궁을 헤맬 것만 같아 이쯤 하기로 했다. 빨리 전쟁터로 복귀해야 하는 김환성이다. 이런 일로 시간을 끌 수는 없었다.

"걱정…… 많이 했단 말이어요."

작아졌던 김환성이 다시 커졌다. 그랬다. 동생은 자신을 이토록 걱정하고 있었던 것이다. 그걸 깨닫고 나니 기분이 아주 좋아져 해맑게 웃으면서 말했다.

“아, 이게 내가 혼자 까불다가 실수를 해가지고…… 그래서 조금 다치긴 했는데.”

“그게 조금이에요?”

김상희는 흥분할 뻔했다. 반시체가 되어서 돌아왔다. 만약 자신에게 성녀의 능력이 없었다면 어쩌면 살릴 수 없었을지도 모른다. 그리고 김환성이 이렇게 당한 걸 보니, 이제 좀 실감이 난다. 정말 어마어마한 상대와 싸우고 있다는 걸 말이다.

‘어떻게 이렇게 해맑게 말할 수가 있는 거야?’

이해하기 힘들었다. 김환성이 어깨를 으쓱했다.

“말했잖아, 난 세상에서 제일 세.”

“…….”

“근데 다구리에는 장사 없더라. 아, 치사하게 여럿이서 공격하잖아. 일대일로 붙어야지.”

“…….”

미첼은 황당해졌다. 지금 저딴 걸 핑계라고 대는 건지. 전쟁에서 일대일이 어디 있냔 말이다.

‘백제가 정말 엄청난 것 같군.’

미첼이 듣기로 백제 역시 워프 기술을 익히고 있다고 했다. 그런데 그걸 사용하지 않고 정공법으로 밀고 들어오고 있다. 마치 막을 수 있으면 막아봐라. 하고 밀려드는 해일처럼 말이다.

“하여튼 걱정하지 마. 나는 아무렇지도 않아. 실수만 안 하면 하나도 위험하지 않아. 그리고 말이야.”

이제 김환성도 개념이 조금 생겼다. 김상희가 제일 궁금해할 만한 것을 미리 알려줬다.

"한진수도 멀쩡해. 다친 곳도 없고. 그니까 너무 걱정하지 마."

김환성은 킥킥대고 웃었다.

"한번 안아보자, 내 똥개."

그렇게 말했다가 이내 수정했다.

"내 동생."

김상희가 뭐라고 대답하기도 전에 김환성이 김상희를 끌어안고 시크한 척 말했다.

"그리고 난 똥개 너 때문에 이렇게 싸우고 있는 거 아니니까 착각하면 죽는다."

"……."

"나는 고려의 왕자야. 고려를 향해 침공해 오고 있는 쓰레기들을 내가 막는 건, 그건 당연한 거야. 그니까 너 때문이라고 생각하지 마. 부담 가질 필요도 없어. 알겠냐, 똥개?"

"……."

김환성은 그렇게 말해놓고서 민망했는지 어디론가 사라져 버렸다. 김상희는 멀뚱멀뚱 앞을 쳐다봤다.

'지금…… 김환성…… 이었어?'

정말 엄청난 변화다. 김환성의 입에서 저런 말이 나오게 될 줄 몰랐다. 나이를 먹어도 여전히 끝도 없는 철부지인 줄만 알았는데, 오늘 보니까 조금 어른스러워진 것 같기도 했다.

하루가 지났다. 김상희는 깊은 밤까지 잠을 이루지 못했다. 잠을 잘 잘 수 있을 리 없다. 부상당한 나이트들은 워프를 통해 고려 왕궁으로 복귀하고, 김상희가 그들을 치료했다. 전면전도 아니고 기습 게릴라전을 펼치는데도, 계속해서 부상자들이 생기고 있다. 모르긴 몰라도 사망자들도 생겼을 거다. 백제 역시 게릴라전에 익숙해진 건지 부상당한 나이트들이 점점 더 많아졌고, 치료를 받으러 오는 나이트들도 점점 더 많아졌다. 그럴 때마다 김상희는 심장이 벌렁거렸다.

'진수야…….'

진수도 그렇고 김환성도 그렇고, 많이 걱정이 됐다. 전쟁터에 가족을 보내놓은 그 기분은 말로 형언할 수 없었다.

'제발 무사해야 해.'

새벽 2시가 넘었다. 또 누군가가 김상희의 방을 찾았다. 김상희는 황급히 일어섰다. 분명히 또 누군가 큰 부상을 입고 후송되었을 거다. 그런데 아니었다. 예상하지 못했던 사람이 문밖에 서 있었다.

"우리 상희, 얼굴이 많이 수척해졌네요."

뭐랄까, 나는 이 목소리를 들으면 조금 안심이 된다. 지금은 아니라고 하더라도, 예전에는 나를 따뜻하게 불러주는 사람이 이 사람밖에 없었다. 누구냐고? 이름하여 김형석. 고려 왕국의 첫째 왕자이자 유년기 시절을 버틸 수 있도록 만들어준 유일무이한 존재, 내 첫째 오빠 형석이다. 오구~ 그래, 저 잘생긴 얼굴은 여전히 변함이 없네.

"오빠……."

내 마음은 아주 흡족해져서 형석이를 쳐다보고 있지만, 일단 겉으로는 달랐다. 수척해진 얼굴과 시름이 가득한 표정으로 형석이를 쳐다봤다. 보면 볼수록 참 흡족하단 말이야.

그러고 보면 이 희망이라는 건 굉장히 중요한 게 아닐까 싶다. 만약 내 유년기 시절에 김형석이 없었다면 그렇게 꿋꿋하게 잘 버틸 수 있었을까. 사실상 형석이의 경우, 나와 그렇게 많은 시간을 보내지는 않았다. 제국에 볼모로 잡혀 있었으니까. 하지만 이런 남자가 세상에 존재한다는 것 자체가 내게는 큰 희망이었다. 이런 사람이 또 생겨날 수 있다고 생각했으니까. 아예 0인 것과 0.0001은 다른 거다. 어쩌면 나는 형석 오빠가 있었기 때문에 이 세상을 바꾸고 싶다는 얼토당토않은 생각을 하게 되었을지도 모르겠다.

첫째 오빠가 말했다.

"나는 아직도 상희가 오빠라고 부르면 적응이 잘 안 되는 것 같아."

"오라버니는 제가 오빠라고 부르면 싫으신가요?"

"아니, 그럴 리가!"

형석이가 옆에 앉아 내 머리를 쓰다듬었다.

"오빠라는 호칭이 익숙하지는 않지만 그렇다고 싫은 건 절대로 아냐."

알아, 나도. 김씨 일가들은 오빠와 아빠 소리 엄청 좋아하잖아. 솔직히 말해서 망나니, 개차반과 함께 첫째 오빠를 같은 '김씨 일가'라고 표현하면 좀 미안한 감이 있기는 하지만 뭐 틀린 말은 아니잖아?

"그럼 오빠도 오빠라고 부르면 좋은가요?"

"그러엄!"

형석이가 활짝 웃었다. 저 미소, 볼 때마다 녹는다, 녹아. 형석이는 내 머리를 살짝 끌어당겼다. 이 어깨 높이, 딱이다. 다시 말해 난 지금 반강제적으로-사실은 매우 자발적으로-첫째 오빠의 어깨에 머리를 기대고 있다는 뜻이다.

시간이 조금 흘렀다. 시간과 함께 정적도 흘렀다. 만약 형석이가 아니라 다른 왕자, 그러니까 우리 망나니들이었다면 나는 굉장히 어색했을 거다. 어색하고 불안해서 죽기 일보직전이었겠지. 하지만 형석이는 조금 다르다. 이 정적마저도 편안하게 느껴졌다. 아무 말도 하지 않아도 따뜻하고 보드라운 무언가가 이곳을 덮고 있는 것 같은 그런 기분이랄까?

나는 형석이의 어깨에 내 머리를 기댄 채, 이 부드러운 정적을 즐겼다. 그 정적을 깬 사람은 다름 아닌 오빠였다.

"한진수가 많이 걱정되니?"

"……."

나는 한참을 아무런 말도 하지 못했다. 당연히 걱정된다. 그냥 걱정되는 것도 아니고 아주아주 많이 걱정된다. 더더군다나 그 강하다는 우리 망나니가 그렇게 반쯤 시체가 되어서 돌아왔었으니 말 다했다.

"그래, 많이 걱정될 거야."

우리 형석이는 내 마음을 읽기라도 한 듯 내 머리를 조심스레 쓰다듬었다. 형석이가 말했다. 목소리가 조금 컸다.

"수진, 밖에 있어?"

밖에서 목소리가 들려왔다.

"네, 왕자님. 들어갈까요?"

수진이 들어와 고개를 숙였다. 형석이가 한 손으로는 내 머리를 받치고 또 한 손을 들어 올렸다. 손가락으로 한곳을 가리켰다.

"거기, 스위치를 눌러줄래?"

"네, 왕자님."

우리 형석이는 나뿐만 아니라 시녀들에게도 평판이 매우 좋다. 감히 범접할 수 없는 위치의 높은 분이지만 그럼에도 불구하고 거만하지 않고 시녀들을 함부로 대하지도 않는다. 지구의 남자와 비슷한, 아니, 지구의 남자들보다도 훨씬 젠틀하고 훨씬 매너 있는 그런 왕자다. 어떻게 이런 사람이 이 세계에 존재할 수 있을까 싶을 정도다. 수진의 표정을 보면 딱 보인다. 음, 뭐라고 표현해야 해? 아이돌과의 사랑에 빠진 소녀 팬? 아니, 아줌마 팬? 하여튼 대충 그런 느낌이다.

수진이 스위치를 눌렀다. 나는 이 장미관에 대해서 많은 것을 알고 있다. 이 장미관은 사자관만큼이나 안전한 곳이다. 그리고 최첨단 시설이 모두 갖춰진 그런 곳이다. 내 방이 위치한 곳은 로얄 스위트, 꼭대기 층이다. 다른 말로 펜트 하우스라고도 한다지.

하여튼 내 방의 위치는, 일단 온갖 무시무시한 남정네들–왕자와 나이트–의 한가운데 위치하고 있다. 왜 그렇겠어? 이 꼭대기가 가장 좋으니까 그렇겠지? 나를 둘러싸고 보호하기 위해서 그런 건 아니…… 겠지? 음…… 그렇…… 겠지? 하여튼 이 방의 위치, 그러니까 꼭대기인 것에는 확실한 메리트가 있다.

'이건 봐도 봐도 신기하단 말이야.'

꼭대기가 열렸다. 신소재이면서 엄청나게 특수한 소재인 강화유리로 만들어졌다고 하는데, 하여튼 천장이 그렇다. 미사일이 와도 못 뚫는다나 뭐라나. 그럼에도 불구하고 밖이 훤히 다 보인다. 장미관의 밤하늘은 밝았다.

내가 말했다.

"……예뻐요."

누군가에게 아부하기 위함도 아니고, 김형석에게 감탄한 것처럼 보이기 위함도 아니었다. 실제로 하늘은 정말로 예뻤다. 검은색 비단에 반짝이는 별을 총총 박아 넣은 것 같았다.

나는 뭔가를 발견했다.

"어, 저기. 별똥별이어요."

하얀색 꼬리를 남기며 별 하나가 떨어져 내렸다. 김형석은 이런 내가 귀엽기라도 한 듯 내 머리를 다시 한 번 쓰다듬었다.

"그럼 우리 눈을 감고 소원을 빌어볼까?"

"좋아요."

소원을 빌었다. 진수가 다치지 않았으면 좋겠어요. 망나니가 다치지 않았으면 좋겠어요. 지금 나를 둘러싸고 벌어지고 있는 이 모든 일이 빨리 해결되고 그리고 우리 모두가 행복해졌으면 좋겠어요. 그렇게 소원을 빌었다.

형석이가 내 머리를 아주 살짝 톡 쳤다.

"3초 훨씬 지났어, 바보야. 소원이 그렇게 많니, 우리 공주님은?"

"소녀가 너무 욕심이 많았었나요?"

"욕심이 많아도 돼. 아니, 욕심을 맘껏 부리도록 해요."

아, 이 시간 정말 좋다. 뭐랄까, 힘들고 지친 와중에 힐링이 되는 느낌이다. 문득 진수가 떠올랐다.

'진수는…… 지금 뭘 하고 있을까……?'

한진수는 거친 숨을 몰아쉬었다. 그는 호흡을 정돈한 뒤 말했다.

"사망자는?"

"없습니다."

"부상자는?"

"중상 3명, 부상 12명입니다."

"괜찮군. 중상자들은 장미관으로 이동시킨다."

한진수는 김상희를 떠올렸다. 김상희가 없었다면 이런 작전, 실패해도 진작에 실패했다. 이쪽엔 워프가 있다. 워프가 있어서 중상자들을 장미관으로 후송시킨 뒤 김상희에게 치료받도록 하고 있다.

'차라리 나도 다치고 싶다.'

솔직히 말하자면 그도 많이 다쳤다. 하지만 일부러 가지 않고 있다. 혹시라도 자기가 다친 걸 보면 김상희가 슬퍼할까 봐서, 내가 아픈 거보다 김상희가 더 아플까 봐서, 그래서 다쳐도 자가로 치료했다.

칼리번이 말했다.

"대장님도 치료가 좀 필요할 것 같습니다만."

이제 신라 왕 한진수는 없었다. 신라는 꽃을 채 피우기도 전에 백제에 의해 멸망했다. 이제 이 자리엔 신라 왕 한진수가 아니라, 게릴라 유격대의 대장 한진수가 있을 뿐이었다.

"나는 괜찮다."

이번 작전은 어찌어찌 잘 끝났다.

"그건 그렇고 부대장님이 또 난리 치고 있는 모양인데요."

"또?"

한진수는 이마를 짚었다. 부대장이라 함은 곧 김환성 왕자를 뜻하는 말이다. 솔직한 말로 부대장의 위세가 대장보다 더 높다. 대장인 한진수도 김환성에게 쩔쩔매니까.

"이유가 뭔데?"

"대장님보다 두 기를 못 잡았다는 게 억울하다네요."

끙…… 하고 한진수는 한숨을 내쉬었다. 오늘 그가 파괴한 프리온 나이트는 총 4기, 김환성이 2기였다. 김환성은 그게 못내 억울한 모양이었다.

김환성이 입버릇처럼 하는 말이 있다.

"내가 네놈보다 더 많이 부숴 버려야 똥개한테 내 체면이 산다고!"

그래서 한진수보다 더 많이 부수겠다고 무리하다가 저번에도 거의 죽을 뻔하지 않았던가. 김상희가 없었다면 지금 김환성은 아마 이 세상 사람이 아니었을 거다.

한진수는 좀 의아했다.

'왜 저렇게까지 필사적인 거지?'

그랬다가도 또 이해가 됐다.

'내가 만약 상희의 오빠였다면…….'

물론 그런 상상 싫다. 그는 상희의 연인이고, 남편이고 싶은 거지 오빠이고 싶은 건 아니었으니까. 하지만 오빠라고 상상한다면 김환성의 태도도 이해는 됐다.

'그렇다고는 해도 저번에는 너무 무모했어.'

물론 덕분에 전과를 올리기는 했지만, 어쨌든 그 이후로 김환성도 조금 몸을 사리기는 했다.

'아마 상희에게 엄청 잔소리를 들었겠지.'

한진수의 생각은 사실이었다. 그 대단하다는 고려 왕자 김환성이 김상희 앞에서 엄청나게 작아졌으니까. 김상희가 걱정하던 모습을 본 김환성은 이제 몸을 조금 사리게 됐다.

'어쨌든…….'

보고 싶었다. 잠시 하늘을 쳐다봤다. 이곳은 너무나 척박하다. 언제 프리온 나이트와 부딪칠지 몰라서 숨어 다녀야 했다. 당연히 편안한 숙소를 생각할 수도 없다. 위치가 발각될까 싶어 밥도 제대로 지어 먹지 못한다. 정말 맛없는 건량 같은 비상식량으로 겨우겨우 연명하고 있다. 배가 고프니 몸에 힘도 없다. 씻지도 못하고 산속에서 불편함을 감수하고 쪽잠을 자야 한다. 하루하루를 긴장 속에서 살아가다 보니 많이 힘들다. 긴장을 조금이라도 푸는가 싶으면 몸에 힘이 쭉 빠진다. 이 생활, 아무리 한진수라고 해도 괴롭다. 무엇보다도 옆에 김상희가 없다. 몸도 힘들고 정신도 힘들다. 하지만 이런 거 얼마든지 감수할 수 있다.

별똥별이 떨어져 내리는 게 보였다.

'상희가 별똥별 보는 걸 좋아했었는데.'

심신은 지쳐가지만 그대로 버틸 수 있었다. 아니, 버텨야만 했다.

'……지키고 싶다.'

그 마음이 있기 때문이다. 백제는 결국 고려를 집어삼키려 들 것이고 김상희를 노릴 것이다. 그건 무슨 일이 있어도 막아야 했다. 지키고 싶었다. 지켜야만 했다.

'나는 쓰러질 수 없어.'

아무리 힘들어도 버텨야만 했다. 내가 사랑하는 여자가 있다. 그 여자를 위해서, 그는 지옥에라도 들어갈 각오가 충분히 되어 있었다.

'내가 지킬게.'

그 생각만 했다. 다른 것은 돌아보지 않기로 했다. 별똥별이 꼬리를 그리며 사라져 갔다.

'그런데…….'

조금 이상했다.

'눈을 감고 소원을 빌어……?'

뭐지, 이건? 잘 모르겠다. 눈을 감고 소원을 빌어야 한다는 생각이 들었다. 왜 이런 생각이 들었는지 모르겠다.

'이런 풍토가 있던가……?'

없다, 이런 거. 별똥별이 떨어져 내리면 눈을 감고 소원을 빈다? 이런 거 듣도 보도 못했다. 그런데 왜, 그런데 왜 자신은 이러고 있을까? 그리고 이게 왜 이상하지 않을까?

'뭐지, 이 이상한 감각은……?'

잘 모르겠다. 뭔가 커다란 무언가를 잊고 있는 것 같은 기분이 든다. 하지만 그 이상한 느낌을 오랫동안 간직할 수는 없었다.

"대장님, 위치가 발각된 것 같습니다."

한진수가 황급히 명령을 내렸다.

"이동한다."

"소원은…… 다 빌었니?"

"네."

김상희는 김형석을 쳐다봤다. 김형석이 빙그레 웃었다.

"왜 그렇게 나를 쳐다보는 거야? 오빠 얼굴에 뭐 묻었어?"

"오빠……."

김상희의 몸이 조금씩 떨려오기 시작했다. 아니야. 이건 내가 너무 깊게 생각한 거야. 그럴 수도 있지. 그래, 그런 거야.

"말해봐요, 공주님."

"질문이 하나 있어요."

김형석은 찬찬히 기다려 주었다. 김상희가 물었다.

"이곳에는…… 별똥별을 보면서 소원을 비는 풍습…… 없잖아요."

김형석이 여전히 빙그레 웃으며 말했다.

"이곳에는…… 그런 게 없었나?"

김상희가 이상함을 느꼈다. '이곳에는'이라고 했다. 그럼, 다른 곳이 있다는 소리야? 그렇게 묻고 싶었다.

김형석이 말했다.

"너무 오래전이라서 잘 기억이 안 나네."

"……."

김상희의 몸이 굳었다. 이 기분, 익숙하다. 마력이다. 마력 때문에 몸을 움직일 수 없었다. 첫째 오빠 김형석은 원래 마력이 없다. 마력석 알론을 섭취했을 거야. 분명히 그럴 거야. 그래서 마력을 사용할 수 있는 걸 거야. 그렇게 애써 생각했다.

김형석이 말했다.

"그립네."

김상희는 아무 말도 못 했다. 김형석이 김상희의 눈을 똑바로 쳐다보더니 피식 웃었다.

"지구 말이야."

제37장
드러나는 정체

"지구 말이야."

김상희의 몸이 굳었다. 지구, 지구라는 단어가 나왔다. 다시 물어보지 않아도 그 뜻은 뻔했다. 이곳에는 지구라는 단어가 없다.

'첫째 오빠가…….'

그래, 그럴 수 있다. 애초에 이렇게 이상한 일이 자기에게만 일어나리란 법은 없으니까.

'지구에서…… 왔다고?'

그것 말고는 설명이 안 됐다.

'말도…… 안 돼……!'

김상희가 김형석을 쳐다봤다. 입이 다물어지질 않았다. 김형석이 빙그레 웃었다.

"많이 놀랐니, 우리 공주님?"

안 놀랄 수가 없다.

"오빠……."

상상도 못 했다. 김형석이 지구에서 왔으리라곤. 그래도 애써 좋은 쪽으로 생각하기로 했다. 지구에서 나와 일면식도 없던 사람일 수도 있어. 지구에서 넘어온 사람이라고 해서 내가 아는 사람일 리 없잖아.

김형석이 입술을 살짝 내밀며 약간 뿌루퉁한 표정을 지었다.

"왜 그렇게 무서워해?"

"오빠…… 지구를…… 알아요?"

"그럼 알지, 너랑 같은 곳에서 왔으니까. 하지만 네가 이렇게 무서워하는 이유를 잘 모르겠어. 나는 네 오빠야."

나는 왜 갑자기 두려움을 느꼈을까, 김상희는 그렇게 자신에게 물었다. 이유는 어렵지 않았다. 지구에서의 마지막 기억이 떠올랐기 때문이다. 그때의 그 기억, 사랑하는 사람에게 사랑한다고 단 한번도 말하지 못한 채 차가운 아스팔트에 몸을 뉘였던 그 기억 말이다.

김형석이 다정한 목소리로 물었다.

"그곳에서 안 좋은 일이라도 겪었던 거야?"

김형석이 다시 김상희의 머리카락을 쓸어내렸다. 김상희의 요동치던 심장이 잦아들기 시작했다. 오히려 좋은 거 아니겠는가. 같은 기억과 같은 경험을 공유한다는 건 좋은 거니까. 추억을 회상하며 얘기를 나눌 수도 있으니까.

"네, 조금…… 안 좋은 일이 있었어요."

다시 생각해 보면 김형석에게 이상한 구석이 많기는 했었다. 처음 봤을 때부터 이 세상의 남자 같지 않다는 생각을 했었다. 하지만 이제는 이해가 됐다. 지구에서 왔다면 이해가 됐다.

'그렇다고는 해도…….'

아무리 지구에서 넘어왔다고 하더라도 고려의 첫째 왕자로 태어났다면 심성이 변했을 법도 한데 그러지 않았으니까. 시녀들마저도 흠모할 정도로 김형석은 여자들에게 잘해 줬으니까.

'정말 대단한 사람이야.'

환경에 변화되지 않고, 자리에 변화되지 않고 꿋꿋이 제자리를 지켰으니까. 새삼스레 김형석이 대단해 보였다.

김형석이 김상희를 물끄러미 쳐다봤다. 사랑스러워 죽겠다는 듯. 김상희는 어쩌면 저 눈동자가 한진수의 눈동자와도 많이 닮지 않았을까 생각해 봤다.

"오빠, 눈에서 꿀 흐르는 것 같아요."

"겨우 꿀이야? 로얄젤리쯤은 되지 않을까?"

아이참, 오빠도. 하고 김상희는 배시시 웃었다. 같은 곳을 경험했다는 동질감 때문일까? 김형석이 평소보다 더 가깝게 느껴졌다.

"오빠는 어떤 삶을 살았어요?"

"음."

김형석은 눈을 감았다. 과거를 회상하는 듯 말이다.

"나는……."

그는 말꼬리를 흐리더니 피식 웃었다.

"그곳에서 한 여자를 진심으로 사랑했어."

"정말요?"

그래, 이런 애기가 재미있는 거지, 하고 김상희는 귀를 쫑긋 세웠다. 나이를 먹어도 장소가 달라져도 남의 연애 얘기는 항상 재미있다.

"그 여자는 좋았겠어요."

"글쎄."

"네?"

"그 여자는 다른 남자를 사랑했었거든."

와씨! 그 유명한 드라마에서 꼭 사용되는 삼각관계! 그런 거야? 하고 김상희는 이야기에 더더욱 빠져 들어갔다.

"그래도…… 열 번 찍어 안 넘어가는 나무 없다고 했어요."

김상희는 원래 그 말 싫어한다. 열 번 찍으면 민폐다. 그렇게 생각하고 있다. 하지만 말은 이렇게 해줬다. 그래도 오빠 아닌가. 그것도 착하디착한 첫째 오빠. 말이라도 이렇게 해줘야지, 하고 생각했다.

"나는 약간 다른 방법을 사용했어."

"어떻게 했는데요?"

김형석이 씨익 웃었다.

"죽였어."

"……네?"

김상희는 자신의 귀를 의심해야만 했다. 김형석은 여전히 빙그레 웃고 있었다.

"칼로 찔렀어."

뭐야……? 김상희의 몸에 소름이 돋았다. 이 느낌, 이 비슷한 느낌 언젠가 받았던 적이 있다. 바로 크리스의 다른 모습을 볼 때 그랬었다. 다시 보니 이 느낌, 저 미소, 크리스와 많이 닮아 있었다. 자신의 눈앞에서 사라져 버렸던 그 크리스 말이다.

크리스, 여자에게 잘해 주는 남자, 백제. 모든 것의 아귀가 맞아 떨어지고 있다.

"그 여자는 죽는 그 순간에도…… 그놈의 이름을 부르더라고."

"오빠…… 소녀는 지금 오빠가 무슨 말을 하시는지 모르겠어요."

김상희의 몸이 바들바들 떨려왔다. 말도 안 돼. 이 얘기, 비슷한 얘기, 어디서 많이 듣지, 아니, 어디서 많이 보지 않았던가. 이것은 어쩌면, 이것은 어쩌면 자신의 얘기와도 굉장히 비슷하지 않은가.

김형석이 김상희의 머리를 쓰다듬었다.

"모를 리 없잖아, 네 얘기인데."

김상희의 머리에 쿵! 뭔가가 떨어진 것 같은 기분이 들었다. 김상희는 정신이 아득해졌다. 다정하기만 했던 김형석의 목소리가 김상희의 귓가에 파고들었다.

"한진수에게 사랑한다고…… 끝까지 중얼거리더라고. 죽는 그 순간에도 말이야."

송수진은 뛰는 심장을 부여잡았다. 김형석 왕자를 봤다. 그녀는 김형석 왕자를 예전부터 흠모해 왔다. 감히 김형석 왕자와 어떻게 잘될 거라는 얼토당토않은 생각은 하지 않았다. 이건 사랑이 아니라 흠모와 존경에 가까운 감정이었다.

'저런 분을 오빠로 모시고 있다니 정말 행운이야.'

김상희가 또 부러워졌다.

'우리 공주님 정도면…… 어딜 가나 사랑을 받을 수 있는 분이니까!'

그렇게 생각하니 또 흐뭇해졌다.

그때, 순간 꺅! 하고 비명이 들린 것 같다.

'잘못 들었겠지?'

김형석 왕자가 안에 있다. 그런데 무슨 비명이 들린단 말인가. 뭐, 장난이라도 치다가 잠깐 비명이 났겠지. 송수진은 신경 쓰지 않기로 했다. 괜히 흐뭇해졌다. 보기만 해도 행복해질 법한 남매가 둘이서 꽁냥꽁냥 장난을 치고 있을 거라고 생각하니 또 흡족해졌다. 송수진은 공주의 바로 옆방, 자신의 방으로 들어갔다. 그러나 송수진의 생각과는 달리, 김상희는 그렇게 행복하지도, 좋지도 않았다.

김형석의 목소리가 들려왔다.

"움직일 수 없지?"

당연하다. 마력으로 움직임을 봉쇄당했으니까.

"나는 그 여자를 사랑했어. 하지만 그 여자는 날 원하지 않았지. 그래서 나는 그 여자를 죽였어."

"……."

김상희는 아무런 말도 하지 못했다. 몸이 움직이질 않았다. 이럴 때면 너무나 무력했다. 눈에서 눈물이 펑펑 쏟아져 나왔다. 공포감은 물론이고 배신감이 몸을 옥죄었다.

"재미있는 거 하나 알려줄까?"

김형석이 김상희와 눈을 맞추었다. 그의 눈과 입은 여전히 웃고 있었으나, 그 느낌은 완전히 달라져 있었다. 부드럽지 않았다. 김상희는 읽을 수 있었다. 김형석의 눈동자 안에 깃든, 말로는 형언할 수 없는 이상한 욕망을. 코와 코가 맞닿았다. 속눈썹이 거의 닿을락 말락 했다. 김형석의 숨결이 느껴졌다.

"그 여자가 사랑했던 그 남자는 얼마 뒤에 시체로 발견되었다더라."

"……."

김상희의 눈에서 계속해서 눈물이 쏟아져 나왔다. 충격받았다.

"내가 듣기로는 말이야."

김형석이 또 빙그레 웃었다. 눈이 반달 모양으로 변했는데 그것은 마치 즐거운 과거를 회상하는 것 같았다.

"참 이상한 모양새로 죽어 있었다고 하더라구."

"……."

"정갈한 밥상을 하나 차려 놓은 모양이야."

김상희는 떠올렸다.

"된장찌개 끓여 놓고 기다리고 있을게."

빨리 오라고 했었다. 그러나 가지 못했다.

"그 여자의 장례식에 나도 갔었거든. 그때 그 남자는 아무것도 못 했어. 상주 노릇을 하고 있기는 한데 툭 건드리기라도 하면 죽을 것 같은 표정이었거든."

김상희의 귓가에 환청이 들리는 듯했다. 된장찌개 끓여놓고 기다리고 있을게. 기다리고 있는데 왜 안 와? 온다고 했잖아. 나한테 약속했잖아. 금방 올 거라고. 그런데…… 왜 안 와? 왜 약속…… 안 지켜? 나는…… 네가 없으면 안 돼. 네가 없으면…… 아무것도 할 수 없어. 너는…….

"너는 내가 살아가는 이유야."

그 말이 떠올랐다. 그 말은 아무래도 거짓이 아니었던 것 같았다.

"글쎄, 경찰 조사에 따르면 이상 행동을 보였다고 해. 음식물 쓰레기를 모아 놓은 곳에는 된장찌개를 끓였다 짐작되는 재료들이 수북이 쌓여 있었다고 해."

김상희는 어렴풋이 알 것 같았다. 맛있는 된장찌개를 끓이기 위해서, 마지막 된장찌개를 끓이기 위해서 끓이고 또 끓이고, 한 번 더 끓였겠지. 솔직히 김상희는 된장찌개의 맛이 다 거기서 거기라고 생각했지만, 한진수는 항상 이렇게 말하곤 했으니까.

"오늘은 맛이 좀 없네. 다음번에 더 맛있게 끓일게. 응? 그런 말 하지 마. 나는 너한테 제일 맛있는 것만 해주고 싶단 말이야. 뭐라고? 사 먹는 건 더더욱 안 돼. 그건 몸에 안 좋아."

그래서 마지막으로 제일 맛있는 된장찌개를 끓이려고 수십 번을 새로 끓였을 거다.

"그 밥상에 편지를 놓고 연탄을 피웠다나 뭐라나. 참, 재미있는 커플이었지?"

김상희는 울었다. 한진수가 그렇게 죽었단다. 지금 눈앞의 이 남자가 무섭고 미운 것보다 한진수에 대한 슬픔이 훨씬 컸다. 그렇게 한참을 울었다. 그리고 분노했다.

'너 때문에…….'

눈앞의 이 남자, 이 남자 때문에 내가 죽고 한진수가 죽었다. 용서할 수 없었다. 피눈물이 흐른다는 것이 이런 느낌일까 싶었다.

'나는…… 왜…… 아무것도 할 수 없는 거야!'

움직이고 싶었다. 하지만 몸이 말을 듣지 않았다. 그녀에겐 마력이 없었으니까.

'움직여! 제발 움직여! 움직이라고!'

소리라도 바락바락 지르고 싶었다. 나한테 도대체 왜 이런 거냐고, 왜 나를 좀 내버려 두지 않는 거냐고, 그렇게 외치고 싶었다.

'죽일 거야! 죽일 거라고!'

끝 모를 분노가 치밀어 올랐다. 정말로 이 남자를 죽이고 싶었다.

김형석이 물었다.

"왜 나를 미워하는 듯한 눈으로 쳐다봐?"

그걸 몰라서 묻냐고 김상희는 진심으로 되묻고 싶었다.

"나는 그 여자를 사랑했을 뿐이었어. 그건 내 사랑 표현의 방식이었을 뿐이야."

김상희의 입에서 침이 질질 흘러나왔다. 이러려던 건 아니었다. 이 남자의 얼굴에 침이라도 뱉어주고 싶었다. 하지만 몸이 말을 듣지 않았다.

'저리 꺼지란 말이야!'

김상희는 비명을 질렀다. 물론 겉으로 소리가 새어 나오지는 않았다. 머리카락이 쭈뼛쭈뼛 선다는 것이 이런 느낌이라는 거 처음 알았다. 김형석이 혀로 김상희의 목을 핥았다. 목부터 시작해서 입에서 흘러나온 그 침을 혀로 핥았다. 끔찍했다. 차라리 기절이라도 하고 싶었다.

"크리스는 아깝게 됐어, 내 최고의 역작이었는데."

김상희는 아무 생각도 할 수 없었다. 김형석의 혀가 느껴지자 머릿속이 비어버렸다. 너무나 끔찍해서 기억을 모두 잃어버리고 싶을 정도였다. 이 남자가 진짜 첫째 왕자가 맞는지, 어린 시절부터 이렇게 나를 대해 온 건지, 아니면 이중인격이라도 되는 건지, 그도 아니면 중간에 바뀐 건지 모르겠다. 아무것도 알 수 없었다.

"참 오래 참아왔는데. 이제야 좀 판을 벌여도 될 것 같은 기분이 들거든."

"……."

"한진수와 너는 이제 죽고 못 사는 사이가 됐어."

"……."

"그래서 말이야. 이제 나는 한진수를 죽일 거야."

안 돼! 김상희는 소리치고 싶었다. 눈물만 새어 나왔다. 김상희의 눈이 붉게 충혈됐다.

"한진수를 죽일 거고 김훈상을 죽일 거야. 네 주변의, 너를 사랑하는 모든 놈을 죽일 거야."

"……."

안 돼. 그러면 안 돼. 그럴 수는 없어. 그러면 안 돼. 제발, 제발 부탁이니까. 김상희는 계속 울었다. 그런 일은 있으면 안 된다. 아니, 있을 수 없는 일이다. 뭐라도 좋으니까, 내가 다 들어줄 테니까, 제발 그런 짓은 하지 마. 부탁이야, 제발. 빌 수만 있다면 빌고 싶었다.

"너를 사랑하는 사람은 나 혼자로 족하거든."

김형석이 김상희의 입술에 가볍게 키스를 했다. 그리고 김상희의 두 뺨을 타고 흐르는 눈물을 또다시 혀로 핥았다.

"그러니까 다 죽일 거야."

"……."

김상희는 차라리 기절이라도 해버리고 싶었다. 이 끔찍한 상황을 받아들이고 싶지 않았다. 머리가 너무나 아파왔다. 차라리 정신을 잃어버리고 싶은데 그것조차도 마음대로 안 됐다.

"다 죽이고 난 다음에, 너를 가질 거야."

김상희의 팔을 살살 쓰다듬었다. 김형석의 손길이 김상희의 겨드랑이까지 닿았다. 김상희의 몸이 움찔 떨렸다. 소름이 돋았다.

"지금 당장에라도 너를 갖고 싶지만 일단은 참을게. 네 눈으로 널 감히 사랑한 놈들이 어떻게 죽는지 봐야 하니까. 그건 꼭 보여주고 싶거든."

그리고 한마디를 더했다.

"특히, 한진수 말이야. 아마 아주 쉽게 죽일 수 있을 거야. 너를 인질로 잡으면 일은 정말 쉽게 풀리겠지."

김상희의 겨드랑이에 닿은 손을 조금 더 깊숙이 밀어 넣었다. 김상희의 가슴골을 살살 간질이듯 만졌다.

"그리고 모든 일이 끝난 뒤에."

김상희의 오른쪽 가슴을 꽉 움켜쥐었다. 김상희는 아팠다. 소리 지르고 싶었다. 김상희의 상태와는 상관없이 김형석이 말을 이었다.

"나는 널 안을 거야."

또 말했다.

"내 아이를 낳도록 할 거야. 그렇게 내 씨를 이으면 너와 나의 아이가 세상에 태어나겠지."

씨익 웃었다.

"그때까지 잘 봐둬. 일단은……."

자리에서 일어섰다.

"김훈상부터 시작해 볼까?"

제38장
마지막 한 마디, 사랑해

새벽 4시 김상희의 방.

방금까지만 해도 말을 할 수 없었던 김상희가 외쳤다. 그녀의 눈에 한 사람이 보였기 때문이다.

“안 돼!”

그의 목소리가 들려왔다.

“뭐가 그렇게 안 된다는 거냐?”

심드렁한 목소리, 그럼에도 불구하고 따스함이 느껴지는 목소리. 이 목소리는 익숙한 목소리다. 맨 처음 들었던 말이, ‘또 계집아이라니. 반성하도록 해라’라는 말이었다. 이 퉁명스런 목소리로 말이다.

김상희는 아무것도 생각할 수 없었다.

“아빠, 위험해요!”

김훈상이 피식 웃었다.

"뭐가?"

그는 싱겁다는 듯 어깨를 으쓱했다.

"아, 아빠. 뒤, 뒤에……!"

지금 당신 뒤에 김형석의 얼굴을 한 무언가가 단도를 들고 서 있다고! 왜 그걸 모르고 있냐고! 김상희에게는 똑똑히 보였다. 단도를 들고, 그 단도를 핥으면서 씨익 웃고 있는 김형석의 얼굴이. 그것도 김훈상 바로 뒤에 서서 웃고 있었다.

"위험해요, 아빠! 뒤에, 뒤에 누군가가 있어요!"

"도대체 무슨 말을 하는 거냐?"

제발 좀 알아차리라고. 지금 당신 뒤에 칼을 들고서 서 있다고. 히죽히죽 웃고 있다고! 김형석이 그런 그녀를 향해 입 모양으로만 이렇게 말했다.

–죽여줄게.

제발, 제발 개차반, 알아차리라고! 뒤에 너를 노리는 사람이 있다고!

김훈상이 피식 웃었다.

"또 뭐가 널 그렇게 무섭게 만드는 거냐? 내게 말을 해……."

김훈상이 말을 잇지 못했다. 김훈상의 목에서 피 분수가 뿜어져 나왔다. 그리고 방금까지 말을 하던 그 목이 땅에 떨어져 데굴데굴 굴렀다. 그 목이 김상희의 발에 닿았다. 눈동자는 김상희를 똑바로 쳐다보고 있었다.

"꺄아아아악!"

김상희는 비명을 질렀다. 믿을 수 없었다. 이 세계에서 그 누구도 감히 상대할 자가 없다는 김훈상이 이렇게 죽을 리는 없었다. 이건, 이건 꿈일 거야. 이건 꿈이라고. 이건 말도 안 돼!

누군가가 김상희의 어깨에 손을 얹었다.

"뭘 그렇게 놀라는 거냐?"

김상희는 문득 정신을 차렸다.

"……아빠?"

주위를 둘러보니 아무 일도 벌어져 있지 않았다. 김훈상의 목은 제자리에 있었고, 따뜻한 눈으로 김상희를 쳐다보고 있었다. 김상희는 울음을 터뜨렸다. 환상을 본 것 같다. 이곳에는 김형석도 없었다. 방금까지의 일이 꿈인 것만 같았다.

김훈상은 김상희가 우는 이유를 묻지 않았다. 그저 추위에 떨고 있는 아기 새를 보는 것 같은 안쓰러운 표정으로 김상희를 안아주기만 했다. 그 큼지막한 손으로 김상희의 등을 토닥여 주더니 김상희를 품에 꽉 안았다. 그러나 그의 표정이 편하지만은 않았다.

'이곳에…… 누군가가 있었다.'

그의 직감은 말해주고 있었다.

'누군가, 가까운 사람이었다.'

직감뿐만 아니라 상황이 말을 해주고 있었다. 흐트러지지 않은 이불, 조용했던 흔적. 하지만 누군가가 있었던 것은 틀림없는 정황. 갑자기 울음을 터뜨린 김상희.

'누구지?'

알 수 없었다. 김상희를 이토록 공포에 떨게 할 수 있는 사람.

'그리고 일부러 흔적을 완전히 지우지 않았다.'

그의 날카로운 눈이 김상희의 목과 볼을 살폈다. 그의 시력은 일반인에 비할 바가 아니다. 눈물과 더불어 누군가의 타액이 보였다.

'지금 당장 추궁한다면…….'

그러면 이 작은 아이가 겁에 질리겠지.

'잠시만 시간을 두기로 한다.'

그 자신에게도 분노를 다스릴 시간이 필요했다. 감히 어떤 놈이 사랑하는 딸을 이렇게 만들었는지 분노가 치밀어 올랐다. 이 상태에서 힘 조절을 조금만 잘못해도 김상희에게 치명상을 입힐 수도 있다.

'잠시만, 잠시만 시간을 갖자.'

그 시간 동안은 함께해 주기로 했다. 시간이 흘렀다.

"네게 무슨 일이 있었던 거냐?"

김훈상은 침대에 누워 잠든 딸의 얼굴을 쳐다봤다. 미첼을 불러 일부러 수면제를 복용시켰다. 두려워서 잠을 자지 못하고 있는 딸이 너무 안쓰러워 일부러 재웠다.

'김형석이라…….'

김훈상도 충격을 받았다.

'왜 김상희가 말을 하도록 그냥 둔 거지.'

지금 파악하기로는 김형석은 엄청난 능력을 숨기고 있는 것 같다. 만약 그렇다면 아까 기습을 했어도 되었다. 하지만 왜, 왜 환상만을 보여준 걸까? 그리고 왜 갑자기 사라져 버린 걸까? 그것도 왜 일부러 흔적을 남겼을까? 그 정도 능력을 가졌다면 흔적을 지웠어도 될 텐데. 만약 그랬다면 그냥 딸이 신경쇠약에 걸려 헛것을 봤겠거니 했을 수도 있다. 하지만 타액이 남아 있었다.

'내 아들이 언제부터…….'

분명 그의 아들이 맞았다.

'지금으로서 가장 타당한 가정은…… 제국에 있을 때에 몸이 바뀌

치기 되었을 확률이 높다.'

몸이 바뀐다? 혹은 골렘화? 나이트와 크리스의 경우를 봤을 때 충분히 가능성이 있는 일이었다. 백제에는 이러한 기술이 발달되어 있는 모양이니까.

'하지만 왜 지금 모습을 감춘 거냐?'

이유를 알 수가 없었다. 김훈상은 더스 나이트들과 김유신을 불렀다.

"너희를 믿어도 되는 거냐?"

나이트들은 그게 무슨 말인지 몰랐다. 하지만 이내 알 수 있었다.

"내 딸에게 무슨 일이 벌어지면 너희를 가만두지 않겠다."

원래대로라면 모욕도 이런 모욕이 없다. 겨우 공주 따위가 어떻게 되었을 때, 나이트들을 가만두지 않겠다니! 하지만 겨우 공주 따위가 아니다. 무려 성녀님이다. 나이트들은 전혀 위화감 없이 잘 받아들였다.

"명령을 받듭니다!"

김유신의 생각은 조금 달랐다. 요즘 그는 알렉스와의 만남을 자주 갖는 편인데 덕분에 알게 모르게 상희학의 영향을 많이 받았다.

'외부로부터의 무슨 일이 생기는 것이 아니라.'

아무래도 이 사내놈들이 사랑스런 딸내미를 보며 무슨 이상한 생각이라도 할까 봐.

'그게 걱정이 되셨을 수도 있다!'

물론 스페셜 나이트가 이상한 마음을 품을 리는 없지만 그래도 만에 하나라는 게 있지 않은가.

'저분은 딸 등신이니까!'

재미있는 건 알렉스가 '딸 등신'이라는 말을 알려준 적이 없다는 거다. 알려준 적도 없고 이 세상에는 존재하지 않는 단어지만 알렉스와 김유신은 똑같이 생각했다.

'딸 등신의 눈에는 세상의 모든 남자가 도둑처럼 보일 테니까!'

만약 알렉스가 알았다면 이렇게 외쳤을지도 모른다.

'상희학은 위대하다!'

먼 훗날, 알렉스와 김유신은 대화를 나누면서 이 얘기를 하게 되는데 그때 알렉스는 이렇게 외쳤다고 한다.

유레카!

김훈상은 김형석의 방을 찾았다. 김형석은 잠들어 있는 상태.

김훈상이 말했다.

"아들아."

깊게 잠들었는지 대답이 없었다.

"아들아, 일어나라."

몇 번을 그렇게 불렀다. 이내 김형석은 잠에서 깨어났다.

"아버님……?"

현재 시각은 새벽 4시 30분.

"이 시간에 어쩐 일로 오셨습니까?"

"네게 묻고 싶은 것이 있어 왔다."

김형석이 정중히 되물었다.

"제게 여쭈실 것이 무엇인지요?"

김훈상이 김형석을 똑바로 쳐다봤다.

"너는 내 아들이냐?"

김형석은 이해할 수 없다는 듯 김훈상을 쳐다봤다. 한참을 생각하는 듯하더니 말했다.

“저는 지금 아버님께서 하시는 말씀이 무슨 말씀인지 잘 이해할 수가 없습니다.”

“다시 묻겠다. 너는…… 내 아들이 맞는 거냐?”

“왜 그렇게 당연한 것을 재차 확인하시는 건지 모르겠습니다.”

김형석에게서는 이상한 점을 찾아볼 수 없었다. 골렘화의 흔적도 없었다. 김훈상이 다시 한 번 확인했다.

“내 아들이냐? 내 눈을 보고 대답해라.”

김형석이 김훈상과 눈을 마주쳤다. 그리고 대답했다.

“맞습니다. 저는 고려의 첫째 왕자이며, 고려의 태양 아버님의 아들이 맞습니다.”

“그렇다면 네 동생에게는 왜 그런 짓을 저지른 거지?”

“무슨 말씀을 하시는 건지 도무지 이해할 수가 없습니다.”

“다시 한 번 묻겠다. 너는 내 아들이냐?”

“맞습니다.”

“그렇다면 내 명령을 들어라.”

“무슨 명령인지는 모르겠지만, 그 명령을 받들겠습니다.”

“나는 너를 포박하겠다. 너를 24시간 감시하겠다.”

“…….”

사실상 이건 말도 안 되는 일이다. 별다른 죄도 짓지 않은 첫째 왕자를 포박한다니, 그것도 24시간 구금하고 감시한다니. 원래대로라면 있을 수 없는 일이다. 타국에서 어떻게 보겠는가. 그것도 백제가 시시각각 쳐들어오고 있고 전 세계가 힘을 모으고 있는 이런 중대한 시기에 말이다.

"……이해할 수는 없지만 그 명에 따르겠습니다."

"……미안하다."

"아닙니다. 어떠한 뜻이 있겠지요."

김훈상은 김형석을 쳐다봤다. 그 역시 아버지다. 아들을 감옥에 넣는데 그 마음이 편할 리 없다. 당연히 슬프다. 하지만 지금은 그 연민의 감정은 잠시 넣어두기로 했다.

'내게 있어서 지금 지켜야 할 최우선은…….'

이 세상 사람들 모두가 믿지 못할 것이다.

'내 딸이다.'

그래서 김형석을 지하 감옥에 넣었다. 김형석은 순순히 그것에 응했다. 예전에 황제가 탈출했었던 전력이 있다. 그래서 이번에는 심혈을 기울였다. 워프가 불가능한 방해장을 펼쳤다. 이 방해장은 김환석이 특별히 발명한 것이고 실전 배치되는 것은 처음이었다. 외부와의 소통도 완전히 단절됐다. 이 사실은 철저한 비밀이라 아는 이는 극소수에 불과했다. 곧 전쟁이 벌어진다. 이러한 사실을 알릴 필요는 없었다. 사기만 떨어뜨린다.

백제가 점점 더 가까워오고 있다. 지금 한진수가 일선에 서서 그들의 전진을 막아내고는 있지만 시간이 조금 부족할 듯했다. 김환석은 잠도 자지 않고 프리온 나이트 개발에 착수했다.

'조금만 더, 조금만 더 힘을 내면 된다.'

마력으로 보호받고 있는 몸임에도 불구하고 코피를 몇 번이나 쏟았는지 모른다. 미친 듯이 일했다.

프리온 나이트 개발 프로젝트에 참여하고 있는 학자들도 몸을 사리지 않았다. 그들은 김환석을 보면서 크게 감명받았다.

'역시…… 고려의 왕자님이시다.'

고려를 위해서 저토록 살신성인하는 왕자. 역시 고려의 왕자다웠다. 대단했다. 고려를 위해서 저렇게까지 열심이라니. 저 열정과 끈기와 인내는 반드시 배워야만 할 덕목이었다.

'이 모든 것은 고려를 위하여……!'

힘을 내기로 했다. 한편 김환석은 이를 악물었다.

'똥개를 지켜야만 한다!'

고려 학자들의 생각은 조금 오해에 가까웠다. 하여튼 결과는 바람직했다. 프리온 나이트들의 개발이 거의 완료됐으니까.

"최대한으로 서둘렀을 때, 약 20시간 정도만 있으면 가동이 가능해질 것 같습니다."

그때 한진수 측으로부터 급한 연락이 들어왔다.

―백제가 급속도로 전진하기 시작했습니다. 약 18시간 뒤 고려 국경에 도달합니다.

충격적인 보고도 이어졌다.

―이 정도의 화력으로 전면전을 펼친다면…… 고려의 필패입니다.

18시간 뒤 백제의 도착, 20시간 뒤 프리온 나이트의 완성, 2시간의 공백이 생긴다. 그리고 17시간이 흘렀다. 실시간으로 보고가 계속해서 올라왔다.

―약 1시간 뒤 고려 국경에 도착합니다. 대규모 화력전을 대비해야 합니다!

김훈상이 김상희의 방을 찾았다. 그리고 어쩌면 마지막이 될지도 모를 말을 했다.

"나는 고려의 왕이다."

"아빠……."

"우리 고려에게는 2시간이 필요하다."

그 말뜻은 어렵지 않았다. 고려에는 2시간이 필요하다. 그리고 그 2시간을, 왕인 그가 벌겠다는 소리다.

"빙빙 돌리지 않고 본론만 말하겠다. 내 눈을 봐라. 혹여 내가 어떻게 된다 할지라도 나는 너를 안전하게 탈출시킬 모든 방법을 마련해 두었다. 혹시 내게 무슨 일이 생긴다면, 너는 김환석과 함께 탈출해라. 혹시 내게 무슨 일이 생긴다면 기억해라. 이 세상에서 너를 가장 사랑한 아버지 한 명이 여기 이 자리에서 지금 너에게 마지막 말을 하고 있었다고."

"……."

김상희는 아무 말도 하지 못했다. 김훈상의 표정이 전에 없이 너무나 진지했다.

"똑똑히 기억해라."

김훈상이 김상희의 이마에 가볍게 키스를 했다.

"딸을 사랑한 아버지가 여기 이 자리에 서 있었다는 것을 절대로 잊지 마라."

김훈상은 따듯하게 웃었다.

"어차피 돌아오기야 하겠지만."

몸을 돌려 걸어가다가 문득 걸음을 멈추었다.

"아니, 취소. 네가 기억해야 할 것은 이거다."

문을 닫으면서 김훈상은 말했다.

"내가 제일 세다!"

고려 왕이 출격했다. 복도에서 김훈상의 목소리가 쩌렁쩌렁 울려 퍼졌다.

"죽음을 강요하지 않겠다. 무서운 놈은 빠져라. 두려운 놈도 빠져라. 죽음을 각오하지 않은 놈도 빠져라."

김훈상의 뒤에 스페셜 나이트 한 명 한 명이 붙기 시작했다.

"나와 함께 전장을 누빌 놈들이 아니면 필요 없다."

한 명, 한 명이 곧 수십 명이 됐다. 스페셜 나이트뿐만 아니라 나이트들이 그 뒤에 따라붙었다. 누가 시킨 것도 아닌데 이미 중무장을 갖춘 상태였다.

"겁쟁이도 필요 없다."

그때 누군가가 말했다.

"고려의 나이트 중에 겁쟁이는 없습니다!"

복도가 나이트들로 가득 찼다. 김훈상이 앞장서서 걸었다.

"내가 앞장서겠다."

"충!"

"내가 길을 만들겠다."

"충!"

"내가 너희의 왕이다."

"충!"

"나는 너희의 왕이며, 너희의 길을 밝히는 자다. 그 길의 끝에는 죽음이 기다리고 있을지도 모른다."

"충!"

발걸음이 많아졌다. 척! 척! 척! 척! 일사불란한 발걸음이 고려 왕궁을 뒤흔들었다.

"그 죽음이 두렵지 않은 놈만 나를 따라라."

모두가 외쳤다.

"충!"

전쟁터를 향해 진격했다. 2시간의 시간을 벌기 위해서.

약 1시간 전.

김상희가 말했다.

"아빠."

"왜 그러지?"

"저도 돕겠어요."

김훈상은 그 말을 단칼에 잘랐다.

"불허한다."

"아빠, 아빠는 성군이셔요. 세상에서 제일가는, 세계에서 최고로 대단한 왕이라는 걸 소녀도 알고 있어요."

김상희의 입에 발린 그 아부에 김훈상은 어깨를 쭉 폈다. 물론 무표정한 얼굴로, 시크한 표정으로 '어디 한 번 그냥 끝까지 말해봐, 들어는 줄 테니'라고 주장하는 듯한 제스처를 취하고는 있으나 김상희는 확실히 알았다. 저 아빠, 지금 자랑스러워하고 있다.

'엄청 신나 하고 있는 것 같은데.'

그 말은 사실이었다. 안 그렇겠는가. 사랑스러운 딸이 아빠 최고라며 엄지손가락을 치켜세우고 있는데 안 기쁘면 그건 거짓말이다. 거짓말 조금 보태서 세상을 다 가진 것 같은 그런 만족감과 흡족함이 밀려들었다.

"그러니까 아빠는 언제나 옳은 판단을 하실 거라고 소녀는 믿어 의

심치 않아요."

"……."

김훈상은 잠시 눈을 감았다.

'나는…….'

지금 그는 전쟁터로 향하려고 하고 있는 거다. 거기에 딸을 데려간다? 있을 수 없다. 이 아이는 아름다운 것만 보고, 예쁜 것만 느끼며 살아가게 해주고 싶다. 그게 아빠의 마음이다.

'하지만…….'

김상희가 다시 한 번 힘주어 말했다.

"소녀 역시 고려 왕국의 당당한 일원이어요. 소녀는 고려의 공주로서, 그에 합당한 책무를 이행해 나가고 싶어요. 저도 함께하게 해주셔요."

김훈상은 고민하고 고민했다. 아버지 김훈상이면 절대로 불허다. 하지만 지금은 왕인 김훈상이다. 백제와의 전쟁은 사실 일단 이기고 봐야 하지 않겠는가. 그래야 김상희도 더 안전해질 것이다.

그렇게 시간이 흘렀다. '허락한다'를 다른 말로 돌려 했다.

"많이…… 컸구나."

이 아빠 설득하기 정말 어렵네, 하고 김상희는 남몰래 한숨을 내쉬었다. 그녀 역시 두렵긴 두렵다. 하지만 언제까지고 숨어 있을 수는 없었다. 능력이 없으면 모를까, 성녀의 능력이 있는 지금은 반드시 가고 싶었다. 입술을 살짝 깨물었다.

'나도…… 돕겠어!'

더 이상 아무것도 하지 못하는 김상희는 없을 거라고 다짐했다. 보호받기만 하는 새장 속의 새는 없었다. 마치 자신을 지키는 주문처럼 혼자서 되뇌었다.

'나도 할 수 있어.'

이번 전투에 성녀가 함께한다는 소식이 전해졌다.

김훈상이 앞장섰다. 고려 왕궁의 문이 보였다. 당연한 말이지만 고려 왕궁의 문과 벽은 굉장히 높다.

외세의 침입으로부터 그 스스로를 지킬 수 있는 그런 요새다. 당연히 앞은 보이지 않는다. 철제문이 조금씩 열리기 시작했다. 높디높은 그 문이 스르르 열렸다. 그 문 사이로 얇은 실선의 세계가 쳐졌다.

'이 문을 나서면…… 이제 정말 전쟁터다.'

굳건히 닫혀 있던 고려 왕궁의 문이 활짝 열렸다. 이미 백성들은 혼비백산한 상태.

김훈상은 잠시 눈을 감았다가 떴다.

'이 앞에 백성들이 단 한 명도 없다고 해도 좋다.'

이미 대피령은 내려놓았다. 김훈상 스스로도 이 전쟁이 어떻게 될지 모른다. 지금 당장 2시간의 시간을 벌기 위하여 출정하는 건데, 이 2시간을 벌 수 있을지도 모른다. 그리고 설령 2시간을 벌었다고 해서 과연 그들을 이길 수 있을 수 있을지는 역시 미지수였다.

'모두가 대피를 했으면 좋겠군.'

그렇지만 지하 대피소가 그렇게까지 활성화되어 있지는 않다. 전체 국민이 100명이라면 그중 30명 정도밖에는 수용하지 못한다.

'내 실책이다.'

지하 대피소를 더 많이 늘려놓는 건데, 실수였다. 나머지 70명 중 60명 정도는 전장에서 가급적 멀리 도망치길 바랐다. 30명은 숨고

60명은 도망치고. 나머지 10명이 남아 있다면, 그 나머지는 자신을 응원해 주었으면 좋겠다는 부질없는 생각을 한번 해봤다.

김훈상은 피식 웃었다.

'나는 왜 이 순간, 이렇게 감상적이 되어버리고 마는 거냐.'

감상에 젖어 있을 시간이 없다. 백제의 프리온 나이트는 이미 지척까지 와 있다. 문이 완전히 열렸다. 얇았던 실선의 세계가 점점 더 넓어지더니 마침내 시야를 가득 채웠다.

와아아아–!

거대한 함성이 소리가 되어 고려 왕과 고려 나이트들을 덮쳤다. 누군가가 앞장서서 외쳤다.

"국왕 폐하 만세!"

그 소리가 쩌렁쩌렁 울려 퍼졌다. 흡사 지진이라도 난 것 같았다. 김훈상은 잠시 걸음을 멈추었다. 출정의 길을 응원하는 백성의 숫자가 너무 많았다. 빌딩 숲 사이로 커다란 대로변 한가운데를 완전히 비워놓고 가장자리에는 백성들이 고려의 국기를 들고 흔들어대고 있었다.

누군가는 또 이렇게 외쳤다.

"내 아들 장하다!"

남자였다. 나이는 대략 70세 정도 되어 보였다. 그 남자는 목이 터져라 외쳤다. 그의 아들은 고려의 나이트다.

"나라를 위한 헌신을 나라는 절대 잊지 않을 것이다!"

그러니까 아들아, 힘내라. 이 아비가 응원한다! 그렇게 외쳤다.

"이 나라는 너를 기억할 것이다!"

또 외쳤다.

"나는 네가 내 아들인 것이 무척이나 자랑스럽다!"

또 했다.

"살아서 돌아와라! 웃는 얼굴로 다시 보자!"

마지막으로 말했다.

"만약 네가 죽는다면, 우리의 아들들이 모두 죽어버린다면 그땐 우리가 나라를 위해 싸우겠다. 그러니까……."

남자는 목이 터져라 외쳤다.

"죽음을 각오하고 싸워라! 살아서 돌아오되 죽음을 두려워하지 마라!"

그의 목소리가 쩌렁쩌렁 울려 퍼졌다. 일반 사람의 목소리가 이렇게 광장을 압도할 수는 없는 법이다. 특별한 사람이었다. 이런 곳에서 이렇게 목소리를 내도 되고, 마력 컨트롤이 대단히 뛰어난 그런 사람.

김훈상은 그 남자를 쳐다봤다. 그 남자의 오른쪽 가슴팍에는 훈장이 하나 달려 있었다.

'은성훈장…… 인가?'

20년 전 전쟁기, 그때를 몸소 겪은 나이트인 것 같았다. 전쟁기를 겪었던 나이트들. 그들은 지금 고려 내에서 최상의 대우를 받고 있다. 나라를 위해 헌신했고, 나라를 위해 목숨을 내걸고 싸웠던 이들이다. 고려는 그들을 잊지 않았다. 그들에게 최상의 대우와 예의를 갖췄다. 심지어 고려 국왕이라 할지라도 그들에게는 머리를 숙였다. 그들은 전쟁기를 함께 이끌어갔던 동료였고 전우였으니까.

김훈상이 계속해서 걸음을 옮겼다.

'여자들도 있군.'

당연한 말이지만 이곳에 모인 대부분의 사람은 남자다. 원래대로라면 무조건 남자만 있어야 했다. 여자는 국민 축에도 못 끼니까. 하지만 이번에는 아니었다. 김상희와 김환석 덕분에 여자들도 마력을 많이 갖게 됐고 조금씩 그 입지가 높아지고 있다. 마력이 있다. 그런데 숫자가 많다. 그것도 압도적으로 많다. 남자들도 이제 여자들을 예전처럼 함부로는 대하지 못했다. 그렇다고 해서 남녀가 평등해졌다고는 말할 수 없다. 여자는 여전히 남자에 비해 훨씬 더 연약하고 약한 존재다. 하지만 이 자리에 여자가 있다는 것 자체로도 이미 놀라운 일이다. 여자들은 남자들의 기에 눌려 목소리를 높이고 있지는 못했다. 그러나 응원하는 마음은 똑같았다.

'힘내셔요.'

모두가 한마음이 되어서 그렇게 응원했다. 김훈상은 뒤를 힐끗 쳐다봤다.

'이게 바로 네가 세상을 바꾸고 있다는 증거다.'

여자들이 이 자리에 있고, 남자들을 응원하고 있을 줄 그 누가 상상이나 했겠는가.

'나는 네가 자랑스럽다.'

저 은성훈장을 가슴에 매단 남자가 자신의 아들이 자랑스러운 것보다도 훨씬 더, 훨씬 많이 자랑스러웠다.

'언젠가는 여자가 전면에 나서게 되는 날이 오겠지.'

물론 그날이 바로 올 거라고는 생각하지 않는다. 하지만 그날은 분명히 오게 될 거다.

'만약 우리가 이곳에서 살아남는다면 말이야.'

김상희의 손을 살짝 잡았다.

'두려워 마라.'

딸이 기특하기도 했다. 두렵고 무서울 것이 틀림없는데도 불구하고 자원해서 나섰다. 이번에는 게릴라전이 아니다. 전면전이다. 전면전에 있어서 성녀의 능력은 가히 기적과도 비견된다. 그 전력을 수십, 아니, 수백 배 이상 끌어올릴 수 있는 능력이 있다.

'내가 너를 지키겠다.'

김훈상은 무슨 일이 있어도 딸만큼은 지키겠다고 다짐했다.

'이 세상의 변화는…… 너로부터 시작된다.'

김훈상은 내심 다짐했다.

'나는, 그 변화를 응원하겠다.'

환호성과 국기가 펄럭이는 그 사이로, 고려 왕과 고려의 나이트들이 전진했다. 고려의 수도를 지키는 전 병력이 이미 국경으로 집결하고 있다. 고려의 심장부, 왕궁을 지키는 나이트들도 국경을 향해 출발했다.

한진수가 거친 숨을 몰아쉬었다.

"피해는?"

"사망자 다섯, 중상자 둘, 경상 여덟입니다."

백제의 프리온 나이트들이 변했다. 예전보다도 더 강해졌다. 그리고 그들은 지치지 않았다.

"이제 슬슬 우리도 본진에 합류해야 할 것 같습니다."

고려 국경에 고려의 병력이 집결하고 있다고 들었다. 백제는 그것을 알고 있음에도 불구하고 진격 속도를 늦추지 않았다. 전면전을 할 테면 한번 해보라는 식으로 무지막지하게 밀고 들어가고 있다. 화력에 자신이 있으니 압도적인 힘으로 밀어붙이겠다는 것 같았다.

한진수와 김환성 등 게릴라전을 펼치며 시간을 최대한 끌었던 게릴라 부대도 국경으로 향했다.

한진수는 생각했다.

'고려의 프리온 나이트 완성은 아직 멀었나……?'

2시간 정도라고 했다. 그러니까 전투 시작 예상 시간을 기점으로 약 2시간. 그 2시간을 끌고 나면 이쪽에 프리온 나이트 1,500기가 추가될 거다. 그렇다면 전투는 훨씬 더 쉬워지겠지.

'2시간, 골든타임이군.'

잠시 후 국경에 도달한 그는 볼 수 있었다.

"김상희!"

네가 왜 여기에 있는 거냐! 그렇게 외치고 싶었다. 김상희가 한진수를 똑바로 쳐다봤다.

"걱정 마. 나 더 이상 어린아이 아니야. 네 눈에 내가 정말 약해 보이고, 지켜줘야만 하고, 그렇게 보일지는 모르겠지만…… 나는 가만히 있을 수 없어. 내 능력을 가만히 내버려 둘 수 없어. 나도 도울게. 나도 도움이 되고 싶어."

한진수는 입술을 깨물었다. 김상희의 말은 틀림없는 사실이었다. 만약 한진수가 사랑하는 사람이 김상희가 아니었다면 그는 달리 생각했을 것이다.

'김상희는 엄청난 전력이다.'

그것도 굉장히 특별한 전력, 전투에 있어서 절대로 빼놓을 수 없는 대단한 전력이다. 하지만 그것과 별개로 사랑하는 여자를 전투에 내보내고 싶은 남자가 어디 있겠는가. 아니, 이 세상에 여자를 사랑하는 남자가 몇이나 있을지는 모르겠지만, 하여튼 그는 싫었다. 김상희가 이 위험한 곳에 몸을 담그는 것조차 싫었다.

'하지만…….'

그럴 수 없다는 거 잘 안다. 김상희가 한진수의 손을 잡았다.

"나 더 이상 어리광 피우지 않을게."

"김상희……."

"나 아무것도 안 하고 울고만 있지 않을 거야."

"너……."

"내가 큰 도움이 될 수 있다는 걸 알아. 나는 내가 있는 이 자리에서 내가 할 수 있는 최선을 다할 거야."

한진수는 김상희를 와락 끌어안았다. 품 안에 있을 때엔 이렇게 아기 같고 사랑스러운데, 이럴 때엔 의지가 되는 것 같기도 했다.

김상희가 말했다.

"우리 같이, 같이 힘을 합쳐. 너만 모든 짐을 짊어지려고 하지 마. 나도 도울 수 있어."

김훈상이 피식 웃었다. 한진수가 도둑놈 새끼인 건 맞지만, 김상희를 보니 흐뭇하다.

"한진수, 내 딸을 지켜라."

"예, 폐하."

"우리의 목표는 2시간을 끄는 것이다."

"예, 폐하."

저만치 멀리 희뿌연 먼지를 일으키며 진격해 오는 프리온 나이트가 보이기 시작했다.

지금 전 세계를 초토화시키고 있는 그 최강 병력 프리온 나이트. 한진수와 김환성의 보고에 따르면 원거리 타격 무기로는 손상 입히기가 거의 불가능에 가깝다고 했다. 고려를 비롯한 세계의 모든 나라가 바보는 아니다.

여지껏 수많은 시도를 해봤다. 가장 만만한 것이 바로 원거리 포격. 하지만 포격에는 일절 상처를 입지 않았다. 무슨 원리로 그게 가능한 건지는 밝혀지지 않았다. 중요한 것은 사람이 직접 타격을 해야만 프리온 나이트를 파괴할 수 있다는 것이다. 한진수나 김환성쯤 되면 맨손이 가장 효과적이고, 그보다 조금 급이 낮은 나이트들의 경우는 칼을 사용하는 것이 효율적이었다.

김훈상이 가장 먼저 전투에 참여했다.

"내가 중앙진을 맡는다."

한진수와 김환성이 좌익과 우익을 맡았다. 격렬한 전투가 벌어졌다.

콰과광!

거대한 폭발음이 터져 나왔다. 김훈상이 워프를 사용하여 프리온 나이트의 지척까지 접근한 뒤 프리온 나이트의 머리를 터뜨려 버렸다. 사람과 거의 똑같았다. 머리를 잃은 목에서 피 분수가 솟구쳐 올랐다. 살인을 했을 때와 느낌이 거의 비슷했다. 찝찝하고 싫다. 하지만 이 느낌에 취할 정도는 아니었다. 그는 이미 전쟁기를 겪었다. 사람을 죽이는 일 정도는 일상이었다. 하물며 지금은 사람을 죽이는 것도 아니고 프리온 나이트를 죽이는 거다. 백제의 프리온 나이트도 마찬가지일지는 모르겠지만, 마력을 가진 계집 세 명과 과학 기술력이 합쳐져 만들어진 골렘.

'저분이…… 고려의 국왕……!'

이곳에는 고려의 나이트만 있는 것이 아니다. 어쩌면 최후의 결전이 될지도 모를 이곳에 세계 각지의 여러 나라가 힘을 합쳤다. 그들은 김훈상의 움직임을 제대로 보지도 못했다.

'엄청나다……!'

김훈상의 움직임은 감히 따라잡기도 힘들 정도였다. 거기에 한진수와 김환성이 왼쪽과 오른쪽에서 물밀듯 짓쳐 들어갔다.

김환성이 고래고래 소리를 지르며 달렸다.

"내 똥개는 내가 지킨다!!!"

치열한 전투가 30분이 넘게 이어졌다. 별다른 전술이나 전략은 없었다. 힘 대 힘의 싸움이었다. 백제도 그러고 있는 것인지는 확인할 수 없지만, 고려의 경우 힘을 약간 비축하면서 싸우고 있다. 지금은 전면전이 아니다. 프리온 나이트 1,500기의 화력이 투입되는 순간, 그때 전력을 다하기 위해서 체력을 아끼고 있다. 그럼에도 불구하고 전투는 굉장히 치열했다.

치열한 전투가 벌어지고 있는 후방에는 나이트들로 겹겹이 둘러싸여 보호를 받고 있는 김상희가 있었다. 김상희가 눈을 감았다. 치열한 전투, 날아다니는 신체 부위, 끝 모르고 치솟아오르는 피 분수, 아비규환의 현장. 이 모든 것은 물론 그녀의 신경을 날카롭게 만들었다. 그러나 지금 그녀의 머릿속에는 오직 한 사람의 얼굴이 가득했다.

'진수야……!'

다시 눈을 떴다. 한진수의 힘든 모습이 눈에 들어왔다. 한진수는 이를 악물고 전투를 치르고 있었다. 한진수는 지금 거의 한 달 동안 제대로 먹지도, 자지도 못하고 전투에 임해 왔다. 도망쳐도 되는데 굳이 싸웠다. 김상희를 지키기 위해서. 김상희를 지키겠다는 그 말을 행동으로 보여주기 위해서. 그래서 미친 듯이 싸우고 또 싸웠다.

'아빠.'

이제는 개차반을 개차반이라고 부르기 미안해질 정도다. 김훈상의 마음은 이제 확실히 안다. 김훈상의 마음뿐만 아니라, 그녀 스스로의 마음도 이제 인정했다. 조련을 하기 위한 애교가 아닌 진심이 튀어나올 때가 많았다. 그 무섭다는 김훈상도 많이 편해졌다. 그 말인즉, 이제는 정말로 가족이 되었다는 소리다.

'오빠.'

김환성의 모습도 보였다. 중간중간 '으랏차! 똥개 파워!'라고 이상한 주문 같은 것을 외쳐 대고는 있지만 김환성은 가장 화려한 전투를 치르고 있었다. 김훈상과 한진수의 전투와는 약간 달랐다. 그 둘은 재빠르고 민첩하게 움직이며 필요한 최소의 동작만을 보여준다면, 김환성은 무식하게 힘으로 때리고 보는 타입이었다.

이곳에는 제각각 자신만의 신념을 가지고 싸우는 사람들로 가득 찼다. 나라를 지키기 위해서, 가족을 지키기 위해서, 그리고 사랑하는 사람을 위해서.

한진수가 주먹을 쥐었다.

'나는 쓰러질 수 없다.'

콰과광!

거대한 폭발음이 터져 나왔다.

'나는…… 지켜야만 하는 사람이 있다.'

칼리번은 한진수를 보조하면서 생각했다.

'평소에 힘을 아끼고 계셨던 건가?'

아니, 그건 아닌 것 같다. 한진수는 매사에 최선을 다해 왔다. 어쩌면 미련하게 보일 정도로 극한까지 자신을 밀어붙였다. 우리 대장을 황제 시키면 아주 딱 좋지 않은가. 뭐든지 열심히 하니까.

'오늘은 평소의 대장님이 아니야.'

칼리번은 느꼈다.

'지켜야 할 사람이 있는 사람은…… 저토록 강해질 수 있는 건가.'

솔직히 이해할 수는 없었다. 계집을 사랑한다? 그런 개념이 있는지도 잘 모르겠다. 칼리번에게 있어서 계집은 그저 아들을 낳기 위한 씨받이 아니었던가.

'내 생각이 틀렸나……?'

한진수를 보면 그 생각이 아무래도 틀린 것 같았다.

'대장님을 보면…….'

알 수 있었다. 김상희가 옆에 있을 때와 옆에 있지 않을 때의 한진수는 확연히 달랐다. 김상희가 옆에 있을 때의 한진수는 완전히 다른 사람이었다. 더 필사적이 됐고 더 열정적이 됐고. 무엇보다도 더 행복해 보였다. 김상희의 존재는 한진수를 완전히 다른 사람으로 뒤바꾸어 버렸다.

'나도 언젠가 저 마음을 알게 될 날이 있을까?'

어쩌면 그럴 수도 있겠다 싶었다.

'저걸 사랑이라고 했던가?'

사랑이라는 저 감정을 언젠가, 언젠가 한 번쯤은 경험해 보고 싶다는 생각도 들었다. 어떻게 사람을 저렇게 바꿔 놓을 수 있는지, 사랑이란 게 얼마나 큰 힘을 가지고 있는 건지. 한번 경험해 보고 싶은 생각이 들었다. 하지만 그건 나중의 일이다.

'일단 살아남고 보자!'

칼리번은 잡생각은 떨쳐 내고 미친 듯이 싸우고 또 싸웠다. 그가 무아지경에 빠졌을 때에 중앙 후미, 그러니까 직접전인 전투보다는 전투 지원을 위해 대기 중인 병력들 사이에서 일순간 소요가 일어났다.

회복의 관 관장 미첼은 이 자리에 자원해서 왔다. 그 역시 사람이다. 돈 많이 모아서 편안한 말년을 보내고 싶다. 하지만 모두가 고려를 위해 일어나 싸우고 있다.

'딱 이번까지만 참여하는 거야.'

이후에는 무조건 편안하게 살기로 마음먹었다. 참고로 20년 전 전쟁기 때에도, 그 수많은 전투에 미첼은 자원해서 참전했었다. 그 당시 그는 전투 때마다 '그래, 딱 이번까지만 하는 거야. 내 목표는 가늘고 길게 사는 거다!'라고 다짐하며 전투에 나섰었다. 결론만 말하자면 미첼은 직접적으로 전투에 참여한 적은 없지만 수많은 전투에 간접적으로 참여했다는 소리이며, 다시 말해 전쟁 경험이 굉장히 많은 의사다. 그런데 그런 그에게 있어서도 이런 경험은 처음이다.

'어떻게 이런…… 이것은…….'

기적이었다.

김상희가 하늘로 두둥실 떠올랐다. 김상희의 눈에 아빠, 오빠, 사랑하는 남자, 그리고 목숨 걸고 싸우는 수많은 이가 보였다.

'나는 이들을 돕겠어!'

이 세계에 내가 왜 떨어진 건지 그런 건 중요하지 않았다.

'내가 할 수 있는 걸 하는 거야.'

김상희의 몸이 하얀색 빛에 물들었다. 그녀의 몸으로부터 백색의 빛이 뻗어 나가기 시작했다.

'수많은 사람이 목숨을 걸고 싸우고 있어.'

그 목숨을 지켜줄 수 있다면, 그들을 도와줄 수 있다면, 그것만으로도 자신이 이곳에 있는 이유가 되지 않겠는가. 조금 더 과장하자면 그것이 지금 내가 이곳에서 살아가고 있는 이유가 되지 않을까. 그런 생각이 들었다.

"기적…… 이다!"

전투를 보조하는 이들이 외쳤다.

"성녀의 기적이 강림했다!"

백색의 빛이 전장을 뒤덮었다. 일선에서 전투를 치르고 있던 이들의 표정이 한결 가벼워졌다. 김훈상도, 김환성도, 한진수도 확실히 느꼈다.

'최상의 컨디션으로 되돌아왔다.'

나이트들과 병사들의 사기가 한순간에 하늘 높이 치솟아올랐다.

'성녀가 우리와 함께한다.'

전쟁에 있어서 그 희망은 엄청난 힘이 된다.

"와아아아!"

크게 함성을 내질렀다. 가슴에서 무언가가 북받쳐 올랐다. 전투가 더욱 뜨겁게 달아올랐다. 그리고 약 2시간이 흘렀다.

김환석은 다리에 힘이 풀려 주저앉았다. 이대로 차라리 눈을 감고 싶었다. 죽고 싶다는 게 아니라 잠을 자고 싶었다. 지금 며칠 밤을 꼬박 새웠는지 모르겠다. 졸려서 죽을 것 같다는 말을 이제 좀 알겠다. 그래도 성공했다. 프리온 나이트 1,500기.

"드디어…… 완성이다."

"바로 전장에 투입합니까?"

"그래."

고려 왕궁의 문이 열렸다. 프리온 나이트 1,500기가 국경을 향해 전진했다.

"워프 가동 준비 완료."

이들은 워프를 사용할 수 있었다. 고려의 모든 기술이 집약된 최강의 병기였다.

"워프를 준비합니다."

"워프 발동 10초 전."

"워프 발동 5초 전!"

김환석도 긴장했다. 지금 국경에서의 전투가 엄청나게 치열하다고 들었다. 무슨 일이 벌어지고 있는지 모른다. 어쩌면 전멸했을 수도 있다. 지금 일분일초가 급했다.

"워프 발동 1초 전!"

번쩍!

몸이 빛남과 동시에 워프가 성공리에 끝났다. 미리 워프를 위한 자리를 배정해 놨다. 워프를 통해 전장으로 순간 이동한 김환석은 저도 모르게 중얼거리고 말았다.

"이럴 수가……."

그는 봤다. 김상희가 공중에 둥둥 떠서 기적의 빛을 흩뿌리고 있는 것을. 겨우 시간을 끌 정도의 수세적인 전투가 벌어질 거라 예상했는데, 직접 와서 보니 그게 아니었다. 만약 이대로 시간이 흐른다면 고려가 이길 수도 있겠다는 생각이 들 정도였다. 물론 백제의 프리온 나이트는 여전히 많았고 강성했지만 그럼에도 불구하고 고려군의 사기는 하늘을 찌를 정도였다.

'똥개 덕분인가?'

고려군은 지금 지치지도 않았고 부상자도 없었다. 사망자는 발생했겠지만 적어도 부상을 입고 싸우는 사람은 없었다. 단 한 번의 공격에 목숨을 잃는 것이 아니라면, 그 어떠한 치명상이라도 김상희가 치료해 주고 있었다.

김환석은 김상희에게서 눈을 떼지 못했다. 자랑스러웠다. 동생이 자랑스러워서 미칠 것 같았다. 가슴속에 무언가가 꿈틀거리고 있는 것 같은데 그게 뭔지는 잘 몰랐다. 더 솔직히 말하자면 자랑스러운 게 아니라 사랑스러웠다. 하지만 언제까지나 감상에 빠져 있을 수는 없었다. 지금도 이렇게 밀리지 않고 있는 상황. 여기에 프리온 나이트가 무려 1,500기나 추가된다면 승리는 이쪽이 따 놓은 당상일 것이 분명했다.

"프리온 나이트를 출격시킨다."

이미 짜 놓은 작전대로 400, 700, 400기씩 나누어 좌익과 중앙, 그리고 우익을 서포트할 거다.

고려군도 그것을 발견했다.

"프리온 나이트가 투입됐다!"

한진수와 김환성이 목숨을 내걸고 게릴라전을 펼치고, 또 국왕이 직접 나서서 싸웠던 이유는 바로 이 골든타임 2시간을 벌기 위해서였다. 그리고 성녀의 기적에 힘입어 그 2시간을 확실히 챙길 수 있었다.

'드디어, 드디어 프리온 나이트다!'

이제 승리는 따 놓은 당상이다. 모두가 신이 났다. 이제 전투가 훨씬 쉬워질 거라고 그 누구도 믿어 의심치 않았다. 김훈상도 안도의 한숨을 내쉬었다.

'프리온 나이트가 드디어 완성된 건가?'

여기까지 오느라 정말 힘들었다. 이제는 승리를 따낼 차례다. 그런데 그때 예기치도 못했던 충격적인 일이 벌어졌다.

프리온 나이트 1,500기가 없을 때에도 고려는 그렇게 밀리지 않았다. 성녀의 기적에 힘입어, 거의 대등에 가까운 전투를 벌였다. 거기에 프리온 나이트 1,500기가 더해졌다. 프리온 나이트의 화력이야 두말할 필요도 없다.

작전 장교 중 한 명이 말했다.

"……성공입니다."

고려 프리온 나이트의 원거리 포격에 의하여 백제 프리온 나이트 일부가 파괴됐다.

"원거리 포격이 효과가 있습니다."

원래는 원거리 포격이 불가능했다. 미사일도, 그 어떤 무기도 백제군의 장갑을 뚫지 못했었다. 하지만 고려가 생산한 프리온 나이트의 공격은 효과가 있었다. 백제군의 장갑을 파괴했다. 압도적이라고까지는 표현하기 어려워도 막강한 화력애 보태졌다. 고려군은 승리를 예감했다. 성녀의 빛이 프리온 나이트를 덮었다. 고려 나이트들은 이미 이 현상을 봤었다. 프리온 나이트의 최종 형태. 금빛으로 빛나고 있는 인간과 거의 똑같은 최종 형태의 프리온 나이트.

고려 나이트들은 주먹을 불끈 쥐었다.

'이것이 고려의 힘이다!'

그런데 예기치 못한 일이 벌어졌다.

"크아아악!"

비명이 터져 나왔다. 당연한 말이지만 프리온 나이트는 비명을 지르지 않는다. 백제군은 전원이 프리온 나이트로 이루어져 있다.

작전 장교들은 당황하기 시작했다.

"이, 이게 도대체 무슨……!"

크아아악!

비명성이 토해졌다. 고려군의 진영이 급속도로 무너지기 시작했다.

"김환석 왕자님! 프리온 나이트가 이상 현상을 보이고 있습니다!"

김환석도 봤다. 지금 믿을 수 없는 일이 벌어졌다. 고려의 프리온 나이트가 한진수의 명령을 듣지 않고 고려군을 공격했다.

'말도…… 안 돼…….'

김환석도 지금 당장은 아무런 일도 할 수 없었다. 심혈을 기울여서 만든 최신형 프리온 나이트들 1,500기가 고려군을 공격했다.

김훈상이 이를 악물었다.

'이게 도대체 어떻게 된 일이냐!'

앞쪽엔 백제 프리온 나이트 2,000기–그간 1,000기 가량이 줄어서 약 2,000기가 남았다–가 있으며 뒤에는 고려 프리온 나이트 1,500기가 있다. 앞과 뒤에서 둘러싸고 함포 공격을 퍼붓고 있다. 전장은 그야말로 아비규환. 그 대단하다는 김훈상조차도 지금 당장은 갈피를 잡지 못했다. 포격이 이어졌다. 크아아악! 하는 비명이 터져 나오고 수많은 나이트가 죽어나갔다. 이쯤 되니 각국의 대장들은 고려를 향한 원망의 목소리를 높였다.

"이건…… 고려의 속임수였습니까!"

정황상 그럴 수밖에 없다. 그들은 고려가 어떤 음모를 꾸미고 있다고 생각했다.

'고려가 실권을 제대로 잡기 위한 숙청 작업일지도 모른다.'

각국의 왕과 장수들은 그렇게 생각할 수밖에 없었다. 그렇지 않고서야 백제와 고려가 힘을 합쳐서 연합군을 공격하고 있을 리 없으니까.

'이 얼마나 무서운 자인가!'

김훈상을 향해 욕설을 퍼부었다.

"김훈상! 이 좆같은 새끼가!!!"

이러는 이유는 간단했다. 지금 이 자리에 모인 군사들을 전부 쓸어버리면 아마 이후 고려가 세계를 통치하는 것이 훨씬 쉬워질 거다. 김훈상은 지금 각국의 군사들을 쓸어버리기 위해 백제를 핑계로 군사들을 한자리에 모으고 공격한 거다.

누군가가 외쳤다.

"김훈상 이 개새끼! 내 반드시 너를 죽여 버리고 말겠다!"

그의 눈에 포격에 죽어가는 동료들이 보였다. 성녀의 기적도 소용없었다. 성녀의 기적은 엄청나긴 하다. 죽지 않았으면 살려낼 수 있다. 하지만 일격에 죽으면, 그러니까 즉사를 하면 성녀의 힘도 무용지물이다. 지금 백제와 고려의 프리온 나이트가 포격을 퍼붓고 있는 상황. 즉사를 하는 나이트가 굉장히 많았다.

"으아아아아!"

죽음에 대한 두려움, 전우가 죽어가는 절망감, 고려에 대한 배신감. 그 모든 것이 절규로 표현됐다. 분노하는 이들의 일부는 복수를 다짐했다.

"이대로 죽지는 않겠다!"

어차피 여기서 살아나가기는 글렀다. 그럴 바에야 복수라도 화끈하게 하고 가야겠지. 이를 악물고 권총을 꺼내 들었다. 프리온 나이트에게는 소용없는 물건이지만 그래도 저 계집에게는 분명 효과가 있으리라. 하늘에 둥둥 떠 있는 김상희를 노렸다.

'김훈상이 저 계집을 그렇게 아낀다지.'

차라리 잘됐다. 이렇게라도 소심한 복수를 할 수 있어서. 워낙에 상황이 복잡하고 급박하게 돌아갔다. 수만 명이 넘는 인파가 몰려 있다 보니 그의 행동은 눈에 띄지 않았다. 성녀의 가슴을 향해 그는 방아쇠를 당겼다.

'이건…… 아니야.'

'이런 일은 있을 수 없어'라고 되뇌었다. 하지만 힘을 내뿜는 것을 멈추지는 않았다.

누군가의 외침도 들려왔다.

"김훈상 이 좆같은 새끼가!!!"

아니, 아빠의 짓이 아니야. 개차반의 짓이 아니라고. 김상희는 그렇게 외치고 싶었다. 김상희는 김훈상이 고려를 얼마나 아끼는지 안다. 고려는 곧 김훈상의 분신이다.

'아빠가 그럴 리 없잖아……!'

그러나 분노한 이들에게는 그러한 것이 보이지 않는 듯했다. 오해의 매듭은 너무나 복잡하게 얽혀 버렸다.

'고려가 이런 게 아니야.'

김상희는 하늘에 둥둥 뜬 상태로 기적의 빛을 흩뿌렸다. 눈을 감고 집중에 집중을 더했다. 크아아악! 하는 비명이 계속해서 들려왔다. 콰광! 콰과광! 폭발음도 터져 나왔다. 하지만 집중하지 않을 수 없었다. 집중하지 않으면, 죽지 않을 수 있는 사람조차도 죽어버리고 만다.

'나는…… 최대한 많은 사람을 살려야 해.'

그것이 지금 자신이 이 자리에 있는 이유였다.

'나는 포기할 수 없어!'

뭐가 어떻게 된 건지는 모르겠다. 하지만 멈출 수는 없었다. 한 명이라도 더 살려야 했다. 힘을 계속해서 끌어올렸다.

그때, 김상희는 직감적으로 느꼈다. 누군가 자신을 노리고 있었다. 한진수도 그제서야 그걸 알았다.

'안 돼!'

한진수는 몸을 던졌다. 워낙 황급히 몸을 움직이느라 포격을 제대로 피하지 못했다. 충격파가 한진수를 덮쳤다. 겉으로 큰 외상은 없었지만 내장을 다쳤다. 그의 입에서 피가 줄줄 흘러내렸다.

'가까이 가기만 하면 돼.'

가까이 가기만 하면, 그도 성녀의 능력을 사용할 수 있다. 무리해서 워프를 사용해 가까이 갔다.

그의 예리한 청각을 뚫고, 탕! 탕! 탕! 하는 총성이 들려왔다. 한 명이 아니었다. 그가 파악한 것만 무려 8발 정도는 되었다. 그중 7발을 그가 대신 막아냈다. 초인적인 능력을 바탕으로 총알을, 일부는 손으로 잡아내고 일부는 몸으로 맞았다.

'한 발…… 놓쳤다.'

그는 분명히 봤다. 그 한 발이 김상희의 심장을 정확히 노리고 있다는걸.

'안 돼!'

그는 자신의 몸을 치료해야 한다는 것조차도 잊고 김상희를 살폈다. 그런데 이상했다. 김상희는 아무렇지도 않았다. 김상희의 몸에서는 여전히 하얀빛이 흘러나와 부상을 당한 이들을 치료하고 있었다.

'이건……!'

이제야 깨달았다. 김상희는 지금 반자동 배리어를 가동시키고 있는 상태였다. 언젠가 김환석이 쓰레기처럼 툭 던지고 갔던 그것. 그러나 실상을 살펴보면 오로지 동생만을 위해 투자하고 개발했던 그것. 가치를 환산하기조차 어려운 과학문물인 반자동 배리어가 그녀의 몸을 지켜주었다.

'다행이다.'

전황은 희망이 보이지 않을 만큼 악화일로를 걷고 있었지만 한진수는 다행이라고 생각했다. 이기적인 마음일지도 모르지만, 여기 있는 모든 이의 목숨을 다 합쳐도 김상희의 목숨에는 비할 수 없었다. 적어도 한진수에게는 그랬다. 한진수는 마력을 일으켰다. 저들을 이해는 한다. 지금 상황에서, 죽음을 앞둔 상황에서 저들은 충분히 합당한 의심을 했고 그에 대한 표출로 김상희를 공격했다. 머리로는 이해할 수 있다. 하지만 용서는 할 수 없었다. 반자동 배리어가 없었다면 김상희는 지금쯤 피를 토하고 죽었을지도 모른다. 어느새 그의 몸은 완전히 회복되어 있었다.

한진수는 마력을 일으켰다. 그가 일으킨 마력의 폭풍이 방금 김상희를 공격한 이들을 급습했다. 물론 눈에는 보이지 않았다. 지금 상황에서 눈에 띄는 공격을 하면 안 된다. 그랬다가는 정말 공적이 되는 수가 있다. 한순간의 분노를 참지 못해 군중을 건드릴 수는 없는 법이다. 김상희를 조준하여 공격했던 8명의 나이트는 한진수에 의해 죽었다. 쥐도 새도 모르게 말이다.

한진수는 김상희의 손을 잡았다. 김상희는 지금 울고 있었다. 김상희의 마음이 십분 이해됐다. 이 아이가 언제 이렇게 사람들이 죽어 나가는 전쟁터를 경험했겠는가.

'이런 끔찍한 모습은 보여주고 싶지 않았는데.'

이곳에서 데리고 나가고 싶었다. 워프를 사용하면 불가능하지도 않을 터. 도망치고 싶었다. 하지만 그럴 수 없었다. 그건 김상희가 원하지 않을 거다. 이 많은 사람을 내버려 두고 도망친다면 김상희는 평생 그 죄책감을 안고 살아야 할 것이다. 사랑하는 여자가 그러한 마음의 짐을 안고 살게 할 수는 없었다.

'나는 도대체…… 어떻게 해야 한단 말인가.'

한진수도 김상희에게 힘을 보탰다. 김상희가 뿜어낸 빛보다도 훨씬 강렬하고 훨씬 강한 빛이 전장을 뒤덮으며 경이로운 회복 능력을 보였다. 하지만 즉사하는 나이트의 숫자가 너무 많았다.

김상희는 이를 악물었다.

'이대로는 아무것도 안 돼.'

크리스가 했던 말을 떠올렸다. 크리스는 어쩌면 이러한 상황을 모두 예측하고 있었던 게 아닐까? 그녀의 품속에는 아직도 크리스가 전해 준 그 단도가 들어 있었다. 크리스는 말했다. 이 단도로 심장을 찌르라고. 그래야 모두가 산다고.

"진수야."

한진수가 김상희를 쳐다봤다. 한진수는 김상희의 손을 더 꽉 잡았다. 사랑하는 여자가 더 이상 무섭지 않도록. 하지만 김상희는 지금 그렇게 무섭지 않았다. 한진수의 생각만큼 김상희는 어리지도 않았고 약하지도 않았다.

"내가 예전에 말했던 거 기억나?"

크리스의 마지막 말을 한진수에게도 해주었다. 한진수는 그때 펄쩍 뛰었다. 그 무슨 말도 안 되는 소리냐고. 그런 소리 하면 진짜 혼난다고 화를 냈었다.

"지금이…… 그때가 아닐까 싶어."

"말도 안 되는 소리 하지 마."

말도 안 된다. 어떻게 심장을 찌른단 말인가.

김상희가 말했다.

"반자동 배리어 때문에…… 내가 찔러도 소용없을 거야."

김상희의 눈에서 눈물이 흘러나왔다. 그 눈물은 볼을 지나 턱을 타고 흘러 방울져서 뚝뚝 떨어져 내렸다.

"그러니까 진수 네가 나를 찔러야 해."

한진수의 눈에 눈물이 차올랐다. 말도 안 된다. 어떻게 내가, 어떻게 내 손으로 사랑하는 여자의 심장을 찌를 수 있단 말인가. 크리스의 말을 100퍼센트 믿을 수도 없다. 어떻게 그런 일을 한단 말인가.

김상희가 말했다.

"지금 우리가 할 수 있는 일이…… 이거 말고 또 있어?"

그랬다. 지금은 어찌어찌 버티고 있다고는 하지만 이미 고려군은 무너졌다. 내부로부터 불신과 분노가 표출되고 있는 상황이고, 외부로부터 프리온 나이트 약 3,500기가 고려군을 둘러싸서 공격하고 있다. 이대로 시간이 흐르면, 고려군은 전멸할 거다.

한진수의 몸이 덜덜 떨려왔다.

"김상희."

한진수에게는 죽음보다 더한 형벌이었다.

"나는 너를……."

김상희가 말했다. 그녀의 결심은 단호했다.

"네가 찌르지 않겠다면 내가 날 찌르겠어. 한 번이고 두 번이고, 세 번이고 네 번이고 배리어가 뚫릴 때까지 계속 찌르겠어."

지금 그것 말고는 방법이 없으니까.

'아빠와 오빠는…… 절대로 도망치지 않을 거야.'

고려군을 내버려 두고, 그들은 도망치지 않을 거다. 그건 확실했다.

'나도…… 도망치고 싶어.'

하지만 그들을 내버려 두고 도망칠 수는 없었다. 그리고 한진수의 어깨 위에 조국을 배신한 배신자라는 짐을 짊어지게 하기 싫었다. 한진수가 김상희를 사랑하는 것만큼 김상희도 한진수를 사랑했다.

'네가…… 떳떳했으면 좋겠어.'

그래서 이 방법을 선택했다. 그녀가 취할 수 있는 마지막 선택. 한진수의 눈에서 눈물이 뚝뚝 흘러내렸다. 이를 악물었다. 무슨 일이 벌어질지는 아무도 모른다. 크리스가 그것까지는 말해주지 않았으니까.

"어서, 진수야. 지금 네가 이러고 있는 순간에도 많은 사람이 죽고 있어."

김상희가 그 단도를 한진수의 손에 쥐어주었다. 중요한 순간에 김상희는 한진수보다 더 강했고 더 침착했다. 한진수의 손이 덜덜 떨려왔다.

'찌를 수 없어.'

절대 그럴 수는 없었다. 한진수는 생각했다. 지금 이 순간, 그는 성녀와 같은 힘을 가지고 있다. 성녀라고 해도 이상할 것이 없는, 아니, 어쩌면 성녀보다도 훨씬 강한 힘을 뿜어내고 있는 상태다. 머릿속이 맑아졌다. 프리온 나이트들이 보였다. 프리온 나이트들은 금색으로 환하게 빛나고 있었다. 이 변화를 이끌어낸 건 김상희였다. 하지만 지금 프리온 나이트들이 극한의 힘을 끌어낼 수 있도록 만들고 있는 사람은 한진수, 자신이었다. 그는 불현듯 알 수 있었다.

'성녀는…… 한 명이 아니었다.'

이제 알겠다. 김상희가 성녀인 것은 맞았다.

'나도 지금은…… 성녀다.'

성녀가 옆에 있을 때에 비로소 성녀가 될 수 있는, 조건부에 가까운 성녀이기는 했지만 결론적으로 말하자면 그는 지금 성녀였다. 그는 그때서야 깨달았다. 성녀에게 중요한 것은 '성별'이 아니었다. 김환성의 경우도 성별은 그다지 중요하지 않았다. 남자가 되기도 했고 여자가 되기도 했다. 성력 혹은 마력의 구동에 있어서 성별은 중요한 요소가 아니라는 소리다. 퍼즐은 모두 맞춰졌다. 이제는 알겠다.

"지금은 내가 성녀야."

한진수는 무슨 일이 있어도, 그 어떤 대의명분과 훌륭한 이유가 있다고 하더라도 사랑하는 여자의 심장을 찌를 수는 없었다. 절대로. 절대 그런 일은 할 수 없었다. 차라리 도망을 치고 말지 그것만큼은 절대로 할 수 없었다. 그래서 결정했다.

"사랑해."

그 한 마디와 함께 김상희가 말릴 새도 없이 푸욱! 살갗을 찢는 소리가 들려왔다. 단도가 한 사람의 심장을 찔렀다.

아마도 지하로 짐작되는 어두컴컴한 공동 내에서 그는 회심의 미소를 지었다. 인간의 기준으로 영원에 가까운 시간을 살아오면서 그는 느꼈다. 진정한 사랑 같은 거, 그런 거 따윈 없다는 걸 말이다. 아무리 사랑 때문에 사네 죽네 하는 사람들이라 할지라도, 그건 그저 허울뿐인 가식이었다.

아주 오래전 초대 성녀도 그랬다. 그때 그녀는 한 남자를 사랑했었다. 하지만 그 사랑? 별거 아니었다. 그놈과 초대 성녀 사이에서 이간질을 하고, 몇 번 겁을 주고 방해하니 둘의 사랑은 끝이 났다.

"여기였어."

속이 훤히 들여다보일 정도로 맑은 샘물 앞. 그는 샘물을 한 입 떠 마셔 봤다.

"시원해."

사람들은 이 물을 일컬어 퓨리어스라고 부른다. 고려가 유일한 공급원이며, 물량이 절대적으로 적어서 한 병의 가격이 어지간한 왕국을 통째로 살 수 있다고 알려진 천고의 보물. 하지만 아니다. 고려 왕궁 깊숙한 곳, 아주 깊은 곳에는 이렇게나 많은 퓨리어스가 있다. 아니, 아예 이런 샘물이 있다. 호수라고 하기엔 작지만 그렇다고 웅덩이 수준은 절대로 아니었다.

"대략 깊이가 30미터쯤 되겠지."

샘은 밑바닥이 훤히 들여다보이지만 아마 이 깊이는 최소한 30미터는 될 것이다.

"고려 놈들은 이것을 저희만이 가진 보물이라고 생각했어."

그는 재미있다는 듯 흐흐거리고 웃었다.

"이것을 바탕으로 힘을 모았고, 지금의 고려가 있을 수 있었지. 그리고."

크하하핫! 하고 크게 웃었다. 기분이 좋아진 듯했다.

"덕분에 내 수중에 최종 형태의 프리온 나이트 1,500기가 더 생기겠어."

예전과 똑같은 레퍼토리다.

"성녀가 이 사실을 알면 얼마나 원통하고 원통할까? 그렇지?"

초대 성녀를 기억하고 있는 그는 피식 웃었다.

"듣고 있는 건가?"

그랬다가 혼자서 고개를 저었다.

"들을 수 있을 리 없지, 넌 이미 이 세상 사람이 아니니까."

그는 주변 바위에 털썩 주저앉았다.

"퓨리어스? 천고의 보물?"

웃기는군. 그는 마력석 알론을 섭취했다.

'마력도 없는 놈의 몸이지.'

덕분에 몰래 숨어 있기 쉬웠다. 다른 사람들의 경계권에서 벗어날 수 있으니 몸을 숨기고 있기에는 제격이었다. 90퍼센트 이상 이놈의 의지대로 움직이도록 여태까지 내버려 두었다가 중요한 순간에만 조금씩 자신이 컨트롤했다.

'마력도 없는 주제에 저항력 하나는 기똥찼지.'

지금이야 이렇게 의식 밖으로 나왔다가 숨었다가를 자유자재로 할 수 있지만 이렇게 되는 데 10년이 넘게 걸렸다.

마력석 알론을 섭취하고 나자 힘이 끌어올랐다. 마력으로 안력을 높여 저 깊은 밑바닥을 쳐다봤다. 유난히 봉긋 솟아 오른 바닥이 하나 보였다.

저곳은 성녀의 무덤이었다. 초대 성녀의 무덤이 있는 곳, 그 위에 자연적으로 생겨난 샘물. 이곳에서 퍼다 올린 물이 바로 퓨리어스의 진정한 정체였다.

'고려 놈들은 그것도 모르고 있었겠지만.'

저 바닥을 파보기 전까지는 모른다. 저 안에, 초대 성녀가 잠들어 있다는 것을. 그때 성녀는 스스로 자신의 가슴을 단도로 찔렀다. 그 당시 누가 시켜서 그랬던 건 아니었다. 성녀 스스로 그랬다. 자책감 때문에, 자신 때문에 태양 제국 잉카는 패권을 쥐게 됐다. 그 과정에서 엄청나게 많은 피가 흘렀다. 그리고 태양 제국 잉카의 황제 율다에 의해 여자들의 인권은 점점 더 바닥으로 추락해 갔다. 율다는 교묘하게 그 사실을 조작하여 이러한 일이 생기고 있는 것이 성녀 잘못이라고 몰아갔다. 성녀가 이상한 힘을 끌어다 쓰는 바람에 여자들에게서 마력이 사라지고 있는 거라고.

시간이 흐르고 흘러 성녀는 결국 칼로 제 가슴을 찔렀다. 그때 결정적인 역할을 했던 남자가 있었다.

'그놈 이름이 뭐였더라?'

잘 기억나지 않았다. 그때 당시에는 성녀와 죽고 못 사는 그런 사이였었다. 적어도 겉으로 보기에는 그랬다. 하지만 놈은 그때 당시 돈 10억에 매수됐다. 율다에게 말이다.

율다에게 매수된 그는 성녀 옆에서 은근슬쩍 성녀 네가 나쁘다, 너 때문에 많은 사람이 죽고 있다, 그렇게 조금씩 말을 흘렸다. 겉으로는 온갖 착한 척을 다하면서 속으로는 딴생각을 했다.

율다에게는 성녀가 필요 없었다. 이제 제국에 반기를 드는 모든 놈들을 숙청했고 잉카는 점점 더 커져 갔다.

제국 초기에 성녀는 황제보다도 인기가 높았다. 황제보다 인기가 많은 성녀가 율다에게는 눈엣가시였다. 그래서 성녀를 죽일 음모를 꾸몄다. 결과적으로 성녀는 죽음을 선택했고 그때, 율다는 알게 됐다. 성녀가 스스로 제 가슴을 찌르게 되었을 때 그의 몸이 변화했다. 육체에서 영체로의 변화. 그는 육신을 탈피하게 됐다. 성녀의 죽음과 이 사실 사이에 어떠한 연관 관계가 있는지 그도 알 수는 없었다. 애초에 이것은 그가 이 세계로 넘어온 것처럼 논리적이거나 이성적인 영역은 아니었다. 그냥 눈을 떠보니 이 세계였던 것과 마찬가지로, 일이 일어나고 보니 그때서야 알 수 있었다. 성녀의 죽음과 동시에 그의 머릿속으로 많은 정보가 쏟아져 들어왔다.

성녀가 제 심장을 칼로 찌르면 자신의 몸에 변화가 일어난다. 그는 몸을 잃는 대신, 다른 이에게 기생하여 살아갈 수 있었다. 그래서 거의 영원에 가까운 시간을 살 수 있게 됐다.

시간이 흐르고 흘러 그는 골렘을 인간처럼 만드는 기술을 점점 발전시켜 왔다. 무생물로 생물을 만드는 건 불가능했다. 하지만 '인간'을 제물로 하여 골렘을 만드는 건 가능했다. 고려가 계집 3명을 사용하여 프리온 나이트를 만들었던 것이 그 예다. 그리고 율다는 인간에 가까우면 가까울수록 '최종 형태'의 프리온 나이트라고 생각했다.

그 최정점에 서 있던 것이 바로 크리스였다. 크리스 외에 몇 놈이 더 있기는 했지만 크리스만큼 마음에 들지 않아 이번에 다 폐기했다.

'크리스는…… 참, 아쉬운 놈이지.'

그래도 이런 식으로라도 써먹을 수 있어서 다행이었다.

'정말 내가 모를 거라고 생각하고 있었나?'

강제 명령어를 알려줬다는 것도, 예전에 성녀가 각성 시에 일부러 보고를 누락했던 것도, 그는 이미 모든 걸 알고 있었다. 왜냐하면 그는 김형석의 몸뿐만 아니라 크리스의 몸에도 숨어 들어가 있었으니까. 물론 크리스는 그것을 자신의 또 다른 인격이라고 생각했겠지만, 그는 크리스마저도 속였었다. 그는 생각했다. 내가 이 세계의 신이라고.

"모든 것이 내 생각과 계획대로 흘러가고 있어."

고대로부터 지금까지 수많은 육체를 거쳐 오며 여자를 흡수하며 살아왔던 세월이 그의 삶이 옳았음을 증명해 주고 있었다.

'김훈상과 김환성, 한진수를 사용하여 골렘을 만들면 크리스보다도 훨씬 뛰어난 역작이 탄생하겠지.'

그는 언제나 삶을 개척해 왔고 만들어 왔다. 옳은 방향으로 말이다. 이번에도 마찬가지였다. 결국 성녀 김상희는 자신의 가슴에 칼을 찌르게 될 거다.

'내가 가질 수 없다면 죽어.'

그렇다.

'사랑하니까 죽이는 거야.'

그게 맞는 거였다. 일부러 더 자극하려고, 내 아이를 낳도록 하겠다고 김상희를 겁박했다. 심적으로 흔들어 놓기 위해서.

'이번에 네가 네 심장을 찌르게 되면 내 힘은 무한대에 가까워진다.'

지금 그는 여러 사람의 정신 속에 녹아들어가 있다. 최대한도까지 분열시켜 본 적은 없지만, 최대는 약 다섯 정도. 하지만 이번에 성녀가 자신의 가슴을 찌르면, 그 제한이 없어질 거다. 다시 말해 모든 인간을 조종할 수 있게 된다는 소리다.

"그때야말로 내가 진정한 신이 되는 거지."

신이 이렇게 해서 태어나는 것인가 싶을 정도였다. 크하하핫! 다시 기분 좋게 웃었다. 사랑하는 여자를 죽일 수도 있고, 그 덕분에 신이 될 수도 있고 일거양득 아니겠는가.

"네 시체는 절대로 썩지 않도록 그렇게 만들겠어."

그래서 옆에 두고두고 볼 거다. 이제 그 눈은 다른 사람을 쳐다볼 수 없을 거다. 아니, 눈을 깜빡일 수조차 없을 거다. 두고두고 나만 바라보겠지.

"너는 평생을 내 옆에서 살아가는 거야."

마치 저기 저 밑에 곤히 잠들어 있는 초대 성녀처럼 내 옆을 지키고 있겠지. 기분이 좋아지다 못해 흥분될 지경이었다.

"하."

아랫도리에 힘이 불끈 들어갔다. 시체가 된 김상희를 품에 안는 그 장면을 상상하니 황홀감이 밀려왔다.

김형석이 웃었다.

"너는 영원히 나의 것이 될 거야, 김상희."

한진수도 널 막지 못해. 아니, 그놈은 겁을 먹어서 오히려 너를 찌를지도 모르지.

"아니, 반자동 배리어 때문에 김상희 넌 자살을 할 수 없어."

비릿하게 웃었다.

"그렇다면 결국 선택지는 다른 누군가의 힘을 빌어야겠지."

기분이 더더욱 좋아졌다. 그 누군가는 한진수가 될 가능성이 높았다. 모든 것이 계획대로 순조롭게 진행되고 있다.

"한진수, 너는 김상희를 찔러야만 할 거야."

왜냐하면 그것 말고는 선택지가 없으니까. 그렇게라도 하지 않으면 전멸을 면할 수 없을 테니까.

"사랑하는 여자를 제 손으로 찌른다니."

그걸 상상하니 또 아랫도리가 벌떡벌떡 서는 것 같았다. 황홀했다.

"이 얼마나 아름다운 모습이란 말인가."

아무래도 구경을 가야 할 것 같았다. 이제 대망의 피날레가 다가오고 있다. 판은 모두 벌여 놓았다. 이제 추수만 하면 된다.

그는 흐흐흐 웃었다.

"죽어서…… 내 여자가 되는 거야, 김상희."

전장에 누군가가 나타났다. 김형석이었다.

김형석은 주변을 둘러봤다. 아비규환의 전장. 모든 것이 마음에 들었다. 김상희가 단도를 꺼내 드는 것도 봤다. 이제 곧 대망의 피날레가 다가온다.

'어서 찔러.'

그런데 예상하지 못했던 일이 벌어졌다.

"그만둬!"

그의 목소리가 쩌렁쩌렁 울려 퍼졌다. 그리고 거짓말처럼 프리온 나이트의 포격이 멈췄다. 프리온 나이트가 멈췄고, 세계의 나이트들도 멈췄다. '그만둬!'라는 그 소리가 커다란 충격이 되어 모두의 움직임을 멈추게 만들어 버렸다. 김형석에게 모든 시선이 쏠렸다.

한진수가 자신의 가슴을 칼로 찔렀다. 그의 심장에 구멍이 뚫려 피가 콸콸 흘러나왔다. 김상희의 비명성이 토해졌다.

"진수야!"

허공에서 하얀빛을 흩뿌리던 한진수의 몸이 땅으로 떨어져 내렸다.

김형석이 욕을 내뱉었다.

"이런 미친 새끼가!"

그는 이해할 수 없었다. 왜, 도대체 왜, 왜 자신을 찌른단 말인가. 여태까지 세계를 제 마음대로 주물러 왔다. 이 모든 상황을 이미 다 예측하고 그가 이끌어왔던 판이다.

"모든 것이 내 마음대로 됐었는데……!"

분명히 그랬는데, 도대체 왜 이런 말도 안 되는 상황이 벌어진단 말인가! 한진수가 자신의 가슴을 찔렀다. 그러자 예전 초대 성녀가 죽었을 때와 마찬가지로 또 이상한 정보들이 머릿속으로 흘러 들어왔다.

'말도…… 안 돼.'

성녀가, 아니, 지금 당장 정확한 명칭은 없지만 일단 남녀로만 구분한다 했을 때, 성남의 그러한 행동은 그에게 엄청난 악영향을 끼쳤다.

'안 돼. 안 돼. 안 된다고!'

김형석이 머리를 쥐어뜯기 시작했다. 크아아악! 비명을 질러 댔다. 한참을 땅에 뒹굴며 몸부림을 치다가 의식을 잃었다. 그 순간 그의 몸에서 허물이 벗겨지듯 누군가가 튕겨져 나왔다.

김상희는 멍한 와중에도 그의 얼굴을 알아볼 수 있었다.

'저 사람은…….'

눈에 익은 사람이다. 그녀가 증오하는 사람, 그녀를 죽인 사람, 그 사람이었다. 마지막 순간에 자신을 칼로 찌르면서 사랑한다고 속삭이던 그 사이코였다. 발가벗은 그는 상당히 왜소해 보였다. 나이트들 사이에 있으니 더더욱 그래 보였다.

그가 외쳤다.

"모, 모두 눈을 내리깔아라!"

뭔가 이상함을 그는 직감했다. 육신이 생겼다. 예전 성녀가 자신의 가슴을 찔렀을 때엔 육신이 사라지고 영체가 되었었다. 그는 이게 좋았다. 하지만 이번에 한진수가 자신의 가슴을 찌르자 반대로 영체가 사라지고 육신이 생겼다.

"내가 바로 황제 율다란 말이다!"

수만 년을 영체인 상태로 살아오다 갑자기 육체가 생기니 무서웠다. 익숙하지 않았으니까.

"모두 무릎 꿇고 신인 나를 경배하란 말이다!"

갑자기 생겨난 육체가 두려웠다. 육체를 가지고 있으면, 잘못 맞아도 죽을 수 있지 않은가. 이 얼마나 연약한 존재란 말인가. 고차원적이었던 자신에게 왜 갑자기 이런 일이 벌어졌단 말인가.

김훈상이 말했다.

"드디어 모습을 드러냈구나."

그는 당황하지 않았다. 마치 모든 것을 예상하고 있기라도 했다는 듯. 벌거숭이가 된 율다가 뒷걸음질 쳤다. 이상했다. 마력도 올라오지 않았다. 김훈상이 가까이 다가오자 그에 발맞추어 한 걸음씩 뒤로 물러섰다.

"오래 기다렸다."

율다는 이 상황을 이해할 수 없었다.

"이, 이게 무, 무슨……!"

나는 신인데, 모든 상황을 조율하고 만들어가는 초월자인데, 이 무슨 상황이냔 말이냐! 율다가 계속해서 뒷걸음질 쳤다.

언젠가 딸이 말했었다. 크리스가 전하길, 정말로 어쩔 수 없는 그런 위급한 상황이 온다면 '네 심장을 찔러. 그래야 모두가 살아'라고 말이다. 김훈상은 생각했다. 그러한 날이 언젠가 오긴 올 거라고. 그런 날이 오지 않았으면 좋겠지만 언젠가 그런 날이 충분히 올 수 있을 거라고 말이다. 그래서 마음속으로 항상 대비를 하고 있었다.

'그날이 온다면.'

그 옆에 한진수가 있을 것임을 미리 예상했다.

'상희의 몸에는 반자동 배리어가 항시 가동되고 있다.'

그렇다. 그래서 어지간한 통상 공격으로는 김상희에게 해를 끼칠 수 없다. 그래서 아까 몇 놈들이 권총을 꺼내 드는 것을 봤음에도 불구하고 대처하지 않았다. 상황이 너무 급박하기도 했거니와 반자동 배리어가 펼쳐져 있다는 사실을 이미 확인했으니까. 어쨌든 김상희와 한진수는 실랑이를 벌이게 될 거고, 김상희는 자신의 힘으로는 반자동 배리어를 깨고 자신의 심장을 찌를 수 없다는 것을 알고 있을 것이다.

'그렇게 되면 상희는 진수에게 부탁하겠지. 마지막, 마지막 순간

은…… 적어도 사랑하는 사람에게 양보하고 싶을 테니까.'

김훈상은 마치 이 상황을 미리 보기라도 한 것처럼 모두 예측했다.

'한진수라면…… 내 딸 대신 자신의 심장을 찌를 것이다.'

김훈상의 예측은 한 치의 어긋남도 없이 들어맞았다. 고려의 나이트가 갑자기 돌변하여 백제의 편을 들게 된 것은 예측하지 못했지만, 어쨌거나 결과적으로 김상희가 자신의 심장을 찔러야만 하는 상황이 왔다. 김상희가 그것을 부탁했고 한진수가 자신의 심장을 찌른 것, 이것은 정확했다.

'김상희가 자신의 심장을 찌르는 것과 한진수가 자신의 심장을 찌르는 것에는 커다란 차이가 있다.'

한진수는 성자가 맞다. 그러나 조건부 성자다. 정확한 명칭은 정해지지 않았지만 김훈상은 일단 성자라고 부르기로 했다. 김상희가 옆에 있을 때에 성력을 내뿜을 수 있다. 그러니까 김상희가 있어야만 성자가 된다는 소리다. 크리스의 말을, 적어도 김상희가 옆에 있을 때에는 이행할 조건을 갖출 수 있다. 그에 반해 김상희는 어떠한 도움이 없어도 성녀로 존재할 수 있다. 옆에 한진수가 있든 없든 그 누가 있든 말든 그녀는 성녀이고 스스로 성력을 끌어내어 사용할 수 있다.

'그러니까 한진수는 심장을 찔러도 즉사만 하지 않는다면 다시 되살아날 수 있다는 소리지.'

이게 가장 큰 차이다.

'분명 눈물겨운 신파극을 찍을 테지만.'

아마도 김상희와 한진수는 네가 죽느니, 내가 죽느니 엄청난 눈물극을 펼칠 것이 분명했다. 하지만 한 발자국만 떨어져서 생각해 보면 결과는 간단했다. 항시 성력을 뿜어내고 있는 성녀의 옆에 있다. 일순간 심장이 폭발하여 즉사하는 것이 아니라면 얼마든지 회복할 수 있다. 심장에 구멍이 난다고 해도 즉사하는 건 아니니까.

'그렇게 되면 뭔가 변화가 일어난다.'

여태까지 '그', 그러니까 백제의 왕이라 짐작되는 인간-당시에는 인간인지 어떤지도 잘 몰랐다. 심지어는 프리온 나이트가 자아를 가지고 진화한 새로운 개체가 아닐까 싶은 생각까지도 했었다-의 행동을 토대로 김훈상은 추리를 해왔다.

'절대로 전면에 나서지 않는 놈.'

놈은 최종 형태의 프리온 나이트를 수족처럼 부려왔다.

'용의주도하고 교활하지만.'

그곳은 곧 절대적인 힘은 없다는 것의 방증이었다.

'그래서 그러한 힘을 가지고도 제국 뒤에 숨어 제국을 조종해 왔겠지.'

'그'가 알고 행했는지, 그렇지 않았는지는 잘 몰라도 김훈상은 '그'의 존재에 대해 어느 정도 유추를 해냈다.

'직접적인 무력은 없어.'

그것은 이른바 '김형석 사건' 때 확실히 밝혀졌다. 뭔가 대단한 능력이 있는 것 같기는 한데, 그렇다면 김훈상 자신이 김상희의 방을 찾았을 때, 그때 움직였어야 하는 게 맞다. 그때에 그는 호위 병력도 없었고 오로지 혼자였으니까.

'김상희에게 환성을 보여줬었지.'

자신의 등 뒤에서 칼을 들고 혀를 낼름거리고 있는 그런 환상.

'사람의 정신에 상당한 영향을 끼치는 놈이야.'

예전 나이트 제6대대 소속 정윤한 나이트의 경우에도 그랬다. 골렘화되었었고 정신을 지배당했었다.

'제국을 통치하고 세상 뒤에 이렇게 오랜 시간 숨어 있으려면…….'

그래서 결론을 내렸다. 그놈에게 직접적인 무력은 없다. 하지만 인간을 조종할 수 있는 어떠한 힘이 있다.

'아무나 조종할 수는 없어. 만약 그렇게 하려고 했다면 나를 조종하려 들었겠지.'

그런데 김형석을 타깃으로 했다. 김형석은 마력이 없다.

'상대적으로 약한 인간을 조종했다.'

'김형석 사건' 때 그는 확신했다. 겉으로는 내색하지 않았지만 김훈상은 자신의 아들이 어딘가 이상하다는 사실을 알았다. 이상함을 발견한 곳은 바로 '혀'와 '손바닥'이었다. 혀를 조금 다쳤었다. 마치 일부러 꽉 깨물기라도 한 것처럼. 평소라면 그러려니 하고 넘어갔을 수 있겠지만 상황이 달랐다. 누군가 김형석을 조종하려고 했다면? 김형석의 의지가 그것을 반하여 행동하려 했다면? 입을 벌리지 않기 위해 힘을 주고, 팔을 움직이지 않기 위해 주먹을 꽉 쥐었을 것이다. 그러한 가정을 세운 뒤, 마력으로 몸을 탐색했다. 근육이 상당히 경직되어 있었고 짧은 시간 폭발적인 힘을 냈는지 자잘한 근육의 상처가 있었다. 3차 각성까지 이룬 김훈상이다. 그 정도 알아내는 건 어렵지 않았다. 그걸 보고 확신했다. 누군가, 인간을 정신적으로 조작할 수 있는 누군가가 있다고. 상대적으로 약한 인간을 말이다. 예외가 있다면 크리스 정도.

'크리스마저 조종할 수 있었겠지.'

김훈상은 크리스를 온전히 믿지 못했다. 더군다나 크리스는 아마도 자아를 가진 골렘, 혹은 골렘화가 된 인간. 그런 식으로 추정하고 있는 중이다. 그렇다는 말은 누군가 그를 만든 사람이 있다는 소리. 그래서 아마 어느 정도 영향력을 끼칠 수 있었을 거라 짐작했다.

'어쩌면 그 이상한 명령어 역시, 믿음을 심어주기 위한 일종의 함정이었을 수도 있다.'

그렇게 생각하니 그림이 그려졌다. 그렇다면 정말 최후의 순간에 '그'가 노리는 게 뭘까?

'그게 바로 심장을 찌르는 것이었겠지.'

그렇게 되면 어떠한 변화가 일어날 것이다. 거기에 한진수라는 변수가 끼어들었다. 그렇다면 어떤 식으로든 반응이 있을 것이 분명했다.

'그게 이렇게 적나라하게 나올 줄은 몰랐지만.'

김훈상의 표정이 굳었다.

"……네가…… 율다냐?"

김훈상이 다시 물었다.

"네가…… 내 딸 괴롭혔냐?"

분노를 참기 위해 김훈상이 이를 꽉 깨물었다.

"강냉이 털릴 준비해라."

세계 각국의 나이트들은 이 상황을 이해할 수 없었다. 갑자기 한진수가 자신의 심장을 찔렀고, 이상한 벌거숭이 남자가 나타났으며, 프리온 나이트들이 공격을 멈췄다.

"이게 도대체 어떻게 된 일이지……?"

김훈상이 말하는 것이 들렸다.

"강냉이 털릴 준비해라."

사람들은 잘못 들은 줄 알았다. 그 명성 높은 고려의 왕이 '강냉이 털릴 준비해라'라고 말을 하다니. 저건 시정잡배와 다를 것이 없지 않은가.

김환성이 그 말을 들었다. 그는 고려의 왕자인데 시정잡배보다 더하면 더했지 덜하지는 않았다. 그의 입에서 끊었던 욕이-김상희가 무서워해서 금욕했었다-속사포처럼 쏟아져 나왔다.

"이 개 씨발 좆같은 새끼야! 네가 내 똥개 괴롭혔냐?"

거기에 쾅! 충격파가 일었다. 각국의 나이트들은 일시 정지에라도 걸린 것처럼 멈췄다.

'세상에…….'

믿을 수 없었다. '개 씨발 좆같은'을 외칠 때에, 그때 충격파가 터져 나왔다. 마력이 약한 몇몇은 귀를 붙잡고 쓰러지기까지 했다. 음성만으로 이러한 충격파가 터져 나온 거다. 마력량이 어마어마했다. 물론 김환성도 이때 이 기술을 처음 습득했다. 이후, 이 기술은 '사자후'라는 이름으로 불리게 되며, 자신보다 약한 사람 다수를 상대할 대에 매우 효과적인 기술로 알려지게 된다.

'어떻게 음파로 이런 충격파를……!'

솔직히 말해 다들 쫄았다.

'자, 잠깐 상황을 지켜보자.'

벌거숭이 남자가 계속해서 미친 듯 외치고 있었다. 내가 이 세계의 신이다. 이 모든 걸 내가 계획하고 이끌어왔단 말이다! 라고 말이다.

김훈상이 검을 버리고 주먹을 들어 올렸다.

"이 꽉 깨물어라."

"이 무슨 무엄…… 크악!"

빠각!

소리와 함께 율다의 목이 돌아갔다. 이빨 몇 개가 튀어나왔다. 입가에서 피가 줄줄 흘렀다. 율다는 그 주먹질 한 번에 정신을 잃었다. 수만 년 만에 생긴 육체다. 이 감각, 도무지 익숙하지가 않았다.

찬물을 끼얹어 기절한 율다를 깨웠다.

“이 꽉 깨물어라.”

빠각!

요란한 소리가 났다.

나이트들은 생각했다.

‘폐하, 지금…….’

아무래도 예전으로 돌아간 것 같다. 세상 사람들은 모른다. 지금 성군 김훈상이 있기 전, 전쟁기보다도 더 전에 그에게는 별명이 있었다는걸.

‘……미친개다!’

과거 김훈상과 함께했던 나이트들이 눈을 부릅떴다.

‘미친개가 튀어나왔다.’

그렇지 않고서야 저렇게 무식하게 주먹질을 할 리 없지 않은가. 그것도 상대가 죽지 않을 만큼만 힘을 교묘하게 조절해서 때리고 있지 않은가.

‘진짜 아프게 패고 계신다.’

정말 그랬다. 그 옆에서는 상처를 말끔히 회복한 한진수가 김환성을 꽉 껴안고 달래고 있었다.

“이거 놔! 내가 저 씨팔 호로 새끼를 조져 버리고 말 거라고!”

“형님, 형님은 힘 조절을 못해서 안 됩니다.”

한진수는 지금 미칠 것 같았다. 이놈의 형님, 아니, 누님인지 모르겠지만 하여튼 김환성의 힘이 너무 세서 감당하기가 어려웠다. 그걸 지켜보던 김환석이 말했다.

"기다려."

그래도 김환성은 형의 말을 잘 들었다. 김환성의 기세가 조금 누그러들었다. 김환석은 무표정한 얼굴로 앞을 쳐다보기만 했다. 율다가 일방적으로 구타당하는 그 상황을 지켜봤다. 한진수는 조금 놀라웠다. 김환석이 저렇게까지 침착하고 냉철할 줄이야. 그런데 뭔가 이상했다. 김환석이 아주아주 작은 목소리로 뭔가를 중얼거리고 있지 않은가.

"퓨리어스를 먹이면서 고문하겠어."

어라, 내가 잘못 들은 거겠지? 그렇게 생각했는데, 한진수의 귓가에 또 흐흐 하는 아주 작은 소리가 들려왔다. 지금 김환석의 진지하고 근엄한 표정과는 전혀 어울리지 않는 그런 웃음소리였다.

"지옥보다 더한 지옥을 경험하게 해주마."

흐흐흐 하고 아무도 모르게 웃는데, 한진수는 저도 모르게 식은땀을 흘렸다. 저 왕자, 아무래도 제정신이 아닌 것 같았다.

김환석이 근엄한 얼굴로 말했다.

"아버님, 놈을 지금 당장 죽이면 정보의 근원이 사라집니다."

한진수의 귀에는 다르게 들렸다. 저놈을 지금 조지면 내가 못 괴롭힙니다. 죽기 직전까지 괴롭히고 퓨리어스로 살린 다음 다시 괴롭히고, 죽기 직전까지 계속 괴롭히고, 괴롭히고 또 괴롭히고 계속 괴롭혀서 미치게 만들 거니까 죽이지는 마시고 저한테 넘기십쇼. 그렇게 들렸다.

한진수는 앞을 쳐다봤다.

'폐하는 이 모든 상황을 예측하고 있었던 걸까?'

어쩌면 그럴 수도 있겠다는 생각이 들었다.

'저놈이 율다.'

율다란 이름은 들어봤다. 고대의 기록에 있었다. 율다, 초대 잉카 제국의 황제가 저렇게 초라한 모습일지는 몰랐다.

한진수도 이를 바드득 갈았다.

'골룸 같은 새끼.'

골룸이 뭔지도 모르지만, 이상하게 그런 생각이 들었다.

빠각!

다시 턱 돌아가는 소리가 들렸다.

"내가 잘못했다!"

빠각!

고통을 못 참고 율다가 애원했다.

"제, 제가 잘못했습니다."

빠각!

엉엉 우는 소리가 들려왔다. 그러다가 낄낄 웃기도 하고, 흐흐거리기도 했다가 크악! 하고 비명을 질렀다. 아무래도 미쳐 버린 것 같았다. 정신병원에 지금 당장 감금해도 이상할 것이 없는 모양새였다.

김훈상은 주위를 둘러봤다.

"무슨 할 말이라도 있나?"

타국의 나이트들은 순간 아무런 말도 못 했다. 김훈상에게 따져야 할 것이 산더미인데, 지금 괜히 입 열었다가 저 율다인지 뭔지 이상한 찌질이처럼 얻어맞을까 봐 무서웠다. 법은 멀고 주먹은 가까웠으니까. 그들은 스스로를 합리화했다.

'지금은 프리온 나이트들이 이쪽을 모두 정조준하고 있다.'

무슨 일이 벌어졌는지는 모른다.

'하지만 고려 측도 큰 손실을 입었어. 일부러 이런 짓을 벌이지는 않았을 거야.'

사실 고려의 나이트도 많이 죽었다. 급박한 상황에서 멀어지니 그들은 이성을 되찾았다. 절대, 절대 저 무자비한 폭력이 무서워서는 아니다.

'나, 나 말고 누군가가 말하겠지.'

괜히 총대를 멜 필요는 없지 않은가.

'누군가 불만을 제기하면 조용히 편승하자.'

그러려고 했는데 아무도 총대를 메지 않았다. 어찌 된 영문인지 이제 프리온 나이트들이 한진수의 말을 듣는 것 같았다. 앞의 김훈상도 무섭고 김환성도 무섭고 프리온 나이트도 무섭다. 타국 나이트들은 일단 입을 다물었다.

'지금은 닥치고 있는 게 최선이다.'

그 와중에 김환석은 주위를 한번 훑고, 김환성은 씩씩댔다. 그들은 동시에 생각했다.

'그래서 내 똥개한테 총 쏜 새끼가 누구더라?'

'너희들 전원 기억하고 있다.'

그로부터 며칠이 흘렀다. 결국 누군가가 총대를 멨다.

제39장
젠장. 황제 따위

김훈상도 누군가가 총대를 메고 자신에게 항의하러 올 사람이 있다는 것은 알고 있었다. 없을 수가 없다. 아무리 죽음을 각오하고 나섰다지만, 실제로 친구가 죽고 동료가 죽고 가족이 죽었다. 그것도 예상하지도 못했던 고려의 프리온 나이트에 의해서. 백제의 프리온 나이트에게 죽는 것과 고려의 프리온 나이트에게 죽는 건 달라도 아주 다른 문제 아니겠는가.

'어쩔 수 없다.'

왕은 때로는 악랄해져야만 한다. 지금 같은 시기, 아직 세계의 패권이 완벽하게 정립되지 않은 상태다. 압도적인 무력과 힘을 보유하고 있는 고려의 입장에서 이 혼란을 종식시키기 위해선 무조건적인 평화 협정이 올바른 정답이 되지는 않는다.

그래서 김훈상은 강하게 나가기로 했다. 한 번 머리를 숙이면 그 이후는 걷잡을 수가 없다. 고려 때문에 죽은 사람들의 생명을 어떻게 보상한단 말인가?

알렉스는 생각했다.

'배 째라 작전으로 나가실 생각이시로군.'

좋게 좋게 포장하고, 이런저런 대의명분을 갖다 붙이고는 있지만 어쨌거나 결론만 말하자면 '미안하긴 미안한데 배 째라. 나보고 어쩌라고?' 정도가 되겠다. 알렉스도 그것에 반대할 생각은 아니었다. 아니, 오히려 찬성하는 쪽이었다.

'지금은 절대적인 무력과 힘을 바탕으로 찍어 누를 필요가 있어.'

이것이 항상 정답이라고 할 수는 없지만, 그리고 모든 부분을 충족시키는 최상의 방법이라고 할 수는 없지만, 적어도 지금 이 순간에 있어서만큼은 그나마 취할 수 있는 최선의 선택이었다. 그러나 상대를 확인하고 김훈상은 이마를 짚어야만 했다.

'왜 하필이면 너냐……?'

김훈상은 앞을 쳐다봤다. 이건 뭐, 뭐라고 할 수도 없고. 눈에 넣어도 아프지 않을 사랑스런 딸내미가 죽은 이들을 애도해야 한다는데 어쩔까.

"어…… 그게…… 그러니까."

솔직히 김훈상도 생각하지 못했다. 딸이 이렇게 나올 줄은. 물론 김상희는 어떤 것도 강요하지 않았다. 김훈상에게 이래라 저래라, 사과해라 마라, 그런 말은 절대로 하지 않았다.

"소녀는 그분들의 죽음에 대하여 깊은 애도와 슬픔을 표현하고 싶어요."

"……."

"이번 전쟁을 통하여 소녀는 절실하게 느꼈답니다. 소녀에게 있어서 아빠는 이 세상의 그 무엇보다도 크고, 이 세상의 그 무엇보다도 소중해요."

정말 뜬금없지만, 대화의 주제(?)와도 맞지 않지만 김훈상은 이때 묻고 싶었다.

'그래서 한진수가 소중하냐, 내가 소중하냐?'

조금 더 직설적으로 묻고 싶기도 했다.

'아빠가 좋냐, 남편이 좋냐?'

그러다 문득 어떤 기억이 떠올라 고개를 갸웃했다.

'어라, 이 상황……?'

예전에도 이런 적이 있었다. 아빠가 좋아, 약혼자가 좋아? 하고 물어볼 때가. 그때 이후로 김상희는 성년식을 마쳤고 이제 어엿한 어른이건만 김훈상의 눈에는 그때나 지금이나 여전히 사랑스러운 아가인 듯했다.

김훈상의 생각을 아는지 모르는지 김상희가 말을 이었다.

"아빠도, 오빠도 소녀에게 너무나 중요하고 너무나 소중하고, 소녀에게는 너무나 필요한 사람들이라는 것을 알았어요."

그래, 그렇지. 이 아빠는 네게 아주아주 중요한 사람이다. 그렇게 허세를 부리고 싶었지만 참았다. 그래도 왕인데, 허세는 좀 참아야 하지 않겠는가. 그럼에도 불구하고 결국 되묻고 말았다. 대단한 왕이지만 팔불출 아버지는 충동을 억누르지 못했다. 아쉽게도.

"그렇지? 소중하지?"

김상희는 순간, '뭘 그렇게까지 우쭐대는 것이어요?' 하고 묻고 싶었지만 참았다.

"그 사람들에게도, 전사하신 분들은 소중한 사람들일 것이 틀림없어요. 소녀는 그들의 슬픔을 함께 나누고 싶어요. 소녀는 너무나 슬퍼요."

김훈상은 깊은 생각에 빠졌다. 고려의 잘못을 인정하고 그들의 죽음을 애도해야만 하는 것인가. 그렇다면 보상의 문제는 어떻게 되는 것인가. 그런데 또 김상희의 슬픈 모습은 보기 싫고. 이래도 문제고 저래도 문제다. 사실상 이 건의 경우는 정답이 없다. 김훈상의 방법이 옳을 수도 있고, 김상희의 방법이 옳을 수도 있다. 김훈상의 방법을 선택하면, 지금 당장은 불만을 잠재우고 억압할 수는 있으나 이후 힘이 약화되면 문제가 생길 수도 있다. 김상희의 방법을 선택하면 지금 당장 큰 피해가 있을 수는 있으나 오히려 이후에는 득이 될 수도 있다.

그런데 김훈상이 간과하고 있는 것이 있다. 김상희는 김훈상에게 이래라 저래라, 직접적으로 말한 것은 하나도 없다. 그저 자신의 감정 상태만을 말했을 뿐이다. 김훈상은 그가 인지하지도 못하는 사이, 김상희에게 조종 아닌 조종을 당하고 있는 셈이다. 다시 말해 김훈상은 지금 김상희에게 잡혀 사는(?) 걸 모르는 채로 잡혀 살고 있다. 물론 김훈상은 자기가 딸을 꽉 잡고 있다고 착각하고 있지만.

"소녀가 성녀의 직함을 내세우고 그들을 애도하겠어요."

결국 김훈상은 김상희의 뜻을 받아들였다. 결과적으로 말하자면 김상희의 선택은 옳았다. 전 세계에서 김상희를 지지했다. 나아가 고려 왕국에 대한 칭송이 끊이질 않았다.

"성녀님께서 나서서 직접 부상자들을 치료하고……."

그것뿐만이 아니었다.

"성녀께서 눈물을 흘리시니 거의 죽었던 자가 살아났대."

눈물을 흘려서 그런 거 아니다. 성력 때문에 그렇다. 그런데 소문이라는 게 원래 그렇다. 부풀려지고 과장되게 마련이다. 성녀가 울자 산이 울고 바다가 울고 땅이 울었다는 소문까지 있을 정도니까 말 다했다.

하여튼 김상희가 눈물을 뚝뚝 흘리고 있는 모습은 전 세계에 방영되었는데, 그것을 본 세계 각지의 수많은 남자가 '성녀앓이' 혹은 '상희앓이' 상태에 빠져들었다. 알렉스는 이것을 일컬어 '김상희 신드롬'이라고 명명했을 정도다.

"그분께서 그렇게 눈물을 흘리자 그 일대가 눈물바다가 됐다던데."

김상희가 연기를 한 건 아니었다. 김상희는 실제로 슬펐다. 고려의 프리온 나이트에 의해 많은 사람이 죽었다. 그 죽음을 무엇으로 보답할 수 있을까. 산 사람이 할 수 있는 것은 아무것도 없었다. 유족들에게 위로를 건네고, 그들의 아픔과 슬픔, 그리고 소중한 이를 잃은 그 감정에 공감하고 함께 슬퍼하는 것. 그것밖에는 할 수 있는 게 없었다.

"그분의 눈물에 수많은 사람이 감동해서……."

김상희 신드롬 효과는 놀라웠다. 김상희를 거의 신격화시키는 움직임까지 포착됐다. 사람들은 김상희의 이름을 입에 올리는 것조차도 상당히 조심스러워할 정도였다.

"그 사람들에게 크나큰 위로가 되었다고 하더라고."

김상희 신드롬의 큰 효과가 바로 이것이었다. 이 세계 남자들은 상당히 단순한 편이다. 특히나 타인의 아픔과 슬픔 혹은 기쁨에 공감하는 능력이 현저하게 뒤떨어지며 그것의 놀라움조차 인식하지도 못하고 있다. 남자 위주의 세계, 다시 말해 단순하기 짝이 없는 세계다. 상대가 약하면 찍어 누르면 되고, 상대가 강하면 엎드리면 된다. 조금 과장해서 말하면 단순한 약육강식의 세계라 해도 될 정도다.

김훈상은 감탄할 수밖에 없었다.

'이렇게 큰 힘이 있는 건가?'

이번 고려의 행보는 파격이라고 할 수 있었다. 성녀가 전면에 나서서 유족들을 위로하고 그들의 아픔에 처절하리만큼 공감하며 눈물을 흘리는 것으로 전 세계인의 마음속으로부터 감동을 이끌어냈다. 유족들은 겨우 그 사소한 행동에 눈물을 흘렸다. 고려의 물질적 보상은 차후 문제였다.

'아픔과 슬픔에 공감하는 것, 이것이 이렇게 대단한 것이었나……?'

불만이 아주 없다는 건 아니었다. 그러나 생각만큼 넘지 못할 벽은 아니었다. 힘으로 찍어 누르는 것보다 오히려 훨씬 더 좋은 결과들이 나타나고 있다.

'이해하긴 어렵지만, 정말 놀라운 일이군.'

김훈상에게는 너무나 어려운 일이다. 아니, 이 세계의 남자들에게는 굉장히 힘들고 어색한 일이기도 했다. 오죽하면 이번 고려의 행보를 파격적이라고까지 표현했을까. 전 세계에 애도의 물결이 일었다. 사람들은 저마다 왼쪽 가슴에 노란색 리본을 달고, 백제와의 전쟁 때문에 죽어간 수많은 사람의 죽음을 함께 슬퍼하고 짐을 함께 나누었다.

알렉스는 신이 났다.

'이것이야말로 김상희 신드롬이다……!'

상희학이 점점 진화해 가며 발전하는 게 느껴졌다. 이쯤 되니 상희학이 스스로 생명을 갖고 덩치를 불려가고 있는 것 같다는 생각이 들었다.

'수많은 사람이 우리 어여쁜 공주님의 행동에 감동을 받았고, 그로 인해 불만의 목소리가 현저히 줄어들었다……!'

이것이야말로 진리의 학문이 아니겠는가!

'심지어 모두가 내 샘플이다!'

환호성을 지를 뻔했다. 이보다 좋은 실험 기회를 어디서 얻겠는가.

'김상희 신드롬의 가장 결정적인 요인은 바로…… 공감 능력인가!'

그런 것 같다. 남자들의 공감과는 뭔가가 다른, 정확하게 뭐라고 말은 못하겠지만 하여튼 뭔가가 다른 그 공감 능력.

알렉스는 그것이야말로 바로 김상희 신드롬의 가장 커다란 요인으로 꼽았다.

'이건 남자들에겐 없는 거야.'

무조건 그렇다는 건 아니다. 물론 남자들도 공감하기는 한다.

'하지만 해결책을 전제로 한 공감이지.'

공감보다는 해결책 찾기에 몰두한다. 타인의 감정에 극도로 공감할 수 있는 능력. 이 세계의 남자에게는 눈 씻고 찾아봐도 보기 힘든 능력이지 않은가.

거기에 더해 알렉스는 파격적인 생각까지 떠올렸다.

'김상희 공주님만 그런 건가. 아니면 이 세계의 여자들이 그런 건가……!'

여자들에게 그러한 능력이 있다고 가정한다면 놀랍지 않겠는가. 여자들도 이제 슬슬 마력까지 갖고 있는 상황인데 말이다.

'그렇다면 언젠가 세상은 남자가 아닌 여자가 지배할 수도 있겠어.'

김상희 신드롬의 힘을 이번에 직접 보지 않았는가. 성녀의–조금 더 비약하자면 여자의–능력을 말이다.

'아니.'

알렉스는 고개를 흔들었다. 그는 상희학을 공부하며 작성하고 있는 논문 첫 페이지에 이런 글귀를 새겨 넣었다.

세계를 지배하는 것은 남자다.

이건 당연한 소리다. 이 세계의 상식선에서는 말이다. 거기에 한 줄 더 넣었다.

그러나 남자를 지배하는 것은 여자다.

알렉스는 논문을 누가 볼 새라 얼른 숨겼다. 이거 누가 보면 큰일 난다. 악마의 서적을 작성하고 있는 꼴 아닌가. 하지만 언젠가, 언젠가는 반드시 공표하고 말겠다는 다짐을 다시 한 번 했다.

'김상희 공주님을 보면 답 나오잖아?'

김상희 공주를 학문적 관점에서 유심히 살펴본 결과 김상희 공주는 스스로 원하는 바를 직접적으로 말하지는 않았다. 다만 주변의 남자들, 그러니까 딸 등신과 동생 등신, 그리고 아내 호구 한진수가 김상희가 원하는 바를 시키지도 않았는데 알아서 척척 해줬다.

'여자들이 만약 김상희 공주님 같은 능력을 모두 갖고 있기만 한다면…….'

–세상은 남자가 지배하지만, 남자는 여자가 지배한다.

이 말은 틀림없는 진실이 될 거라고 믿어 의심치 않았다.

'전 세계가 김상희 홀릭에 빠져 있구만.'

학문적 성과를 떠나 알렉스는 흐뭇했다. 그러다가 문득 깨달았다.

'나는 동생 등신도 아니고 딸 등신도 아니고 아내 호구도 아닌데, 어째서?'

자신을 뭐라고 불러야 할까를 생각해 봤다.

'동네 오빠?'

……라고 하기엔 나이가 너무 많다고 생각했다.

'손녀 등신?'

그렇게 하려고 했는데 그러면 또 걸리는 점이 있었다.

'그러면 내 아들이 폐하가 되는 거잖아?'

감히 '왕이 내 아들이다'라고 외치고 다닐 수는 없는 노릇이니까. 이런 걸로 고민하는 게 문득 우습다는 생각이 들었다.

'어쩔 수 없네.'

그냥 김상희의 동네 오빠라고 하기로 했다. 이건 진짜 어쩔 수 없는 선택이다. 오빠 소리 듣기 좀 민망한 나이이니, 그럼 대충 오라버니 정도면 되겠지. 하고 마음 편하게 스스로를 합리화하며 이기적으로(?) 생각했다.

'그렇다. 그런 의미에서 나는 동네 오빠 등신이 되는 것이다!'

알렉스는 고개를 끄덕이며 스스로를 자랑스럽게 생각했다.

고려 왕궁 지하 밀실.

"제, 제발 주, 죽여주세요."

율다는 죽고 싶었다. 처음에는 수치스러웠다. 그래서 정신이 오락가락했다. 속된 말로 미쳤었다. 그러다가 분노했다. 나는 이 세계의 신인데, 이런 대접을 받을 수는 없지 않은가.

하지만 지금은 아니다. 오히려 정신이 말똥말똥해졌다. 죽을 것 같으면 퓨리어스로 살려 놓고, 또 죽을 것 같으면 퓨리어스로 살려 놓는 미친 짓을 하고 있는 저놈이 보였다. 몸이 덜덜 떨려왔다. 무서웠다. 차라리 죽고 싶었다.

"내가 살인마야? 널 죽이게?"

흐흐흐 하는 웃음소리가 들려왔다.

'미친놈이다. 틀림없이 미친놈이야!'

율다는 죽고 싶었다. 저 악마를 마주하느니 그냥 죽고 싶었다. 제발, 제발 나를 그냥 좀 죽여 달라며 끅끅 울었다. 김환석이 가까이 다가오자 율다는 저도 모르게 오줌이 질질 흘러나왔다. 두 눈이 퀭한 율다의 육체는 거의 미라 같았다.

그사이 김환석은 많은 것을 알게 됐다.

"사랑해서 죽인다며?"

김상희의 과거도 알게 됐다. 율다의 말을 완벽하게 믿는 건 아니었지만 그렇다고 아주 지어낸 말이라고 생각하지도 않았다. 지구라는 다른 곳이 있다는 것도 대충 이해는 했다. 그런데 그게 뭐?

"내 똥개, 누가 괴롭히래?"

율다의 귀에 또 '흐흐흐' 하는 스산한 웃음소리가 들려왔다. 물론, 김환석은 그렇게 웃지 않았다. 율다의 귀에 그렇게 들렸을 뿐이다. 율다는 뒷걸음질 쳤다.

'차, 차라리 죽여라 이 악마야!'

이젠 무서워서 이 말도 못했다. 김환석은 율다를 상대로 고문만 한 건 아니었다. 그에게 수많은 정보를 자백받았다. 고대 제국으로부터 지금에 이르기까지. 어차피 놈을 용서할 생각은 없다. 언젠가 죽이긴 죽일 거다. 하지만 남은 일이 있었다.

'내 똥개 앞에서 싹싹 빌게 만들어야지.'

동생에게 용서를 구해야만 했다. 다른 건 모르겠고, 중요한 건 내 똥개를 저 새끼가 괴롭혔다는 거다. 절대로 계속 괴롭히고 싶어서 그러는 거 아니다. 절대로.

'일단 한 번만 더 고문하고.'

다시 며칠이 흘렀다. 김훈상, 김환성, 한진수. 세계 최강 전력의 보호를 받으며 김상희가 율다를 찾아왔다. 김환석을 불러 여기서도 온갖 안전장치를 다해 놨다. 혹시 무슨 일이 생길까 봐 특제 강화유리로 두 공간을 격리하여 분리시켰다.

김환석이 율다의 등을 발로 힘껏 밀어찼다.

"꿇어, 이 새끼야."

율다가 무릎을 꿇었다. 율다의 입에서, 율다의 기준으로 수만 년, 김상희 기준으로 16년 만에 과거의 잘못을 비는, 사과의 말이 튀어나왔다.

"미안하다……."

김환석이 다시금 율다의 머리를 발로 찼다. 김상희마저 율다가 불쌍해 보일 만큼 율다의 꼴은 말이 아니었다.

김환석은 평소 성격과 다르게 율다의 귀에 속삭였다.

"어디서 반말질이야? 공손하게 말해, 이 새끼야."

크게 욕하면 동생이 들으니까. 동생은 욕하는 거 싫어하니까. 율다가 움찔 몸을 떨었다.

"제가…… 정말 죄송했습니다. 너무 사랑해서 그랬습니다."

그 말에 김환석은 다시금 율다를 팰 뻔했지만 참았다. 그냥 말을 하게 놔두었다. 어쨌든 저놈 입장에서 사랑은 사랑이라니까.

"감히 용서받을 수 없는 짓을 했다는 거 압니다."

율다가 눈물을 뚝뚝 흘리며 고해성사하듯 용서를 구했다.

"저는 살인자입니다."

김상희에게 진심으로 사과하는 것처럼 보였다. 16년 만에 김상희는 자신을 죽인 살인자에게 사과를 받아냈다. 갑자기 설움이 북받쳐 올라서 눈물이 쏟아졌다.

율다가 사과했다. 깊이 반성하는 것 같았다. 거기서 끝일 줄 알았다. 이어지는 율다의 말에 김상희는 충격을 받아야만 했다. 다리가 풀려 쓰러졌고, 한진수가 김상희를 부축했다. 김상희는 믿을 수 없었다.

'말도…… 안 돼…….'

"저는 살인자입니다."

김상희는 그때 느꼈다. 율다의 눈빛은 마치 표독스런 독사의 눈 같았다. 절대로, 절대로 반성하고 있거나 사과하고 있는 기색이 아니었다. 독심술 같은 건 익히고 있지 않지만 하여튼 그녀가 느낀 감정은 그랬다.

"그리고 저들도 살인자들입니다. 프리온 나이트 1,500기를 만들기 위하여 4,000명 이상의 여자를 몰래 잡아다 죽였지. 너로 인해 마력을 얻게 된 여자들을."

그 말에 김상희는 적잖은 충격을 받았다. 프리온 나이트에 대해 어렴풋이 생각을 한 적은 있었다. 결코 범상치 않은 재료로 만들 것이라는 건 알고 있었다. 그러나 거기에 '여자'가 필요한 줄은 몰랐다.

김훈상은 담담한 눈빛으로 율다를 쳐다봤다. 어쨌든 사과는 들었다. 여기에 김상희를 굳이 데리고 온 소기의 목적은 달성했다. 김상희의 귀를 마력으로 부드럽게 덮은 뒤 김훈상은 명령을 내렸다.

"참수해라."

김상희가 듣지 못하고 있다는 것을 다시 한 번 확인했다.

"천천히, 결코 쉽지 않게 죽여라."

율다를 보는 눈빛은 굉장히 평온해 보이기만 했다. 그래서 김상희는 헷갈렸다. 지금 무슨 말을 하고 있는 것 같기는 한데, 김훈상이 오히려 담담해 보이니까.

'율다의 말이…… 정말일까……?'

정말이라면, 그게 사실이라면. 김상희는 두려움에 몸을 떨었다.

'내게 정말 그만한 가치가 있을까……?'

고려가 프리온 나이트를 만든 것, 그것에는 여러 가지 이유가 있겠지만 결국 가장 큰 이유는 자신을 지키기 위함이 아니었던가.

'여자 4,500명…….'

그것도 최소한으로 잡은 게 4,500명이다. 단순히 1,500기의 프리온 나이트를 만드는 데 필요한 여자의 숫자가 4,500이고, 실험과 표본 획득 등에 역시 비슷한 숫자의 여자가 쓰였다. 결과적으로 고려왕가는 프리온 나이트를 만든다는 미명 아래 거의 1만에 달하는 무고한 여자들의 목숨을 빼앗았다.

'나는…….'

김상희는 혼란스러워졌다. 김훈상은 여전히 담담한 표정을 잃지 않고 말했다.

"목을 잘라 죽이되, 천천히 고통스럽게 잘라라."

김유신은 고개를 갸웃했다.

'저런 명령을 내리신 적이 없는데.'

그만큼 김훈상이 분노했다는 뜻이다. 왕은 여지껏 사형을 명할 때에 '참수하라'라고만 하지 '녹슬고 무딘 칼을 가지고 천천히 목을 잘라라'라고 한 적이 없다. 괜히 까딱 잘못하여 구설수에 오르기라도 하면 왕의 이미지에 악영향만 끼치게 된다. 참수할 거면 단칼에 목을 잘라 버리는 게 낫다.

'그만큼 엄청나게 분노하셨다는 뜻인가?'

그러나 겉으로 보면 그렇게 화가 난 것 같지도 않다. 그리고 아직 상희학 초보(?)인 김유신의 입장에서는 김훈상이 화를 낼 이유조차도 찾지 못했다.

'화가 나신 것 같긴 한데, 도대체 왜 화가 나신 거야?'

만약 알렉스가 봤다면 김훈상의 속내를 단박에 알아차렸을 거다. 김유신은 긴가민가하고 있지만 김훈상은 지금 제대로 분노했다. 만 명이 넘는 여자를 죽인 아버지라는 것을 딸이 알아버렸다.

'나는…… 만 명의 계집을 죽인 살인자다.'

3명의 계집을 바쳐 1기의 프리온 나이트를 얻는다. 남는 장사다. 그게 상식이며 맞는 얘기다. 하지만 딸 앞에서는 전혀 다른 얘기가 된다. 이건, 하면 안 되는 일이다. 왕의 입장에서 3명의 계집은 훌륭한 부품이지만, 사랑하는 딸을 가진 아버지의 입장에서는 귀중한 생명이었으니까.

'내 딸을 볼 면목이 없다.'

이것까지는 그렇다 칠 수 있겠다. 어차피 그는 여자만 죽인 게 아니다. 전쟁기를 겪으면서 이미 그는 남자도 만 명 이상을 죽였다. 직접적으로든 간접적으로든 말이다. 그는 자신이 살인자임을 부정할 생각은 추호도 없었다.

'내 딸은…….'

김상희를 바라보며 김훈상은 입술을 질끈 깨물었다.

'분명 죄책감에 괴로워하고 말 것이다.'

그래, 김상희는 알 거다. 자신 때문에 많은 여자가 희생당했다는 것을, 그것을 지금 깨달았을 거다.

'내 딸의 눈에서 눈물이 난다면…….'

그 눈물을 닦아줄 거다.

'내 딸의 눈에서 눈물이 나도록 만든 그놈은.'

김훈상과 한진수가 동시에 생각했다.

'피눈물이 나도록 만들어 주겠다.'

한진수도 김상희의 심리 상태를 어렵지 않게 파악할 수 있었다. 김훈상과 한진수, 둘 다 스스로 자각은 못 하고 있지만 상희학의 일등 공신이자 열혈생도 아니겠는가. 그들은 자기도 모르는 사이에 상희학의 이론에 따라 충실히 잘 행동하고 있으며, 그 행동에 대한 이해도도 다른 사람보다도 훨씬 높았다.

한진수가 김상희의 어깨에 팔을 감싸며 고개를 흔들었다.

'이상한 생각 하지 마. 네가 잘못한 것이 아니야.'

한없이 따뜻한 눈으로 김상희를 쳐다봤다.

'나는 이 세상 수만, 아니, 수억 명의 여자보다도.'

한진수에겐 다른 어떤 큰 희생을 치르더라도 김상희를 지키는 게 더 중요했다.

'그보다도 네가 훨씬 더 귀해. 네가 훨씬 더 귀하고 소중해. 너는 내게 그런 사람이야.'

김상희의 어깨 끝이 조금 떨려왔다. 한진수와 김훈상의 생각대로 김상희는 지금 자괴감에 빠져 있었다. 만약 김상희가 미라클과 수페르가를 세계에 뿌리지 않았다면, 그랬다면 여자들이 죽지 않았을지도 모를 일이다.

'나 때문에 많은 사람이 죽었어.'

내 목숨값이 그렇게 귀한 걸까? 그런 생각이 들었다. 그런데 한진수의 팔이 자신의 몸을 감싸 안는 것이 느껴졌다.

이 세상 그 누구보다 김상희 네가 더 귀해. 그 말이 들려오는 것 같았다. 진수의 눈빛이 그렇게 말을 하고 있었다. 덕분에 떨림이 조금 잦아들었다.

김훈상이 김상희의 귀를 덮은 마력을 풀고 말했다.

"우리 고려는 제국으로 발돋움을 위하여 프리온 나이트 1,000여 기를 더 생산하도록 한다."

김훈상은 김상희의 눈을 쳐다보지 않았다. 그저 담담한 눈빛으로 율다를 쳐다보기만 했다. 방금 전, 무시무시한 명령을 내렸다고는 생각할 수도 없을 만큼 차분한 눈빛이었다.

'내 딸을 위해 나는 악마가 되겠다.'

김훈상은 결연한 눈빛으로 말했다.

"이 일의 총책임자는 김환석 왕자, 네가 책임지고 1,000여 기를 추가 생산한다."

김유신은 또 고개를 갸웃했다.

'어째서 지금 이 타이밍에 굳이 저렇게 말씀을 하시는 거지?'

김유신으로선 김훈상의 속내를 짐작하지 못했다. 그 해답은 알렉스가 내려줬다.

알렉스가 혀를 끌끌 찼다.

"폐하께서 그런 명령을 내리셨다고요?"

김유신은 알렉스의 말을 경청했다. 왕실의 카드마저도 발급받아 사용할 수 있는 위대한(?) 학자인 알렉스다. 그들은 요즘은 많이 친해졌다. 김유신의 입장에서 알렉스는 신기한 학자였다. 물어보기만 하면 뭐든지 답이 척척 나오는 척척박사 같다고나 할까?

"폐하께서는 황제가 되시기로 마음먹으신 겁니다."

알렉스는 조금 이상하다고 생각은 했다.

'우리 왕님, 황제 따위 되고 싶지 않으실 텐데.'

상희학에 의거하면 분명히 그랬다. 저번에 한진수도 대충 떠봤는데 한진수 역시 황제 자리에는 전혀 관심 없었다. 아니, 오히려 싫어했다. 황제 같은 거 하면 괜히 머리만 복잡해지고 할 일만 늘어난다. 상희학의 관점에서 그렇게 되면 '어화둥둥 우리 예쁜 상희랑 놀 시간이 없어지잖아. 안 돼!' 정도가 되겠다. 그래서 더 확신할 수 있었다.

'우리의 딸 등신은 황제 따위 때려치우실 것이 틀림없다!'

그렇게 가정했었는데, 이번에 그 가정이 틀렸나 보다. 하지만 알렉스는 실망하지 않았다.

'우리 폐하, 어휴. 진짜 지금 혼자 땅을 치고 울고 계시겠군.'

딸 앞이라서 싫은 내색도 못 하고 근엄하게 '제국으로 발돋움하기 위하여' 어쩌고저쩌고 중얼거렸을 김훈상을 떠올리니 안구에 습기가 차오르는 것 같았다.

'진짜 딸 등신이네.'

김훈상이 그런 선택을 한 이유를 알렉스는 짐작할 수 있었다.

"결국 김상희 공주님에게 부담을 주지 않기 위해서죠."

"……예?"

김유신은 이해할 수 없었다. 담담한 모양새로 프리온 나이트를 추가 생산하라 명한 것과 김상희 공주님에게 부담을 주지 않는 것이 무슨 상관있느냐고!

"김상희 공주님은 이 세계의 여자들을 어여삐 생각하고 계시며 동질감을 느끼고 계십니다."

"……왜요?"

"여자니까요."

"아니, 그니까 그게 왜……?"

다른 여자와 김상희는 다르다. 여자는 계집이고 김상희는 성녀다. 김유신도 김상희라면 껌뻑 죽는다. 그런데 다른 여자에게는 아니다. 최근 그 지위가 올라가고 있다고는 하지만 그래도 계집은 계집이다. 한낱 계집이랑 성녀랑 무슨 상관이 있다고.

"하여튼 우리 김상희 공주님은 타인의 아픔에 쉽게 공감하고 함께 아파하는 기이한 능력이 있습니다. 이번에도 봤잖아요? 성녀의 눈물에 전 세계가 감동한 거. 제가 파악하기로 여자는 남자보다 타인의 상황에 공감하는 능력이 뛰어납니다."

"……그렇군요."

“김유신 나이트에게 누군가가 3미터 구덩이를 손으로 파는 게 힘들었다고 투정 부리면 뭐라고 할 겁니까?”

“이해할 수가 없군요. 왜 그걸 힘들다고 합니까?”

“그니까 뭐라고 할 거냐니까요?”

김유신은 생각도 않고 대번에 대답했다.

“투정 부리지 마라. 나는 30미터 참호를 파고 2박 3일을 그곳에서 지낸 적도 있다.”

“바로 그겁니다. 그게 바로 남자들이죠. 타인에 대한 공감 능력이 현저하게 떨어집니다. 그리고 결국 제 잘난 것을 드러내죠. 일종의 허세입니다 이게. 하지만 김상희 공주님이었다면 대번에 안쓰러운 기색으로 괜찮냐고, 많이 힘들고 덥냐고, 그렇게 걱정해 주실 겁니다.”

김유신은 인상을 찡그렸다. 김유신의 뇌 구조로는 도무지 이해할 수 없었다. 아니, 왜? 3미터 구덩이 파는 게 뭐가 힘든데? 그건 그냥 식전 운동밖에 안 되지 않나? 준비운동도 그거보단 어렵겠다. 하여튼 알렉스가 그렇다니 그런가보다 했다.

알렉스가 말을 이었다.

“하여튼 김상희 공주님은 자기 때문에 수많은 여자가 희생되었다고 생각할 겁니다. 그리고 자괴감에 빠지시겠죠.”

“아니, 그니까 왜요?”

계집 죽는 거랑 성녀의 자괴감이 무슨 상관이 있는 건지 모르겠다. 김유신의 그런 반응을 보며 답답하고 짜증이 난 알렉스는 말하고 싶었다.

‘아이, 열등생 자식아! 너는 상희학을 배울 가치도 없다!’

하지만 그럴 수는 없었다. 명색이 스페셜 나이트 대대장이다. 그래서 그냥 얘기했다.

"상희학은 진리입니다. 그냥 묻지 말고 믿으세요."

"……예?"

너무 답답한 나머지 실수를 했다. 상희학은 아직 공표된 학문도 아니고 만약 공표된다 하더라도 사이비 취급받기 딱 좋은 학문이다. 아직은 때가 아니다. 그래서 말을 돌렸다.

"하여튼 김상희 공주님이 자괴감에 빠졌다고 가정하고 갑시다."

안 그러면 얘기 진행이 안 될 거 같으니까.

"그래서 폐하께서는 하기 싫은 황제 자리까지 그 자리에서 결정하신 겁니다. 제국이 되기 위하여 프리온 나이트를 추가 생산한다는 명분을 얻기 위해서요."

"……그렇군요."

"결국 그분의 행동은 딸에게 부담을 주지 않기 위함입니다. 나는 너 때문에 프리온 나이트를 만든 게 아니다. 오로지 고려를 제국으로 격상시키기 위해서, 그리고 무력을 공고히 하기 위해서 프리온 나이트를 만들었을 뿐이다. 이것을 어필하신 것이죠."

아니, 아무리 그렇다고 그 자리에서 황제 하겠다고 마음먹나? 김유신은 이해할 수 없었다. 이 노학자가 오늘은 약간 비약이 심한 것 같았다. 하긴 알렉스도 사람인데. 김유신은 약간 찝찝한 마음으로 방을 나섰다.

한편, 김훈상은 아무도 없는 곳에서 스페셜 필드를 펼치고 주먹을 불끈 쥐었다. 김훈상이 욕지거리를 내뱉었다.

"제기랄."

아무리 생각해도 열 받는다.

"황제 따위 하고 싶지 않았는데."

하필이면 그놈의 율다 새끼 때문에 어쩔 수 없이 황제 해먹게 생겼다.

"이제 와서 안 한다고 하면 안 되겠지?"

그러면 딸이 힘들어할 거다.

"아씨, 그 딴 거 하기 싫다고."

아무도 없으니까 조금 솔직해졌다. 그래도 마력 탐지를 통해 주위에 아무도 없는 것을 다시 한 번 확인한 뒤 고래고래 소리를 질렀다. 물론 음파도 다 차단했다.

"우리 딸이랑 천년만년 둥가둥가 살려고 했는데! 내 노년 계획이 다 망가졌다!"

역시 율다 그 나쁜 새끼 때문이다. 망했다. 황제 해먹게 생겼다. 이거 진짜 망했다.

얼마 뒤, 김환석이 김훈상의 방으로 찾아왔다.

"아버님, 감사합니다."

"……당연히 나는 내가 해야 할 일을 했을 뿐이다. 나는 고려의 국왕이며 이 나라를 제국으로 격상시킬 것이다. 프리온 나이트의 추가 생산은 당연한 일이다."

물론 속마음은 그렇지 않다. 제국 따위 되고 싶은 생각이 없다. 그런 귀찮은 건 젊은 천재 한진수에게 맡겨 버리려고 했는데 일이 이상하게 꼬였다.

"아버님께서 혼자 악마가 되려고 하시는 거 알고 있습니다."

어쨌거나 여자를 부품으로 사용한다는 건 틀림없는 사실이다. 그리고 김훈상은 그걸 강행할 거다. 혼자서 나쁜 놈이 되겠다는 심보다. 김환석은 왕의 명령을 받들어 어쩔 수 없이 프로젝트를 진행하는 입장이 되는 거니까.

김환석이 말을 이었다.

"열심히…… 해보이겠습니다."

방금 전까지 투덜거렸던 김훈상은 이 자리에 없었다. 근엄한 아버지이자 고려의 국왕이 이곳에 있을 뿐이었다. 김환석이 나가고 나서 김훈상은 또다시 중얼거렸다.

"젠장, 황제 따위 하기 싫은데 어떡하지? 방법이 없나?"

손톱을 잘근잘근 깨물었다. 진짜 싫다. 이대로 망할 수는 없다! 황제처럼 귀찮은 거 하면 안 된다. 아니, 할 수 없다!

그런데 김상희가 찾아왔다. 다시금 근엄한 왕이자 자애로운 아버지의 모습으로 변신(?)한 김훈상이 의자에 앉아 김상희를 쳐다봤다.

김상희가 말했다. 김훈상은 한동안 말을 잇지 못했다. 예상하지도 못했던 말이 김상희의 입에서 튀어나왔기 때문이다.

"……김상희 너…… 그게 정말이냐……?"

걷는 놈 위에 뛰는 놈이 있고, 뛰는 놈 위에 나는 놈이 있다. 그리고 김훈상 위에 김상희가 있었다.

"아빠, 소녀는 아빠의 선택이 잘못되었다고 생각하지 않아요."

"김상희, 너……."

김상희의 논리는 이러했다. 아빠의 선택을, 물론 좋아할 수는 없겠지만 그래도 불가피한 선택이었다고 생각한다고 말했다.

"이 세상의 모든 약에는 부작용이 있다고 알고 있어요."

애초에 약이라는 것이 인체에 어떠한 영향을 끼치는 화학물질 등으로 이루어진 것이다. 부작용이 0퍼센트인 약은 없다. 하다못해 나른하고 졸리는 것도 약의 흔한 부작용 중 하나다.

“마찬가지로 세상에는 아름답기만 하고 옳기만 한 선택은 존재할 수 없다는 거 저도 잘 알고 있어요.”

김훈상이 프리온 나이트를 만들고 그로 인해 여자들이 희생되는 것, 물론 슬프다. 지금도 가슴 아프다. 거기에 대한 죄책감이 없는 건 아니다. 당연히 그들에게 미안하고 그들에게 사죄하는 마음을 가지고 하루하루를 살아가고 있다. 하지만 거기서 그치지는 않았다. 만약 그녀가 정말로 10대였다면, 세상을 많이 경험해 보지 않은, 어른들보다 조금 더 순수한 여자아이였다면 어쩌면 달라졌을 수도 있다.

‘나는…… 16살이 아니야.’

슬픔과 비탄, 그리고 죄책감에 빠져서 아무것도 못 하고 무기력하게 있을 수는 없었다. 실제로 그녀는 40년을 넘게 살았다. 칼에 찔려 죽을 때, 그녀는 이미 성인이 된 지 한참 지난 후였으니까.

‘그러기에는 내가 짊어진 무게가 너무 커.’

김상희는 안다. 그녀는 이 세상의 성녀이며 세계 여자들의 희망이다.

‘나는 그렇게 있어야만 해.’

여자들에게 마력을 줬고, 그로 인해 그들이 프리온 나이트가 되었다? 물론 맞는 말이다. 하지만 그건 일부다.

‘그들에게는 정말 미안해. 그 생명값. 내가 감히 어쩔 수 없다는 것도 잘 알아.’

하지만 무기력하게 있을 수만은 없었다. 그녀는 성녀였고 또 어쩌면 제국이 될지도 모를 고려 왕국의 공주였으니까. 그리고 지금은 뛰는 놈 김훈상 위에 나는 년(?) 김상희였으니까.

“저는 아빠의 선택을 지지해요. 아빠도 굉장히 어려운 선택을 하셨다는 거 소녀도 잘 알고 있어요. 소녀는 죽어 간 이들의 목숨을 정말 소중하게 생각해요. 제가 마력을 주지 않았다면 그들은 어쩌면 지금도 살아 숨 쉬고 있을 수도 있을 것이어요.”

“…….”

김훈상은 김상희를 쳐다봤다. 문득문득 느끼는 건데, 사랑스럽고 여려 보이기만 하는 이 딸이 아주 가끔은 정말 어른 같을 때가 있다. 눈에 넣어도 아프지 않을 만큼 사랑스럽고 귀여운 건 틀림없는데 오늘 같은 날은 조금 낯설다.

‘이 아이가 정말 16살이 맞단 말인가?’

김훈상은 새삼스러운 눈으로 감상희를 바라보았다.

‘이 아이가 나를 위로하고 있는 건가?’

분명히 그랬다. 아버지가 먼저 찾아가 딸을 위로하는 것이 아니라, 딸이 먼저 찾아와 아버지를 위로하고 있었다.

“너는…….”

김상희가 말을 이었다. 평소에 아끼고 아끼던 말인데 오늘은 좀 해주기로 했다. 다른 사람은 몰라도 김상희는 안다. 김훈상의 표정을 보면 겉으로는 평온해 보여도 결코 그런 상태가 아님을 잘 안다.

“저는 아빠를 사랑해요.”

김상희가 가만히 김훈상의 손을 잡았다. 예전과 다른 점이 있다면 지금은 진심이라는 것 정도. 이제는 정말로 가족이다.

“아빠를 응원해요. 진심이어요. 아빠가 말씀하셨죠. 아빠는 언제나 제 편이라고. 이 세상 사람들 모두가 손가락질한다고 해도 아빠만큼은 제 편이라고 했어요. 그러니까 두려워하지 말라고 하셨어요. 내가 네 아버지다라고 말씀해 주셨어요. 소녀도 그래요. 소녀는 언제나 아빠 편이어요. 저는…… 아빠의 딸이니까요."

김훈상은 김상희를 쳐다만 봤다. 뭐라고 말을 해야 할지 모르겠다.

'이 아이가 정말…… 내 아이인가?'

내 몸에서 이런 아이가 나올 수 있단 말인가. 이런 게 바로 기적인가? 한없이 어리기만 한 아이가 아니었다. 이 아이는 어엿하게 자라서 자신을 위로해 주고 자신의 마음을 읽어주는 큰 아이가 되어 있었다. 물론 그 아이의 진짜 나이를 안다면 놀라 까무러치겠지만. 순진무구한(?) 김상희 속에 숨어 있는 아줌마 김상희가 말했다.

"그리고 소녀는 괴롭지 않아요. 그러니까 아빠는 아빠의 위치에서 아빠의 일을 해주셔요. 저는 그런 아빠의 모습이 너무나 멋지다고 생각해요. 소녀는 아빠를 동경하고 있답니다."

"……."

김훈상은 김상희의 머리를 쓰다듬었다. 그렇다면 이제, 이제 정말로 딸에게 속마음을 오픈해도 되지 않을까? 자기도 모르는 사이에 이렇게 커버린 딸에게 이제는 마음을 열 수 있지 않을까? 그런 마음이 들었다. 그래서 말했다.

"김상희."

"네, 아빠. 말씀하셔요."

"네게 긴히 할 말이 있다."

김상희가 잠자코 김훈상의 말을 기다렸다. 김훈상이 이럴 때엔, 무언가 중요한 말을 하곤 한다. 어쩌면 오늘은 강인한 아버지의 모습

뒤에 숨어 있는 아주 약간의 연약함을 꺼내어 보여줄 것 같다는 예감이 들었다.

"나 황제 안 해도 되겠지?"

……아무래도 그 예감이 조금 틀린 것 같긴 하지만.

김훈상은 신이 나서 한진수를 불렀다.

'황제 따위.'

그렇게 귀찮은 거, 그냥 한진수 주면 되지 않을까? 명분도 있다. 최종 형태의 프리온 나이트를 자유자재로 다루며 엄청난 실력을 보유하고 있는 이 시대의 젊은 천재! 게다가 신흥 왕국인 신라를 고려와 동등한 위치까지 끌어올린 전무후무한 능력을 지닌 왕.

"그니까 네가 해라."

한진수는 직감했다.

'폐하가 지금 짐을 떠넘기려 하고 있다!'

이 작자가, 아니, 이 장인어른이 어떻게 이럴 수 있단 말인가. 황제 자리에 앉혀 부려먹고 말겠다는 저 야심찬 건의를 받아들일 수 없었다. 이 장인어른의 더러운 마수에서 빠져나가야 했다.

'나는 우리 상희랑 여행 다니면서 띵가띵가 놀 거다!'

그래서 말했다.

"감히 제가 어찌 아버님을 제치고 황제 자리에 앉을 수 있겠습니까."

"아니, 이제 이 시대는 네 시대다. 네가 이끌어가야 한다. 나는 슬슬 일선에서 물러날 때도 되었지."

한진수는 버럭 소리치고 싶었다.

'그게 무슨 말도 안 되는 소립니까! 폐하는 왕들 중에서도 젊은 축

에 속하지 않습니까! 그냥 그거 나한테 떠넘기려고 하는 거 아닙니까!'

싫다. 이 제안 절대로 못 받아들인다. 그거 받아들이면 상희랑 못 논다.

"나는 내 딸을 사랑한다."

한진수는 슬슬 불안해졌다. 뭔가 이거 느낌이 안 좋다. 뭔가 말려가는 기분이다.

"저, 저도 상희를 사랑합니다."

"나는 내 딸의 남자가 그에 걸맞은 격을 갖추고 있다면 좋겠다."

한진수의 등에서 식은땀이 흘러내렸다.

"지금 너는 뭐지? 망한 신라의 국왕? 네가 내세울 수 있는 것이 과연 무엇이 있다는 거냐?"

"저는……."

저는 김상희를 사랑합니다. 제 목숨보다도 더 많이 사랑합니다. 그렇게 말했다. 문제는 김훈상도 이미 그 사실을 충분히 알고 있다는 것. 이런 대답을 할 것도 이미 예상하고 있었다는 것.

"나는 내 딸의 남자가 적어도 제국의 황제 정도는 되었으면 한다."

한진수는 울고 싶어졌다.

'그러면 나는 엄청 바빠지겠지.'

한진수는 김훈상의 저의를 의심하지 않을 수 없었다.

'날 황제에 앉히고 딸이랑 오붓하게 데이트를 즐기려는 게 틀림없다.'

아무래도 그럴 가능성이 높을 것 같다. 이제 확실해졌다.

'이건 음모다!'

날 황제에 앉히고 자기만 상희랑 놀려는 무시무시한 음모. 이 음모에서 탈출해야만 했다.

김훈상이 결정타를 날리겠다는 각오로 말했다.

"내 딸도 그러더군, 자기의 남자가 황제쯤 되면 좋겠다고."

김훈상은 회심의 미소를 지었다. 어떠냐? 너 황제 해야겠지? 그렇게 말하는 듯했다. 문득 울고 싶어진 한진수가 김상희를 찾았다.

깊은 밤.

여느 때와 마찬가지로 한진수와 김상희는 뜨거운 밤을 보냈다. 지구에서와 약간 다른 점이 있다면 한진수의 기운이 너무 넘친다는 것. 한진수의 기력이 워낙 강하다 보니 김상희는 이제 조금 힘들 정도였다.

"……힘들어."

마주하기가 어렵다는 오 선생님과 3번이나 접견했다. 불과 3시간 만에 말이다. 이런 게 실제로 가능하구나 싶었다. 생각해 보면 이 세계는 남자에게 너무나 유리했다. 지치지 않는 체력과 정력을 바탕으로 변강쇠 뺨을 수십 대는 때릴 수 있는 능력을 소유하고 있었으니까.

'내가 성녀가 아니었으면 기절했을지도 몰라.'

당연한 말이지만 김상희는 성녀이며 치료를 할 수 있다.

'치료 안 했으면 화상 입었을 거야.'

그래도 다행인 것이 한진수는 김상희가 힘들다면 즉각 멈추었다. 자신의 욕구도 중요하지만 사랑하는 상희가 힘들어하는 거, 그게 더 싫었으니까.

"미안해. 많이 힘들었어?"

김상희는 고개를 저었다.

"으음, 으음. 아니야. 힘들긴 했는데…… 그래도……."

일부러 아주 작게 속사포처럼 빠르게 말했다.

"그래도 너무 좋았어."

거짓말이 아니었다. 힘들긴 했지만 3시간 만에 오 선생님과 무려 3번이나 만났다. 그때의 황홀한 느낌이 아직도 온몸을 찌릿찌릿하게 만드는 것 같았다.

그 말에 한진수는 세상을 다 가진 것 같은 느낌이 들었다. 이 세상의 그 어떤 달콤한 말과 금은보화라 할지라도 방금의 이 말보다 좋을 수는 없었다. 이 말은 남자의 자존심을 하늘 끝까지 세워줌과 동시에 심리적 만족감을 선사해 주니까.

한진수가 싱글벙글 웃으면서 말했다.

"뭐라구?"

김상희의 얼굴이 붉어졌다.

"이제 말 안 해줄 거야."

"아니, 그니까 뭐라고 했냐니까?"

"몰라!"

"좋았다고 한 것 같은데……."

"몰라. 말 안 해. 부끄럽단 말이야."

물론 그렇게까지 부끄럽지 않다. 이제 조련이 몸에 익었다. 의식하지 않아도 그냥 된다. 부끄럽다는 그 말에 한진수는 김상희가 너무나 사랑스러워져서 입술에 뽀뽀했다. 한 번 하고 두 번 하고 세 번 하고 네 번 하고 다섯 번 하고, 열 번 연속으로 뽀뽀했다.

김상희가 장난스레 투덜거렸다.

"입술 닳겠어."

"진짜 닳게 해줄까?"

아니, 넌 정말로 그럴 것 같아. 내 남편은 무한 정력왕이니까. 아마 뽀뽀도 정력 넘치게 하겠지. 그래서 고개를 저었다.

시간이 흘렀다. 한진수가 결국 마음속에 품고 있던 말을 꺼냈다.

“상희야, 질문이 있어.”

김훈상의 음모. 이건 음모라고 생각은 하는데, 그래도 확인은 해야 했다.

“응? 뭔데?”

“너…… 네 남자가 황제였으면 좋겠어?”

한진수는 침을 꿀꺽 삼켰다. 김상희는 생각에 잠겼다. 설마하니 이런 걸 물어올 줄은 몰랐다.

‘나는 어떻게 대답해야 해?’

내가 원하는 바를 말해야 하나, 아니면 네 뜻대로 하라고 해야 하나.

‘내가 좋다고 하면 황제 할 거고, 내가 싫다고 하면 안 할 건가?’

에이, 아무리 아내 등신이어도 설마 그것까지 내 말대로 하려나.

‘설마, 진짜로……?’

김상희는 저도 모르게 침을 꿀꺽 삼켰다. 이거, 뭔가 심상치가 않다. 한진수 지금 매우 진지한 상태이지 않은가.

‘이, 이건 뭔가 음모가 숨어 있는 것이 틀림없어.’

김훈상이 농간(?)을 부려놨다는 것은 모르고 있지만, 한진수가 갑자기 이런 걸 묻는 거 보면 분명 뭔가 있었다.

‘설마 내 말 한 마디에 제국 황제가 바뀌고 그러는 건 아니겠지……?’

너무 황당한 생각에 김상희는 피식 웃고 말았다.

‘내가 무슨 황제를 정해 주는 그런 사람도 아니고.’

아니다, 맞다. 지금 한진수는 매우 긴장하고 있다. 김상희가 '나는 내 남편이 제국의 황제였으면 좋겠어'라고 말하는 순간 한진수는 아마 앉기 싫은 황제 자리에 앉게 되고 말 것이다.

'안 돼, 상희야. 나는 황제가 될 수 없어. 나는 황제가 될 수 없도록 설계되어 태어난 몸이야.'

그렇게 외치고 싶었다. 하지만 또 그러자니 야망 없고 욕심조차 없는 한심한 남자처럼 보일까 두려워서 그러지도 못했다. 그가 할 수 있는 거라곤 침을 꼴깍꼴깍 삼키면서 '내 남편 황제!'라는 임명장이 날아오지 않기를 고대하고 또 고대하는 수밖에는 없었다.

"네가 황제가 되어도 좋겠다는 생각을 해."

김상희는 여지껏 일반 여자들은 경험해 보지 못한 수많은 일을 경험해 왔다. 좋은 기억도 많았지만 그만큼 나쁜 기억도 많았다. 그리고 고난도 많았다. 작게는 8살 때 소녀식부터 크게는 백제와의 전쟁까지.

'내가 그 고난들을 이겨낼 수 있었던 힘은…….'

그녀 스스로가 잘나서 그런 게 아니었다. 그녀는 엄청난 능력을 가지고 있는 건 맞지만 자신의 몸을 스스로 지킬 수는 없었다. 개차반 김훈상을 비롯한 망나니 형제들, 그리고 한진수와 나이트들이 있었기 때문에 그 역경을 헤쳐 나올 수 있었다. 그들이 비록 스스로 나서서 김상희를 위해 헌신하고 아낌없는 사랑을 베풀었다고는 하지만, 어쨌거나 김상희는 그들의 도움 덕택에 여지껏 역경을 딛고 일어설 수 있었다.

'결국 나를 지키고 내 가족을 지키려면…… 내가 힘을 갖는 수밖에 없어.'

그녀는 직접적인 무력이 없다. 하지만 다른 무력 단체만 있다면 그 단체의 능력을 몇 곱절로 뻥튀기시켜 줄 수 있다. 성녀의 능력은 그 가치가 무궁무진하니까.

'결국…… 우리는 평범한 삶을 살 수는 없는 거야.'

김상희는 그걸 깨달았다. 진수가 끓여준 된장찌개가 곁들어진 저녁밥을 먹는 그런 평범한 일상은 이제 물 건너갔다. 좋으나 싫으나 그녀는 성녀고 한진수는 세계가 주목하는 천재다.

김상희가 뜸을 조금 들였다.

"진수야."

대뜸 너 황제 해, 라고 할 수 없지 않은가. 그건 김상희 스타일이 아니다. 그런 식으로 행동해 왔으면 김상희 신드롬이나 김상희 홀릭 현상을 일으킬 수도 없었다. 자신이 조종(?)당하는지도 모르게 조종(?)하는 것이야말로 조련의 기초 아니겠는가.

"나는 내 자신보다도……."

이 또한 비록 조련이지만 진심을 담아 고백했다.

"내 자신보다도 네가 더 중요해. 이제 나는 너 없는 세상을 상상할 수가 없게 되어버렸어."

한진수는 기뻤지만 한편으론 뭔가 찝찝했다.

'이건 음모다.'

그래도 그걸 겉으로 표현할 수는 없었다. 사랑하는 여자가 이런 고백을 해오는데 떨떠름한 표정을 지으면 안 된다고 본능이 경고해 왔다. 가끔 이럴 때가 있다. 자기 스스로도 이해하지 못하는 감정과 본능이 느껴질 때, 된장찌개라든가 하는 이 세계에는 없는 이상한 단어를 떠올릴 때도 있었질 않은가.

'이럴 때 떨떠름한 표정을 지으면 평생 고생한다.'

이유는 모르겠지만 그런 확신이 들었다. 필사적으로 연기했다. 그의 인생을 통틀어 최고로 훌륭한 연기를 선보이는 날이었다. 물론 완전히 연기는 아니었다. 당연히 진심이 들어간 상태에서 떨떠름한 감정을 숨기는 것, 딱 그거였다.

김상희가 말을 이었다.

"나는 알아. 내 능력이 굉장히 큰 가치가 있다는 거. 하지만 스스로는 나를 지킬 수 없으니 내게는 나를 지킬 힘이 필요해. 너한테 짐이 되기도 싫고, 내가 있다면 네게 큰 도움이 될 수 있을 거야."

한진수는 아무 말도 못 했다.

'일리는 있는 말이다.'

아무도 모르는 곳에 숨어 살면서 김상희와 평범한, 그러나 위대한 행복을 누리며 살겠다는 그 포부를 실현하려면 할 수는 있다. 하지만 쉽지만은 않은 길이 될 거다. 한진수의 얼굴과 김상희의 얼굴은 이미 세계에 알려진 상태. 완전히 숨어 살기란 거의 불가능에 가까웠다. 지금은 아니더라도 언젠가 성녀의 능력을 탐하는 무리가 다시 나타날 가능성도 매우 높았다.

'하지만…….'

욕심을 부리고 싶었다.

'나 혼자서도 상희를 지킬 수는 있을 텐데.'

나는 다쳐도 되고 죽어도 되는데, 김상희는 그러면 안 된다. 그게 한진수의 생각이었다. 김상희는 어렵지 않게 한진수의 마음을 읽었다.

"아까도 말했잖아요. 너는 나한테 너무 소중하다고. 왜 이렇게 나를 배려하지 않는 거지?"

그 말에 한진수는 식은땀을 흘렸다. 내, 내가 뭘 잘못한 거지?

"왜 그렇게 내 생각은 안 해줘요. 네가 날 걱정하는 것만큼 나도 널 걱정해. 너만 날 위하고 너만 날 사랑한다고 생각하지 말아요. 나도 너 사랑하고 우리가 행복하게 살았으면 좋겠어."

한진수는 웃어야 할지, 울어야 할지 갈피를 잡지 못했다. 내용만 들어보면 분명히 행복한 내용인데 정체 모를 불안감이 계속해서 밀려왔다.

'이거 아무래도 나한테 황제 하라고 하는 것 같다.'

이대로 시간이 지나면 자기도 모르게 황제할 거 같다. 그래서 한진수는 얼른 말을 잘랐다.

"우리를 지킬 힘은 우리가 가져야 한다. 이 말에는 나도 찬성해."

"……응."

"그래서 나는 아버님을 황제로 추대하는 것이 어떨까 생각해."

"응?"

김상희는 이 방법은 생각하지 못했다.

"다시 생각해 보니 너를 지킬 힘은 반드시 필요해. 너를 위한 힘, 너만을 지키는 힘. 분명히 그래, 그런데 나 말고 아버님께서 황제가 되신다면…… 커다란 힘이 되지 않겠어?"

그럴듯하게 포장하려니 말이 잘 안 나와 자신도 모르게 조금 더듬었다. 그런데 또 틀린 말은 아니었다. 어차피 김훈상은 무슨 일이 있든지 간에 김상희의 편이 되어줄 것이다. 한진수는 그걸 확신했다. 그렇다면 누군가 황제가 되어야 한다면 김훈상이 하는 것이 낫지 않겠는가.

한진수는 속으로 다짐했다.

'이 음모에 빠질 수 없습니다!'

그래서 역으로 김훈상을 함정에 빠뜨리기로 했다.

"나는 성녀를 호위하는…… 이를테면 홀리 나이트 같은 최정예 기사단을 만들어 너를 호위하는 거야."

그러면 적어도 황제가 되는 것보다는 훨씬 놀 시간이 많아지겠지. 생각해 보니 아주 좋은 방법이었다. 정확한 명칭은 아니지만 홀리 나이트라는 기관을 만들어 놓으면 그 기관은 성녀를 보호할 테고, 그러면 상희와 둥가둥가하고 놀 시간이 많아질 테니까.

한진수는 속으로 쾌재를 불렀다.

'오, 이거 획기적인 방법이다!'

김상희도 그렇게 생각했다. 그래서 김훈상을 찾아가 말했다.

"……그리하여 소녀는 세계의 태양, 세계의 지존, 누구보다도 높으신 황제 아빠를 둔 세상에서 제일 행복한 딸이 될 수 있는 걸까요?"

김훈상에게는 '아빠, 황제 하세요'라고 들렸다. 그것도 아니면 '소녀는 아빠가 황제하면 참 기쁠 것 같아요'라고 말하거나, 조금 더 과장하면 '아빠가 황제 안 하면 아빠한테 실망할 거 같아요'처럼 들렸다. 김훈상은 이를 바드득 갈았다.

'한진수……!'

이 똑똑한 놈이 자신을 역으로 함정에 빠뜨렸다.

'이럴 수는 없다. 네놈이 황제가 되어야 한다!'

그래야 마음 편히 부려먹으며 편안한 노후를 보낼 수 있지 않겠는가! 이 상황을 어떻게 모면할 것인가. 그 방안을 찾으려면 일단 시간을 좀 끌어야 할 것 같았다. 그런데 김상희가 말했다.

"아빠가 황제가 되신다면…… 그땐 감히 소녀가 아빠께 뽀뽀도 할 수 없겠죠?"

김상희는 이번에는 조련에 들어갔다. 조련을 할 수밖에 없었다. 그래도 한진수가 고생(?)하는 것보다는 아빠가 고생하는 게 낫지 않겠는가. 아빠에게는 조금 미안한 노릇일지 모르겠지만.

'황제 하는 게 그렇게 나쁜 건 아니잖아?'

자, 오랜만이야. 한번 나를 잊어보자. 나는 김상희가 아니다. 나는 김상희가 절대로 아니다. 이제부터 나는 내가 아니야. 나를 잊는다!

"이제 소녀는 아빠에게 뽀뽀도 할 수 없는 서글픈 날이 오고 말겠죠……?"

그래, 이건 내가 아니야. 이건 잠시, 그래, 잠시 뽀뽀에 미친 귀신이 빙의된 거야. 여기서 중요한 건 순진무구한 눈망울, 초롱초롱한 눈망울, 아빠를 흠모하는 딸래미의 눈망울, 사슴 같은 그 눈망울이다.

"……뽀뽀해도 돼요?"

김훈상은 그 말에 이성을 잃었다. 그래도 마지막 자존심이 남아서 시크하게 대답했다.

"특별히 허락해 준다."

자신의 볼을 검지로 톡톡 두드렸다. 에이, 모르겠다. 까짓 거, 황제 하지 뭐. 좀 귀찮긴 하겠지만 그게 대수냐. 나 지금 뽀뽀받는다.

대충 설명하면 이런 거다. 황제가 되면 뽀뽀를 못한다. 그러니까 지금 뽀뽀하겠다. 지금 이 말을 받아들이면, 이 행동은 암묵적으로 김훈상 자신이 나중에 황제가 되겠다는 뜻이 된다. 하지만 지금은 이성이 마비됐다. 까짓것, 황제 하면 그만이다. 대충 하다가 기회를 봐서 한진수에게 떠넘기면 되겠지.

뽀뽀에 눈이 먼 김훈상이 마침내 결정했다.

'황제 해야지.'

쪽 소리가 났다. 김훈상의 얼굴이 매우 밝아졌다. 많이 행복해진 것 같았다.

"형부!"

김상아가 쪼르르 달려갔다.

나이는 어리지만 김상아는 마력을 가지고 있기 때문에 김상희와 거의 동갑으로 보인다.

"형부, 우리 언니 많이많이 사랑해요? 그래요? 정말 그런 것이어요?"

한진수가 빙그레 웃었다.

"그럼."

김상아는 특이하게도 자신을 별로 어려워하지 않았다. 형부, 형부 하면서 졸졸 따라다니는데 그게 참 귀여웠다.

"우리 언니 같은 아내를 얻으려면 어떻게 해야 해요?"

"……응?"

"상아는 언니랑 결혼하고 싶었는데, 우리 언니는 형부가 빼앗아 갔으니까 우리 언니 말고 다른 언니를 찾아야 하는데, 우리 언니 같은 언니는 이 세상에 없는 언니고, 그러니까 세상에서 제일 예쁜 우리 언니를 차지한 형부한테 묻는 것이어요. 어떻게 하면 제일제일 사랑스러운 우리 언니를 얻을 수 있는 거죠?"

한진수는 빙그레 웃었다.

"처제는 정말 매력적인 여성이 될 거야. 그러면 나보다 더 멋진 남자들이 줄을 서겠지."

"남자 따위 필요 없어요. 냄새 나고 별로야. 형부는 좀 낫지만 하여튼 정상인 남자는 별로 없어요. 나보다 싸움도 못하는 게 툭 하면 계집, 계집 나불거리고."

그 말을 상희가 들었다. 아이고, 두야. 정말, 이 세상에서 저런 소리를 저렇게 막 하면 안 된다는 거 여러 번 교육시켰는데도 소용이 없다.

"언니야!"

김상아가 달려가 김상희에게 와락 안겼다.

"형부한테 너무 버르장머리 없이 굴면 못써."

"우리 오빠들이 그러는데 형부는 도둑놈 새끼래요."

끄응. 김상희는 한숨을 내쉬었다. 그 오빠들이 어느 오빠들인지 아주 잘 안다. 세상에 둘도 없는 망나니들 아닌가.

그때 첫째 오빠 김형석이 나타났다. 태어났을 때부터 오빠답지 않았던 오빠. 처음에는 마음의 안식처였는데, 최근에는 큰 충격을 선사해 줬던 그 오빠였다.

"상희야."

"오빠……?"

솔직히 말해 조금 두려웠다. 그때의 그 모습, 개차반의 등 뒤에서 단도를 핥으며 히죽히죽 웃던 그 모습이 아직도 뇌리에 강렬하게 박혀 있었으니까.

"그래, 나야."

"……."

김형석이 한 걸음 앞으로 걸어왔다. 김상희는 저도 모르게 한 걸음 뒤로 물러섰다. 그 모습에 김형석은 순간 움찔했다. 하지만 이내 내색하지 않고서 조용히 입을 열었다.

"상희야."

김형석의 입에서 놀라운 말이 흘러나왔다.

"아버님께서…… 차기 황제가 되기로 마음먹으셨어."

"그랬…… 군요."

정말 어쩔 수 없는 딸바보구나. 김상희는 그렇게 생각하고 말았다. 조금 뭉클해지기는 했다. 사랑하는(?) 아빠를 과중한 업무 속으로 밀어 넣은 것 같은 그런 죄책감이 조금 들기도 했다.

'어쨌든 황제는 좋은 거니까!'

일단 그렇게 생각하기로 했다. 사실 틀린 말은 아니지 않는가. 황제 자리는 권력자라면 누구나가 탐낼 만큼 매혹적인 자리였으니까.

"그 사이에 네가 큰 역할을 한 것 같더구나."

김상희는 모른 척했다. 자고로 상대가 조련 당하는지 모르게 하는 것이 진정한 조련 아니겠는가.

"……제가요?"

"그래, 너 때문에 아버님께서 황제가 되기로 마음먹으신 것 같아."

"소녀는 무슨 말씀인지 잘 모르겠어요."

"네게는 참 묘한 힘이 있어. 너는 이래라 저래라 명령하지는 않는데…… 사람들은 이상하게 너를 위해 행동한단 말이야."

김상희는 멋쩍게 웃었다. 이상한 거 아니다. 이것이 바로 조련의 힘이다. 그러나 그렇게 말할 수는 없는 노릇이니까.

김형석이 피식 웃고서 어깨를 으쓱했다.

"사실 내가 여기 온 진짜 목적은……."

김형석은 이야기를 시작했다.

"내가 모르는 사이…… 그런 일이 있었다는 거…… 정말 미안해."

고려 왕국, 곧 제국으로 발돋움을 하게 될 왕국의 첫째 왕자가 계집인 김상희에게 무릎을 꿇었다. 김상희는 화들짝 놀랐다.

"오, 오라버니!"

이건 있을 수 없는 일이다.

"이, 이러지 마셔요. 다른 사람들이 흉봐요."

"나는 네게 씻을 수 없는 큰 죄를 짓고 말았어."

"오, 오빠. 제발……."

김상희는 억지로라도 김형석을 일으키려고 노력했다. 하지만 김형석은 요지부동이었다.

"너를 놀라게 해서 미안해. 네게 상처 줘서 미안해."

"오빠가 한 것이 아니어요. 율다가 오빠를 조종해서 그런 것이어요."

"조종을 당한 것도 미안해. 내가 완벽하게 저항했다면…… 그랬다면 괜찮았을 거야. 환석이나 환성이, 아니면 아버님처럼……."

김형석은 분했다. 만약 김환석이나 김환성, 혹은 김훈상처럼 강한 힘을 가지고 있었다면 율다에게 조종당하지 않았을지도 모를 일이다. 아무래도 율다의 능력은 전지전능한 건 아니었던 모양이니까. 만약 모든 사람을 조종할 수 있었다면 김훈상을 조종했을 거다.

'내가 이 아이에게 큰 상처를 줬던 건가?'

김형석이 사과하고 또 사과했다. 그에 반해 김상희는 죽을 맛이었다.

'제발, 제발 일어나라구!'

이건 결코 가벼운 일이 아니다. 제국으로 발돋움을 준비하고 있는 고려 입장에서도 결코 이롭지 못하다. 왕가의 명예가 크게 손상되는 일이며, 타국이 고려 왕가를 비웃을 수도 있다.

'이래도 안 일어나겠다, 이거지.'

김상희는 결국 필살기를 쓰기로 했다. 다행히 아직 아무도 안 봤다. 누군가 김형석이 무릎을 꿇고 있는 걸 보기 전에 상황을 수습해야 했다.

'나는 내가 아니다.'

나는 김상희가 아니다. 나를 잊자. 잠시 나는 다른 사람이 되는 거다. 그렇게 스스로 주문을 걸고 또 걸었다.

"으아아앙!"

김상희의 울음소리가 터져 나왔다. 이번에는 좀 일부러 울었다. 김형석 좀 일으키려고. 이렇게 안 하면 절대 안 일어날 것 같았다.

"사, 사, 사, 상희야?"

김형석은 물론 다른 남자들에 비해 여자들을 훨씬 더 대우해 주고, 여자들에 대하여 훨씬 더 잘 알지만 그래도 사랑하는 여동생의 눈물을 본 적은 거의 없다. 거의 처음 맞닥뜨리는 상황이고 당연히 당황할 수밖에 없었다.

"오빠가 소녀에게 무릎을 꿇으시다니, 소녀는 이 상황을 용납할 수 없어요. 소녀가 나빠요."

그러니까 제발 일어나. 동생 등신도 이 정도면 중증이라고. 겉으로는 서글프게 울고 속으로는 닦달했다. 다행히 김형석은 일어났다. 목격자는 아무도 없었다.

놀라운 일은 그 이후에 벌어졌다.

장미관 스페셜 나이트 숙소.

긴급 보고가 올라갔다.

―긴급 상황입니다.

스페셜 나이트 대대장 김유신에게 직통으로 연결되는 핫라인이다. 이 핫라인은 개설된 이후로 여지껏 단 일곱 번밖에 사용되지 않았다.

김유신이 벌떡 일어섰다.

'반역인가!'

그럴 수 있다. 고려가 제국이 되겠다는 포부는 이미 밝혔다. 그렇다면 그에 반하는 세력도 분명히 있을 터. 누군가 고려에 반대하며 군사를 일으켰을지도 모를 일이다.

"무슨 일이냐?"

인터폰 너머에서 다급한 목소리가 들려왔다.

―성녀님께서 울고 계십니다.

잔뜩 긴장해 있던 스페셜 나이트들이 분기탱천한 모습으로 벌떡 일어섰다.

"애들아, 무기 챙겨라."

그들은 고려의 엘리트, 스페셜 나이트다. 무기 챙기고 집합하는데 30초가 안 걸렸다. 김유신의 표정도 자못 비장해졌다. 겉모습만 보면 백제와의 마지막 결전을 치르러 갈 때보다도 더 비장했다.

"우리는 성녀님을 울린 요인을 찾아 제거한다."

김유신이 이를 바드득 갈았다. 감히 어떤 놈이 우리 예쁜 성녀님을 울렸단 말인가. 반드시 찾아내서 죽여 버리고 말리라! 다짐하고 또 다짐했다. 문을 박차고 스페셜 나이트들이 나섰다.

김훈상에게 긴급 보고가 올라갔다.

"폐하!"

보고를 올리던 남자가 고개를 갸웃했다.

"폐하……?"

분명 방금까지 여기 있었는데, 어디 가신 거지? 알 수 없었다. 워프를 통해 어디론가 가버린 것 같았다.

'이 비상시국에 도대체 어딜……!'

큰일이다. 지금 성녀님의 방에서 성녀님의 울음소리가 들려왔다. 성녀의 방은 지금 최신식 정밀 기기로 보호(?)되고 있으며 그에 따라 울음소리라 짐작되는 음파가 탐지됐다. 비상 라인이 가동됐다. 김상희가 울음을 터뜨린 지 약 2초 만에 긴급 보고가 올라갔다. 그래서 보고를 올리려고 했는데 김훈상이 사라졌다.

'큰일이다. 보고를 빨리 올려야 하는데.'

이제 신하들 사이에서 '딸 등신'이라는 말은 공공연한 비밀이 되어버렸다. 딸 등신의 대표 주자는 바로 김훈상. 딸을 예뻐하고 사랑하는 이 괴상한 행위. 이게 요즘 조금 유행이 되고 있다. 다른 사람도 아니고 고려 국왕 김훈상이 그러다 보니 사람들은 조금씩 따라하고 있는 중이다. 아직 딸바보 수준에 이른 사람은 거의 없지만 하여튼 세계는 조금씩 변화하고 있는 중이다.

'딸 등신이 알면 불벼락이 떨어질 텐데.'

2초 만에 왔다. 그런데 이것도 늦은 것 같다…… 라고 생각은 했으나, 그의 생각과 달리 김훈상은 이미 워프를 통해 김상희의 방으로 왔다.

딸 등신이 황급히 외쳤다.

"무슨 일이냐!"

김환석은 낮잠을 즐기던 중이었다. 그런데 위잉! 위잉! 요란한 사이렌 소리가 들려왔다. 그리고 여성의 목소리를 닮은 기계음이 들려왔다.

—음파 탐지. 음파 탐지.

김환석이 벌떡 일어섰다.

—코드 네임 내 똥개. 상태 이상을 호소합니다.

그다지 상태 이상을 호소하지는 않았다. 단지 울었을 뿐이다. 그러나 김환석의 중앙 통제 슈퍼컴퓨터는 그걸 상태 이상으로 받아들였다.

김환석이 말했다.

"준비."

—대테러리스트 전시 무장을 준비합니다.

그의 방에서 로봇 팔이 매우 빠르게 움직였다. 불과 3초 만에 김환석의 온몸에 전신 갑주가 입혀졌다. 최근에 발명한 아이언 슈트다. 김환석은 마력을 활용한 신체 능력이 조금 뒤떨어진다. 그걸 보완해주는 슈트다. 이걸 입으면 일반인도 김환성과 거의 동등하게 싸울 수 있다. 물론 이 세상에 단 하나밖에 없는 슈트지만 그 성능 하나만큼은 기똥차다고 할 수 있겠다.

어쨌든 일반인도 아닌 고려의 왕자 김환석이 이 슈트를 입고 이를 갈았다.

'감히 어떤 놈이냐.'

중앙 통제 컴퓨터의 목소리가 들려왔다.

—준비 완료.

아이언 슈트를 입은 김환석이 움직였다. 그의 눈이 차갑게 가라앉았다.

'죽여 버리겠다.'

김환성은 요즘 김환혁과 김상아와 친하게 지낸다. 이 셋에게는 공통점이 있다.

김환혁이 말했다.

"누나가 나랑 잘 안 놀아줘요, 형."

김상아도 고개를 끄덕였다.

"우리 언니는 내 건데……."

김환성은 인상을 찡그리며 입술을 잘근잘근 깨물었다. 생각해 보니 요즘 물어왓도 안 시켰다. 이게 다 한진수 그놈 때문이다. 그 도둑놈 새끼가 금쪽같은 내 똥개를 데려가 하루 종일 둥가둥가 노는 바람에 똥개랑 놀 시간이 많이 줄어들었다. 김환성, 김환혁, 김상아는 같은 고민거리를 갖고 있기 때문인지 금세 친해졌다.

그때 김환성이 벌떡 일어섰다.

"어떤 놈이냐!"

한쪽 벽을 향해 헝거비를 던졌다. 콰광! 거대한 폭발음과 함께 벽이 무너져 내렸다. 그리고 헝거비가 하늘을 가르고 벽을 갈랐다.

콰광! 콰광! 콰광! 콰광!

상황을 알아차린 김환혁과 김상아도 주먹을 불끈 쥐었다.

"우리 누나 괴롭히면 가만 안 둬!"

"내 언니는 상아가 지킬 거야!"

아직 워프를 못 쓰는 김환혁과 김상아는 열심히 달렸다. 참고로 김환성도 워프 못 쓴다. 헝거비 내던지고 그도 달렸다.

한진수가 뭔가를 잡아냈다.

'이건……!'

헝거비였다. 벽 수십 개는 족히 뚫고 날아온 것 같았다.

'무시무시한 파괴력이다.'

일반인은 이거 얻어맞으면 그냥 죽는다. 이건 정말로 누구 죽이려고 던진 거다. 그런데 이거 상황이 심상치가 않다. 한진수도 상희의 울음소리를 듣고 달려왔다. 김상희가 울면 한진수가 더 슬프다. 누가 뭐래도 한진수는 김상희를 사랑하고 있으니까.

'이…… 이거, 뭔가 또 음모에 빠진 것 같다.'

그런데 상황이 영 좋지 못했다.

"너…… 내 딸을 울린 거냐?"

김훈상이 지금 오해하고 있다. 아뇨, 제가 울린 거 아닌데요. 저도 울음소리 듣고 달려온 건데요. 그렇게 말하고 싶지만 지금의 김훈상에게 그런 건 들리지 않는 것 같았다. 저 딸 등신, 지금 제대로 분노했다. 아니, 여태까지 맨날 분노하고 싶었는데 오늘 제대로 명분을 잡은 것 같았다.

그런데 설상가상이다.

"한진수……!"

스페셜 나이트가 떼로 몰려왔다. 중간중간 더스 나이트도 보인다. 머리가 아파왔다.

"아니, 그니까 이건……."

무슨 비상시국도 아니고 스페셜 나이트가 이렇게 떼로 움직인단 말인가. 여기서 끝이면 차라리 다행이었다.

'컥!'

한진수가 비명성을 토해냈다. 일직선으로 붉은빛이 쏘아졌다. 이거 제대로 방어 못하면 죽는다. 레이저 광자포다.

'이, 이건 김환석 왕자님……?'

차라리 김훈상과 나이트들은 말이라도 먼저 건넸지. 김환석은 시작부터 레이저포다. 여기서 끝이면 좋으련만.

"죽여 버린다아아아아!"

워프 못 쓰는 김환성이 도착했다.

"아니, 왕자님들. 그러니까……!"

말을 하기도 전에 김환혁과 김상아가 달려들었다.

"우리 누나 괴롭히면 죽여 버린다고 했잖아!"

"내 언니 괴롭히지 마요! 상아가 용서 안 해!"

한진수는 울고 싶어졌다. 이거, 처가 사람들이 너무 무섭다.

김상희는 머리가 아파왔다. 지금 저들을 보면 무슨 전쟁이라도 난 줄 알겠다. 이대로라면 사랑하는 서방님 죽게 생겼다. 안 되겠다, 이거 어떻게든 말려야 했다. 지금 고려 왕가의 사람들은 한진수의 말을 아예 안 듣고 있다. 안 듣는 건지 못 듣는 건지 구분은 안 됐지만 하여튼 안 들었다. 그래서 이 세계 기준으로, 고귀한 남자들의 싸움에 감히 천한(?) 계집이 나섰다.

"모두 그만두지 못해욧!"

놀라운 일이 벌어졌다. 세계를 움직이는 거인들, 전직 신라 국왕 한진수와 현 고려 국왕 김훈상, 막강 무력 스페셜 나이트와 더스 나이트, 그리고 김씨 왕자들, 그 모두가 멈췄다.

거인은 아니지만 정적에 휩싸인 또 다른 사람도 한 명 있었다. 그녀의 이름은 바로 강서영. 김상희를 낳은 어머니이자 현재 김훈상에게 가장 총애를 받는 여자였다. 그녀는 김상희의 영향을 많이 받기는 했지만 그래도 김상희를 따라잡으려면 아직도 갈 길이 멀었다.

'세, 세상에…….'

강서영은 다리가 풀려 주저앉았다.

'사, 상희야……!'

어떻게 이럴 수가 있단 말인가. 이곳에 모인 사람들은 세계를 들었다 놨다 할 수 있는 사람들이다. 그런 그들을 향해, 명령조로 '그만두지 못해욧!'이라고 외치다니. 그것도 그냥 외친 것도 아니고 저렇게 신경질적으로 외치다니.

'마, 말도 안 돼…….'

가끔 그런 경우가 있다. 분기를 억누르지 못하고 막말을 내뱉는 경우. 여자들도 그럴 때가 아주 드물게 있었지만 그러한 경우 역사서에 대부분 기록되어 있으며 모두가 참수당했다. 혹은 사약을 마시거나.

'안 돼!'

강서영은 마음이 급해졌다. 김훈상이 김상희를 사랑하는 것만큼 강서영도 김상희를 사랑하고 있으니까. 누가 뭐래도 자기 배 아파 낳은 자식 아니겠는가. 제, 제가 대신 죽겠어요! 그렇게 외치려고 했는데 김훈상이 먼저 입을 열었다.

"어…… 그러니까……."

김훈상도 김상희의 이런 모습 처음 본다. 항상 예쁘게 웃을 줄만 알았다. 그런데 이렇게 화를 내다니. 이럴 수가. 이건 있을 수 없는 일이다. 강서영과는 다른 의미로 있을 수 없는 일이었다. 김훈상의 머릿속이 새하얗게 변했다. 국정을 논할 때도, 백제와의 전쟁을 앞두고 있을 때도 이렇게 머리가 굳은 적은 없었다. 이 상황이야말로 그가 이 세상에서 제일 무서워하는 절대 위기라 할 수 있겠다. 딸이 내게 화를 내다니, 이건 안 된다. 있을 수 없는 일이다. 내가 누구 때문에 귀찮은 황제 하기로 했는데!

김훈상은 소심하게 물었다.

"내, 내가 뭐 잘못했니?"

그 말에 강서영은 물론이고 스페셜 나이트들마저도 충격을 받았다. 저 왕이 과거 전쟁기를 이끌며 고려를 이토록 키워낸 전설적인 인물 김훈상이 맞나 싶었다.

'폐, 폐하!'

스페셜 나이트는 그렇다 치더라도 더스 나이트는 과거 고려의 영광을 직접 일궈냈던 인물들이다. 김훈상과 함께 말이다.

'그 카리스마 넘치던 분이 저분과 동일 인물이 맞는 건가…….'

더스 나이트 중 한 명은 순간 과거를 회상했다. 햄버 협곡에서 보였던 김훈상의 모습. 그는 아직도 잊지 못하고 있다. 햄버 협곡의 전투는 누가 봐도 절망적이었었다. 그런데 김훈상이 죽음을 불사하고 결사대 몇을 이끌고 나가 기습 침투 작전에 성공하여 승리를 일궈냈던 적이 있다. 그때 그는 김훈상을 보며 감탄했었다. 아니, 감탄이 아니라 경외했었다. 정말 사람이 저럴 수가 있나 싶을 정도로 김훈상은 카리스마 넘치는 위대한 리더였었다.

'그랬었는데…….'

'내가 뭐 잘못했니?'라고 묻고 있다. 그것도 그냥 묻는 것도 아니고, 말까지 더듬었다.

'이것은…… 꿈인가.'

아무래도 꿈이 아닐까 싶다. 꿈이 아니고서야 어떻게 김훈상이 저런 모습을 보인단 말인가. 김환석은 아이언 슈트의 헬멧을 뒤로 젖히고 무덤덤한 목소리로 김상희에게 물었다.

"무슨 일이냐? 저놈이 널 울린 거냐?"

목소리는 덤덤했는데 그의 눈빛에 살기가 가득했다. 그 대단하다는 한진수마저도 찔끔 놀랄 정도로 말이다.

"오빠! 아빠! 제발 그만들 좀 할 수 없어요?"

김상희는 외치고 싶었다. 왜 자꾸 우리 남편 못 잡아먹어서 안달이냐고! 그 말에 김환석의 표정이 잠깐 벙쪘다.

'나는…… 무엇을 잘못한 것인가?'

이런 상황에 제법 단련이 되어 있던 강서영마저도 극심한 혼란을 겪어야 했다. 딸이 소리를 질렀고 왕과 왕자들이 고개를 갸우뚱하고 있다. 원래대로라면 그 즉시 화를 내야 맞다. 감히 계집 따위가 어느 안전에서 소리를 치는 거냐고 호통을 치고 그 이후 사형장으로 끌려갈 수도 있는 일이다. 그런데 그러지 않았다. 이곳의 분위기는 영 이상했다.

"또, 똥개야."

김환성은 헝기비의 팔 하나를 들고 잔뜩 주눅 든 얼굴로 김상희의 어깨를 콕콕 찔렀다. 그리고 무력에 관한 한 세계의 대천재 김환성이 우물쭈물 물었다.

"헝거비가 그러는데, 너 화난 거냐고 묻는데?"

목소리도 이상하게 냈다. 제 딴에는 헝거비의 목소리라고 주장하는 듯했다. 스페셜 나이트는 까무러칠 뻔했다. 참고로 김환성은 현재 제9대대의 대대장을 자리를 맡고 있는 중이다.

'지금 공주님 앞에서 아양 떠는 거야?'

아무래도 그런 것 같다. 저 모양새, 아무리 봐도 고양이가 애교를 떠는, 그런 모습으로 보인다. 신세계다. 여태까지의 경험들도 충분히 신세계라고 생각했었는데 하늘 위에 또 다른 하늘이 있었다.

김상희의 사형선고(?)가 떨어졌다.

"우리 진수 좀 그냥 내버려 둘 수 없어요? 왜들 못 잡아먹어서 안달이에요?"

김훈상이 변명했다.

"아니, 그게 그러니까…… 저놈이 널 울린 것 같아서……."

그때 김형석이 나섰다.

"아버님, 그런 것이 아니라 저 때문에……."

그러자 김훈상이 과거와 다르게 버럭 화를 냈다.

"너는 이 일에 대한 책임을 져야 할 것이다!"

이번에는 스페셜 나이트들뿐만 아니라 모두가 다 놀랐다. 김훈상이 이렇게 사람이 많이 모인 자리에서 자신의 아들을 혼낼 줄이야. 김훈상의 이런 모습은 굉장히 낯설었다. 첫째 왕자의 체통을 생각해서라도 보통은 이렇게 혼을 내지 않을 터인데.

알렉스는 후에 이날을 일컬어 '황제 사기극'이라고 부르게 되는데 그 연유는 이러했다.

"너는 네 행동 하나로 인하여 이렇게 수많은 사람을 불러들였다."

김유신은 묻고 싶었다. 아니, 아무리 그래도 그건 너무 지나친 억지 아닙니까? 인간적으로 이건 김형석 왕자님이 아니라 김상희 공주님이 불러 모은 건데요? 게다가 왕자님이 소환한다고 해서 이렇게 열성적으로 사람들이 모였을까요? 그 부분에 대해선 의구심이 들었다.

"너의 영향력은 익히 보았다."

김훈상이 김형석을 보며 근엄하게 말했다.

김상희는 고개를 갸웃했다. 이 무슨 생뚱맞은 논리란 말인가.

"네 영향력은 이미 확인했고, 이제 더불어 너의 리더십을 확인해 보겠다."

한진수는 뭔가 이상함을 눈치챘다. 이 상황 뭔가 이상하다. 김훈상이 억지로 상황을 만들어가고 있는 것 같다. 음모의 냄새가 났다.

'이번에도 음모다!'

세간 사람들이 알고 있는 것과는 다르게 황제를 하지 않기 위한 암투와 음모가 난무하는 세상, 그곳이 바로 이 고려 왕궁 아니겠는가.

김훈상이 말을 이었다.

"너의 행동에 책임지기 위하여, 네 능력을 시험해 보기 위하여 왕의 업무를 1년간 나와 함께 보도록 한다."

김유신은 이해할 수 없었다. 그럴 거면 애초에 그냥 시키면 되지, 이 무슨 억지스런 논리란 말인가. 다른 사람이 이해하든 말든 김훈상은 중요하게 생각하지 않았다. 한진수를 황제에 앉히려고 머리를 쓰다 보니 다른 걸 생각하지 못했다. 원래 하나에 푹 빠지면 다른 게 안 보이는 게 정상이다.

'나도 싫고 한진수도 싫으면 다른 놈이 하면 되잖아?'

그러니까 이번 기회를 통해 김형석이 왕의 업무를 보게끔 은근히 끌어들일 심산인 것이다.

'아주 잘 도와줘서 실력을 입증시킨 다음.'

김훈상의 머릿속에서 원대한 계획이 그려졌다.

'황제를 시키자!'

논리라고는 눈 씻고 찾아볼 수 없었지만 김훈상의 속마음은 이미 결정됐다. 그것을 아는지 모르는지 김상희는 휴우 하고 한숨을 내쉬었다.

'이 집안 남자들은 정말…….'

백제라는 무시무시한 적을 이겨 놓고 나니까 뭔가 더 힘든 적을 마주한 것 같다.

'진수랑 신혼여행도 가야 하는데.'

신혼여행, 이런 건 원래 없다. 여자 따위가 어디 감히 신혼여행을 꿈꾼단 말인가. 하지만 한진수는 달랐다. 지금 한진수는 김상희에게 좋은 곳 보여주고 싶어서 안달 났다. 아직 딱히 마음에 둔 곳은 없었지만, 그곳이 바다여도 좋고 산이어도 좋고 계곡이어도 좋다. 김상희랑 같이 있고 싶은 게 한진수의 속마음이다. 그리고 또 엉큼한 생각도 했다.

'그때가 되면 진짜 우리 둘이 있을 수 있겠지!'

처가살이에서 벗어날 수 있는 것이다. 이왕이면 여행 엄청 길게 가기로 했다. 이를테면 364박 365일 정도로 말이다. 그동안 좋은 곳 보고, 맛있는 거 실컷 먹으면서 왕창 돌아다니고 싶었다.

하여튼 김훈상의 호통으로 소동은 마무리됐다. 김상희가 울었더니 황제가 내정됐다. 김형석으로 말이다. 원인과 결과 사이에 그 어떠한 연결고리도 찾아볼 수 없지만 결과는 그랬다. 상황은 이렇게 마무리됐는데 중요한 것이 남았다.

한진수가 김훈상을 찾았다.

"아버님."

김훈상은 듣지도 않고 말했다.

"안 돼."

"……."

한진수는 이미 예상하고 있었다. 하지만 말 꺼내기도 전에 안 돼라고 할 줄은 몰랐다.

'역시 대천재다.'

무슨 얘기를 할지 이미 모두 예상하고 있는 것 같았다. 아니, 그래도 이제 큰일 다 끝났는데 신혼여행 정도는 보내줘도 되잖아요. 한진수는 울고 싶었지만 꿋꿋하게 말했다.

"저는 신혼여행을 가야겠습니다."

"신혼여행, 그런 해괴한 풍토는 누가 만든 것이냐!"

한진수도 발끈했다.

"딸 등신이란 단어를 유행시킨 것보다는 낫겠지요."

"딸 등신?"

딸바보는 알아도 딸 등신은 모른다. 딸바보는 그가 직접 사전에 등재시켰었다. 그런데 딸 등신이라니.

"어떤 미친놈이 그런 이상한 소리를 한단 말인가?"

당신 빼고 전부 다요. 한진수는 그렇게 말할 뻔했다. 그런데 김훈상은 조금 이상한 핀트에서 화를 냈다.

"나 말고 그런 놈이 또 있었단 말이지."

원래 아랫사람이 수군대는 거 윗사람한테는 잘 안 들어간다. 김훈상이 딱 그런 경우였다. 이럴 수가, 딸 등신이라니. 딸바보의 자존심에 금이 갔다. 나보다 더 딸을 사랑하는 놈이 있단 말인가? 하지만 겉으로는 투덜거렸다.

"그런 미친놈이 실제로 있다니, 황당하기 그지없군."

그 황당한 미친놈이 바로 당신입니다, 폐하. 한진수는 숨을 골랐다.

"폐하, 하여튼 신혼여행 좀 보내주십시오."

"안 된다고 했다."

너 같은 변태 도둑놈 새끼랑 내 딸을 단둘이 여행 보낼 수는 없지.

"정말 안 됩니까?"

"그렇다."

한진수는 일단 한 걸음 물러섰다.

"알겠습니다."

김훈상은 찝찝했다. 한진수가 뭔가 일을 벌일 것 같은 이상한 기분이 들었다. 그래서 김환석과 김환성을 따로 불러 주의를 줬다.

"뭔가 수상하다."

김환석과 김환성은 고개를 끄덕였다. 사랑하는 똥개를 저 엉큼한 놈과 단둘이 여행을 보낼 수는 없었다. 두 왕자가 눈에 불을 켜고 한진수를 감시하기로 했다.

그때 일이 벌어졌다.

제40장
신혼여행

"이대로는 안 되겠어."

한진수가 말했다. 이 집안, 이 더러운 처가살이, 못 해먹겠다. 애초에 예상은 했지만 이건 너무하지 않은가. 울음 한 번에 집안사람들이 전부 집합했다는 건 그렇다 치더라도 신혼여행조차도 못 가게 막는 건 너무했다.

"……응?"

김상희는 눈치챘다. 지금 한진수, 사고 치려고 하고 있다. 김상희 역시 내심 바라던 바다.

'나이스!'

김상희는 속으로 쾌재를 불렀다. 하지만 겉으로는 내색하지 않았다.

"진수야…… 도, 도대체 뭘 하려고 그래?"

김상희는 다 안다. 한진수는 지금 신혼여행을 빙자한 납치를 강행하려고 하는 중이다. 물론 김씨 집안 남자들 입장에서 납치고, 김상희와 한진수의 입장에서는 허니문 여행쯤 되겠지만.

“오늘 밤, 너를 데리고 갈 거야.”

가고 싶은 곳이 얼마나 많은데, 이토록 좁은 왕궁 내에 계속 처박아 둘 수 없지 않은가! 무엇보다도 이곳에는 보는 눈과 귀가 너무 많아서 지지고 볶는 것도 마음대로 할 수가 없다. 이럴 수는 없다. 이제야 사랑하는 사람과 좀 오붓하게 지내려고 하는데, 넘어야 할 산이 이렇게도 많다니. 이럴 때 필요한 건 도망이다.

“하, 하지만 진수야. 잠깐만. 지, 진정해.”

그 말은 오히려 한진수를 더욱 진정할 수 없게 했다. 김상희는 연기했다. 이제 연기라면 도가 텄다.

“나, 나도 물론 너랑 둘이 있고 싶지만.”

그래, 좋았어. 나이스. 바로 이거야, 서방님. 그래, 납치를 할 땐 화끈하게 해주라고. 우리 집안 남자들 답이 없으니까. 무대포에는 무대포로 맞서야지. 그동안 우리가 너무 참았어. 암, 그렇고말고! 김상희는 속으로 연신 외쳤다.

“정말 너랑 같이 있고 싶지만 지금 우리 상황은…….”

김상희의 말은 언뜻 보면 한진수를 말리는 것 같지만 절대로 말리는 게 아니었다. 우리 상황이 이러하니, 우리는 그럴 수 없다. 하지만 난 너랑 같이 있고 싶다. 이걸 말하는 거다. 이 말은 곧, 한진수로 하여금 ‘상황이 어려운 비극적인 커플’처럼 느껴지게 만들어서 한진수를 더욱 불타오르게 했다. 원래 못하게 하면 더하고 싶은 게 사람이다.

“꺄, 꺅!”

김상희는 황급히 입을 틀어막았다. 지금 최첨단 보안 시스템으로 이 방이 보호되고 있다는 걸 안다. 소리를 지르면 금방 들통 날 거다.

'실수다!'

진수가 하도 갑자기 안아 드는 바람에 너무 놀라서 비명을 질렀다. 한진수가 황급히 말했다.

"눈 감아, 워프할 거야. 속이 울렁거릴 수도 있어."

김상희는 시키는 대로 했다. 한진수의 목에 팔을 둘렀다. 사랑의 도피(?)가 시작됐다.

김훈상으로부터 특별명령을 받은 김환석과 김환성은 꺅! 하는 비명을 분명히 들었다.

'감히 내 동생을!'

그 둘은 그 비명을 구원의 신호로 해석했다. 김상희는 그저 너무 깜짝 놀라서 비명을 지른 거고, 한진수와의 도피 아닌 여행을 즐기고 싶어 했지만 그 둘은 철저히 자기 위주로만 생각했다.

'똥개가 납치당했다!'

이 납치는 예전과는 다른 납치임에는 틀림없다. 하지만 김환석과 김환성 모두 '납치'라는 말에 노이로제가 걸릴 정도다. 김상희는 이미 여러 번 납치당했었으니까. 그냥 일단 납치라는 것 자체에 놀라고 본다.

스페셜 나이트 직통 핫라인이 아홉 번째로 연결됐다.

–대대장님, 큰일입니다.

김유신이 벌떡 일어섰다.

"무슨 일이냐!"

—김상희 성녀님이 납치됐다 합니다.

김유신은 보고를 다 듣기도 전에 범인이 누군지 알아차렸다. 김유신은 오빠 된 마음으로 분노했다.

"한진수 네 이놈!!!"

비록 결혼은 했으나 단둘만의 여행을 절대로 허용할 수 없다.

'그건 스페셜 나이트 대대장으로서 절대로 용납할 수 없다!'

참고로 스페셜 나이트 대대장인 것과 김상희, 한진수의 신혼여행과는 전혀 연결 고리가 없다. 전혀 연관이 없다는 소리다. 하지만 김유신은 자기 좋을 대로 생각하고 바로 김훈상을 찾았다.

"폐하!"

아니나 다를까, 김훈상은 이미 알아차린 상태였다.

"우리도 움직인다."

김환석과 김환성에게 주의를 시켰는데, 한진수가 좀 더 발 빠르게 움직였다. 김훈상이 결연하게 말했다.

"반드시 찾아내라."

고려 왕궁이 들썩거리기 시작했다.

세계가 들썩거리기 시작했다.

"고려 왕국이 비밀리에 군사를 움직였다는군."

완전히 비밀리라고 할 수는 없었다. 스페셜 나이트와 나이트 제9대대가 대대적으로 움직였으니까. 그렇다고 또 완전히 대놓고 출정한 것도 아니었다. 그들의 행선지가 어디인지, 무엇이 목적인지 전혀 밝혀진 것이 없었다.

"김환성 왕자가 직접 움직인다고 하더라고."

현재 이 세계에서 가장 강한 사람을 꼽으라면 보통 김훈상, 한진수, 김환성을 꼽는다. 다른 건 모두 제외하고 무력만 놓고 봤을 때 그랬다. 김훈상과 한진수가 약간 비슷한 타입이고 김환성은 완전히 다른 타입이다. 일단 힘으로 때려 부수고 보는 타입. 최근에 그가 익힌 사자후는 약한 다수의 적을 상대할 때 엄청난 괴력을 발휘한다. 하여튼 김환성 왕자가 직접 움직인다는 건 의미하는 바가 컸다.

"어디가 희생양이 될까?"

그럴 가능성이 높았다. 고려 국왕 김훈상이 스스로 황제가 되겠다고 공표했다. 가까운 시일 내에, 늦어도 몇 년 이내에 고려는 제국이 될 거고 김훈상은 황제가 될 것이다. 그러기 위하여 고려는 나라 안팎을 재정비해야 할 것이다. 고려의 내실이야 워낙에 튼튼하니, 어딘가 고려에 반기를 들고 있는 나라를 본보기로 손볼 것이다. 매정하지만 그것이 바로 국제사회다.

"우리는 아니겠지?"

"어쩌면 그냥 위협만 할 수도 있습니다. 까불지 말라고 경고할 수 있겠죠."

"지금 이 상황에서 굳이 무력을 드러낼 필요가 있을까?"

"김훈상은 언제나 완벽을 추구합니다."

남자가 고개를 끄덕였다. 안에서 보기엔 영락없는 딸 등신이지만, 밖에서 보면 세기에 단 한 번 태어날까 말까 한 왕이었으니까.

"완벽을 추구하기 위하여 본보기로 어느 한 곳을 칠 수도 있겠군."

"그렇습니다. 도렉스 왕국이나 펜릴 왕국이 유력하기는 합니다만…… 그러나 안심할 수 없습니다. 오히려 국력이 강한 다른 나라를 칠 수도 있습니다. 지금 전 세계가 비상입니다.”

“스페셜 나이트와 1개 대대가 움직였을 뿐인데 이 정도의 영향력이라니…… 엄청나군.”

“거기에 한진수가 포함되어 있다면…… 나라 하나를 쓸어버리고도 남을 전력입니다.”

프리온 나이트까지 함께 움직일 테니까.

“이것 보십시오. 고려가 단순히 병력을 조금 움직였다는 이유만으로 전 세계가 긴장하고 있습니다.”

다각도로 추론한 끝에 합당한 결론을 내렸다. 그는 티오피 왕국의 지혜 주머니 탈리반이다.

‘바로 이거다!’

그가 흥분해서 말을 이었다.

“그들은 단순히 야유회를 갔을 수도 있습니다. 지금 이 행동만으로도 세계는 충분히 긴장하고 촉각을 곤두세우고 있습니다. 단순히 이 행위만으로도 고려의 영향력은 입증이 된 셈입니다. 고려는 그 어느 곳도 치지 않아도 되는 상황입니다. 다만, 우리는 이런 힘이 있다. 이 정도를 보여주는 것이 되겠지요. 그러고 나서 상황이 진정된 이후 우리는 단순히 야유회를 다녀왔을 뿐이다, 라고 말하면 됩니다. 그것이 고려가 노리는 바일 겁니다.”

“과연……!”

듣고 보니 그럴듯했다.

“그래서 완전히 비밀도 아니고, 그렇다고 또 완전히 공표를 하고 움직인 것도 아니겠지요.”

“역시 탈리반, 네 추리가 맞는 것 같구나. 확실히 단순 야유회 정도라면 군사를 일으킨다고 거창하게 말을 할 필요도 없겠지. 정말로 군사를 일으킬 생각이었다면 완전히 비밀로 했을 터이고.”

물론 아니다. 한진수가 갑자기 김상희를 납치하는 바람에 너무 급해서 병력을 움직이는 게 티 났을 뿐이다. 그리고 무력시위를 하기 위한 것도 아니다. 사위 놈이 감히 사랑스런 딸을 납치하여 신혼여행을 떠났기 때문에 그래서 움직이고 있을 뿐이다. 전 세계가 착각 속에 빠져들며 긴장했다.

틸레반이 자신만만하게 말했다.

“영리한 토끼는 굴을 3개 파놓습니다. 우리도 대비는 해야 합니다. 긴장의 끈을 놓을 수는 없습니다. 여차하면…… 도망쳐야 합니다. 감히 고려에 항거할 수는 없는 노릇입니다. 그도 아니면…… 항복의 준비를 완벽하게 갖춰 놓든지.”

김상희가 한진수의 품에 안긴 상태로 말했다.

“괜찮…… 을까?”

한진수가 피식 웃었다.

“아니, 안 괜찮을걸.”

괜찮을 수가 없다. 그리고 김상희의 몸에는 마이크로 위치 추적기가 부착되어 있다. 아무리 워프를 통해 도망친다 하더라도 언젠가는 위치가 발각될 수밖에 없다.

“그래도 둘이 있으니까 좋다.”

"그런데 여기가 어디야?"

"스잇트 중립국."

"아……."

스잇트 중립국은 경치가 좋기로 유명한 곳이다. 저만치 멀리 아르포스 산이 보였다. 산 중턱부터는 하얀 눈이 덮여 있었다. 두 사람은 푸른 들판이 융단처럼 펼쳐진 곳에 서 있었다.

한진수가 김상희의 손을 잡고 걷기 시작했다. 날씨는 제법 선선했고 바람은 살랑살랑 불어왔다. 언젠가 지구에서 진수와 함께 평범한 데이트를 즐기던 그때와 비슷한 기분이 들었다.

김상희가 핀잔을 줬다.

"앞 좀 보고 걸어. 넘어지면 어떡하려고 그래?"

사실 이건 한진수를 엄청나게 무시하는 말이다. 세계의 대천재가, 눈 감고도 전쟁을 치를 수 있는 마력의 대천재가 눈 감고 걷는다고 넘어질 리 없지 않은가. 하지만 한진수의 눈에는 김상희가 그렇게 사랑스러워 보일 수가 없었다.

한진수가 말했다.

"넘어질까 봐 걱정돼요?"

그 말투는 다분히 '오구구, 넘어질까 봐 걱정해쪄여?'라고 말하는 것 같았다. 마치 아기한테 하는 듯한 그 말투. 김상희는 이 기분이 좋으면서도 또 한편으론 오그라들 것 같은 묘한 느낌이 싫었다.

김상희는 괜스레 입을 삐죽 내밀었다.

"애기 취급하지 마, 이 초딩아."

한진수는 여전히 능글맞게 웃으며 김상희를 쳐다보기만 했다. 사랑스러워 죽겠다는 듯한 눈빛으로, 김상희에게 빨려들어갈 것만 같은 그런 눈빛으로 말이다.

"내가 왜 초딩인데?"

"그거야 초딩이니까 초딩이지."

과거 지구에 있을 때, 김상희는 한진수에게 종종 '초딩'이라고 부르곤 했었다. 한진수가 가끔 귀여운 모습을 보일 때 그랬다. 이를테면 렌트카 운전을 하면서 코너를 돌 때 입으로 푸슈슈슉! 하고 소리를 낸다거나 별 시답잖은 것을 해놓고선 엄청 자랑스러워한다거나. 하여튼 그런 모습을 보일 때가 많았는데, 그때마다 김상희는 한진수더러 초딩이라고 했다.

'어, 그런데…….'

김상희는 한진수를 쳐다봤다.

'어떻게…….'

뭔가 이상했다. 한진수는 여전히 김상희를 사랑스러워 죽겠다는 눈빛으로 쳐다봤다.

'초딩이란 단어를…… 알고 있는 것 같아.'

초딩은 초등학생을 일컫는 말이다. 표준어는 아니다. 한국에서도 비속어로 분류됐다. 당연한 말이지만, 이곳에는 초등학생 혹은 초딩이라는 말이 없다.

'어떻게 이렇게 자연스러워?'

마치 그 단어를 이미 알고 있기라도 한 듯.

'너는…….'

그러고 보니 예전에는 '된장찌개'라는 말도 알고 있었다. 도대체 알 수가 없었다. 예전의 그 한진수든 지금의 한진수든 별로 신경 쓰지 않겠다고 했는데, 나는 지금의 한진수를 사랑하고 있는 거라고 그렇게 생각했었는데, 막상 이런 상황이 오니 조금 마음이 이상해졌다.

한진수가 김상희의 볼을 주욱 잡아당겼다.

"왜 그래?"

김상희가 말했다.

"진수야."

"응?"

"뭐 하나만 물어봐도 돼?"

"뭔데?"

이번에는 묻기로 했다.

"어떻게…… 초딩이란 단어를 알아?"

한진수가 머리를 긁적거렸다.

"응?"

김상희가 다시 물었다.

"어떻게 그 말을 아는 거야?"

"글쎄……."

한진수가 고개를 갸웃했다.

"그게…… 근데 무슨 뜻이지?"

"무슨 뜻인지 몰라?"

"응."

"정말 몰라?"

"응."

김상희는 입술을 삐죽 내밀었다. 괜히 이상한 기대를 하고 말았다. 한진수 앞에만 서면 괜히 더 사소한 일로 토라진다.

한진수는 긴장했다.

"왜 그래? 삐졌어?"

"아니."

아주 빠르게, 그리고 짧게 대답했다. 이 말을 굳이 과장하여 해석해 보자면 '사실 이건 삐졌다고 말하기에도 좀 민망할 정도인데 그렇다고 그냥 넘어가기에는 또 뭔가 싫어. 그러니까 안 삐졌다고 말을 할 거야. 하지만 너는 내가 기분이 나쁨을 당장 알아차리고 어서 내 기분을 풀어줘' 정도가 되겠다. 그리고 이 세계의 남자 한진수는 당연히 그걸 몰랐다.

"밥 먹으러 갈까?"

"어."

평소라면 응! 하고 말했을 거다. 고개도 끄덕였을 거다. 행복에 겨운 눈으로 한진수를 쳐다봤을 거다. 하지만 '응'도 아니고 '어'라고 말했다. 눈도 마주치지 않았다. 그럼에도 불구하고 둔하기 짝이 없는 한진수는 김상희가 아주 약간 우울해진 걸 전혀 알아차리지 못했다.

김상희는 속으로 한숨을 내쉬었다.

'사실 내가 삐질 문제도 아니지.'

머리로는 안다. 저쪽 세계의 한진수와의 연결 고리, 사실 그게 뭐가 중요하단 말인가. 진수가 초딩이란 단어를 알고 있다는 것에 아주 잠깐 기대를 품기는 했지만 그 기대가 물거품이 되었다고 해서 진수가 잘못했다는 건 아니다.

'내가 뭘 바라겠어.'

지구의 한진수라 할지라도 눈치 못 챈다, 이런 건. 한진수가 피식 웃고 말했다.

"그 전에 잠깐."

한진수가 김상희를 안아 들었다.

"뭐, 뭐야?"

순간 몸이 두둥실 떠올랐다. 천천히, 아주 천천히 땅으로부터 멀어지기 시작했다. 한진수가 차분한 목소리로 말했다.

"아래 봐봐."

김상희는 한진수의 목에 팔을 감은 상태로 실눈을 뜨고서 아래를 살짝 쳐다봤다. 넓게 펼쳐진 푸른 들판이 보였다. 푸른 들판 어딘가에는 양 떼와 양을 치는 목동, 그리고 양치기 개들이 분주히 뛰어다니는 것이 보였다. 저쪽 한쪽에는 풍차가 커다란 팔을 아주 느릿느릿 돌리고 있었다. 바람이 불어왔다. 바로 옆에서 짹짹 소리가 들려왔다. 이름 모를 파란색 깃털을 가진 작은 새가 보였다. 그 새는 사람을 두려워하지 않는 것 같았다.

김상희는 저도 모르게 한쪽 팔을 뻗어 어딘가를 가리키듯 검지를 폈다. 그 새가 검지 위에 앉았다. 짹 짹 짹 하고 귀여운 소리를 내는데 김상희는 저도 모르게 흐뭇한 미소를 짓고 말았다. 뭐랄까, 정말 평화로웠다.

"여기 위에서 내려다보는 풍경은 사람에게 평안한 마음을 심어준다고 해."

땅에서 보면 모른다. 구름이 손에 닿는 이 기분, 초록색 들판이 바람에 일렁이는 것을 직접 보는 이 기분, 그리고 무엇보다도 지금 사랑하는 사람의 품에 안겨 있다. 그 품에 안긴 채로 이 평화로움을 만끽했다.

"아버님은…… 좀 과격하셨지?"

무슨 말인고 하니 김상희가 좋아할 줄 알고 예전에 많이 태워줬었던 '비행기'를 말하는 거다. 김상희는 배시시 웃고 말았다. 지금 이렇게 높이 올라왔음에도 불구하고 전혀 무섭지가 않았다. 오히려 포근하고 좋았다. 기분을 굳이 촉감으로 설명해 보자면 따뜻하고 보드라웠다.

한진수가 말했다. 그의 목소리는 살랑이는 봄바람처럼 달콤했다.

"……어때? 기분은 좀 풀렸어?"

"응?"

김상희는 한진수를 쳐다봤다. 말도 안 돼. 지금 진수가 나 기분이 조금 안 좋았던 걸 눈치챈 거야? 그래서 일부러 이러는 거야? 에이 설마.

"나는 사실 둔해서…… 네가 왜 기분이 우울해졌는지는 잘 몰라. 너도 알다시피 나는 둔하고 미련하거든."

"……."

"그 뭐야, 초딩이란 단어와 무슨 연관이 있기는 한 것 같은데……."

그거 무슨 기념일 같은 거랑 연관이 되어 있는 것인가 싶기도 했지만 당최 무슨 뜻인지 알 수는 없었다.

"하여튼 나는 이유는 잘 몰라. 그렇지만 한 가지는 확실해."

한진수가 김상희의 몸을 살짝 놓았다. 김상희의 몸이 하늘에 둥둥 떴다. 김상희의 손가락에 앉아 지저귀던 파랑새는 어디론가 날아가 버렸다. 김상희는 비명을 지르려다 말고 조심스레 눈을 떴다.

'무섭지…… 않아……?'

이렇게 높은 하늘에 떠 있는데, 마치 땅 위에 서 있는 것처럼 평온하기 그지없었다.

"무서워하지 마. 네 옆에 내가 있어. 여태까지 그래 왔고, 앞으로도 그럴 거야. 나는 언제나 그 어느 상황에서나 네 옆을 지키고 있을 거야, 지금처럼."

한진수가 김상희에게 가까이 다가갔다. 김상희가 눈을 감았다. 한진수는 김상희의 턱을 살짝 들어 올리고 그녀의 입술에 가볍게 키스를 했다. 파랑새가 한진수와 김상희의 주변을 맴돌며 짹짹거렸다.

그때 한진수는 이상함을 눈치챘다. 키스를 멈추고 손을 뻗었다. 파랑새가 한진수의 손아귀에 빨려들어왔다. 한진수는 그 파랑새를 쳐다봤다.

"젠장!"

한진수는 파랑새를 있는 힘껏 던져 버렸다. 김상희가 깜짝 놀라 외쳤다.

"무, 무슨 짓이야?"

"저거 우릴 감시하는 카메라였어. 도망쳐야 해."

이럴 수가. 김환석의 기술력을 얕본 것 같다. 추적하려면 적어도 하루 이상은 걸릴 줄 알았는데 불과 6시간 만에 이렇게 찾아내다니.

한진수는 생각했다.

'우린 어떻게 해야 하지?'

전쟁기를 이끌었던 국왕 김훈상이 직접 지휘했다.

"놈의 현재 위치는 이곳이다. 그러나 워프를 이용하여 도망을 치겠지. 놈은 어차피 우리에게 잡힌다는 것을 가정하고 움직일 것이다."

감히 처가를 피해 평생 도망 다닐 생각은 아닐 테니까. 지금의 이

상황은 이를테면 일탈 같은 거다. 하지만 그 일탈, 일분일초도 더 허용할 수 없다. 금쪽같은 내 새끼가 지금 납치당한 상태니까.

"그렇다면 놈은 짧은 시간 내에 상희에게 좋은 곳을 보여주고 싶겠지. 현재 그놈의 워프 이동 반경 내에서 가장 유력한 곳은 바로 햄버 협곡과 엘펠 타워, 게슈툴트 폭포, 이 세 가지로 압축이 된다. 그러나 엘펠 타워에는 남자 놈들이 아주 많지."

그를 보좌하는 나이트들도 머리를 맞대고 굴렀다.

"한진수의 성정상 엘펠 타워에는 가지 않을 겁니다. 괜한 시비에 휩쓸릴 경우가 많습니다. 인적이 드물면서 풍경이 좋은 곳 위주로 움직일 겁니다."

그때 보고가 올라왔다.

"놈이 눈치를 챘습니다! 파랑 1호를 멀리 던졌다고 합니다."

"부수지는 않았군."

알 것 같다. 파랑 1호는 김환석의 작품이다. 다시 말해 형님의 작품이라는 소리다. 그러니까 차마 부수지는 못하고 멀리 던져 버렸겠지. 이걸로 더더욱 확실해졌다. 한진수는 고려 왕궁을 등지지 않았다. 지금은 그냥 반항하고 있는 거다.

하지만 김훈상은 이를 갈았다.

'다시는 그 반항도 못 하게 해주마.'

김훈상이 말했다.

"햄버 협곡과 게슈툴트 폭포가 현재로서는 가장 유력하다. 하지만 햄버 협곡은……."

햄버 협곡은 과거 김훈상이 전투를 치렀던 곳이다. 그 유명한 햄버 협곡 전투가 일어났던 곳.

"내가 그곳에서 수많은 사람을 도륙했었지."

김훈상은 당시의 참혹했던 전투를 떠올렸다. 정확히 기억은 안 나지만 적어도 3,000명 이상의 적을 죽이고 매장했었다. 원래대로라면 업적이다. 평시라면 있을 수 없는 일이지만, 그때는 전쟁기였으니까. 그러나 지금 같은 시기, 더더군다나 딸 앞에서라면 그것은 감히 업적이라고 말하기가 좀 그렇다. 아무래도 딸은 생명을 굉장히 중요하게 생각하는 모양이니까.

"그러니까 한진수는 그곳을 가지 않을 것이다."

그렇다면 마지막 한 곳, 게슈툴트 폭포. 한진수의 목적지는 바로 그곳일 가능성이 높았다. 한진수의 능력은 대단히 뛰어나다. 마음먹고 도망만 다니면 잡는 데 몇 년이 걸릴지도 모른다. 그런 한진수를 잡으려면 가용 가능한 전 병력을 한 곳에 집중해야 했다.

"게슈툴트 폭포에 진을 치고 함정을 판다. 놈을 기다린다."

"예, 폐하."

한진수는 머리를 굴렸다.

'엘펠 타워와 햄버 협곡, 그리고 게슈툴트 폭포.'

그 모두 유명한 관광지다.

'그러나 엘펠 타워에는 남자가 너무 많아.'

이렇게 여자를 하늘에 띄우고 안고 있는 것만 봐도 시비를 걸 놈들이 널리고 널렸다.

'그리고 햄버 협곡은…….'

그곳은 김훈상이 전투를 치렀던 곳이다. 딸에게 아빠가 사람을 생매장시켰던 곳을 보여줄 수는 없지 않은가.

'그렇다면 남은 곳은 게슈툴트 폭포.'

하지만 역으로 생각해야 했다. 지금 내가 하고 있는 생각을 아버님도 똑같이 하고 하시겠지. 한진수는 그렇게 생각했다.

'게슈툴트 폭포로 가면…… 아마 빠져나올 수 없을 것이다.'

김환석의 기술력, 김환성의 마력, 김훈상, 그리고 스페셜 나이트들이 작정하고 대비를 하면 도망칠 수 없다. 이대로 처월드(?)에 잡혀가게 되는 거다. 한진수와 김훈상은 다른 몸과 다른 머리를 가졌지만 거의 비슷한 생각을 했다.

'한곳에 병력을 집중할 가능성이 높아.'

아마도 게슈툴트 폭포로 오게 될 거라고 확신하고 있겠지.

'햄버 협곡으로 가면 나중에 아버님의 진노가 내리겠지. 엘펠 타워는 더더욱 불편해. 게슈툴트 폭포는…… 가면 잡힌다.'

생각해야만 했다.

'나는 어느 곳으로 움직여야 하는가?'

그때 김상희가 물었다.

"진수야, 무슨 생각을 그렇게 골똘히 해? 눈 감으라고 했잖아."

워프를 할 줄 알았는데 그것도 아니다. 한진수는 피식 웃었다. 지금 머릿속은 복잡하지만 표정은 평온했다. 잠깐 잊을 뻔했는데 그래도 신혼여행이다. 신혼여행인데 너무 다급한 모습을 보이면 신부가 불안해하지 않겠는가.

"아니, 네가 너무 예뻐서 순간 넋을 잃고 말았어."

"뭐래."

김상희는 괜히 퉁명스레 말했다. 솔직히 말하면 그녀도 기분 좋다. 사랑하는 사람이 예쁘다고 해주는데 기분이 나쁠 리가 있나. 기분 좋지만 괜히 민망하기도 하고, 좋다고 말하면 한진수가 우쭐해할 것 같다. 그래서 일부러 퉁명스레 말했다.

한진수가 김상희의 머리카락을 쓸어 넘겼다.

"정말이야."

"그래서 우리 어디로 갈 건데?"

"음."

이미 머릿속 계산기는 계산을 완료했다.

"여기."

땅을 손가락으로 가리켰다. 한동안 공중에 떠 있던 두 사람은 천천히 땅으로 내려갔다.

"우리는 여기에서 이곳의 풍경을 더 만끽할 거야."

하지만 오래는 못 있을 거다.

'사냥개를 풀 거다. 시간을 조금 벌 수 있어.'

아마 저쪽은 이쪽이 워프할 거라고 생각하고 있을 거다. 하지만 역으로 어디로도 이동하지 않는다면? 그렇다면 저쪽은 이쪽을 워프하도록 만들겠지. 누가 됐든 상대는 병력으로 이쪽을 압박할 거다.

한진수는 한숨을 내쉬었다.

'신혼여행이 뭐 이리 다이내믹하고 전술적이야?'

어쨌든 시간을 벌면 조금 더 큰 반경으로 워프를 할 수 있다. 그렇게 되면 워프 예상지가 적어도 5곳은 늘어난다. 지금은 선택지가 하나. 시간을 벌면 선택지가 총 6개로 늘어나는 셈이다.

'그 정도면 도박을 할만 하지.'

그래서 일부러 느긋하게 행동했다. 신혼여행에 임하는 남편의 얼굴은 자못 비장했다.

'와라……!'

한진수의 의도를 간파한 김훈상이 피식 웃었다.

'감히 나를 상대로 전략 싸움을 하자는 것인가?'

한진수와 김훈상만 전략이라고 생각한다. 다른 사람들이 보기엔 눈치싸움일 뿐이다. 그 둘에게는 이토록 비장하고 진지하지만 한 발자국 떨어져서 보면 그냥 딸 등신과 아내 등신이 딸 혹은 아내를 쟁탈하기 위하여 벌이는 각축전에 불과했다.

'사냥개를 풀 거라고 짐작하고 있겠지.'

김환석 아니면 김환성, 둘 중에 한 명만 보내면 압박은 충분히 할 수 있다.

'시간을 벌려는 속셈이겠군.'

시간을 벌면 더 먼 거리로 워프를 할 수 있을 거다. 이후 도박을 할 생각이겠지.

'일단은 아이언 슈트를 착용한 환석이를 보낸다.'

그렇게 결정을 내렸다. 저쪽의 생각대로 움직이는 것처럼 기만전술을 펼칠 것이다.

'전략이란 언제나 적이 상상하는 것 이상을 토대로 짜야 하는 것이다.'

하지만 이대로 봐주지는 않을 생각이다. 스페셜 나이트 대대장 김유신이 깜짝 놀랐다.

“폐, 폐하! 진심이십니까?”

“진심이다.”

“하, 하지만…… 그것은 너무…….”

김훈상이 씨익 웃었다.

“나를 상대로 전략 게임을 걸었다. 사위에게 지는 장인은 모양 빠지지 않나?”

김유신은 침을 꿀꺽 삼켰다. 이 모습, 또 나왔다.

‘나왔다, 미친개!’

현 세기의 대천재 한진수와 과거 대천재, 현재 딸 등신 김훈상이 전쟁 아닌 전쟁을 벌이기 시작했다.

세계의 사람들이 깜짝 놀랐다.

“그, 그게 정말이야?”

세상 사람들은 이해할 수 없었다.

“어째서……?”

지금 한진수에게 현상금이 걸렸다.

“죽이는 건 안 되고…… 포위만 가능하다 이건가?”

“고려 왕국군이 도착할 때까지 시간만 끌면 된다는군.”

“시간만 끌면, 한진수를 붙잡고 있는 시간당 퓨리어스 1병을 준다고? 에이, 설마.”

갑자기 고려 국왕이 왜 한진수에게 현상금을 걸었는지도 모르겠고 왜 이런 엄청난 보물을 걸었는지도 모르겠다.

"근데 이 정도면 해볼 만하지 않아?"

"한진수가 우릴 공격하지 않는다는 가정하에선 괜찮지. 퓨리어스 1병이야. 삼대가 떵떵거리면서 펑펑 쓸 수 있는 돈이라고. 게다가 3시간을 잡고 있으면 3병."

사람들의 입이 떡 벌어졌다. 단순히 포위하고 1시간만 끌면 퓨리어스 1병을 준다. 이 정도면 해볼 만하지 않은가.

"그런데 워프를 할 수도 있잖아. 그건 어떻게 하지?"

"지금 고려 왕국에서 워프를 방해하는 EMP탄을 동시다발적으로 쏜다고 각국에 알렸어."

"그런 게 가능하다고 생각하는 거야?"

EMP탄은 미사일에 탑재된다. 자국에 미사일이 떨어지는 것을 그 어느 국가가 두 손 놓고 구경만 하고 있단 말인가.

"들리는 소문에 의하면 각국의 수장들에게 엄청난 로비를 벌였다고는 하는데……."

그런데 그게 가능해졌다.

"하긴…… 고려가 정말 미친 척하고 미사일을 날려대면……."

제국이 없어진 지금, 고려는 전 세계를 상대로 해서 싸워도 이길 수 있는 전력을 보유하고 있다. 그러니까 다른 나라들은 고려를 강제할 힘이 없었다. 그나마 로비라도 해줄 때, 받아줘야 하는 게 이득이다.

"그런데 이런 일을 도대체 왜 벌이는 거야?"

"아마도 한진수가 고려 왕국 내의 엄청난 기밀문서 혹은 보배에 준하는 무언가를 훔쳐 갔을 확률이 크겠지."

"아, 그래서 죽이면 안 되고 포위만 하고 있으라고 하는 거구나."

"그렇지. 그 보물을 아무도 모르는 곳에 숨겼을지도 모를 일이니까."

"모든 것이 설명이 되네."

오해가 눈덩어리처럼 커졌다. 지금 한진수는 고려 왕국 내에서도 엄청나게 중요한 무언가를 훔쳐서 도주하고 있다고 알려졌다. 그 와중에 들어간 돈이 수백 조에 이른다고 했다. 말이 수백 조지 천문학적인 금액이다. 일반인들에게는 감조차 오지 않는 엄청난 금액. 어지간한 왕국의 1년 예산과도 맞먹는 엄청난 돈이 현물로 풀렸다. 퓨리어스 물량도 많이 풀었다. 한진수를 기필코 잡겠다는 의지를 내비쳤다.

"이거 어제까지 6,000원이었는데, 왜 갑자기 두 배나 뛴 거요?"

"어제의 6,000원이 오늘의 6,000원이랑 같습니까?"

"아니, 아무리 그래도 2배는 너무하잖아."

"싫으면 사지 마세요, 사겠다는 사람 널렸으니까."

엄청난 돈이 일순간에 풀리면서 현금의 가치가 폭락했다.

"고려가 갑자기 엄청난 현금을 풀면서 현금 가치가 폭락한 거, 아직도 모르슈?"

전 세계의 학자들이 이 문제를 놓고 토론을 거듭했다.

"갑자기 어째서⋯⋯ 어째서 일을 벌인 걸까요?"

"전혀 모르겠습니다. 고려에서 분명 꿍꿍이가 있을 터인데."

화폐가치를 떨어뜨리는 인플레이션은 별로 좋은 현상이라고 볼 수가 없다. 도대체 왜? 무엇을 노리고? 뭔가 거대한 음모가 숨어 있는 것이 틀림없었다.

"아뇨, 여러분은 이미 알고 있습니다. 다만 말을 아끼고 있을 뿐."

"……."

일반인들은 그렇다 치더라도 학자들은 이미 대충 예상은 하고 있다. 말을 아끼고 있을 뿐이다.

"고려는 지금 무력을 과시했습니다. 그 정도면 충분하죠. 하지만 타국을 공격하는 방법 중에는 무력만 있는 것이 아니라는 건 여러분 모두 아실 겁니다. 실제로 지금 경제기반이 약한 많은 국가가 휘청거리고 있죠."

"……."

"이렇게 약소국들을 휘청거리게 만들고…… 경제 속국으로 만들어 버리려는 치밀하고도 교활한 계산이 깔려 있는 것 같습니다."

"어허, 너무 갔습니다. 입조심하세요."

고려의 정보력은 무섭다. 이 순간 지금 여기에도 스페셜 나이트가 잠입해 있을 수도 있다. 말은 아끼고 조심해야 했다. 물론 딸 등신은 지금 그럴 여력이 없다. 딸 데리고 가출한 사위 놈 잡으려고 혈안이 되어 있으니까. 어쨌든 학자들은 겉으로는 말을 아끼면서 속으로는 다들 생각했다.

'정말 무서운 왕이다.'

무대포처럼 보이지만 그 뒤에 치밀한 전략과 계산이 깔려 있다. 이런 왕이 무섭다. 이런 사람이 패권을 쥐게 되면 고려는 나날이 부강해지겠지만 그 외의 다른 나라들은 고려의 눈치를 살피며 살아야 할 수밖에 없다.

'일단 고려의 눈 밖에 나지 않기를 바라고 바라야지.'

그들은 상상조차 할 수 없었다. 고려의 이 무대포 행동에 그런 정치적 계산 따위는 없다는 걸 말이다.

심각한 인플레이션, 한진수가 김상희를 데리고 일탈을 하자 발생한 현상이었다.

김상희가 말했다.

"도대체 어떻게 하려고 그래?"

막막해졌다. 사실은 시간을 끈 다음 마력을 더 보충하여 더 멀리 워프하려고 했다. 그런데 사실상 그게 불가능해졌다. 한진수도 조금 곤란한 듯 인상을 찡그렸다.

'딸 등신의 스케일은 도대체 어디까지란 말인가.'

스케일이 큰 줄은 알았지만 이렇게 전 세계적 스케일일 줄은 몰랐다. 딸 등신의 스케일은 가히 우주 규모라고 해도 될 정도였다. 지금은 지나다니는 모두가 적이다.

'아니, 아무리 딸 등신이라고 해도.'

어차피 이건 일탈이고 반항이다. 김훈상이 그걸 모를 리 없다. 그런데 이 작은 반항조차도 절대 허락하지 않겠다는 필사의 각오를 내비치고 있다. 그것 때문에 이 엄청난 인플레이션을 만들어 버렸다.

'아무리 그래도 이건 너무하잖아.'

뭐 이딴 작자가 다 있나 싶다. 장인어른이 딸 등신인 건 애초에 알고 있었지만 인플레이션을 만들 줄이야.

'지금 세계 전부가 속고 있다.'

지금 한진수는 고려 왕국의 아주아주 중요하고 절대로 빠져 나와서는 안 되는 기밀문서, 대충 그런 걸 훔쳐서 나왔다고 알려져 있다. 당연히 그런 거 없다. 김상희와 함께 여행을 즐기고 싶었을 뿐이다.

한진수가 말했다.

"원래의 계획은 어그러졌어. 지금은 세계인 모두가 우리의 적이라고 생각해야 해."

"……응."

김상희는 저도 모르게 피식 웃고 말았다. 그녀가 꿈꿔왔던 달콤한 신혼여행은 여기 없었다. 달콤하기는커녕 살벌하기까지 했다. 그런데 또 나름대로는 추억이 될 것 같다. 김상희가 한진수의 손을 가만히 잡았다.

"우리…… 나중에 아주 나중에, 1년이 지나고 2년이 지나고, 또 10년이 지나서 이때를 회상하면 어떨까?"

한진수는 인상을 찡그렸다.

"딸 등신의 스케일은 엄청났다고 기억하지 않을까? 처월드에서 가출한 사위 잡으려고 인플레이션을 만들었잖아."

"딸 등신?"

김상희는 이내 푸하핫! 하고 웃음을 터뜨렸다. 딸 등신 딸 등신, 속으로만 생각했지 진수의 입에서 저 단어가 나올 줄은 몰랐다. 김상희가 한진수를 올려다봤다.

"그럼 자기는 뭐야?"

아차 싶었다. 이 세계에서 한진수 보고 자기라고 불러본 적이 없다. 애초에 지구에 있을 때에도 별로 그런 적이 없다. 정말 기분 좋을 때, 어쩌다가 한 번씩 자기라고 불러줬었다. 그때마다 한진수는 엄청 좋아했었다.

"응?"

한진수의 입이 벌어져 입이 귀에 걸릴 것 같았다. 찢어지기 일보

직전.

"다시 말해봐, 못 들었어."

김상희는 모른 척했다.

"응? 뭐가?"

"방금 나한테 뭐라고 그랬어?"

"뭐?"

"아니, 그니까 방금 네가 말한 거 있잖아."

"아무 말도 안 했는데?"

"했잖아, 방금. 내가 똑똑히 들었어."

"잘 못 들었다며?"

"잘 못 들었는데 하여튼 똑똑히 들었어."

그게 무슨 말도 안 되는 소리야! 김상희는 외치고 싶었다. 오그라들게 자기가 뭐냐고 자기가. 자신의 주책맞은 입을 자책했다.

'아니, 뭐 그냥 할 수 있는 말이기는 한데.'

마음만 먹으면 그냥 해줄 수 있다. 까짓것, 자기라고 한 마디 해주는 게 뭐가 어렵단 말인가. 그런데 괜히 해주고 싶지가 않다. 한진수가 이렇게 '자기'라는 단어에 집착하는 게 귀엽기도 하고.

'도대체가 이 남정네들은 왜 이렇게 호칭에 집착해?'

딸 등신은 아빠에, 망나니들은 오빠에 집착했다. 이제 한진수는 자기에 집착하고 있다.

'무슨 호칭성애자들도 아니고.'

한진수가 보챘다.

"방금 말한 거 있잖아. 자로 시작하는 그거. 빨리, 빨리 다시 말해봐."

"아, 몰라. 바보야!"

김상희가 한진수의 가슴을 손바닥으로 탁 쳤다. 절대 아플 리 없는—마력으로 보호받고 있으므로—한진수가 아프다며 으악! 하고 되도 않는 비명까지 질렀다.

“마력 때문에 안 아프잖아. 마력은 사기야.”

생각해 보니 잘 못 들을 수도 없지 않은가. 마력이 있는데. 한진수는 결국 기분 좋은 듯 웃고 말았다.

“오구구, 마력은 사기예요?”

그러면서 김상희의 머리를 슥슥 쓰다듬었는데, 김상희는 괜히 퉁명스레 말했다.

“이젠 하다 하다 애 취급이냐?”

“너무 사랑스러워서 그래. 그냥 내 머리 위에 올려다 놓고 평생 데리고 다니고 싶다.”

김상희는 입술을 살짝 내밀었다.

“그럼 너 목 딱! 부러져.”

애기 취급받는 거 좋기만 한 건 아니다. 그러나 둘만 있을 때엔 좋았다. 겉으로는 퉁명스럽게 싫다고 했지만 한진수가 이러면 김상희는 저도 모르게 코맹맹이 소리를 내곤 했다. 혀도 조금 짧아졌고. 예전에 살기 위해서 일부러 연기를 하고 애교를 부릴 때와는 완전히 달랐다. 저도 모르게 나오는 그런 애교였고 목소리였으니까. 김상희의 목소리에 저도 모르게 콧소리가 녹아났다.

“나 돼지란 말이야.”

“해볼까?”

한진수는 마력으로 김상희를 들어 올렸다. 지구에서라면 불가능하겠지만 이곳에서는 가능했다. 한진수의 머리 위에 김상희가 앉았다. 일명 아빠 다리를 하고서 말이다. 머리 위에 앉아 있는데도 굉장히 편했다.

한진수가 말했다.

"이러고 평생 다니면 좋겠다."

아주 잠깐 내려 달라고 반항하던 김상희는 기분이 좋아져서 배시시 웃었다. 한진수의 머리카락을 마치 손잡이처럼 움켜쥐고 아주 작고 빠르게 말했다.

"나도."

김상희도 진심이었다. 지금 이 순간이 너무나 행복했다. 할 수만 있다면 평생 같이 있고 싶었다. 진수의 머리카락에서는 좋은 향기가 났다.

한진수는 속으로 생각했다.

'젠장, 분위기 좋은데.'

기척들이 감지되고 있다. 이쪽의 위치가 발각된 모양이다. 지금은 준 전시 상태다.

'분위기를 깰 수는 없지.'

여기서 자신이 바빠 보이는 모양새를 취하면 김상희가 불안해할 거다. 항상 생각하는 거지만, 김상희는 언제나 좋은 것만 보고 좋은 것만 느꼈으면 좋겠다. 불가능한 걸 알지만 하여튼 그랬다.

'전방에 병력이 약 700 정도. 별동대인 것 같군.'

그리고 아마 후발대로, 정확하게는 모르겠지만 3,000 이상의 병력이 집결하고 있다.

'스잇트 중립국, 너희는 중립국이잖아!'

중립국인데 돈에 넘어가 고려 왕국에 적극적으로 협력하고 있는 모양이다.

'용병들도 움직이겠지.'

아마도 EMP탄도 투하될 거다, 워프조차 할 수 없도록 이제는 결단을 내려야 할 때였다. 한진수는 김상희를 땅에 내려줬다.

"상희야."

"응?"

"나한테 안겨."

두 팔을 활짝 벌리고 환하게 웃었다. 김상희는 민망한 듯 쭈뼛쭈뼛 걸어갔다. 고장 난 인형처럼 팔을 천천히 들어 올려 한진수의 허리를 감싸 안으려고 했다.

"그냥 내가 안을게."

한진수가 더 빨랐다. 잠시 잠깐의 달콤한 포옹의 시간이 끝난 뒤 한진수가 말했다.

"우린 고려 왕궁으로 이동할 거야."

"응?"

"등잔 밑이 어두운 법이니까."

워프를 사용했다. 목적지는 고려 왕궁. 정말 놀라운 일은 거기서 벌어졌다.

"에, 에그머니나!"

김상희가 저도 모르게 비명을 내질렀다. 아닌 게 아니라 정말로 깜짝 놀랐다.

'뭐, 뭐야!'

바로 앞에 김훈상이 떡하니 버티고 있었기 때문이다. 김훈상이 마력으로 김상희를 확 끌어당겼다. 그리고 강탈당했던 소중한 보물을 다시 찾은 듯 김상희를 꽉 안았다. 마치 누구에게도 주지 않겠다는 듯.

"어서 와라."

그리고 말을 이었다.

"등잔 밑이 밝은 곳은 처음이지?"

김상희는 순간 옛날을 떠올렸다. '어서 와, 딸바보는 처음이지?'라고 속으로 생각하면서 녹차를 마셨었다. 지금 딱 그 꼴 아닌가.

한진수가 대답했다.

"역시 알고 계셨군요."

"상대의 수를 읽는 것, 그게 전략의 기본이다."

한진수는 내심 한숨을 내쉬었다. 이 딸 등신의 스케일은 너무 거대하다. 이렇게 자신을 이곳으로 오게 하기 위하여 전 세계를 움직였다. 고려 입장에서는 그다지 손해 볼 것이 없었다. 어차피 한진수는 제 발로 이곳에 돌아오게 되어 있었고, 현상금 따위 지불하지 않아도 되었으니까.

김훈상이 피식 웃었다.

"그러는 너도 이렇게 될 것을 이미 예상하고 있었겠군."

"언젠가 이렇게 만나게 될 것이라는 건 예상하고 있었습니다. 시기가 조금 이르기는 했습니다만."

적어도 2박 3일 정도는 사랑의 도피 여행을 하려고 했는데, 저 어마어마한 스케일 때문에 좀 짧아졌다. 김훈상도 한진수도 이 상황을 모두 예측했다. 그리고 이 싸움은 어차피 한진수가 질 수밖에 없는 싸움이었다. 어떻게 감히 장인어른을 이겨먹겠는가. 적어도 한진수는 그렇게 생각했다.

'다이내믹했던 우리의 신혼여행은 여기서 끝이겠네.'

그래도 빨리 돌아와서 혼은 덜 날 것 같기도 했다. 하지만 김훈상은 그렇게 호락호락하지 않았다.

"감히 내 딸을 훔쳐 가?"

그때, 김상희가 말했다.

"아빠, 남편 괴롭히지 마요."

"……."

김훈상은 잠시 아무런 말도 못 했다. 이 세상에 무서울 것이 없는 왕이지만 딸은 무섭다. 딸이 쌍심지를 켜고 있다. 물론 김상희는 지금 그런 표정 따위 짓고 있지 않다. 하지만 김훈상에게는 그렇게 느껴졌다.

"우리 신혼여행 좀 제대로 보내주면 안 돼요?"

"……."

김훈상은 억울하다는 얼굴로 말했다.

"알렉스, 들어와라."

문밖에서 대기하고 있던 알렉스가 들어와 두루마리를 하나 펼쳤다. 알렉스의 눈에는 이유 모를 뿌듯함이 잔뜩 서려 있었다.

"제1계획, 스잇트 중립국으로 전용기 BBJ를 사용하여 이동."

김상희는 순간 그 말을 이해할 수 없었다. 전용기 BBJ? 그게 도대체 뭐란 말인가. 그에 반해 한진수는 자신의 귀를 의심해야만 했다.

'BBJ라고……?'

한진수는 의혹의 눈으로 알렉스의 입을 바라보았다.

'BBJ는…… 왕실 전용 초호화 기체일 텐데……?'

왕자들도 거의 이용하지 못한다. 왕이 상대국을 방문할 때, 그것도 품격을 갖추고 이동할 때에나 쓰는 초호화 전용기다. 속도 자체가 그렇게 빠르지는 않지만 현존하는 전용기 중 가장 비싸고 가장 럭셔리하며 가장 조용한 기체이기도 했다.

'그걸…….'

한진수는 이상한 단어를 떠올렸다.

'웨딩카?'

아니, 그것도 정확한 표현은 아닌 것 같았다.

'웨딩 에어 플랜?'

도대체 이런 단어가 왜 떠오르는 건지 모르겠다. 웨딩카가 뭐란 말인가. 정확하게는 잘 모르겠지만 대략적인 느낌으로만 살펴보면 결혼을 한 뒤, 신혼여행-애초에 이곳에는 신혼여행이라는 관습 자체가 없다-을 위해 타는 자동차 같은 느낌이다.

'이 해괴망측한 상상은 뭐란 말인가?'

그런 게 이 세상에 있을 리 없지 않은가. 결혼은 그저 우수한 남성의 피를 이어 아이를 낳기 위한 하나의 제도일 뿐이다. 웨딩카 따위의 사치를 부릴 사람은 이 세상에 아무도 없다.

김상희도 이제 슬슬 눈치챘다.

'웨딩카도 아니고 웨딩 비행기야?'

그냥 비행기면 말도 안 한다. 전용기다. 그것도 전 세계에서도 손꼽히는 초호화 초특급 전용기란다.

"제2계획, 게슈툴트 폭포."

김상희는 이제 알게 됐다. 저 개차반, 겉으로는 싫은 척 아닌 척 다 했으면서 비밀리에 신혼여행 계획을 다 짜 놓고 있었다. 왕자들도 잘 못 쓴다는 자신만의 전용기를 아낌없이 내주면서.

알렉스가 크흠 헛기침을 했다.

"과거 공주님께서 폐하께 신혼여행을 가겠다 하셨을 때부터 이미 준비되어 왔던 사항들입니다."

알렉스는 속으로 비웃었다.

'그러게 깜짝은 무슨 깜짝이야. 그냥 너를 위해 아주 큰 선물을 준비하고 있으니 그냥 아빠 믿고 기다리고 있으렴. 이라고 한마디만 했으면 인플레이션 같은 건 일어나지도 않았을 텐데.'

정말 저 딸 등신의 스케일은 상희학의 창시자 알렉스가 봐도 혀를 내두를 정도였다.

'이 계획을 위해 수많은 석학이 동원되었는데.'

알렉스가 회의를 주도했다.

"스잇트 중립국은 반드시 넣어야만 합니다."

"어째서죠?"

"로맨틱한 곳이기 때문이죠."

"로맨틱?"

학자들은 고개를 갸웃했다. 여행에 로맨틱이 무슨 상관이란 말인가.

"제가 최근 연구하고 있는 학문에 따르면……."

물론 상희학이다.

"여성은 분위기와 풍경에 잘 취합니다. 남자보다 훨씬 더 감성적이고 오묘한 사고 프로세스를 가지고 있습니다."

"한마디로 열등하고 비효율적인 사고군요."

알렉스는 속으로 비웃었다.

'그 열등하고 비효율적인 사고를 가진 한 명의 여자가 세계를 움

직]이고 있다는 걸 너희는 전혀 모르겠지!'

상희학의 창시자 알렉스는 요즘 매일같이 생각한다.

'세계는 남자가 지배하지만, 남자를 지배하는 건 여자다!'

어디 가서 이런 말 하면 돌 맞겠지만 알렉스는 확신했다. 훗날, 이 세계를 움직일 열쇠는 바로 여자가 될 것이다. 알렉스는 이 돌대가리들(?)을 가르치기 위해 쉬운 예를 하나 들었다.

"똑같이 생존을 위해 도망쳐야 한다는 상황을 가정해 봅시다. 그렇다면 학자님들은 무엇을 챙기시겠습니까?"

학자들은 갑자기 알렉스가 왜 저런 말을 하는지 이해할 수는 없었지만 나름대로 열심히 대답했다. 누가 뭐래도 알렉스는 왕의 총애를 받는 학자였으니까.

"비상식량과 식수를 가장 먼저 구비해야겠지요."

"불을 피울 수 있는 도구도 필수입니다."

"그런 극한 상황에서 자신의 몸을 지킬 호신 도구도 필요하겠지요."

알렉스는 피식 웃었다.

"그런데 여자들은 사랑하는 가족의 사진을 챙길 겁니다."

"……."

학자들은 황당해했다. 아니, 그딴 걸 뭣하러 챙깁니까? 식량 챙기기도 바쁜데 사진 따위가 무슨 소용입니까? 그렇게 묻고 싶었다.

"여자는 그런 존재입니다."

일부러 강하게 말했다. '상희학에 의거한다 하더라도, 모든 여자가 천편일률적으로 이렇다'라고 말할 수는 없었다. 하지만 지금 이들에게는 극단적인 예가 필요했다. 그래서 그렇게 단정 지어 얘기했다.

"남자들과는 사고의 프로세스 자체가 다르죠."

"……."

계집들 따위 역시 하등하구나. 학자들은 그렇게 생각했다. 한 학자가 불만스러운 얼굴로 물었다.

"그래서 알렉스 학자님이 말씀하시고자 하는 바가 무엇입니까?"

"우리는 그러한 여자의 눈높이와 입장에서 바로 이 계획을 짜야 한다는 것입니다."

"그게 무엇입니까?"

순간, 회의장에 긴장감이 감돌았다. 안 그래도 지금 뭔가 심상치 않다. 김환성 왕자가 제9대대를 이끌고 나섰고 스페셜 나이트들도 움직였다.

"혹시…… 살생부를 작성하려고 하시는 겁니까? 성녀의 입장에서?"

알렉스는 이마를 짚었다. 이놈들 생각하는 바가 왜 다 이따위야. 그냥 아빠가 사랑하는 딸을 위해 좋은 추억을 만들어줄, 그런 여행 계획을 짠다는 생각은 왜 하질 못하는 건가. 어째서 그런 개념 자체가 없는 건가.

'니네들 다 패고 싶다!'

알렉스는 체통도 잊고 외치고 싶었다. 이 세계의 남자 놈들은 답답하기 짝이 없다. 하루 빨리, 상희학을 정식 학문으로 등록시켜야 한다는 사명감이 불타올랐다.

학자 중 한 명이 말했다.

"스잇트 중립국? 이곳은 우리와 상당한 우호 관계를 쌓고 있는 곳 아닙니까. 그런데 어째서……."

알렉스가 인상을 찡그렸다.

'이건 그냥 여행 계획이라고!'

그래서 설명해 줬다.

"그런 거 아닙니다. 이건 그냥 여행 계획입니다."

모두가 조용해졌다. 당연한 말이지만 이곳에 모인 남자들은 고려 왕궁의 학자들이다. 다시 말해 엘리트라는 소리다. 그 엘리트들은 이해할 수 없었다.

"……여행 계획을 왜 우리가 짜요?"

알렉스가 명쾌한 해답을 내려줬다.

"딸 등신의 명령이니까요."

김상희가 김훈상을 찾았다.

"아빠."

책상에 앉아 서류를 골똘히 쳐다보고 있던 김훈상이 고개를 들었다.

"왜 그러지?"

"소녀를 위하여 그렇게나 많은 준비를 하셨다는 거 처음 알았어요."

"……."

김훈상은 솔직히 조금 억울했다. 자기가 먼저 좋은 거 해주려고 했는데, 그것도 서프라이즈로 해주려고 했는데 한진수 때문에 망했다.

마음 같아선 사위 놈을 두들겨 패고 싶은데, 그랬다간 딸한테 미움받을 테니 그럴 수는 없었다.

"너무너무 고마워요. 소녀는 정말 몸 둘 바를 모르겠어요. 아빠는 세상에서 제일 멋진 아빠셔요."

"……."

그때 김상희는 확신했다.

'개차반, 당신 지금 설마 삐진 거야?'

어라, 말도 안 돼. 그 대단하다는 김훈상이 어떻게 이런 모습을 보인단 말인가. 김훈상 스스로도 놀랐다.

'내 현재의 감정 상태는 무엇이지?'

딸을 키우면서(?) 참 많은 것을 경험한다는 생각이 들었다. 김상희는 헛웃음을 짓고 말았다.

'저 아빠 지금 삐졌다.'

개차반이 삐지다니. 티는 안 내려고 무던히 노력하고 있지만 김상희가 누군가. 16년 동안 남의 눈치만 보고 살아온 생존형 눈치녀 아닌가. 그래서 김상희는 김훈상의 뒤로 걸어가 의자에 앉아 있는 김훈상의 목을 꽉 끌어안았다. 키가 조금 안 맞아서 발꿈치를 들어야만 했다.

"소녀는 아빠가 정말 좋아요. 만약 아빠가 아빠가 아니었다면 소녀는 아빠에게 청혼하였을지도 모르겠어요."

"……."

지금 김상희의 눈에 김훈상의 표정은 보이지 않는다. 뒤에서 껴안고 있으니까. 그런데 김상희는 김훈상의 표정을 읽을 수 있었다. 저만치 앞에 거울이 있었으니까.

'이 개차반아, 입 찢어지겠다.'

그런 주제에 김훈상은 겉으로는 거만하고 시크하게 말했다. 목소리만 들으면 화난 줄 알겠다.

"감히 그런 당돌한 말을 하다니."

개차반이 많이 바뀌었다. 예전 같았으면 '너같이 하찮은 계집이 감히 내게 시집올 수 있을 것 같으냐?'라고 말했을 거다. 시간이 지나면 지날수록 김훈상은 김상희에게 험한 말을 할 수 없게 되어버렸다.

"그리고 감히 왕의 뒤를 점하다니."

일부러 스페셜 필드를 펼쳤다. 혹시라도 누가 보면 구설수 오르기 딱 좋다. 왕의 뒤를 점하는 것은 해서는 안 되는 행동이다. 암살자로 오해받을 수도 있다. 그래서 아무도 못 보게 스페셜 필드를 펼친 거다. 그렇게 말한 주제에 김상희가 진짜로 움직일까 봐, 또 마력으로 움직임을 막아 놨다. 못 움직이게.

"이 행위를 백 허그라 칭하겠다."

김훈상이 왕명을 내렸다.

"한 달에 한 번, 백 허그를 하는 의식 제도를 만들도록 하겠다."

제발, 이딴 걸로 왕명 쓰지 말라고요. 김상희는 말하고 싶었지만 참았다. 지금은 이 아빠, 조금 기특하고 고맙다. 겉으로는 그렇게 틱틱댄 주제에 뒤로는 온갖 준비를 다하고 있지 않았던가.

김상희가 말했다.

"아빠, 그럼 저 이제 정말로 신혼여행…… 갔다 와도 돼요?"

김훈상의 몸이 움찔 떨렸다. 그리고 대답했다.

나는 정말 황당할 수밖에 없었다. 이 정도면 딸 사랑도 병이다. 아니, 좋다. 날 사랑해 주는 거, 정말 이제 너무너무 잘 알겠다. 그런데 이건 정도가 없다. 개차반은 정말 정도를 모르는 것 같다.

나는 지금 말 그대로 초호화 럭셔리 신혼여행을 즐기고 있다. 지구에서 한 번도 못 가본 유럽을 전용기 타고 편안하게 간다고 생각하면 쉽다. 그런데 그 전용기는 재벌조차도 쓰지 못하는 엄청난 물건이다. 비행기 안에 스파가 있을 줄이야. 스파가 있고 최고급 와인이 있고 최고급 소파가 있고. 뭐 하나 '최고급'이란 말이 빠지면 섭섭할 정도다. 심지어 여기서 쓰는 냅킨조차도 최고급이니 말 다했다.

'그래, 뭐, 이것까진 그렇다 쳐.'

이런 건 돈과 권력이 있으면 뭐, 딸을 지극히 사랑하는 아빠라면 해줄 수도 있겠지. 돈이 썩어나면 말이다. 그런데 개차반은 좀 심했다.

'무슨 신혼여행 계획 짜는데 전 세계 석학들이 움직여…….'

전 세계 석학들이 시간을 1분, 1초 단위로 계산하여 내 신혼여행 계획을 짰다. 뭐, 들리는 소문에 의하면 무슨 살생부를 만든다느니, 외교적 계산이 들어간 어떠한 대지도를 만든다느니 그런 소문도 있었다는데, 나는 확신한다. 개차반은 지금 그런 생각 같은 거 하나도 안 하고 있다. 그저 딸 등신이 딸 사랑을 한껏 표출하고 있을 뿐이다.

'아니, 뭐 그래, 그럴 수 있다 쳐.'

그래, 여기까지도 뭐, 그렇다 치자. 전 세계 석학들을 움직일 수 있는 힘이 있으면 뭐 그럴 수도 있지.

'그런데 어떻게 사람이 이렇게 한 명도 없어?'

나를 안내해 주는 가이드를 제외하면 정말로 사람이 하나도 없다.

'전부 유명한 관광지들뿐인데.'

대충 얘기를 들어보니 내가 오기 약 3시간 전부터는 이곳을 전부 폐쇄한단다. 나와 진수, 둘만의 오붓한 시간을 위해서.

'아무리 개차반이라도 이런 게 가능한 거야?'

이건 정말 권력 남용 아닌가? 아니, 솔직히 권력 낭비다. 나를 사랑해 주는 건 좋지만 이 정도까지는 필요 없다.

그러나저러나 진수는 행복해 보였다.

"너랑 둘이 있으니까 너무 좋다."

내 손을 꽉 잡는 게 느껴졌다.

"……."

'나도'라고 말할 뻔했다. 아, 여우짓을 마음먹고 할 때는 잘됐는데, 막상 진짜 연애를 하고 진짜 결혼을 하니까 잘 안 된다. 이럴 때 너무 쉽게 나도, 라고 말해주면 안 돼. 안 된다고. 이봐, 내 입. 거기 가만히 있지 못하겠어?

"나도."

……는 물론 내 망상이다. 나는 진수가 너무 좋다. 좋아서 미칠 것 같다. 내색은 많이 하지 않지만, 아마 내 마음을 모두 표현하면 지금 진수의 표정과 비슷하지 않을까 싶다.

'저렇게 좋을까…….'

나를 보는 진수의 표정은 정말 누가 봐도 사랑에 빠진 표정이다. 그것도 정말 깊숙이 빠진, 어쩌면 사춘기 소년 같은 그런 표정이기도 했다. 눈에서 사랑이 철철 흘러넘친다고 하면 너무 과한 표현일까?

'하긴 나도 좋으니까.'

진수가 말했다.

"그런데 있잖아. 상희야."

나는 아이스 아메리카노를 마시면서 눈을 힐끗 돌렸다. 진수가 뭔가를 말하려는 듯 보였다. 진수는 머뭇하는가 싶더니 바로 본론을 꺼냈다.

"우리 애기는 몇 명 낳을까?"

컥.
나도 모르게 마시던 아이스 아메리카노를 뿜고 말았다.
"모, 몰라!"

몇 시간 전.
김훈상이 말했다.
"그대는 내게 협력해야 할 것이다."
또 말했다.
"협력하지 않는다면 이후 어떠한 일이 벌어져도 나는 책임지지 않겠다."
이런 말도 했다.
"또한 이번에 잘 협조하는 이들에게는 내가 똑똑히 기억하고 있겠다."
고려의 학자들은 회의장에 모였다. 김훈상의 속내를 도무지 짐작할 수가 없었다.
"어째서 이런 일들을 벌이시는 걸까요?"
알렉스만이 그 해답을 알고 있었다.
'너희가 생각하는 것만큼 우리의 딸 등신은 복잡하신 분이 아닙니다.'
하지만 말하지 않았다. 아직은 시기상조다. 김훈상이 한 일은 별거 아니다. 학자들이 여행 경로를 짰다. 그리고 김훈상이 그 여행 경로 내에 있는 국왕에게 직접 전화를 걸어 협조를 요구하고 있는 거다. 물론, 말이 협조지 사실 따지고 보면 협박이나 다름없다.

학자들 중 한 명이 말했다.

"국익에 큰 영향이 있으니 폐하께서 저렇게 직접 움직이신 거겠지요. 다이렉트로 말이죠."

알렉스가 생각했다.

'그냥 딸 등신이라는 이유가 제일 클걸?'

학자들은 토의를 거듭했다. 그곳에 사람이 없어야 한다니, 개미 새끼 한 마리라도 보이지 않도록 하라니. 아무리 고려 국왕이 강하다 하더라도 타국의 왕에게 그것을 강제할 수는 없는 노릇이다. 그럼에도 불구하고 김훈상은 강행했다. 그래도 어쨌거나 결론은 나왔다.

"폐하의 영향력을 다시 한 번 확인할 수 있는 계기가 되었다는 건 틀림없는 사실이죠."

알렉스만이 씨익 웃었다.

'틀린 말은 아니지만 너희는 틀렸다. 폐하는 스케일이 지나치게 큰 딸 등신이라는 걸 간과하고 있어!'

회의가 끝나자 알렉스가 김훈상을 따로 찾았다.

"역시 폐하이십니다."

이번에는 굳이 김훈상의 뜻을 묻지도 않았다. 그가 보기에 김훈상은 영락없는 상희학의 노예였다. 척 보면 척이다. 이젠 뭐 실험 샘플도 아니다. 그냥 살아 있는 증인이다.

"……뭐가 말이지?"

"폐하께서는 이 모든 상황을 예측하시고 움직이신 것이 틀림없습니다."

"……."

그래도 포장은 멋지게 해줬다.

"첫 번째로, 타국이 폐하의 제안을 수용했을 경우를 가정해 보겠습니다."

"……."

"그것만으로도 폐하의 능력이 입증되는 것이라 할 수 있죠. 영향력을 확실히 보여주는 것입니다. 폐하의 전화 한 통에 막대한 수익이 발생하는 관광지를 하루 동안이나 폐쇄해 버렸으니까요. 그쪽 국민들의 반발도 억누르고 말입니다."

그 말은 틀림없는 사실이었다.

"그래서 대중들은 생각할 겁니다. 폐하야말로 진정 이 세계의 주인이 되기에 부족함이 없는 영향력을 가졌구나. 그렇게 말이죠. 따지고 보면 별거 아닌데, 대중들의 인식을 하나하나 바꾸는 것이 정치에 있어서 가장 중요하다고, 제가 아주 오래전 폐하가 어릴 적에 가르쳐 드렸었죠."

"그랬었지."

"그리고 이러한 이벤트는 대중들의 인식을 바꾸는데 크게 일조할 겁니다. 한두 나라도 아니고, 무려 14개의 나라가 폐하의 뜻을 군말 없이 따랐으니까요."

아마 그럴 거다. 알렉스는 감히 생각했다. 김상희 공주의 신혼여행에 들어간 돈만 대략적으로 따져도 6,000억 원은 넘을 거다.

'BBJ의 하루 이용료만 쳐도 1억이 넘지. 게다가 푸리나 호텔을 그냥 통째로 빌리셨어. 투숙객들에게는 전원 환불이라는 조건까지 제시하시면서.'

푸리나 호텔은 세계에서도 손꼽히는 초호화 호텔이다. 그곳 스위트룸의 하루 숙박비가 무려 3,000만 원이 넘는다. 김훈상은 사랑하는 딸을 위해 그곳을 예약했고—예약자가 이미 있었고, 김훈상이 그걸 빼앗았다는 건 여담이다—아예 호텔을 통째로 빌렸다.

“사실상 마음 같아선 호텔을 그냥 인수하시려고 했겠죠.”

그랬다. 그런데 하도 안 판다고 사정사정해서 봐줬다. 딸이 안전하고 편하게 여행하는데 도움이 된다면 호텔 하나쯤 그냥 사도 되지 않겠는가. 이왕 산 김에 딸 명의로 하나 해주고.

“어쨌거나 뭐, 대외적으로 폐하의 영향력을 증명해 보였습니다. 뿐만 아니라 약간의 위기의식까지도 던져 놓으셨죠.”

제국이 되기 위해선 약간의 강제력과 지배력은 필수다. 좋게 좋게, 오냐 오냐 한다고 모든 게 해결되지는 않는다. 이 세계는 분명히 약육강식의 세계다. 모든 것이 이상대로 흘러가는 유토피아가 아니다. 강할 땐 강해야 하고, 지배할 땐 지배해야 한다.

“사람들은 딸 등…… 아니, 크흠. 딸을 사랑하는 아버지에 대한 개념 자체가 없을 테니까요.”

알렉스는 크게 심호흡을 한 후 계속 말했다.

“덕분에 전 세계인은 지금 대단한 오해를 하고 있습니다.”

세계의 유명 관광지에 어떠한 불순분자 혹은 고려에 위협이 되는 요인이 있다. 고려 국왕은 그걸 처리하기 위해 전 세계에 폐쇄 명령을 내렸다. 세상 사람들은 지금 그렇게 오해하고 있었다.

“나이트들이 대거 동원된 걸로 알고 있습니다.”

그러니까 소문이 더욱 확실시됐다. 그 유명한 여행지들에 뭔가가 있다고, 어쩌면 지도층 숙청이 자행되고 있을 수도 있다는 소문까지도 돌고 있을 정도다. 그 정도 거창한 이유까지는 아니더라도, 어쨌든 뭔가 있으니까 고려의 나이트와 자국의-그 여행지가 있는 나라-나이트까지 동원하여 폐쇄를 했겠지. 상식적으로 다들 그렇게 생각했다.

'하지만 세계인은 이 등신이 상식을 파괴하는 딸 등신인 걸 모르고 있지!'

그래서 이름을 새로이 붙이기로 했다.

'슈퍼 딸 등신.'

마음 같아선 슈퍼 딸 등신이라고 하고 싶은데, 그래도 명색이 왕 아닌가. 그래서 그것까지는 차마 못하고 그냥 슈퍼 딸바보라고 생각하기로 했다. 어쨌거나 김훈상이 그렇게 상식과는 정반대되는 행동을 하고 있는 덕분에 세상은 제대로 오해를 하고 있다.

"세계인들은 폐하께서 어떠한 의도를 가지고 움직이시고 있다는 것을 전제로 하여 이해하고 있습니다. 이건 폐하께서 의도하신 거겠지요."

"……."

사람들은 김훈상의 의중을 제대로 파악하지 못했다. 딸 등신이라서 이런 행동을 하고 있다. 이걸 파악하지 못하고 있는 거다.

'이제…… 거의 마지막 질문입니다. 실험 샘플 폐하!'

알렉스가 마음을 굳게 먹었다. 일단은 양념부터 뿌리기로 했다.

"이렇게까지 딸바보가 여기 있다는 걸 대중들은 모를 테니까 폐하께서는 그걸 이용하신 겁니다. 제국이 되기 위하여 차근차근 전진하는 모습이 정말 멋지십니다."

이제는 말할 때가 됐다. 이제는 말할 수 있다.

"저번에 그것이 좀 마음에 걸리셨겠군요."

알렉스가 보기에도 이번에는 좀 스케일이 지나치게 컸다. 김상희의 신혼여행을 위하여 나라 두어 개 값이 그냥 날아갔다. 아무리 퓨리어스를 거의 무한에 가깝도록 공급할 수 있고, 미라클과 수페르가의 유일한 공급원인 고려 왕가라지만 지출이 너무 크기는 했다. 돈이 문제가 아니다. 돈 뿐만 아니라 가용 가능한 모든 권력에 무력까지 모두 움직였으니까. 그 이유는 그렇게 먼 곳에 있지 않았다.

"정체 모를 딸 등신에게 질 수 없어서겠죠."

김훈상이 흠칫 몸을 떨었다. 저번에 들었다. 딸 등신이라는 놈이 이 세상에 존재한다고. 솔직히 김훈상은 충격이었다. 나 말고 그런 놈이 또 있단 말인가. 딸 등신, 결코 좋은 표현 같지는 않은데 오기가 생겼었다.

"딸에게 내가 모든 아버지 중 너를 가장 사랑하는 아버지다. 라고 주장하고 싶으신 거겠지요."

김훈상은 왕위에 즉위한 이후 처음으로 신하 앞에서 몸을 흠칫 떨며 말을 더듬었다.

"따, 딱히 그런 건 아니다, 알렉스."

알렉스는 사실 더 말하고 싶었다.

'사실 그 딸 등신이 바로 폐하입니다.'

알렉스는 이런 말도 참았다.

'좀 무식한 딸 등신이죠. 방법을 제대로 몰라서 그냥 있는 돈 없는 돈 다 때려 박고, 있는 권력 없는 권력 다 쓸어 넣고, 있는 무력 없는 무력 다 끌어서 딸의 신혼여행을 계획하셨죠. 딸을 사랑해 본 경험도 없고, 딸이 뭔가를 원하는지도 제대로 모르니까. 일단 딸 등신 님께서 해줄 수 있는 전부를 해주고 싶은 겁니다. 뭐, 이해는 합니다.

열정은 앞서는데 방법은 제대로 모르니까.'

알렉스는 빙그레 웃었다.

"그걸 당당하게 주장을 하고 싶으셔서 이번에 이렇게 큰일을 벌이신 겁니다."

온갖 외교적 효과들이 파생될 걸 알면서도 말이다. 김훈상이 목소리를 낮췄다. 이제 와서 부인하기에는 너무 늦은 것 같으니 차라리 깔끔하게 인정하기로 했다.

"이 사실, 너만 알고 있는 거겠지?"

"물론 그렇습니다."

"어떻게 안 거냐?"

알렉스도 목소리를 낮췄다.

"일전에도 지나치듯 얘기를 드렸던 것이 있습니다. 이러한 상황을 단숨에 이해할 수 있도록 만들어주는 진리의 학문입니다."

"그런 것이…… 있었나?"

알렉스가 아주 작게 말했다.

"그 학문의 이름은 바로……."

김훈상은 귀를 기울였다. 방금 알렉스의 추리는 소름이 돋을 정도로 정확했다. 어떻게 이렇게 정확할 수 있을까 싶을 정도로.

알렉스가 말을 이었다.

"진리의 학문, 상희학입니다."

'상희학'이 알렉스의 입을 통해 처음으로 양지로 나오게 된 역사적인 순간이었다.

김상희는 또 황당해졌다.

“호텔에도 사람이 없네.”

이곳 푸리나 호텔은 김상희도 아는 곳이다. 전 세계에서 다섯 손가락 안에 들어가는 초호화 호텔이다. 당연히 최상류층 사람들이 기거하는 곳이고 손님들도 있어야 하는 게 맞다. 그런데 아무도 없었다.

한진수가 피식 웃었다.

“폐하께서 전세를 내신 모양이야.”

아내 호구 입장에서 딸 등신의 이러한 행동은 충분히 납득이 되고 이해도 됐다. 당사자인 김상희만 황당해할 뿐이다.

김상희와 한진수가 스위트룸, 그중에서도 프리미엄 스위트룸에 들어섰다. 잔잔한 클래식 음악이 흐르고 있는 상태. 로맨틱한 촛불이 주위를 따스하게 밝히고 있었다. 무슨 향인지 알 수는 없으나, 김상희는 묘하게 심장이 뛰는 것을 느꼈다.

한진수가 김상희를 들어 올렸다.

“그러면…….”

김상희는 침을 꿀꺽 삼켰다. 뭐랄까, 이제야 정말로 신혼 첫날밤인가? 한진수가 침대로 걸어갔다. 그리고 김상희를 조심스레 침대에 눕혔다.

“우리는 이제…….”

아까 말했다. 아기 많이많이 낳고 싶다고. 이왕이면 너를 닮은 딸이면 좋겠다고. 한진수는 더 이상 말하지 못했다. 지긋지긋한(?) 처월드에서 이제 벗어났다. 자유다. 사랑하는 아내를 품고 싶어 미칠 것 같았다. 한진수가 뜨거운 숨결을 내뱉으며 말했다. 김상희는 느꼈다. 지금의 한진수는 낮의 따뜻하고 다정한 한진수가 아니었다. 뭐랄까, 약간 다른 느낌이었다. 밤만 되면 약간 변하기는 했는데 오늘은 분위기가 완전히 달랐다. 마치 맹수 같다고나 할까.

"널 안을 거야."

한진수의 숨소리가 점점 거칠어지고 있었다.

"널 완전히 가질 거야."

한진수와 김상희, 둘의 심장이 요동치기 시작했다. 몸이 뜨겁게 달아올랐다. 한진수가 김상희의 귓가에 속삭였다.

"오늘은 입 안 막아도 돼. 소리 크게 내도 괜찮아."

한진수가 침을 꿀꺽 삼기며 자신만만하게 말했다.

"천국을 보여줄게."

한진수의 손이 김상희의 옷을 거칠게 벗기기 시작했다.

김상희는 지금 이 순간, 한진수가 조금 낯설다고 느꼈다. 마치 다른 사람처럼 느껴졌다. 그러나 이 낯설음이 싫지 않았다. 그녀는 자신이 제대로 인지하지도 못하는 사이, 알몸이 되어버렸다. 그리고 자신도 모르는 사이 야릇한 신음을 흘렸다. 한진수의 손가락 끝이 그녀의 온몸을 구석구석 헤집었다. 한진수의 손길이 닿은 그 모든 곳이 마치 성감대처럼 느껴졌다. 딱히 이유는 없었지만 김상희는 한진수의 이름을 불렀다.

"진수야……."

한진수는 대답하지 않았다. 김상희의 야릇한 신음 이후 한진수의 움직임은 더욱 거칠어졌다.

"한진수……."

그녀는 이상하고 야릇한 감각에 엉덩이를 조금 들었다. 허리가 활처럼 굽었다. 한진수의 양손이 김상희의 양 옆구리를 잡았다. 그 큰 손바닥이 옆구리를 전부 감싸 안았다. 그리고 김상희를 침대 끝 가장자리까지 반강제적으로 끌어 내렸다. 김상희가 떨어질락 말락 아슬아슬하게 침대 끝에 걸쳤다. 한진수가 김상희의 옆구리를 잡아 몸을 받치고 김상희의 배꼽에 가볍게 키스를 했다. 그리고 한진수의 뜨거운 입술이 천천히 더 아래로 내려가기 시작했다.

"거, 거기는……!"

김상희가 한껏 다리를 오므렸다. 한진수가 낮고 약간 강압적인 목소리로 말했다.

"힘 풀어."

"부, 부끄럽단 말이야."

한진수는 손가락 끝으로 김상희의 허벅지 안쪽을 쓸어내렸다. 깃털처럼 가볍게, 하지만 불보다 뜨겁게. 그리고 그보다 더 뜨거운 목소리로 한진수가 말했다.

"다리 벌려."

"벼, 변태 같아. 진짜."

오늘따라 한진수가 정말 이상했다. 하지만 이 이상함이 싫지 않았다.

'섹시해.'

그렇게 느끼고 말았다. 낮의 한진수와는 완전히 달랐다. 처가살이할 때의 한진수와도 완전히 달랐다. 맹수로 변해 버린 느낌이다. 저도 모르게 힘이 풀리며 이상한 감각이 느껴졌다. 평소라면 키스를 했을 입술이 다른 곳을 탐했다.

시간이 흘렀다.

웃차, 어휴. 얘는 운동을 많이 해서 그런가 팔도 뭐 이렇게 무겁냐. 영차. 영차. 나는 진수의 팔을 들고 진수의 품속에 안겨들었다. 와, 오늘 진짜 겁나 남자 같았어. 다른 곳은 모르겠는데 침대 위에서 만큼은 정말. 어휴, 부끄러워서 내가 정확하게 말은 못하겠는데, 정말 나는 신세계를 볼 수 있었다. 진수 역시 굉장히 흥분한 것처럼 보였는데, 그럼에도 나를 세심하게 배려해 줬다. 마력으로 내 몸을 계속해서 보호해 줬다. 그리고 자세를 바꿀 때마다. 흠, 정확한 자세를 설명하지는 않겠지만, 하여튼 자세를 바꿀 때마다 진수는 내가 편하게 할 수 있도록…… 음, 역시 뭘 했는지는 말 안 하겠지만. 음음. 하여튼 그때마다 나를 배려해 주는 것이 느껴졌다. 그러한 행동들 가운데 나는 사랑을 충분히 느꼈고.

'진짜 야수 같았는데.'

야성미까지도 느껴졌다. 평소에는 전혀 보지 못했던 진수의 모습은 낯설고 설렜다.

'이게 낮져밤이야?'

지구에서 낮져밤이, 낮져밤이, 그럴 때 난 뭔가 했다. 나는 아무래도 우물 안 개구리였던 거 같다. 정말이다. 나는 오늘 신세계를 봤다.

내가 입술을 살짝 내밀고 투정 아닌 투정을 부렸다.

"팔이 왜 이렇게 무거워?"

진수의 품 안으로 더더욱 깊게 파고들었다. 나는 진수의 어깻죽지 위에 머리를 대고 누웠다. 진수의 다른 팔이 나를 꽉 안았다. 아, 모르겠다, 이 감정. 평소에도 진수를 좋아하고 사랑했다. 그건 확실하다. 그런데 오늘은 뭔가 느낌이 좀 야릇하기도 하고 좋기도 하고 하여튼 뭔가 다르다. 뭐라고 설명을 해야 할지 모르겠다. 굳이 문자로 표현해 보자면 내 눈에서 하트가 뿅뿅 쏟아진다고 하면 되려나? 서로의 숨이 맞닿는 아주 가까운 거리에서 진수가 내 눈을 쳐다봤다. 아, 저 눈동자에 진짜 빠져들고 싶다. 저 안에 들어가서 살고 싶다고!

진수가 말했다.

"왜 이렇게 예뻐?"

"나는 원래 예뻐."

다른 누구 앞에서도 이런 말은 이렇게 자연스럽게 나오지 않는다. 진수 앞에서는 잘만 나온다. 나는 아니까, 이 남자 눈에는 내가 이 세상에서 제일 예쁘다는걸. 나는 정말 사랑스러운 여자라는걸. 이 남자는 내가 그런 여자라는 걸 온몸으로 느끼게 만들어 주니까.

내가 말했다.

"여자는 원래 사랑받을 때, 그 사랑만큼 많이 예뻐지는 거야."

진수는 내가 사랑스러워 죽겠다는 듯 이마에 쪽쪽 키스하고 코에 쪽쪽 키스했다. 입술에 키스를 했는데 한 5초는 길게 한 것 같다.

"읍!"

이 양반아, 내 입술 다 닳겠다!

"입술 닳겠어."

"안 닳아."

진수가 또다시 키스했다. 쪽, 쪽, 쪽, 쪽, 쪽. 연속으로 한 10번은 소리가 난 것 같다.

"입술이 지이잉거려."

진수가 하도 빨아서(?) 입술이 지잉- 하고 울렸다. 아, 진짜 나 이 시간 너무 좋아. 그냥 멈춰 버렸으면 좋겠어. 절대로, 절대로 오 선생님을 여러 번 만났기 때문이 아니야. 그냥 진수가 좋아서 그런 거다. 진수가 비록 고자…… 였다면 음 음, 그래도 아마 나는 진수를 좋아했…… 을걸?

"입술이 지이잉거려요?"

진수가 내 입술에 손가락을 댔다. 와, 이 손가락 끝마저도 나를 찌릿찌릿하게 만드네. 너는 정말…….

'아니, 이러면 안 돼. 긴장감을 줘야 하는데…….'

머리로는 안다. 그렇다! 나는 밀당의 귀재란 말이다. 어씨, 이러면 안 되는데. 눈에서 자꾸 하트가 발사된다. 남자한테는 긴장감을 줘야 한다고 하는데, 그게 안 된다. 나 정말 이 남자한테 엄청 빠져 버린 거 같다. 밀당 자체가 안 된다.

"너무 좋아."

"응?"

"네가 너무 좋다고. 너무너무 너무너무 좋다고."

진수가 빙그레 웃었다. 저 표정, 저 눈빛, 정말 느껴진다. 나를 정말로 사랑해 주고 있구나. 안면 근육 하나하나가 나보고 사랑한다고 말해주고 있었다. 내 등을 쓰다듬는 이 손길조차도 내게 사랑한다고 말해주고 있었다. 진수가 직접 입으로 '사랑해'라고 말하고 있지는 않지만. 나는 똑똑히 들을 수 있었다. 진수의 온몸이 그렇게 말해주고 있었으니까.

나는 투정을 부렸다.

"이러면 안 되는데."

"뭐가?"

“남자한테는 긴장감을 줘야 한다고.”

“왜?”

“그래야…….”

지금처럼 나를 많이 사랑해 주고 많이 예뻐해 주고 많이 귀여워해 줄 테니까. 아, 이러는 내가 좀 창피하다. 귀여워해 준다니. 상희야, 내 나이, 진짜 나이 40살이 넘는다고. 귀여움받는 건 좀 아니지…… 라고 생각은 한다만, 이상하게 나는 원했다. 진수 눈에는 사랑스러워 보이고 귀여워 보이고 싶다. 애기처럼 앙탈도 부리고 싶었다. 귀엽게 보이기는 싫은데, 또 귀엽게 보이고도 싶었다. 이 이중적인 마음, 나도 정말 이상하다고 생각은 하지만 어떡해. 실제로 내가 그렇게 느끼고 있는데. 원래 감정이란 건 논리로 설명이 안 되는 거라고.

진수가 날 꽉 끌어안았다.

“네가 무슨 생각을 하는지는 잘 모르겠어.”

“……응?”

“하지만 나는 확실히 약속할 수 있어. 나한테는 너밖에 없어. 너 없는 세상은 상상도 할 수 없고 상상도 하기 싫어. 나는 너 없으면 안 돼. 아무것도 못 해.”

“…….”

“너는 내가 살아가는 이유야.”

나도, 나도 너 없으면 안 돼. 그렇게 말해주려고 했다. 그런데 진수가 먼저 말을 이었다.

“요즘 나는…… 정말 행복해. 이런 게 정말 사랑하는 거구나. 예전에는…… 불안했어. 불안하고 매일매일이 위태로웠어. 언제나 너는 웃음을 연기했었거든.”

……뭐야, 저 둔탱이가 오늘은 왜 이러지?

'따뜻해.'

문득 진수의 품 안이 너무나 따뜻하고 포근했다. 나도 진수를 꽉 끌어안았다.

"내가 언제나 네게 달려가는 기분이었어. 너한테 구애하고 네게 사랑한다 말하고. 대답이 들려오지 않는 허무한 벽에 대고 그렇게 계속 외치는 기분이었어. 그 벽은 나를 웃으면서 쳐다보기는 했지만 그 웃음은 거짓처럼 느껴졌었거든."

"……."

잘 모르겠다. 내가 그랬었나. 나는 진수를 계속해서 좋아했었던 것 같은데, 그랬던 것 같은데. 물론 살아남기 위해(?) 약간의 거짓말과 거짓 애교, 거짓 웃음을 흘리긴 했었지만.

'진수는…… 그렇게 느꼈던 걸까?'

그렇게 생각하니 문득 가슴이 아파왔다.

'대답이 들려오지 않는 벽에 사랑한다고 계속 외쳤다고……?'

그러면 굉장히 비참한 기분일 것 같다. 당장 입장 바꿔서 생각해 보면 더더욱 그랬다. 괜스레 눈시울이 붉어졌다. 나는 진수를 정말 많이 사랑하는데. 나 혼자 진수에게 사랑한다, 사랑한다 끝없이 외쳤다고 생각해 보면 정말 비참하고 힘들 것 같다.

"그런데 요즘은 너도 날 좋아하는 게 느껴져."

"요즘이 아니야. 옛날부터 정말로 널 많이 좋아했어. 아니, 사랑했어."

"그래서 나 정말 행복해. 이 세상의 모든 것을 다 가진 것 같은 그런 기분이야. 이런 게 사랑받는 기분이구나. 김상희가 내 여자구나,

이 사실 하나가 나를 너무나 행복하게 만들어."

내가 말했다.

"미안해."

"……응?"

"그런 기분 느끼게 만들어서 미안해."

의도한 건 아니었는데, 비참했을 것 같아. 손에 닿지 않는 무언가를 향해 힘겹게 힘겹게 달려가는 진수의 모습이 그려졌다.

상황을 돌이켜보면 나는 그렇게 크게 느끼지 못했었는데 진수, 정말 힘들게 살았다. 어려서부터 부족한 것 없이 천재 소리 들으면서 잘 컸는데. 나를 만남으로 인해서 그 모든 것들을 포기했다. 세계 최강이라는 제국에 홀로 반기를 들고, 제국에 쫓기면서 목숨을 걸고 싸우며 여기까지 왔다. 만약 내가 진수였다면 그렇게 할 수 있었을까? 라고 묻는다면 나는 솔직히 자신이 없다.

'진수는 정말…… 힘들었을 거야.'

그 누가 가진 모든 것을 다 버리고 세상에서 가장 큰 적과 맞서 싸우겠는가. 그런데 진수는 실제로 그랬다. 그런 상황인데, 나는 거짓 웃음을 연기하고 거짓 사랑을 얘기한 것처럼 느꼈었다니. 미안했다. 나로서는 어쩔 수 없기도 했다. 이 진수와 옛날의 그 진수, 그 둘 사이에 어떠한 연결 고리가 있나, 내가 정말 이 진수를 사랑해도 될까를 수없이 고민하고 고뇌하며 한진수를 바라봤었으니까.

'진수가 제국과 맞서 싸울 때, 나를 지키기 위해 목숨을 걸고 항전할 때 나는 아무런 도움도 주지 못했어.'

그것뿐만이 아니다.

아주 처음, 맨 처음에는 진수를 내 생존 전략의 일환으로 생각하기까지 했었으니 말 다했다. 그냥 약혼자일 뿐이라고, 개차반이 정해 준 약혼자일 뿐이라고 생각한 적도 있었으니까.

오늘은 정말로 솔직해지기로 했다.

“약속할게. 나도 너 많이 사랑해. 나도 너 없으면 안 돼. 내가 가끔 투정도 부리고 가끔 화도 내고 어쩌면…… 여태까지보다 더 힘든 일이 있을 수도 있을 거야.”

“…….”

“그때도 지금처럼 나를 꽉 잡아줘. 지금처럼 나 꽉 안아줘. 나는…… 네가 붙잡으면 잡힐 거란 말이야. 그러니까…….”

진수가 내게 항상 했던 말을 이번에는 내가 하기로 했다.

“그러니까 내 옆에 있어줘. 나를 놓지 말아줘.”

지금 이 순간, 이 세상 그 무엇보다도 내게 소중한 것은 바로 진수였다. 원래 세계로 돌아간다? 이 세계를 바꾼다? 아무것도 떠오르지 않았다. 적어도 지금 이 순간만큼은 말이다. 지금 내 눈에 담긴 세상은 한진수가 전부였다. 진수가 나를 다시 한 번 힘껏 끌어안았다. 그리고 내 귓가에 속삭였다. 세상에서 가장 달콤한 목소리로.

“사랑해, 상희야.”

나도 말했다.

“사랑해, 진수야.”

그런데 조금 이상했다. 진수의 몸이 바들바들 떨리는 게 느껴졌다. 그리고 내 목덜미에 뭔가 뜨거운 것이 떨어지는 게 느껴졌다. 이건, 이건 눈물이었다. 그것도 아주 많이 뜨거운 눈물.

진수가 말했다.

“된장찌개 끓여줄게.”

나는 아무 말도 할 수 없었다. 갑자기, 갑자기 된장찌개를 끓여준다고 했다.

"된장찌개 끓여놓고 기다리고 있을게."

그 말이 내가 진수로부터 들었던 마지막 말이었다. 진수가 말을 이었다.

"그러니까 이번에는 나 그렇게 오래 기다리게 하지 마. 정말…… 많이 기다렸단 말이야."

나는 봤다. 진수의 눈에 눈물이 고인 것을. 커다란 망치로 내 머리를 후려친 것 같은 그런 기분이 들었다. 진수가 계속 말했다.

"TV 보면서 말했었잖아. 저런 건달들이 널 괴롭히면 어쩌겠냐고. 그래서 내가 대답했잖아. 내가 너 지켜준다고, 무슨 일이 있어도 지켜준다고. 그래서 네가 말했잖아. 그러지 말라고, 그냥 경찰에 신고나 하라고. 그렇게 핀잔을 줬었잖아."

"……."

우리의 추억들을 어떻게 그렇게 하나하나 다 꺼내는 거야? 너…… 진수야?

"나는 그 말을 지킬 거야. 무슨 일이 있어도 너를 지킬 거고, 무슨 일이 있어도 너를 사랑할 거야. 무슨 일이 있어도. 나는 네 옆에 있을 거야. 내가 너를 화나게 하고 너를 슬프게 하면 내게 맘껏 화를 내. 맘껏 투정 부려. 내가 네 손을 잡을게. 내가 너를 붙잡을게. 무슨 일이 있어도 너를 놓지 않을게."

눈물이 차올랐다. 이 말, 지구에서 진수가 내게 했던 말이다.

"그러면 못 이긴 척, 못 이긴 척 내 손을 잡아줘. 나도 부탁할게. 내 옆에 있어줘. 나는…… 네가 필요해."

진수가 내 귓가에 속삭였다. 여태까지와는 다른 이름으로. 지구에서의 나를 기억하고, 나와의 추억을 공유하고 있는 사람만이 부를 수 있는 그 이름으로. 이 세상 사람은 절대로 모를 그 이름으로 나를 불렀다.

"수희야."

"……."

"사랑해, 수희야."

〈완결〉